산정을 바라보면서

산정을 바라보면서

© 이명재, 2018

1판 1쇄 인쇄__2018년 02월 15일
1판 1쇄 발행__2018년 02월 25일

지은이__이명재
펴낸이__양정섭

펴낸곳__작가와비평
　　　　등록__제2010-000013호
　　　　블로그__http://wekorea.tistory.com
　　　　이메일__mykorea01@naver.com

공급처__(주)글로벌콘텐츠출판그룹
　　　　대표__홍정표　편집디자인__김미미　기획·마케팅__노경민
　　　　주소__서울특별시 강동구 풍성로 87-6(성내동) 글로벌콘텐츠
　　　　전화__02) 488-3280　팩스__02) 488-3281
　　　　홈페이지__http://www.gcbook.co.kr

값 16,000원
ISBN 979-11-5592-216-3 03810

함산 수상집

산정을
바라보면서

이명재 지음

작가와비평

삶의 이정표를 생각하며

새삼스럽지만 나는 올해로 문단에 오른 지 불혹不惑의 나이테인 데다 학문의 길에 든 반세기半世紀 중에 인생의 여정 또한 중수中壽에 이른 지점에 서 있다. 어느 결에 강산이 네 번, 다섯 번, 여덟 번 변하는 사이에 이렇게 문단과 인생의 산마루에 이르렀을까. 사방의 강산이 내려다보이고, 고개 너머 하늘 아래 푸른 산 정상도 건너다보인다. 더 오르다 보면 태산의 승선방昇仙坊 같은 산채공간에도 이를 듯싶다. 그러니 내 스스로 지난 세월을 되돌아보고 앞으로 걸어갈 이정표를 살펴볼 차례이다. 그 일환으로 펴내는 이 수상집隨想集은 되도록 이전에 출판한 서너 권의 수필집 내용과 겹치지 않게 새로 쓴 50편을 골라냈다.

그동안 시골에서 올라와서 애면글면 공부해 오다가 운 좋게 서울 캠퍼스의 강단에 서고, 문단에도 올라 생활해 온 감회가 새롭다. 이런 과정에 도움을 주신 여러분께 거듭 감사하지만 더러는 조금이라도 폐를 끼치지 않았을까, 뉘우쳐진다. 그러기에 인생의 중요한 마디의 시점에서 매듭을 짓고 살펴보는 통과의례 겸해서 틈틈이 발표해 온 글들로써 조촐한 수상집을 엮어 보았다. 하지만 삶의 기록을 겸하다 보니 아무래도 자칫 자기 자랑이나 신세타령에 빠진 듯 무딘 붓이라 싶어 출판을 망설이기도 했다.

그럼에도 여러 선후배님들을 비롯해서 동시대 사회를 함께 걸어온 동료들과 이웃 여러분께 인사 겸하여 진솔한 마음은 전하고 싶다. 아무쪼록 그동안 아끼며 지켜봐 주신 분들에게 모자란 자신의 반성문을 곁들인 좋은 다짐의 뜻으로 받아주길 바란다. 마침 시골의 모교도 새 터전으로 옮겨 문을 열고, 자신이 졸업해서 봉직해 온 대학 또한 창학創學 100주년에 이른 터라 더불어 뜻깊게 여겨진다. 끝으로 어려움 속에서 이 수상집을 알뜰하게 펴내준 양정섭 대표님과 실무자 여러분의 노고에도 감사한다.

오래도록 함께해 온 가족과 친인척은 물론 문단이나 학계의 선후배 여러분을 포함한 벗님들께 새삼 사랑의 메시지를 전하고 싶다. 여기에서 못다한 이야기나 사회비평 등은 앞으로 여러 글과 서책을 통해서 보충하려 한다. 아무쪼록 2018년 무술년戊戌年 새해에는 한반도가 평화로운 가운데 우리 모두 복 많이 받고 건승하는 속에서 큰 발전 있길 바란다.

2018년 정월에
지은이 이명재 씀

목 차

제1부 문학은 구원의 오아시스

이제 와서 되돌아보면

　오랜 대학 캠퍼스 생활에서 벗어난 나는 한껏 자유로워진 처지에서 문득 지난날들을 되새김해 보곤 한다. 그동안 자신이 겪어온 일 가운데서 잊혀지지 않는 것은 몇몇이던가? 아무래도 두어 분에게는 본의 아니게 서운케 해드렸기에 어디서 만난다면 저녁이라도 함께하며 켕긴 마음을 풀고 싶지만. 혹시 그밖에 나 때문에 상처 받았던 분은 없었을까? 그리고 그 당시에 내 처신은 과연 올바르고 후회가 없는 것일까?

　40대 초반쯤의 초가을이라 싶다. 교양국어 시간에 황진이 시조를 강의하고 나올 때였다. 복도로 따라오면서 면담을 청하는 한 학생이 있었다. 신입생 때부터 강의실 맨 앞자리에 다소곳이 앉아 수강하던 연극영화과 여학생이다. 앳된 얼굴에 성실한 인상이던 그미는 연구실에 들어시더니 의자에 앉기도 전에 말을 했다. 긴장해서였던가. 등록금 추가 납입 마감이 임박했는데 어쩔 수가 없으니 등록금을 차용해 달라는 간청이었다. 이런 딱한 일이 있나, 글쎄 어쩌면 좋을까? 그러나 잠시 망설이던 나는 고개를 흔들어 거절하고 말았다. 그때 당혹한 눈빛으로 문을 나서던 그미의 모습이 요즘에도 차마 뇌리에서 걷히질 않는다. 더구나 그 후 그미의 얼굴은 캠퍼스에서는 물론 연예계에서마저 볼 수 없으니. 동료나 후배 교수들은 당시의 대처법이 현명했다는 견해지만. 며칠 밤을 고뇌했을 새내기 학생이 신뢰를 걸고 구원자로 택했던 교수에게 얼마나 실망했을까.

또 한 번은 50대 중반쯤의 초겨울이었다. 학교에서 논문 심사를 끝내고 문예 잡지사의 교정을 위해 시내로 향했다. 종로에 내렸는데 저만치 길모퉁이에 서 있는 여학생의 옆모습을 발견하였다. 지난 계절 학기에 교양과목을 수강하던 문과 상급생 B양이 트랜지스터 라디오로 중계방송을 듣는 중이었다. 그미는 마냥 청순한 이미지를 띤 터라 기억하고 남았다. 숲속에서 맑은 공기와 이슬만으로 사는 선녀를 닮았다고나 할까. 시간이 있다고 해서 함께 출판사에 들러 차 대접도 받으며 대화를 했다. 마지막 학기라서 졸업 후의 앞날에 관한 일들을 호프집에라도 들러 상담하고 싶어한 분위기였다. 그미에게 팔짱을 끼인 채 나란히 골목길을 나오던 나는 잠시 영화의 한 배역이라는 감흥에 잠길 정도였다. 그런데도 파트너는 우물쭈물하는 자세로 그미에게 말했었다. 6시에 민방위 훈련이 있으니 맥주는 다음 기회로 미루자고. 그 말에 내색을 않고 석양볕에 버스가 멀어질 때까지 가로수 앞에 서서 손을 흔들어 주던 그 모습이 지금도 선연하다.

더 딱한 경우는 내 담당 강의 밖에 대학의 보직에다 외부의 청탁 원고 등으로 분주하던 중견교수 때였다. 우리 대학에 생활 형편이 어려운 인척분의 아들이 재학하고 있음을 시골 형수를 통해서 전해 들었다. 그럼에도 그 학생은 좀처럼 보이지 않더니, 1학년 말쯤에야 어렵게 만났다. 소년 적에 뵙던 학생의 아버지보다 더 의젓한 인상이었다. 그런 수인사 후에 통 연락이 없던 중에 그가 졸업했다는 이야기를 들었다. 아버지도 작고하시고 해서 언제 장학금이라도 주선해 보려니 하다 그랬으니 아차 싶었다. 한두 번 만나 격려라도 했더라면 좋았을 것을. 그 청년은 얼마나 야속하게 여겼을꼬. 그 후에 일부러 시골집에 찾아가서 운신이 불편한 그의 노모에게 인사하고 봉투도 전했는데 그 사실을 알기나 하는지 모른다.

또 안타까운 바는 특수 대학원의 행정 책임을 맡고 있을 적의 일이다. 모범 동문인 K씨가 볼일이 있어 왔다기에 원장실에서 차를 대접하며 환담을 나누었다. 그 자신은 사회에 봉사 중이라며 각처에서 활동하는 후배들 근황을 이야기하고 헤어졌다. 그러고는 한 달 후쯤에도 두어 번 들렀는데 무언가 여운을 남겼다. 나중에 들으니까 그 후배는 기업체 등에서 특강을 하는 강사라는 것이었다. 그랬는데도 본인은 부담을 줄세라 말을 못했고 나 또한 그 눈치를 못 챈 셈이다. 특강쯤이야 AMP 과정에 매주 개설하고 있어서 부장을 통해 쉽게 해결할 일인데. 둔감했던 선배는 이제라도 그 후배님을 만나면 저녁이라도 사면서 위로를 해야겠다.

이밖에 잊혀지지 않는 건 2천년 한 학기 동안 러시아의 K대학에서 한국어 회화를 강의할 적의 일이다. 바로 푸틴 대통령이 선출되던 날 저녁, 기숙사 건물 위성 TV 앞에서 다가온 금발 여학생은 인상적이었다. 훤칠한 키에 러시아 문학과의 졸업반(5학년)이던 그미는 나한테서 한국어를 배우며 상냥하게 대했다. 곧잘 시내 항구나 박물관은 물론 멀리 H시까지 영어로 대화하면서 안내해 주었다. 자기네 가족사진까지 보이면서 친근감 있게 지냈다. 그래도 나는 그미의 충치를 치료하는데 필요하다는 1백 달러 상당의 의료비를 끝내 지원하지 않았다. 귀국에 임박한 여비 걱정보다는 대학생의 순수한 이미지를 지켜줘야 한다는 배려에서이기도 했다. 하지만 그 일로 퍽도 토라진 눈치이던 그미는 지금쯤 이국 신사의 참뜻을 헤아리고나 있을까.

끝으로, 애석한 일은 송영 작가와의 약속을 지키지 못하고 저 세상으로 떠나보내고 만 경우이다. 오래 전에 시내의 문인 송년회에서 만났다가 같은 방향으로 동행하던 길에 강남의 호프집에서 맥주를 들면서 정담을 나누었다. 그가 단편 「투계鬪鷄」로 등단하기 전의 문청시절에 고향 마을에서 본 이후 단둘이 만나기는 처음이었다. 자기는 방금 여성 문인들이 노래방으로 끌어내서 명곡을 불러달라고 조르는 걸 뿌리치고 나왔다고 했다. 그리고 민족작가회의 시위 때는 자신의 백발 덕에 대접받았다는 이야기 등으로 흥을 돋우었다. 그러다 대뜸 항의하는 것이었다. "이형은 평론가면서 왜 송영 작품은 언급하지 않는 거요? 검사장인 승행이와 동기인 제 선배인데 말이요." 나는 어쩌다 적당한 기회가 없어서 그렇게 됐노라며 그의 서운함을 달랬다. 그러곤 자연스런 기회에 꼭 다루겠노라고 다짐했었다. 하지만 2016년 가을에 그가 속절없이 떠났으니 언제 송영론을 써야 할 참이다.

(2005년 가을, 2017년 12월에 보완)

첫 학기의 그 강의

그러니까, 1973년 신학기에 강사 경력도 없이 전임강사 발령을 받은 본인에게 강의는 늘 긴장이 따랐다.

그날은 모처럼 학과 교수회의를 한 뒤 저녁 식사를 하고도 의논이 길어져 초조감이 일었다. 내일 아침 첫 시간부터 시작되는 강의 준비를 위해 먼저 나가야겠다고 일러도 모두들 막무가내였다.

"이 교수, 뭘 강의 두 시간을 가지고 그러는 거야. 학문이 고렇게 쉽게 해결된다고 보오?"

짐짓 느긋하기 그지없는 선배 교수님들 탓에 기어코 통금을 넘기고 말았다. 유목상, 김상선, 김종훈, 민제 교수님의 여유로운 모습이 부러웠다.

신길동에선가에서 새벽 택시로 흑석동 언덕배기 셋방에 돌아와 부랴부랴 교재를 메모하고 정리를 해보았다. 그래도 밤새 잠을 못 이룬데다 술기운마저 가시지 않아 걱정이 태산이었다. 초심자로서 2시간을 강의하려면 적어도 서너 시간 분량 이상을 준비해야 하는데 어쩐담. 교재 진도에 따라 주요 문인의 생몰 연대며 작품들의 내용과 인물들까지 미리 카드로 작성하여 익혀두어야 할 것을. 그러지 못할 경우, 중간에 강의 밑천이 동나고 말기 십상인데……. 선배님처럼 강의 내용을 엿가락처럼 늘릴 재주도 없고.

강의안 준비를 서두느라 아침도 제대로 챙겨 먹지 못한 채 캠퍼스로 향하는 발길이 무겁기만 했다. 흡사 도살장으로 다가가는 송아지 꼴이랄까. 싱그러운 초여름의 아침 길에 어울리지 않게 고개 숙인 서른다섯 살의 머리숱 짙던 자화상은 어떤 모습이었을까. 그렇다고 절대 거짓 핑계 따위로 휴강을 해서는 안 된다. 부러 느긋하게 출석 부르기로 긴장을 푼 풋내기 교수는 지난 시간의 내용을 정리하는 복습 형식으로 겨우 한 시간을 때웠다.

다음 시간엔 어쩔 수 없이 50여 명의 수강생들에게 솔직하게 말했다. 실은 어제 밤늦도록 계속된 회의 관계로 인해서 강의 준비가 미진한 처지라며 양해를 구한 것이다. 그러자 뜻밖에 학생들이 박수를 칠 정도로 강의실 분위기가 밝아졌다. 숨김없는 말이 좋은데다 당연히 휴강으로 여기는 모양이었다. 해도 고지식한 교수는 한사코 진도에 해당되는 교재의 부분을 학생들에게 읽혀나갔다. 국어국문학과 전공필수이던 현대문학사 과목 텍스트는 백철 교수님의 두툼한 '한국신문학사조사'였다.

문제는 딱딱한 강독 식의 분위기보다 본문 사이에 낀 인용문 대목에서 막힌 일이다. 떠듬거리며 읽어가던 남학생이 곤혹스럽게 묻는 것이었다.

"교수님! 이 한자는 어떻게 읽나요? 어려운 한자들이 새까맣게 많네요."

아닌 게 아니라 개화기 전후의 계몽 잡지나 신문 기사는 촘촘한 한자 투성이인데다 벽자들이 태반인지라 어쩔 수 없었다. 한참 머뭇거리며 훑어보던 선생은 실토하고 말았다.

"글쎄에, 아무리 봐도 나 역시 모르겠는데……."

그러자 일시에 강의실은 박장대소로 출렁거렸다. 가까스로 강의실을 빠져나와 층계를 내려오는 애송이 교수(전임강사)는 다리의 후들거림을 어쩌지 못했다. 아직도 이글거리는 모닥불에 얼굴이 후끈거림을 느끼며 자책한다. 어떻게 그다지도 무대책인 수업에다 융통성 없이 대응했단 말인가. 인용구는 그냥 뛰어 넘기라거나, 차라리 다음에 보충키로 휴강을 했어야 마땅한 것을.

그 일이 있고난 후에는 혹 학생들의 수업 거부나 교무처 당국의 전화라도 있을세라 한동안 신경이 쓰였다. 다행히 그런 일 없이 여러 대학을 드나들며 강의를 탈 없이 마쳤다. 그 덕분에 34년의 강단생활에서 정년을 맞고 퇴임한 후에도 필요한 강의는 가끔씩 계속해 온 바 있다. 경희대·성신여대·경원대·인하대(교류교수) 등에 학부 출강을 했다. 그리고 숭실대·서울여대의 대학원, 경희대·한국외국어대의 교육대학원 강의도 맡았었으니. 하지만 머리마저 초겨울 민둥산처럼 된 지금도 40여 년 전, 첫 학기의 그 강의실 일은 엊그제 일처럼 생생하다.

올해, 스승의 날 무렵에 대학에서 강의하는 제자들과 만찬을 함께한 뒤풀이 자리에서도 말했다. 그때 인용구 한자 읽기를 묻던 사람도 이미 국립대 교수로서 학처장을 지내고 전국적인 학회의

새내기 전임강사 겸 평론가였던 1970년대 중·후반 무렵의 모습

대표이사로 만난다. 그 강의실에 함께했던 72학번 중에는 내로라
는 대학 교수만도 다섯, 모두 정년을 한두 학기만 남겨둔 연륜에
이르렀다. 그 제자나 후배들인 소장 교수 층은 술잔을 기울이며
하소연하듯 말한다.

　"은사님들 시절은 정말 교수가 학자로서 대접받는 안정적인 직
이었습니다. 허지만 요즘 저희들이야 눈치 보며 아등바등하는 불
안정직 신분이라니까요. 강의와 연구에 소홀하다가는 학생들한테
저평가를 받아 자칫하면 캠퍼스에서 퇴출당하거든요…. 어떻든
한 잔 더 드시지요. 선생님."

(2015년 10월)

달걈 한두 개의 추억

중학생 시절이었다. 1950년대 초, 당시에 우리는 전쟁의 상채기 속에서 가난에 많이도 시달렸다. 휴전 후의 두어 해 보릿고개 무렵 쯤엔 동네에 밥 굶는 집이 적지 않았다. 더러는 몸이 누렇게 부운 채 부황으로 굶어죽는 사람마저 생겼다. 그래도 우리 식구들은 푸성귀 나물에 밀죽으로나마 끼니는 거르지 않아 다행인 편이었다.

거기에 해마다 열세 차례나 방안 제사를 치르는 우리 집 경우는 덕분에 매달 한 번씩은 명태며 죽상어 마리에다 쇠고기에 쌀밥을 맛볼 수 있었다. 농사일을 남보다 갑절쯤 솜씨 좋게 잘 하던 형수께서는 장손의 며느리답게 정성들여 조상의 제사를 모셨다. 어떻게든 평소 비밀독 안에 한 줌씩 모아둔 좀들이 멥쌀로 밥을 지어 고봉 밥상을 올려드렸던 것이다. 일찍이 서당 훈장을 지내신 데다 침술을 겸한 한약방끼지 해 온 부친과 마을 이장에 열댓 마지기 농사일도 맡은 형님에 걸쳐서 살던 집안 사정이 그랬다.

검정색 학생복 차림으로 매일 학다리의 십 리 논두렁 신작로 길을 걸어서 왕복하는 열다섯 살 소년의 뱃속도 덩달아 허전한 느낌이었다. 돌이켜보면, 그나마 도시락마저 싸 오지 못하던 몇 급우들에 비하면 사치스런 생각이지만. 으레 점심쯤은 냉수에 꽁보리밥을 말아서 배만 채우고 곧잘 저녁 끼니는 수재비로 때우던 나는 마냥 배가 고팠다. 마침 변성기를 맞았던 터라, 집에서 지어준 식물성 보약도 메마른 몸의 성장에 미치지 못했던 모양이다. 반 보리밥에 참기름, 고춧가루로 반죽한 김치 깍두기나 멸치무침 반찬의 도시락은 비우기 바쁘게 허기가 졌다.

여름방학 때였다. 한나절에 두세 시간쯤 높다란 물 품기대에 올라 가파른 층계를 밟아서 볏논에 냇물을 채워 넣고 돌아온 나는 냉수부터 찾았다. 마침 땡볕에 동네 우물터에서 길러온 샘물이 양동이에서 넘실대는 것이었다. 형수님은 생수 두어 바가지를 건네주며 환하게 웃어보였다.

"아따, 도련님언 땀으로 그냥 목욕 소용없것소야. 남덜언 조갈 들었다 헐지 몰라도 샘물이 보약이지라우!"

이따금씩 뒷등 밭에서 따다가 건네주는 오이나 가지, 그것은 꿀맛이었다. 형수께서는 밭에서 뜯어온 상추나 배춧잎 등의 푸성귀를 좋아했다. 우리는 서로 그 채소들을 우물물에 대충 씻은 채로 된장만 발라 한 입 가득한 쌈 몇 번으로 점심을 대신할 뿐이었다.

내가 달걀 한 개를 남몰래 내다먹은 건 바로 그러던 어느날 점심 뒤에 저지른 일이었다. 사랑방 뒷마루에서 낮잠에 취했다가 일어난 다음이었다. 형수는 뒷잔등으로 콩밭을 매려 가셨던가. 가뭄에 지친 울타리의 기다란 쭉나무에서 울어대는 매미 소리만이 극성을 부리던 참이었다. 헛간 쪽에서 '꼬꼬댁' 하며 검붉은 암탉이 소리치고 있었다. 살쾡이라도 들었을세라 내려갔더니 방금 알을 낳았다는 신호였던 것이다. 둥지에는 누르스름한 달걀 한 개가 그림 속의 정물마냥 놓여 있었다. 달걀은 복날씨보다 더 뜨뜻했다. 그 알을 손바닥에 탐스럽게 굴려보던 나는 이빨로 날계란의 모서리를 깨고 입으로 빨아마셨다. 그리고는 그 껍질을 두엄 속에다 넣고 덮어 버렸다.

그해 겨울방학 때에도 나는 또 한 번 소 외양간 위의 둥지에다 낳아놓은 달걀 두 알을 몰래 먹어 버렸다. 마침 머슴이 일을 나간 데다 형수도 무명 잦기 품앗이를 간 틈에 뜨거운 쇠여물 속에다 반숙을 해서 까먹었다. 말랑한 흰자와 노른자가 한껏 감칠맛이 나고 따뜻하여 입덧 난 사람인 양 입에 당겼다. 한창 자랄 즈음에는 영양 공급을 잘해 주어야 한다는 생물 과목 내용도 참고가 되었다. 덕분에 내 키가 171미터로, 당시 세대의 평균치를 웃도는 것일까. 하지만 남몰래 먹었던 그 달걀은 오래도록 마음에 걸린 멍울처럼 남아 지워지지 않았다. 그 달걀들은 며칠씩 모아서 두어 꾸러미씩 오일장에 내다 판 돈으로 간고등어나 고무신, 호미 등을 장만하는 자금줄이었던 것을.

팔순을 맞은 시골 형수와 저녁을 함께하던 자리에서 나는 기어코 그 사실을 고백했다.

"형수님, 실은 말이지요…… 몰래 훔쳐 먹은 그 달걀 몇 알 때문에……이세서야 고백하니 용서하세요……?"

중학시절이던 1950년대 초·중엽 제동마을의 입구 정경. 장마에 떠내려간 하문교다리 복구공사에 지게를 지고 운력 나온 주민들 뒤로 주막집도 보인다.

   내 손을 끌어당겨 손등을 쓰다듬던 형수는 할머니의 합죽웃음을 머금고 말씀하였다.

   "아이고메, 어쩌까이!……진즉 알았으면 아제한테 달꽐을 이녘이 많이 쩌드릴걸."

   눈가에 이슬이 맺힌 듯 쳐다보며 건넨 그 목소리가 재작년에 92세로 돌아가신 후에도 귓전에 쟁쟁하게 맴돈다.

(2013년 9월)

전방부대 나들이에서

　지난달 하순, 모처럼 통일포럼 회원들과 전방부대에 다녀왔다. 6월의 도로변 진초록 녹음은 머리칼이 하얗도록 밤낮 글짓기에 시달린 문우들의 심신을 식혀주는 듯 싱그러웠다. 서울을 벗어난 전세버스가 미사리와 팔당을 지나는가 싶었는데 어느새 부대 근처란다. 문우들의 근황이며 자기 소개를 듣다 보니 잠깐이다. 포장도로로 백담사 앞을 거쳐 사령부에서 나온 선도차를 따르니, 상쾌한 주말 코스 같다. 이전의 강원도 벽지 부대 배치를 한탄하던 "'인제' 가면 언제 오나 '원통'해서 못살겠네!"는 아득한 옛이야기.

　을지 부대에 들어서자 사령부 앞에 계급 순으로 선 채 대기하던 고급 장교들과의 악수 교환부터 친근감을 자아낸다. 별 둘 계급장인 사단장부터 하나짜리 참모 말고는 해바라기 꽃 두어 개를 단 영관 장교들이 내부분이다. 옅은 국방색 근무복과 모자며 소매를 반쯤씩 접어올린 팔뚝에는 절제와 힘이 드러난다. 조카뻘쯤의 장교들은 계급장 대신 반백 머리칼에 여러 겹의 주름살로 인생 관록을 지닌 문인들을 마냥 부드럽고 예의 바르게 맞아주었다.

상황실과 홍보관에서는 한국전쟁 전후의 부대 연혁과 전투 공적들이 새삼 분단의 조국임을 일깨워 준다. 문득 우리가 중학생 시절이던 1953년 초여름, 휴전을 앞둔 무렵의 기억도 새롭다. 동부전선 사수를 놓고 피아간에 여러 날 주인을 바꾸며 밤낮을 젊은 피로 물들였던 김일성고지. 바로 그 자리에 세운 을지전망대는 산 역사의 현장으로서 가슴 뭉클하게 다가온다. 눈 앞의 두어 겹 철조망 앞으로 4백 미터 북쪽 능선에는 줄줄이 숨은 암적색 초소가 경계를 늦추지 않고 있다. 북측에서 먼저 2킬로의 북방한계선을 좁혀들자 남측에서도 그만큼 다가가서 북한 땅이 지척이라는 것이다. 하지만 저만치 골짜기에 흐르는 개울이며 철조망 사이의 짙은 비무장지대 숲 속은 온갖 동식물의 낙원인데 정작 우리에겐 마냥 요원의 땅이다. 과연 이 공간을 남북이 동식물과 한 식구로 어우러져 노니는 평화의 공원으로 만들 수는 없을까.

오후에는 양구 쪽의 전차부대에 들렀다. 보병부대에서만 복무했던 노병에겐 흥미롭기도 했다. 나는 7사단 보병 출신이라 이곳 12 숫자를 뒤바꾼 부대는 첫 만남이라서 호기심이 더했다. 더욱이 평소 듣던 K9자주포의 실체를 대하니 한 세대쯤 젊어진 느낌이었다고 할까. 자주국방의 선입견보다 스스로 조준된다는 'K9자주포'의 화력과 부수된 차량 병력이며 무쇠로 된 토치카 모양의 내부도 신기했다. 전차의 포탄들을 어루만지며 직접 비좁은 내부 탑승을 특별히 허락받는 여성 회원들이 부러워 보였다. 여성 작가들은 으

레 군대 이야기를 싫어한다면서도 정작 탱크에는 왜 저렇게 올라
타보려는 걸까.

그 전차 포대를 나오는 길에 진열된 군용 개인 장비들은 옛 병
사에게 새삼 반세기 전의 쓰라림을 되뇌게 했다. 각종 소총과 기
관총, 탄약 케이스와 탄피, 계절별 군모, 군복, 군화에 계급장, 군
번줄 따위만이 아니다. 판초우의와 신구형의 대검이며 대검 집,
수통에 수통 마게, 반합 밖에도 탄띠, 야전삽, 간이 식기며 수저
등. 그것들 중에서 나는 타원형으로 된 녹색의 반합을 보며 옆자
리에 서 있는 위관 장교에게 물었다. 지금도 사병들이 휴대품을
잃는 경우, 그렇게 호된 벌을 주고 야단치느냐고.

"천만에요. 요즘 그랬다간 단박 지휘관부터 문책을 당하거든요."

대답하는 장교는 시종 미소를 머금었다. 사실 나는 훈련소 내무
반에서 암녹색의 그 반합 뚜껑과 그 밑의 하얀 반찬통(따까리)을
잃었대서 호되게 기합을 받은 상처가 가시지 않는다. 훈련을 받고
온 사이에 없어진 그것들 때문에 심한 토끼뜀과 원산폭격을 해야
했으니. 더구나 여러 차례의 복창까지 강요받았다.

"국가 재산, 보상 마땅! 국가 재산, 보상 마땅!"

지금도 가끔 그 지급품 변상문제로 제대마저 유보되는 악몽에
시달리곤 한다.

일정을 마친 뒤 만해마을에서 잠시 홍사성 시인이 베푼 녹차를
대접받고 귀경하는 빗속의 버스 안은 회원들의 이야기로 채워졌
다. 하지만 노병은 반세기 전에 이 길로 첫 휴가를 나오던 그때
그 시절의 감흥에 빠져 있었다. 월남전에 참전했던 박충훈 사백의
무용담도 이어졌다. 또한 해군 중위로 예편했다는 오대석 사백의

구수한 남녀의 운우지락 재담에 귀기울였다. 이어진 이정 작가의 북한 실정 이야기 속에서 니는 옛 회상의 숲을 기닐었다. 힉비 조달 문제로 낙향해서 휴학 중에 내 딴은 고시를 통한 율사보다는 신춘문예를 통한 문사의 길을 헤매고 있었다. 가당치도 않게 대학 동기생들이 졸업장을 받을 즈음, 작가 데뷔로 대신하겠다며 애꿎은 원고지만 축내면서 끙끙대고 있던 중에 5.16을 맞았다. 지금부터 꼭 반세기 전의 20대 젊은 시절, 아련한 추억거리이다.

자진 입대한 나는 1961년 여름에 논산훈련소에서 나름대로 새로운 인간 수련을 받았다. 첫 집합에 시삐 보였던 육군 하사의 선착순 모임으로 모두들 혼비백산했다. 연병장을 서너 바퀴씩 돌다가 숨이 차서 쓰러진 훈련병들에게 그는 외쳤다. 사회에선 육군 중령 그까짓 정도는 우습게 보았을 제군들에게 진짜 군대의 계급 맛을 보여준다는 것이었다. 그리곤 줄지어 엎드려 세운 훈병들 엉덩이 꽁지 뼈 쪽을 M1소총 개머리판으로 사정없이 내려쳤다. 퍽 퍽, 하는 폭력에 '에구머니' 소리마저 잦아들었다. 쾌재를 머금고 내려다보는 푸른 제복의 이상록 하사가 할애비보다 더 우러러보였다.

다음날부터 까까머리 훈병은 땡볕 더위 속에서 흙탕물과 땀에 찌든 옷차림으로 지열을 삼키며 포복 훈련이며 침투 사격 등을 솔선해 익혔다. 수통 속에 남아 있을 몇 방울의 물 때문에 서로 개새끼로 치부하면서 동물적 싸움질마저 벌이는 단계도 체험했다. 거기다 문학 지망의 서생에게는 수양을 위한 훈련 복덩이가 굴러와서일까? 전체에서 3분의 1 정도만 배당받는 후반기로 넘어가서는 기관총에 박격포 포탄 운반과 사격 훈련까지 받았다. 그런 다음 공교롭게도 8월 15일에 전방 부대로 향하면서 새로운 감회를 맛보았다. 춘천에서 열차를 바꿔 타는 사이, 단체로 소양강 물에다 그간의 고통과 피로의 찌꺼기를 씻어내며 상쾌감을 만끽했다. 기찻길 연변으로 싱그럽게 뻗어난 칡덩굴에서 풍기는 아련한 향기마저 새로운 벗으로 다가왔다.

구릿빛보다 검붉게 그을린데다가 광대뼈가 도드라진 이등병은 꾸불꾸불한 화천군 길을 따라 깊숙이 배치를 받았다. 바로 광덕리 옆 사창리 골짜기에 자리 잡은 6915부대 중화기 중대에서 10859640이라는 군번을 댔더니 선참들이 껄껄거렸다. 자기가 그 군번 신세라면 당장 탈영할 정도로 고생문이 훤하다는 것이다. 아닌 게 아니라 애송이 탄약수로서 첫날밤에 보초를 설 때부터 구역질이 났다. 사방이 높은 산봉우리로 막혔는데 묵직한 철모마저 머리통을 짓누르니 갑갑할 수밖에. 게다가 훈련소에서부터의 배고픔까지 몰려와 더 고달팠다.

부대에선 처음 선임하사 당번병으로, 이어서 소대장을 보좌하는 계산병으로 복무했다. 덕분에 그들이 식사하고 남긴 식기를 들고 개울로 씻으러 가서 남은 밥으로 빈 배를 채울 수가 있었다. 함께 전입해 온 병사 두엇은 나를 뒤따라 와선 흰 밥덩이를 게걸스럽게 얻어먹곤 했다. 그래선지 동료(최 시인)는 그 보답인 양 추위가 살을 에는 연말 재물 검사를 앞두고 감쪽같이 없어진 방한모의 벌충을 도와주었다. 간이변소에 쭈그리고 앉아서 볼일에 여념 없는 어느 병사의 동향을 망보던 그 친구의 신호를 받아 결행했다. 나는 잽싸게 병사의 뒤쪽 머리에서 방한모를 낚아채서는 눈 덮인 연병장을 가로질러 뛰었다. 숨 가쁘게 내무반에 들어서며 그

1962년 3월, 전방에서 기동훈련 중에 잠시

걸 전리품인 양 추켜들었다. 소대원들이 박수를 치고 고참병들도 개선용사처럼 대접했다.

"그래, 이제 됐어. 우리 이 병사가 제일이야! 멋진 신참이라구!"

5.16이 일어난 그해 가을, 역시 훈련복이 많은 신병은 재건 기동 훈련 부대에 차출되어 귀한 체험을 더 쌓았다. 어깨에 1사단 마크를 달고 홍천의 양덕원 들에서 야영하며 호된 단련을 받았다. 완전군장으로 뿌연 먼지를 날리는 전차 양 옆으로 야간 행군을 하며 졸다 바퀴에 치일 만큼이나 힘겨웠다. 겨우 야전 천막을 치고 눈을 붙이려면 곧 이동 명령이 내려 죽지 않을 만큼 강행군을 했다. 칠성부대에 복귀한 그해 겨울에는 또 혹한기 야영 훈련이라며 긴장은 계속되었다. 영하 20도를 오르내리는 새벽에 4~5백 고지 두어 개를 오른 산중턱에서 기관총 받침대를 내리며 윤 상병은 숨에 찬 채 뇌까리곤 했다.

"네미랄, 왜 울 엄마 아부지는 꼬추자식을 낳아갖고 이리 ×빠질 고생을 시키는가 모르것어. 증말!"

이듬해 늦봄에야 나는 첫 휴가를 얻었다. 그 사이 일등병 계급장을 달고 행정반 조수로서 복주산 진지 공사장에서 작업반 중대 병사들과 한철을 화전민처럼 살다나온 터였다. 새순에 향내를 풍기는 더덕이며 연한 두릅은 작업에 지친 대원들의 좋은 찬거리였다. 나는 남모르게 산중턱에 무성하게 자란 뽕나무 가지에 타잔인 양 올라 앉아 원시의 낭만까지 누렸다. 검게 익은 오디를 파이버에 가득 훑어 담아서 한 줌씩 우겨넣은 입술에서 시뻘건 과즙이 끈적거리도록 즐겼다. 그런 일과를 접고 부대에 내려와서 이발을 한 다음에 휴가를 나오는 마음은 얼떨떨했다.

모처럼 다려 입은 군복 차림으로 연대의 진중 버스에 오른 여남은 명의 휴가병들은 너나없이 달떠 있었다. 뿌연 먼지를 일으키며 도로를 달리는 버스가 울퉁불퉁한 파포리 고개를 돌아나오자 일행은 휘파람을 불어대며 흥겨워했다. 밭에서 일하는 아주머니나 길을 걷는 치맛자락을 보면 저절로 웃음과 탄성이 터졌다. 시를 써온 최 병사 역시 마냥 싱글벙글했다.

"넌 뭐가 그리 좋아?"

"글쎄 말이야. 넌 어째서?"

춘천역에 닿도록 모두들 바보처럼 터져 나오는 웃음을 주체하기 어려웠다.

(2013년 7월)

그 시절에 우리는

남 선생, 어느새 한 해도 저물어 가는데, 한동안 격조했어요. 그간 안녕하신지?

난 여전하게 지내고 있소만. 요사이도 밀린 원고 숙제 등으로 만날 분주한 처지네요. 집식구는 글 중독이라지만 나는 이를 이겨내며 즐기는 셈이죠. 그런 중에도 틈틈이 문학 모임에 어울린다오. 어젠 보은의 오장환 문학관 탐방을 다녀오며 심신을 식혔는데, 다음 주엔 옥천의 정지용 문학제에 좌장으로 정해 있다네요.

헌데 얼마 전 뉴스를 보면서 문득 남 선생을 많이 생각했었소. 10조 가격쯤으로 낙찰됐다는 강남의 그 한전 터 말이요. 우리가 1970년대 초엽에 대학 조교로 머물던 그 시절이 낡은 흑백 필름 영상처럼 떠올라요. 경제 개발로 부산하게 움직이던 사회의 한 귀퉁이에서 버텨내던 희비의 자화상도 선해 오고. 궁핍 속에서 꿈을 가꾸던 순수와 열정 말이요. 그 시절이 문득 가슴 뭉클한 감격으로 눈시울마저 뜨겁게 적시네요.

헌데 남 선생! 한 계절 봉은사 뒷산 언덕에서 금 여사와 주고받던 이야길 잊지 않으셨지요? 산 아래로 히뜩히뜩 눈 덮인 강남의 논밭을 가리키며 건네던 금 여사의 말,

"선생님, 저 건너 벌판 언덕까지가 제 소유의 땅이예요. 지지난 달에 등기가 떨어졌거든요. 저 가운데 어디든 원하시면 오만 평쯤은 이전해 드릴 수 있는데…."

"아, 그래요? 그러나 저런 땅 마지기들은 내게 소용없어요. 여사님 후의는 정말 고맙지만요."

아마 무역센터며 한전이나 현대호텔을 지나 대치동 고개쯤인 모양이니, 포스코 본사 주변 땅쯤을 얻었더라면 좋았으련만.

손사래 친 사실이 새롭게 새겨지네요. 당시 조교에게는 대학에서 강의 한두 강좌를 얻어 학생들 앞에 서는 일만 바랄 뿐이었으니까. 그 유혹을 미련 없이 거절했던 철부지가 정말로 순수해서 얼마나 자랑스러운지 몰라요. 그 허허벌판이던 지역이 상전벽해처럼 금싸라기 바닥이 될 줄 헤아리지도 않는 청년들이었으니까요. 아마 그걸 받았더라면 우리 사이는 서로 남남인데다 십년도 되기 전에 목숨마저 부지하기 어려웠을 거라는 남 선생 말이 맞아요.

이제 와 생각하면, 당시의 우린 더 없이 순둥이들이었어요. 금 여사가 우리더러 두어 번 이야기했던 일도 기억하지요?

"선생들께선 저한테 무슨 부탁할 건 없으신가요? 언제든 연락만 주세요."

그것은 아는 이웃 중에 엄청 큰 이권 사업의 편의를 필요로 하

는 사람이 없느냐는 말이었겠소만, 이런 문제도 우리가 고참급 교수 적에나 뒤늦게 깨달았을 뿐이니 말이오. 그럴 때, 우리 조카라도 한둘 취직시킬 만한데 이제야 알아차린다는 게 얼마나 숙맥이던지 몰라요. 지금도 그 일을 생각하면, 정말 집안 어른으로서 그들을 도와주지 못해 못내 아쉽거든요.

하기야 금 여사도 순수한 우리가 좋아 보여서 그랬을까 싶어요. 그저 강의나 얻길 바라고 논문 쓰기와 자료 섭렵에 급급하던 미혼의 꽁생원 조교들이었으니……. 덕분에 특급 번호판을 단 외제차 편으로 여러 번 사회 견학 삼아서 동행도 했지요. 미8군의 장교 클럽이나 홈빠에서 실컷 이름 모를 고급술들을 많이도 마셨구요. 우린 그 순수나 열정과 함께 결코 마음을 구기는 일은 하지 않아서 다행이라고 여겨져요.

하지만 두어 해 동안에 거의 신세지지 않았던 우리가 딱 한 번 부탁했던 일은 코미디처럼 잊어지지 않네요. 그건 그렇게 노다지 같던 논밭마저 사양한 남 선생이 스스로 해결해냈어야 하는 건데 아무래도 빚을 진 느낌이라서요. 소슬한 바람이 불던 그날, 모란 공원엔가에 서동익 교수님의 장례를 마치고 오던 저녁때였죠? 소주와 막걸리를 마신 탓에 안양 역전 귀퉁이에서 방료를 하던 중 시비가 생긴 것이었어요.

마침 옆 가게 양복집에서 문을 열고 나오던 젊은 보조재단사가 다가왔지요. 그러곤 여기가 무슨 화장실이냐며 남 선생을 파출소에 우격다짐으로 붙들고 갔지요. 남들이 흥건하게 오줌을 눈 곳인데 왜 한 사람한테만 그러느냐고 옆에서 항변하는 나에게 남 선생은 긴박하게 부탁을 했어요.

"형! 금 여사에게 빨리 전화 좀 해 줘. 이곳에 붙잡혀 있는 처지를 말해달라고."

얼결에 난 공중전화 박스에서 늦은 밤 전화를 걸고 파출소 문에 들어섰더니 곧바로 반응이 왔죠. 치안본부 상황실에서 걸려왔다는 경비전화를 건네받던 파출소장 제복 차림이 형광등 밑에 선명했어요. "예, 예"를 연발하고는 웃으며 말하던 모습을 기억하오?

"허허 참, 어쩌지요? 점잖은 분들이 한 잔 하신 모양이신데 신고가 들어오면 곤란해요. 그러나 정상은 참작되니 그냥 돌아가세요. 선생님들…."

그 일은 사실 남 선생이 한전 근처의 토지 대신에 모처럼 청한 부탁인지라 참 어이가 없어요. 하지만 반세기 전 그 시절, 싱그럽던 우리는 추억 속에서 새삼 상록수로 다가오네요. 생각난 김에 언제 우리 한 번쯤 봉은사며 코엑스 쪽으로 함께 산책이나 해봐요. 되도록이면 지금쯤 80을 훌쩍 넘었을 금 여사랑 동행하면 더 좋겠는데, 연락은 가능한가요? 그동안 걸어온 삶의 곡절과 한전에 걸친 그 땅의 소유권은 지금 어떻게 되었을까도 궁금하고 해서요.

아무쪼록 환절기 건강에 조심하시고 가족들이랑 내내 건승하시길 바라면서….

(2016년 11월)

원고 쓰기 반생기半生記

어쩌면 지금까지 살아온 나의 반생은 무엇보다 글쓰기의 삶이었다. 활동 분야가 한국 문학 전공의 문과 교수인데다 평론을 겸해서 그럴까. 40년 가까이 강의에 종사해 온 일보다는 밤낮 가리지 않고 원고지들과 씨름해 온 성싶다. 대학 강의야 정해진 시간에 진도에 맞추어서 끝내고 주말과 방학 여행도 누릴 수 있다. 하지만 글쓰기는 결코 만만치가 않다. 계획한 저술이나 청탁받은 원고는 흡사 그림자인 양 때와 장소를 가리지 않고 따라다니는 숙제였다. 원고 쓰기는 으레 기일 안에 맞추어 주제 및 수준에 이르도록 과제를 더한다. 오히려 방학 기간과 주말에 침실에까지 다가와 압박을 가하게 마련이다. 더구나 마감에 쫓길라치면 해외 여행 출발을 앞둔 공항의 출국 대기실에서까지 탈고를 닦달당하는 경우마저 없지 않았던 것이다.

그러니까, 손수 쓴 원고를 학생회지 내지 일반 신문 등에 발표하기는 대학교 학부생 때부터였다. 그것은 평소의 학점 취득을 위한 리포트 과제와 달랐다. 우선 자신의 견해나 느낌을 써 낸 글이 활자화되면 뿌듯해서 좋았다. 특히 1960년 초여름, 『동아일보』에 논설문으로 대서특필된 「학생과 현실 참여」에서 자신감을 얻었던가. 당시 유수의 신문 대학생란과 대학 학보 등에 몇 차례 논설과 수필 및 콩트를 발표했었다. 덕분에 학우들로부터 주목받는 기분도 괜찮았다 할까. 원고료가 없던 당시에 어쩌다 다소의 고료가 나오면 웬 떡이냐 싶었다. 어려운 터수의 자취생은 버스표 아니면 반찬거리를 샀다. 더러는 같은 처지의 선후배들과 허전을 달래는 막걸리 값에도 썼다. 한번은 학생 기자의 군 입대를 핑계로 따돌리려던 원고료를 기어코 책임자에게서 받아내 『사상계』 잡지 1년분을 정기구독해서 흐뭇했던 기억도 새롭다.

　대학원 과정에서는 더욱이 일정에 쫓긴 학위 논문 쓰기에 여념이 없었다. 석사 논문 작성 때는 숱한 자료의 숲 속에서 헤매느라 이발할 틈도 없이 하숙방에 엎드려 몸부림을 쳐댔다. 논문 제출을 앞두고 방바닥에 가득 펴놓은 자료들을 퍼즐 맞추듯이 하며 숱한 파지를 내곤 했다. 신혼 때 대학 조교로 있던 중이었다. 그런 신랑을 궁금해 하며 시골 학교에서 교편을 잡던 새댁에게 그 파지 서너 장만 넣어서 보낸 답장을 아내의 동료들이 함께 보고 노여워할 정도였다.

　더구나 1970년대 초엽에 전임교수가 되어서는 비중 높은 「만해 한용운 문학 연구」 등의 학술 논문 쓰기에 온힘을 기울였다. 특히 박사 학위 논문은 전임교수로 강의하면서 써내야 했다. 그러기에 실로 현직 교수 때는 오히려 방학 철에 더 바빴다. 거의 바캉스를 모르고 지내며 연구 보고서와 저술에 몰두했던 것 같다. 학위 논문을 보완해서 펴낸『한국 식민지시대 문학의 특성연구』도 10여 년의 공력으로 빚은 성과물이다. 가뜩이나 논문 스트레스에 시달리는 요즘의 현역 교수들 고충이 동병상련의 일로 와 닿는다.

1970년대 후반 이후에 들어서며 나는 더 벅찬 원고 쓰기에 매달려야 했다. 새롭게 「체념과 저항의 시학: 김소월 재론」을 들고 동아일보 신춘문예를 통해서 문학평론계에 오른 때문이다. 그때부터는 섭렵 대상이 매달 쏟아지는 문예지와 신문에 연재된 작품만으로 그치지 않았다. 도서관과 시중 서점 등에 단행본으로 나와 있는 작품집과 장편소설들은 물론이요, 작고한 문인들의 작품 모두를 포함시켜야 하는 것이다. 따라서 신진 비평가였던 나는 여러 군데로부터 글 부탁을 받아서 원고 써내기에 분주했었다. 평단에 데뷔한 직후에 삼성출판사에서 시리즈로 연이어 펴내던『한국현대 문학소설전집』에 대표 단편의 해설을 쓰던 추억은 잊히지 않는다. 강의에 피로한데도 출간 일정에 맞추려 밤새워 씨름해서 이틀이 멀다하고 원고를 대주었다. 팔이 아프도록 쓴 그 두툼한 원고를 종로 1가 뒷골목의 2층 편집실에 넘겼다. 그리고는 곧바로 집에 돌아와 다음 책에 실을 평설 쓰기에 임하곤 했다. 불룩한 고료 봉투를 원고와 맞바꾸다시피 받아오면서도 누구와 술 마실 겨를도 없었다. 서재에 들어박혀 그야말로 밤낮을 가리지 않고 잇단 원고지의 칸에다 모를 심듯 글농사를 지어댔다. 처음에 초안을 잡듯 글자 모를 심고서는 또 두세 번을 김을 매고 북돋듯 수정·보완을 해야 한다. 그렇게 살다보니 어느 결에 귀밑에 서리가 내리고

시나브로 나도 모르게 훤한 대머리로 바뀌어 버린 것이다.

실로 그 한창이던 20여 년 동안에 걸쳐서는 순발력 있게 바지런히 대응했어야 했다. 여기에는 일반 평론을 비롯해서 작가작품론과 에세이 및 학술서 등을 두루 포함한다. 원고 거래가 잦았던 순서별로 여럿을 들 수 있다. 문예지로는 『한국문학』・『소설문학』・『문학사상』・『동서문학』・『현대문학』・『중대문학』・『월간문학』・『현대시학』・『예술계』・『민족과문학』・『문학정신』・『문예중앙』・『통일문학』이 생각난다. 학술지로는 『국어국문학』・『語文硏究』・『중대논문집』・『우리문학연구』・『국제한인문학연구』・『어문논집』 등을 빼놓을 수 없다. 그 밖에 일반 잡지로는 『신동아』・『세대』 및 『새어민』・『가정생활』・『효성』 등에 연재로 게재했다. 또한 일간신문으로서는 『동아일보』・『경향신문』・『대한일보』・『문화일보』・『서울신문』・『중앙립로』・『한국일보』・『신아일보』・『세계일보』・『스포츠서울』・『부산일보』・『전남일보』 등의 지면을 자주 활용하였다. 그 무렵에는 대학에서 정년퇴임한 요즘보다 갑절은 더 많이 원고들과 씨름했던 것 같다.

그 당시에는 강의 등에 쫓기고 해서 차 한 잔을 제대로 대접하지 못한 처지라 지금껏 여러 사람들에게 빚을 진 기분이다. 뒤늦은 대로 이 자리를 빌어서 좋은 지면을 할애하여 베풀어준 여러분께 진심으로 고마운 마음을 전한다. 거의가 신문・잡지의 편집자거나 더러는 출판사 대표도 포함된다. 여러분들의 따스한 목소리가 때때로 귓전에, 또는 자별한 모습으로 눈앞에 선하게 다가온다. 크게 작게 때때로 글쓰기 도움을 주었음에도 몇 분쯤은 내 불찰로 빠뜨린 분도 있을지 모른다.

고달프던 대학원 조교 시절부터 시간적인 순서대로 잊지 못할 이름들을 불러본다. 대학 캠퍼스에서 간행되던 대학신문부터 시

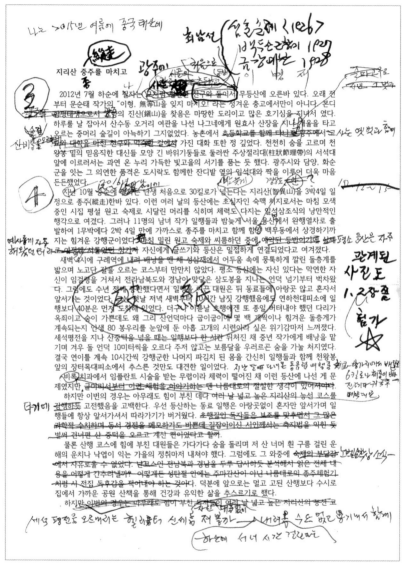

이 수상집을 내기 1, 2년 무렵에 스스로 메모하고 숱하게 수정했던 파지 일부. 이런 면은 결코 자랑이 아니라 진솔한 자신을 살펴보며 이웃분에게도 위안이 되리라 싶어서임.

작해서 문예지나 일간신문과 출판사들로 확대해 나갔다. 그 언론사 실무 편집진의 청탁에 힘입은 것이다. 전병삼·이근배·김후란·박병서·최홍규·장문평·김년균·정종명·김종해·고미석·정영일·한덕치·한분순·장경호·이시헌·이대롱·오세영·이계홍·우계숙·박찬 님 등이 생각난다. 여기에는 문단에서 다소 자리를 잡은 이후 근래에 지면을 배려해준 경우도 포함됨은 물론이다. 윤형두·감태준·김호운·정찬용·권용태·이동희·문효치·박종철·권영민·박이도·강석호·김지연·안영·임갑순·전옥주·박영하·홍금자·전달문·정영자·차철호·김영택·이현석·박형철·진헌성··황하택·백시종·최동호·임만호·조규익·김종회·유한근·김영중·허형만·김성진·이선우·이자야·권남희·김창훈·최권진·양정섭 님 등.

나는 스스로 정리한 자료 목록을 보며 그들을 되뇌곤 한다. 또한 지금까지 내 이름으로 출간한 단행본은 학술서 아홉 권, 문학사전 1권, 평론집 다섯 권, 에세이집 세 권이다. 이번의 수상집과 평론집 밖에 학술서인 『해외 한인문학론』은 2018년 상반기에 단행본으로 펴낼 예정으로 원고를 다듬고 있다. 이삭처럼 남는 여러 세미나 주제 원고도 한 권쯤의 단행본으로 다듬고 보완해서 포함시킬 수 있으면 좋겠다. 이들 모두가 조촐한 대로 내 자신의 글쓰기 공력으로 이루어진 소산물이니까.

나는 학부 적에 전과를 하여 판·검사 같은 율사보다 문사의 길로 들어섰다. 이런 스스로의 선택에 적잖은 자부심을 느낀다. 무엇보다 문인은 정년 없는 글쓰기로써 건강이 받쳐줄 때까지 활동할 수 있어 고맙기 그지없다. 그런 덕에 나는 나름대로 평론 활동 20년을 넘기자 새로 북한문학 연구에도 손을 대고 해외 한인문학

조사에 앞장섰다. 그러고도 대학에서 정년을 맞은 후로는 소설 창작에 나섰다. 딴은 학부 때 꿈을 기어코 반세기 만에 이룬 셈이다. 어쩌면 겁 없이 뛰어든 욕심쟁이가 아닐까 싶기도 하다.

이런 모습을 지켜보는 우리 안주인은 왜 그렇게 끙끙대는 일을 사서 하느냐고 나무란다. 평소 우유부단하게 보이지만 집요한 내 욕심을 꼬집지 않을 수 없으리라. 한창 시절에는 문학평론에다 학문을 겸해 오다가 늘그막에 들어서 소설까지 쓰겠다니. 이렇게 핀잔을 준 안주인도 가끔씩 통장에 찍힌 원고료를 확인하고는 주름진 얼굴에 햇살이 든 듯 흐뭇해한다. 하기야 지금토록 반세기 동안 애면글면 글을 써서 푼돈처럼 받아들인 원고료를 환산하면 만만하지 않겠다. 아마 지금 지닌 역삼동 집 말고라도 논현동과 일산의 오피스텔 두어 채는 넘으리니.

따져보면 문학평론이나 학문은 물론 소설 창작 세계는 모두 원고 쓰기를 전제로 한다. 그런데도 나는 과연 무슨 용기로 내로라는 인재들이 아이디어를 겨루는 글판에 뛰어들었을까 자책을 하곤 한다. 솔직히 고백하자면 나는 방금 A4 용지 두어 장 분량인 이 원고를 채우는 데도 며칠 동안 글 앓이를 겪는다. 한 달 전에 최동호 교수 주간의 시 전문지로부터 청탁받은 원고를 위해서다. 그야 반세기 남짓 활동하며 피땀이 밴 이야기를 차일피일 뜸만 들이며 미루어오다 마무리 짓는 작업이니 그러겠지만.

내 글쓰기 경우는 으레 끙끙대며 마감일자 맞추기에 애쓰는 편이다. 그래서 누구한테 도움을 청할 수도 없는지라 정말 고독한 작업이기 십상이다. 가끔은 좀 읽어서 살펴 달라 해도 냉담한 경우를 맞게 마련이다. 그런 중에 고맙게 읽고 지적해서 도움을 주신 분들이 있다. 한 번 교열까지 보느라 수고한 전병삼 사백, 긴 작품을 통독해준 이종국 교수나 최찬희·장연옥·이윤협 사백뿐만이 아니다. 이영구 교수님, 임당林堂 화백, 이석용 교수, 교수작가회의 소설 윤독 회원님들 등 몇 분께 깊이 감사한다.

틈틈이 구상해 둔 메모지를 살피면서 마감이 다가오자 몇 줄 쓴 초안을 고치고 지우고선 다시 써나가다 다듬는 일이라니. 문장부터가 꼭 중학생 작문처럼 답답하여 도무지 신통한 맛이 없다는 느낌이다. 흔히 세미나와 심포지엄에 불려나가서 발표하는 내 모습이 연상된다. 아직도 엉성하고 도무지 화통하지 못하다는 짐작이 앞선다. 에라, 빌어먹을! 이런 재주 가지고 누구를 설득하고 얼마를 기쁘게 한단 말인가. 이러고도 문인입네 하고 원고 청탁을 받아들인다는 것인가. 글 쓰는 일이 숫제 염치없는 짓이라 싶어 부끄럽기 그지없기도 하다.

이런 자책감으로 나는 한 달포 가량 절필을 하고 지내보았다. 우선은 글 감옥에서 벗어난 해방감으로 행복했다. 낮잠도 자고 중고교 친구들과 술판을 즐기며 놀아도 보았다. 하지만 한 달이 지나기 전에 나는 무력감에 젖어서 날짜 계산마저 헷갈리는 증상에 리듬을 잃고 말았다. 글쓰기 중독 상태에서 헤어나지 못한 채 놓고 쉬는데 길들여지지 않은 단

본인 스스로 그동안 출판한 단행본 서적과 청탁받아 쓴 글이 발표된 각종 논문집, 문예지들 일부(2018년 정월 현재).

계여서일까. 그러나저러나 이미 받아놓은 글의 마감 시한이 다가와서 다시 컴퓨디 앞에 다가앉아있다. 자판을 두드리기 시작하자 리듬이 되돌아온 듯 안정감이 든다. 내심 깊숙이 은근한 보람도 차오르는 것 같다. 답답하다고 여겨지면서도 스스로 힘겨운 원고 쓰기에 종사해 옴은 이런 맛 때문일까. 그것은 적성에 맞는 부모님의 유전인자에다 엄마를 일찍 여읜 그리움과 외로움도 글로써 달래는지 모른다. 그러기에 못내 아쉬운 모유의 갈증을 풀려고 이토록 원고 쓰기에 매달려 사는가 싶기도 하다.

일찍이 시인이며 영문학자인 이양하는 「글」에서 청탁 원고를 쓸 때는 헤엄쳐 가야 할 망망대해 같은 원고지 앞에서 진통을 겪었다고 했다. 마감이 임박한 긴장감 속에서 신음하듯 담배를 피우기가 일쑤였던 모양이다. 그러다가 거울을 들여다보며 코털을 자르거나 손톱을 깎아 줄질을 해댄다는 것이다. 그 사정 못지않게 나도 원고 마감 무렵에는 으레 몸살을 앓는다. 바쁜 겨를에 난데없는 가위를 들고 서성대며 몇 달 묵혀 오던 신문 잡지의 스크랩을 하는 짓만이 아니다. 텔레비전에서 시사 뉴스를 보다가 전국노래자랑이나 프로농구 중계 등에 팔리는 버릇이 있다. 드디어 마감을 앞두고는 잠실야구장으로 나가서 나이터 게임의 내야석에서 소리치며 응원을 하기도 한다. 돌아오는 밤길에는 혼자서 포장마차쯤에서 소주나 막걸리로 긴장을 푼다. 모처럼의 술에 거나한 채 집에 와서는 지쳐서 자버린다. 다음날 새벽에 일어나서 맑은 정신으로 원고를 메우려면 신통하게도 여태 막혔던 글이 잘 풀려나가곤 했다.

본디 뛰어난 재주도 아닌데다가 함부로 글을 다루지 못하는 내게는 몇 가지 고충이 따른다. 김동인이나 이병주 작가가 하룻밤

사이에 중편소설을 탈고하고 아침을 들었다는 경우와 대조적이
다. 삼일운동으로 옥살이하다가 풀려난 만해 역시 한 철을 백담사
에 묵으며 시집 『님의 침묵』을 엮어낸 일화도 비교가 된다. 또한
일찍이 영국의 존슨 박사가 어머니 장례비를 마련하기 위해서 일
주일을 철야하다시피 하며 장편 분량의 소설 『라살레스』를 썼다
는 실례와도 다르다. 아무래도 남의 청을 거절하지 못하는 나는
특히 연말쯤에 곧잘 미루어 온 글빚들로 적잖은 홍역을 겪곤 한
다. 여러 군데서 받아놓은 원고가 한꺼번에 몰리는 압박감 속에서
최선을 다하자면 어김없이 무리가 생긴다.

바로 근래의 현상으로 재작년과 그 전해의 연말 경우가 그랬다.
한 달 가까이 밤낮 가리지 않고 불면증과 스트레스에 시달리며
진을 빼다보니 극한상황을 맞았던 것이다. 새벽쯤에 심장의 기능
이 멎을 듯 현기증이 나서 병원 신세를 질 뻔했으니. 앞으로는 반세
기 동안 행해 온 상습범 식의
밤샘 작업은 삼가기로 다짐하
며 주위의 경계적인 충고도 달
게 듣는 중이다. 이제는 만만
찮은 나이테도 헤아리면서 힘
자라는 대로의 원고 쓰기에 임
하려고 한다. 아무리 정년 없
는 글쓰기로 문인의 특권을 누
리더라도 행여 욕이 되는 무리
수로 선비의 도리를 벗어나지
않아야 하기 때문이다.

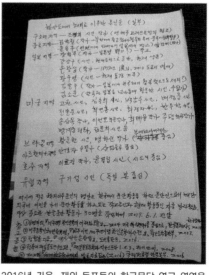

2016년 가을, 재외 동포들의 한글문단 연구 영역을
조사·연구하던 메모 중 일부

나는 위에서처럼 이날까지 욕구와 요구에 쫓기며 꾸준히 글을 써서 활자화시켜 왔다. 거의 매번 쩔쩔매면서 원고 마감일에 등을 대온 편이다. 그러다 보니 내용이 부실하고 문장마저 다듬어지지 못했다 싶어 불안했다. 그럼에도 정년퇴임 후까지 원고 청탁이 계속되고 있음은 희한한 일이다. 그럴 만큼 내 글에도 나름대로 값진 구석이 있는 모양이라고 위안을 삼아 본다. 일찍이 니체가 말했던 대로 피로써 쓴 글은 아닐지라도 열심히 쓴 노력을 사는 것일까.

덕분에 요즘에도 나는 문학 세미나며 학술 심포지엄 등에 기조 발제자 등으로 불려나가곤 한다. 이런 때 또한 발표문 원고작성에 매달려 홍역을 치름은 물론이다. 평소 이렇게 끙끙대는 모습을 지켜본 주위 사람들은 말하곤 한다. 이제는 무리하지 말지니, 자신에게 필요한 글만 쓰고 청탁받는 원고는 끊어버리라고. 그렇지만 모처럼 정중하게 부탁하는 상대방의 호의를 어찌 거절한다는 말인가. 더욱이 어쩌다가 원고 청탁을 끊어버리면 싱겁게 남아도는 세상을 어떻게 사는가 말이다. 그래서 나는 힘자라는 대로 원고 쓰는 작업에 임하는 일은 미덕이요 보람이라며 믿고 산다.

(2017년 11월)

선친의 그런 모습들은

우리 부친과 형님께서는 고향 농촌에서 한약방에다 침술을 곁들여 2대째 반세기가 넘도록 봉사하며 지내셨다. 나는 대머리 주위에 흰서리가 쌓일수록 소년 시절의 아버지 모습이 선하게 떠오르곤 한다. 어릴 적과 달리 나이가 들수록 삼부자의 길쭉한 얼굴에 메뚜기 이마며, 숱이 적은 머리칼이 자화상처럼 느껴진다.

삼복더위로 숨이 막히던 날 오후였다. 방학 숙제로 구구단을 외우느라 중얼거리던 나는 귀를 쫑긋 세웠다.

"아이고메! 어쩌까! 아이고메…."

재빠르게 마루를 건너가선 약방 문턱 앞에 살그머니 멈춰 섰다. 열여덟쯤 되었을까? 흰 저고리에 분홍 댕기를 내려뜨린 처녀가 무릎을 꿇고 앉은 자세로 사뭇 울상이었다. 붉은 혹처럼 잔뜩 부어오른 왼쪽 귀밑을 감싼 채 신음소리를 삼키고 있었다.

"아가, 그냥 쪼끔만 참고 견디라마다, 이것아!"

그렇게 동행한 아주머니가 붙들고 승강이를 하던 중, 처녀는 한순간 "깍!" 소리를 내뱉고는 약장 벽에다 고개를 박고 만다.

어느새 의원인 부친의 예리한 칼침이 환부를 스치듯 찌르고 지나간 것이다. 피고름이 솟구치고 나자 아주머니는 수건으로 처녀의 목덜미와 바닥에 얼룩진 핏자국을 닦으며 웃음을 머금었다. 그리고는 두 엄지손가락으로 서너 번 누런 고름을 마저 짜냈다. 마지막으로 부친께서 흡사 고둥의 내장처럼 짙푸른 빛으로 박힌 종기의 뿌리를 흰 솜으로 눌러 빼내자 처녀가 숨을 돌리며 옷매무새를 추슬렀다. 한바탕 소나기가 삼복더위를 오싹하게 식히고 지나간 느낌이었다.

삼베 적삼을 입은 채 이마의 땀을 훔치며 아주머니는 연신 머리를 조아리면서 고마워했다. 그동안 고약만 붙이고 지내다 종기를 키운 탓에 몸이 불덩이가 돼서 죽을 뻔했다는 것이다. 그러고 나서 그녀는 너덧 장의 지폐를 약방 책상 모서리에 올려놓았다. 이를 본 의원께서는 합죽선 부채를 성급하게 부쳐대며 사뭇 역정을 내셨다.

"어허, 이 무슨 경우요…? 쯧쯧, 정 서운허시면 소주나 한 병이면 몰라도…….'

당황한 아주머니는 밖으로 나갔다가 한참 만에 땡볕 더위에 숨을 가누며 돌아왔다. 동네 구멍가게에서 너 홉 들이 병에 나무 되로 채운 소주를 들고 온 것이다. 신문지를 뭉개서 막은 마개는 술에 적셔진 채 알코올 냄새가 진동했다. 잔에 가득 채운 술을 연거푸 받아드는 부친께서는 온 세상을 차지한 듯 흡족해 했다.

"어 허허허…."

또 한 번은 염색 군복 차림의 젊은 장정이 눈바람 치는 길에 병객을 데리고 약방을 찾아왔다. 리어카에다 중절모 차림에 검정 외투를 둘러쓴 하이칼라 중년 남정네를 태워온 것이다. 수년 동안 속병을 앓았는지 살갗까지 창백하게 비쩍 마른 중년은 위중한 환자로 보였다. 삭도로 감초랑 백복령 등을 썰면서 대화를 엿들어도 사정이 짐작되고 남았다. 벌써 4년 동안 여러 병원과 한방을 옮겨 다녀보았음에도 효험을 못 본 나머지 영험하다는 소문을 듣고 찾아왔다는 것이다.

파리한 중년의 손목을 골똘하게 짚어보던 부친께서 천정을 쳐다본 한참 만에 입을 열었다.

"선생은 워낙 기가 허해 있는디다가 밤에 소변을 여나문 번씩 무시로 드나들르고…. 더구나 마음에 울화가 가득 차 있어서……."

그러자 중년 남정네는 화들짝 놀라면서 눈빛이 반짝였고 계속 말을 이었다.

"예, 그래요. 정말, 선생님! 아, 그걸 어떻게 아시지요? 진짜 영험하시네요…. 그럼 약을 몇 제나, 한 일 년은 먹어야 할까요…?"

서둘러대는 중년에게 부친은 느긋하게 답을 하셨다.

"그야 적절헌 처방인지 알아야 허는거니깨 우선 열 첩만 복용해 보시고 결과를 봐가며 해야 허지요. 그래서 낫거든 추위에 다시 올 거 없고 효험이 없다면 다시 상의해 보입시다."

그 후로 중년은 다시 나타나지 않았다. 독한 감기 같은 것도 서너 첩이면 직방으로 기침부터 잡혀서 오지 않는 경우와 같을까.

중학생이던 나는 겨울방학 숙제로 낼 일기장에다 그 중년 아저씨의 이야기를 쓰다 말고 좀 볼멘소리로 여쭤보았다.

"아부지, 어려운 눈길에 찾아온 그 병세 깊은 아저씨 말이요, 그 환자한테는 적어도 두어 제 약을 멕여야 약효를 볼 텐데 왜 10첩만 권해야 하셨지요?"

부친께서는 한결 웃음 띤 얼굴로 대답하셨다.

"고녀석 참, 그렇게 돈 벌어서 뭐 헌다냐. …떳떳허게 올바로 벌어야제. 재물이야 살 만큼만 있으문 충분한 거 아니냐. 흔히 약방 쥔들은 앉아서 도둑질 허는 좌적座賊이라고 부른단다. 내 비록 조그만 인술仁術이래도 분수 넘게 재물을 탐하다간 너희들도 전수히 도둑 식구가 되고 만다는 생각은 안 드는 모양이구나. 허허 참……."

우리 고향의 추석

　얼마 전까지 기승을 부리던 수십 년 만의 무더위에 지역 따라 별난 장마와 가뭄도 가시고 결실의 계절이 무르익어간다. 입추에도 끄떡없던 더위마저 9월에 들어선 처서 이후 기세가 꺾이었다. 백로 절후를 지나서 아침저녁으론 찬바람이 불어와 추석을 맞는다. 대자연의 섭리에 따른 춘하추동의 큰 흐름은 어김없는 순리이니. 하지만 그 사이 상전벽해로 변해 온 세태 속에서 맞이하는 한가위 맞이는 금석지감이 새롭다. 사시사철 풍족한 먹거리 속에서 태블릿 휴대폰의 액정만 들여다보며 지내는 요즘 청소년들에게 이런 이야기가 통하기나 할지 안타깝기 그지없다.

　벌써부터 귀성 열차표가 매진되고 고향을 찾는 차량 행렬들이 여러 날 줄을 이어 정체를 빚는다. 객지에 나가서 살다가 모처럼 고향을 찾아 차례를 지내고 성묘하며 일가들이 만나 담소하기 위

1980년대 말의 어느 추석 전후해서 집안 당숙, 형님들과 더불어 선산에서 시향성묘를 하며. 왼쪽부터
이갑성 이동섭 이명재 이문숙 이만섭 이기섭 님.

해서이리라. 추수 감사를 겸해서 모인 가족이 조상께 추모의 예를
갖는 추원보본追遠報本의 추석 문화는 미풍양속으로 뿌리깊이 자리
하고 있다. 이번 추석연휴에는 해외로 나가는 여행 상품이 동이
날 정도라지만 외국에서 보내는 사람들 역시 마음만은 한가위 풍
정을 못내 그리워하리라. 나 또한 이번 한가위에는 온갖 것 다 뿌
리치고 고향에 내려가서 조카를 도와 산소 벌초도 하고 사나흘쯤
도심에 지친 심신을 식히고 올까 싶다. 혼자만 옥동에 남아서 농
사를 짓다 몸이 불편해졌다는 황견 동생도 위로하고 와야지.

스무 살 때 함평 천지를 벗어나서 반세기 넘게 도시를 떠돌며
살아온 나에게 고향의 추석 명절이 아련한 그리움으로 다가든다.
그게 어찌 나쁜이겠는가. 하물며 여우도 마지막에는 제 살던 굴
쪽으로 수구초심首丘初心한다는데. 객지에서 지내온 사람들이라면 숱

한 사연들로 고향을 향한 정이
더하리라 싶다. 그러기에 미국
이나 독일 또는 호주 등 외국
에 이민을 가 살면서 추석달을
바라보는 교민들의 글에는 옛
추억 가득한 망향의 그림자가
두드러져 보인다.

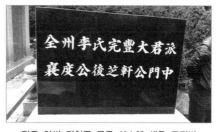
전주 이씨 지헌공 문중 산소에 세운 표지비

　우리 어릴 때는 조국 광복을 전후해서 그 찢어질 듯한 가난과
걷잡을 수 없는 사회의 혼란 속에서도 설날 못지않게 팔월 한가위
를 손꼽아 기다렸다. 더위도 물러가고 날씨도 선선해서 고추잠자
리 잡고 뛰놀기가 마냥 좋아서만은 아니었다. 그날이면 꼬맹이들
은 으레 좋은 고까옷에다 올벼 쌀밥이며 모싯잎 떡부터 여러 색깔
에 고소한 송편을 들었다. 거기에다 붉게 익어가는 단감·대추·능
금·석류·복숭아 등의 풋과일들로 실컷 배를 채울 수 있었으니. 평
소에는 그리 배곯다시피 궁색하게 지냈어도 추석날만은 부자 부
럽지 않게 넉넉한 마음이었다 할까. 그야말로 '더도 말고 덜도 말
고 한가위만 같아라'였던가 싶다.

　추석날은 햇곡 밥에 차례를 지낸 다음 어른들 따라 선산에 성묘
를 마치고는 하루 종일 신나게 노는 것이었다. 더러는 읍내 장터
에서 벌어진 난장판에 또래들이랑 함께 가서 황소를 걸어놓은 고
을장사 씨름대회를 구경하곤 했다.

　"다음 판은 학교면의 학생과 해보면 아저씨가 한 번 맞서서 겨
뤄보는 씨름입니다. 그렁깨 어디 한번 해보드라고!"

　그리곤 팔뚝에 구렁이를 휘어감은 약장수의 배암 약 이야기에

51

눈과 귀를 판 친구에 이끌려 나왔다.

"하여간에 이 비암놈에 거시기 몇 알만 묵어불먼 변깅쇠나 변사 또넌 쩌리 가분지요. 아이코 성님! 허고 물러난 뜻얼 알겄찌라우?"

창피해서 자리를 뜨는 아낙네들에 밀려 우리는 자리를 옮겼다.

길 건너 차일 친 쪽에는 광대마냥 해어진 바지며 곰보에 거지 분장에다 구성진 각설이 타령을 불러 젖힌 엿장수가 손님을 모았다. 친구랑 그쪽으로 가서 엿치기 내기를 해서 끈끈한 갱엿으로 부푼 입을 달랜 기억이 새롭다.

작년에 왔던 각설이……,
삼짜나 한 장 들고나 보오니…….

그 맞은편에는 나산 출신의 임방울 국창 제자라는 한복 차림 아저씨가 손에 부채를 쥔 채 구성진 판소리 곡의 꼬리를 끌었었다. 임방울은 본시 자신의 이웃동네 당골네 아들로 태어났는데, 나중에 송정리로 이사 갔다고 했다. 그 탓에 2000년대 이후 지금 광주에서는 해마다 전국적인 임방울 국악 축제가 열리고 있지만.

함평 천지 늙은 몸이 광주 고향을 보려허고
제주어선 갈아타고 해남으로 건너갈 제

그 자리에서 만난 이장님은 술기운이 불콰해서 호남가에 장단을 맞추며 흥겨워하고 있었다. 그분 덕에 우리는 흰 국숫발에 구수한 멸치와 고춧가루를 뻘겋게 뿌려 넣은 장터국수로 훌쩍훌쩍 허기를 달랬다. 그래도 친구는 그 진미로 소문난 한우 육회에다 참기름 고추장에 자르르한 돼지비계 두어 점을 섞은 함평육회비빔밥 맛을 못 봤다고 투덜거렸다.

그 사이에 보름달은 이미 동녘 하늘 높이 떠올라서 온 누리를 밝게 비추고 있었다. 동산에 두둥실 떠오르기 전부터 새해 소망을 빌면서 달맞이 할 걸, 깜박했다. 그래도 읍내 개구쟁이 친구들한테 붙들려서 시달림을 받지 않고 구경을 한 것만 다행이다 싶었다. 우리는 혹시나 해서 지금의 함평여중 앞을 지나서 화양리 길로 접어들다 냅다 엄다면 쪽으로 달렸다. 길가의 산등성이 밑에는 몇 개의 으스스한 초분들이 머리채를 쭈뼛하게 했다. 요즘은 나비축제장 주변을 따라 꽃길로 단장된 지 오래지만. 그때 밤길을 따라서 와촌마을에 이르면 가까이서 흥겨운 꽹과리 소리가 들려왔다.

"꽹꽹 꽤꽹 꽤꽹 꽹꽤꽹."

용동에선가, 별뫼쪽에선가? 농악놀이는 멀지않은 들녘의 길 가 마을인 해정에서 벌어지고 있었다. 친구랑은 서둘러 구경꾼 속에 끼어든다. 아까부터 마을 회관 앞마당에는 꽹과리, 징, 장구, 소고꾼에 이어서 상모와 고깔 쓴 버꾸들의 놀음이 한창이다. 포수가 총을 겨누는 시늉을 하자 혼비백산하는 두루마기 양반 꼴에 아낙네들이 박장대소를 한다. 농악꾼들은 마당을 돌며 지신地神을 밟기에 부산하다. 앞에서 꽹과리를 든 상쇠가 고개를 젖혀대며 선창하면 복창하는 농악꾼들의 장단 역시 구성지다.

동네 주민들 사십 가구
동네 주민들 사십 가구,

일춰월장 만수무강이라
읻춰월장 만수무강이라.

꼬맹이들은 고개를 넘어 초등학교 쪽으로 발길을 돌렸다. 달빛 언덕의 길가에 흐드러진 호박꽃을 따서 그 속에 주위의 반딧불이들을 여러 마리 집어넣었다. 그 호박꽃등을 앞세우고 이웃 동네 밭 등성이를 지나 제동으로 돌아와도 힘든지를 몰랐다. 우물 옆 마당에서는 벌써부터 강강술래가 한창이다. 누나들이나 아낙네들 사이에는 더러 아저씨들도 끼어 있다.

하늘에는 잔별도 많고
강강술래,
이 내 가슴에는 수심도 많네
강강술래.

아낙이 메기는 구성진 중모리는 숨 가쁜 자진모리로 내달았다.

달아 달아, 밝은 달아
강강술래

그래도 우리들은 지난 해에 저질렀던 일로 구경만 했다. 강강술래하는 누나들의 치마폭에 또래 몇이 짓궂게 쇠오줌을 담은 물총을 쏴서 야단을 맞았던 것이다. 강강술래 페스티발도 나중에는 뜀에 지친 아낙네들 매김이 진양조로 늘어져 갔다.

가앙 가앙 수울 래, 가앙 가앙 수울 래, 동 해 동 천, 달 떠 온 다,
강 강 술 래.

밤이 이슥해서야 휘영청 밝은 보름달을 머리에 이고 집으로 향
했다. 그림자를 밟으며 걷던 소년의 귓전에는 한밤중에도 이웃고
을 나주나 무안 어디선가에서 징징하는 소리가 울려들고 있었다.
그 징소리들은 두 세대의 세월이 흐른 지금도 해 묵은 도시 소년
의 가슴에 은은한 파문을 일으키고 있다.

한동네에서 뛰어놀던 동갑내기 개구쟁이들의 모습이 눈에 삼삼
하다. 학교에선 늘 같은 반이던 윤상문은 목포에서 공무원으로 지
낸 후로 어떻게 되었는지? 나춘백은 광주에서, 나현철 박윤칠은
서울에서 오래 전에 세상을 달리했다. 서울에서 퇴직 후에 고혈압
을 앓던 정기환은 건강을 되찾았을까? 여자인 신일순 정영례는
어디서 지내는가? 1년 선배로서 친목계 모임에서도 대장이던 장
양옥은 일산에서 세상을 뜬 지 3년을 넘었다. 김포에서 서예도 하
는 멋쟁이 정길조 벗님은 여전하리라. 제동마을회관 뒷집에 살면
서 몇 끼니 굶으면서도 공부만 하며 남의 집 밥은 거부하던 친구.
며칠 전 또또시 득춘형의 빈소에 다녀왔다던 벗님과 소식이 끊기
면 고향 정분을 어찌할지 걱정이다. 길조 후배, 자낸 나보다 한
살 아우이니 우리 서로 건강을 지키며 옛 고향의 진한 추억을 오
래오래 간직하자꾸나.

추석 때 우리 고향에는 으레 수원에 사는 병석 조카네 부부도
참석해서 다 모인다. 한가위에 서울에서 찾아온 승룡 아우님이랑
무안서 사는 명찬, 승백 형제가 함께하면 더 좋다. 서로 정담하며

동양화 판으로 밤 깊도록 어울린다. 밤잠도 설치면서 음식 시중을 들면서 흥미롭게 구경하는 장조카며느리(종부)는 즐거워서 말하곤 했다. "작은 아버지께서 이렇게 조카덜이랑 밤샘해서 어울리싱께 정말로 오진디, 넉넉히 구순 넘게 함께 즐기시도록 건강하시길 빌어드려요." 자리에서는 어른이 듬뿍 보태주고 격려해야지 하며 선심을 쓴다. 모처럼 여러 잔을 건네받아 얼근한 기분이게 마련이다. 그래서 나는 껄껄 웃으며 호기 있게 외친다. "난 그냥 달린다. 무조건 쓰리고우! 아깐 대전까지 기름 값이니, 이젠 서울까지 마저 가는 거야. 무조건 우리 조카들을 위하야, 바가지 쓰기로 일부러 고우다!" 눈이 감기도록 기뻐하는 양순 조카네 정 서방과 양숙 조카네 김 서방의 얼굴이 선한데. 무엇보다 이영훈 장조카와 안정순 종부가 고향을 지키며 부자로 지내니 든든하다. 더구나 장자로 솔선 노력해서 믿음직하고 우애를 다져서 무진장으로 좋다. 우리 맏손주 의현이랑도 할아버지 뜻 알아서 집안이 화목 번창해 갈 것으로 믿는다.

(2013년 9월, 2018년 1월 보완)

문학은 구원의 오아시스

새삼스럽지만 나비 고장으로 알려진 호남의 함평 고을에서 태어나서 자란 나는 초등학교부터 중·고등학교 과정을 그곳에서 마쳤다. 우리 집 4남매 중에 처음으로 정규 학교를 다닌 막내기에 사회나 진학 문제에는 숙맥일 정도였다. 한약방집 아들로서 그 전쟁 북새통에서도 끼니 걱정 없이 커온 철부지여서였을까. 그저 착하게 살아야겠다는 마음뿐, 장래 어느 길로 진출해야겠다는 의식이나 원대한 꿈도 지니지 못했다. 한문책을 벗 삼은 아버지께서는 그냥 천권성 둘에다 천복성과 천귀성을 겸한 아들의 사주에 따른 장래를 낙관하셨다.

중학교 시절에는 십리 통학 길에 가끔씩 들러보던 시골 우체국장이 되고 싶었다. 난로 옆 책상에 앉아 김나는 차를 마시며 서류를 다루는 모습이 그럴 듯해 보였다. 고등학교 무렵에는 평소 어린 제자를 아껴주시던 담임선생님처럼 학생들을 가르치는 생물 교사나 역사 교사쯤의 직업이 좋을 것 같았다. 그러다가 정작 고3 때 대학 진학을 앞두고는 전공 선택에 적지 않게 망설였다. 의형제를 맺자 하시던 윤영제 선생께서 권한 서울의 S대 국문학과 지원은 아무래도 자신이 없고 문약에 흐를 듯싶어 내키지 않았다.

형님께서 바라시던 지방 사범대 지원마저 거스른 나는 광주의 명문 고교 합격통지서를 늦게 전한 아저씨 탓에 농촌에서 고교를 다닌 대신에 약속했던 서울 진학을 고수했다. 서울에서 약학과나 상학과에 다니며 방학 때 내려온 동네의 정내수, 황만금 선배와 상의해 보았다. 농촌 학교서 S대는 불가능하다기에 무리되지 않은 대학을 택해서 함께 자취하기로 정한 뒤에 그들과 같은 대학의 법정계열에 입학했다. 이 선택은 국어와 사회는 남보다 앞선 취미 과목인데다 어른들께서 판검사를 선호하는 기대에 따른 것이었다. 그러나 1학년 후 학기 중에 견학을 하던 중에 서대문형무소의 피 묻은 교수대와 국회의 여야 사이에 옥신각신 싸우는 현장을 보고는 회의에 **빠졌다**.

그리하여 대학 2학년을 수료한 후에 휴학계를 내고 낙향을 해서 마음을 다졌다. '오냐, 등록금 없어서 내려온 대신에 학우들이 졸업할 때면 고시에 합격하거나 신춘문예에 당선하리라.' 하지만 내 책상은 법률 서적보다 문예지나 장터에서 빌려온 실존철학 등의 교양서와 세계 명작들이 차지했다. 고시 준비보다는 밤낮으로 동서고금의 책을 통한 마구잡이식 독서로 텅 비어 있는 소양을 채우기에 여념이 없었다.

그런 중에도 농번기에는 머슴 대신에 모내기며 김매기는 물론,

밭갈이와 고추농사를 가꾸어 농군 일을 맡아했다. 힘겹게 농사를 지으셔서 누구보다 아끼는 동생의 학비를 대시느라 애쓰시는 형님 내외분을 도와드리려는 마음에서였다. 그러는 틈틈이 습작품을 써서 남몰래 현상 공모에도 응모했다. 대학에 가기 전에는 문인들에게서 수업 한번 못 받은 법정대학생 처지에 혼자서 등용을 꿈꾸다니. 5.16 직후 강원도 화천 지역 전방에 입대해 있던 중에서도 노크한 문단 오르기는 매번 낙방만 하게 마련이었다. 제대 이후 역시 등단은커녕 기초적인 바탕도 다지지 못한 자신만을 확인하며 늦게야 철이 든 셈이다. 한동안 농사일을 계속하면서 미처 읽지 못한 작품들을 메모까지 하면서 독파했다. 가끔 보기보다 건강하고 힘이 세다는 말을 듣는 것도 전방의 사병 시절 못지 않은 농사 체험에 의한 덕택이다.

뒤늦게 복학한 다음에 10년 만에 학부 졸업장을 받고나서는 내킨 김에 대학원에 진학했다. 마침 연구 여건이 좋은 공무원직에 합격해서 근무하면서 대학원에서는 국어국문학과로 전과해 현대문학을 전공하였다. 이내 대학으로 옮기고 조교 일을 맡아 석사학위까지 받고는 연구소 일을 보면서 교내외의 여러 군데에 논문을 발표하며 열심히 뛰었다. 그저 주워진 여건에서 힘 닿는 대로 성실하게 살다보니 뜻밖에 대학의 전임교수가 되었다. 지도교수인 백철 은사님께서 전적으로 신뢰해 주신 덕분이었다. 그야말로 시골의 흙수저 태생인데다 학부 전공도 다른지라, 하늘같은 교수자리는 넘보지도 못하던 처지였다.

돌이켜 보면, 고생하면서 정직하게 노력하는 자세를 믿어주신 여러분께 감사할 따름이다. 솔직히 두어 해 동안이라도 강단에 올라 가르친 내용을 출제하고 채점표에 도장을 찍는 강사 경력만은 갖고 싶었다. 내 딴은 적어도 내가 자신했던 공직 시험을 통해서 일반 사회에 진출한 다음, 가장 노릇을 하면서 문단 활동을 겸하려던 참이었다. 그러나 여러분들의 덕분에 35세에 교수직에 설수 있게 되었고, 남몰래 평론으로 신춘문예에 응모하여 문단에도 올라 비로소 문학의 꿈까지 펼칠 수 있었다. 처음에는 법정계의 율사의 길로 나섰다가 드디어는 고교 담임선생님께서 권한 문사의 길로 들어서서 학문과 문학을 누렸다는 마음으로 살고 있다. 일시적인 사회 활동으로 사라지는 것보다는 작품으로 오래 남는 글쓰기를 더 없이 소중한 자산으로 여긴다.

이제 와 생각하면 자신이 문단에 나선 지 불혹의 나이테를 맞았는데 여러모로 모자란 사람이 문인으로서, 교수로서 과분한 대접을 받는 건 정말 고맙고 축복받은 보람이다. 서울 요지에 살면서 일주일이 멀다싶게 원고 청탁을 받고 세미나 등에 발제를 부탁받으며 몇 군데 심사 의뢰에다 축사들도 밀려 있는 정도이니. 미약하고 보잘것없는 내가 문학을 만나 구원받지 못했다면 과연 지금쯤 어떤 존재로 살아가고 있을까. 그야말로 문학은 메마른 사막 같은 사회를 떠돌아다니는 유목민(노마드)에게 안식을 주는 오아시스라 싶다. 이제부터는 평론이나 학술적 접근 말고도 가능하면 필명으로 당선한 소설 창작에도 나서서 우리 문단에 기여해 보려 한다. 그러다 보면 내 여덟 살 때에 돌아가신 뒤 마냥 그리워 애달프고 배고팠던 어머니의 사랑도 다소는 채울 수 있지 않을까 싶다.

(2017년 11월)

난필-졸필-달필 사이에서

글씨에는 나도 적잖게 애착을 지니고 있는 듯싶다. 문예지 등에서 필적이나 필체에 관한 글을 대하면 눈여겨 읽곤 한다. 육필에는 사람 나름대로의 개성이며 추억과 향기가 묻어 있어서이다. 내심으론 한번쯤 내 나름의 육필에 관한 글을 써보려 벼려온 지 여러 해째다. 하지만 이래저래 팔불출ㅅㅉㅃ 버금가는 자기 자랑 같아서 미뤄오던 걸 적어본다.

그러니까, 한국 전란이 일어나기 전이던 초등학교 4학년 때 가을이던가 싶다. 모처럼 삼십 리 거리의 시골 포구에 소풍을 다녀온 다음 주였다. 숙제로 낸 작문을 선생님께서 칭찬해 주시던 모습이 떠오른다. 또박또박 착실하게 연필로 도화지에 써낸 '주포 이야기'를 교탁 위에 들어보여서 소년의 얼굴이 홍당무로 달아올랐던 기억이 새롭다. 그 후로 중학 무렵까지는 새롭게 부교

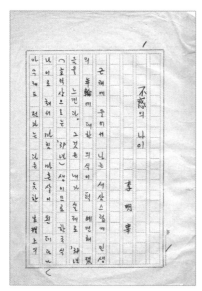

재로 받은 펜맨쉽 글씨본 책에
다 촘촘하게 연필로 써서 다듬
으며 제법 맵시 있게 갖춘 노트
정리에 재미를 붙였다.

하지만 고교 과정에 올라와서
는 사정이 달랐다. 으레 노트 필
기를 잉크에다 찍어서 쓰던 철필
글씨 때문이었다. 숱한 수업 내
용을 날카로운 펜촉으로 갈겨서
적다 보니 종이에 긁히기 다반사
고, 잉크 농도도 고르지 않은 글
자마저 삐뚤삐뚤하게 마련이었

내 나이 40세이던 1978년 무렵에 쓴 글의 서두 부분. 컴퓨터가 일반화되기 전인 당시는 으레 세로 쓰기에다 흔한 한자를 그대로 노출하고 있었음.

다. 연필로 적던 안정감 대신에 손가락에 겉돌게 끼적끼적해댔다.
영어의 필기체 경우엔 아예 꼬부랑대며 곤두박질을 했다. 잉크를
묻히는 신경질 섞인 불만이 과목 성적마저 건드리는 느낌이었다.
때로는 말벌의 꽁무니처럼 벌어진 펜촉으로 투박한 마분지의 노
트 바닥을 쿡쿡 뚫어서 팽개치기도 했으니. 요즘처럼 볼펜이 있었
더라면 아마 성적의 판도도 뒤바뀌었으리라.

대학에 들어와서는 새롭게 만년필 글쓰기로 길들였다. 수월한
덕분에 철필의 거칠음이나 짜증이 줄어들었다. 하지만 아무래도
활달하게 쓰여지지 못하고 글자를 찍어 맞추듯 답답해 보였다. 해
서 신입생 때 정주상의 펜글씨본을 몇 달쯤 익혀서 옛 글 솜씨를
되찾았던 것 같다. 내 딴은 제법 글의 균형과 멋도 알 만한 듯 여겨
졌다. 신춘문예에 낸 평론을 인상 깊게 보았다는 유종호 교수께서

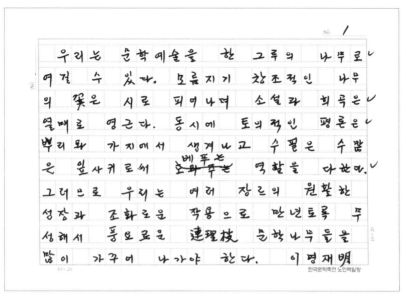

새해 들어서 처음으로 글짓기하듯 친필로 써본 원고. 2018년 1월 3일 아침에.

도 내 원고 글씨를 칭찬해준 바 있다.

　대학 강의실에서 가끔씩 판서板書를 하다 보면 수강생들도 인상 좋게 수용하는 눈치였다. 우리 집사람도 선을 본 다음에 낸 편지 글씨가 자기한테 보냈던 남들 것보다 단연 좋았노라며 지금까지 스크랩해 간직하고 있다. 이 역시 처음 밝히는 사실이지만 내킨 김에 한 가지 더 확인해 둔다. 대학의 조교로 일하던 1970년대 초까지 여러 해 동안 내 육필 붓글씨로 종합대학교 졸업장 수천 장을 써냈다는 이야기다. 한 장에 얼마씩 교무처의 수당을 받아 쌀 몇 가마씩을 사서 살림에 보태 기도했다.

　그럼에도 솔직히 고백하면, 결코 내가 그렇게 달필達筆이거나 뛰어나 명필名筆이 아니라는 점은 분명하다. 다행히 거친 악필惡筆 이나 함부로 써 갈긴 난필亂筆, 아주 형편없는 졸필拙筆은 면했을까.

63

그랬다하더라도 실제론 엉터리 수준이었던지라 부끄럽기 그지없다. 제대로 익힌 바 없는 글씨가 세련되지 못한데다 도무지 여유로운 느낌마저 부족해서이다. 그래도 착실하게 글씨를 쓰려고 노력한 덕에 큰 문제없어 그 일을 맡겼으리라 싶다. 총장과 학장의 직함에다 굵직한 빨강색 인장이 위 아래로 몇 개씩 찍히는 증서가 아닌가. 그렇게 고급 특수지에 인쇄된 본문의 앞에다 붓글씨로 써 넣던 해당 졸업생의 이름과 생년월일을 그르치면 복잡해질 작업이니 더욱 그랬다. 아마 궁하게 지내는 조교에게 쌀값을 보태주려는 선배들의 배려에서였을지도 모른다. 다행히 큰 말썽 없이 삼 년쯤 그 일을 해냈었으니 스스로 대견하게 여겨진다. 요컨대 글씨 역시 타고난 재주나 멋보다는 성의를 담아서 쓰는 게 제일 덕목이라고 믿는다.

하지만 정년 이후 2천 년대에 들어서는 육필과는 동떨어진 삶인지라 씁쓸하다. 빈번한 원고 작성은 거의 컴퓨터의 자판 두드리기로 충당하며 서신 주고받기마저 으레 이메일로 대신하는 세상이니. 이제라도 이런 메커니즘에서 벗어나기 겸하여 틈을 내서 서예에 진지하게 입문해보려 한다. 그러노라면 중학교 습자 시간에 몇 번만 먹물을 갈아서 붓 자루를 잡던 서도도 품격 있게 갖춰지리라 싶다. 정말 몸과 혼이 배인 정통 서예로써 먼 훗날에도 살아남는 유묵 몇 점은 남길 수 있으리라 생각해서이다.

(2011년 가을)

제2부 우리 또래, 이 연륜에는

근황을 전하면서

선배님, 그동안 안녕하신지요? 미국 중남부 지역에는 최근 허리케인 피해로 강대국 사람들답지 않게 난리던데 그곳은 괜찮은지요? 선배님 조카에게서 가끔 안부를 전해 듣습니다만 부인께서도 건강하신지요.

요즈음 저는 그런 대로 분주하게 잘 지내고 있어요. 작년 봄에는 30여 년간 교수로서 봉직해 온 모교에서 정년을 맞았지만 별 충격 없이 새롭게 적응하는 셈이지요. 지금까지 종사해 온 문학과 학문 덕분이라서 정말 다행이라 싶어요. 글쓰기와 연구생활에는 전혀 정년이 없으니까요. 오히려 현직에서의 규제를 벗어난 자유인답게 일을 계속해 나가려 해요. 이후부터는 글쓰기에서도 자의적인 기획 집필을 할 수 있겠지요. 남들은 저더러 등산이나 다니면서 수월하게 지내라지만, 후배에겐 아직 적잖은 숙제가 남아 있거든요.

　작년 초에는 연구실 책들을 그간 원고료로 미련한 셈인 논현동의 새 오피스텔 방으로 옮겼어요. 그런데 명예교수로 한 강좌씩 강의를 나가며 미진한 일을 이어가다 보니 외로워할 겨를이 없네요. 차차로 짐을 덜게 된 학회 일이며, 우리 문학 기림회나 중대문학회 일 등을 회장이란 이름으로 뽑혀서 관장해 왔으니까요. 작년 여름에는 몽골에서 열린 문학회 세미나와 부산서의 시문학회 학술 발표 등에 참여했었지요. 너무 분수없이 끼어들지 말고 연착륙해야 할 터인데 하다 보니 그렇게 됐어요.

　금년에 들어서는 더 바쁜 편이라서 소식도 미처 못 전했네요. 어쩌면 퇴직의 공허로움을 메우려는 목마름에서였을까요? 지난 봄에는 요코하마의 한일 문학 심포지엄 좌장과 모교에서 개최된 국제학술대회 기조 강연을 맡았었지요. 여름철에도 호주 시드니서 열린 해외 한국 문학 심포지엄에 이어, 중앙아시아 한글 문학의 메카인 알마타에서 열린 고려 인문학 세미나에 주제 발표자로 참석하고 왔고요.

　그런 중, 8월에는 설악산 만해마을에서 거행된 광복 60주년 맞이 문학자대회서는 모처럼 '월간문학 동리상東里賞'을 수상했답니다. 이번 경우는 여느 문학상과는 달리 70여 명의 한국문인협회 이사들이 직접 투표로 뽑았는데 뜻밖에 제가 최다 득표였다니 기쁘네요.

　이 무렵에 마치 나이든 소년처럼 새 컴퓨터를 주문해서 이렇게 서투른 이메일 솜씨로 선배님께 소식까지 전하니 용하지요? 사실 그동안 딴으론 원고 쓰기에 쫓긴답시고 으레 육필에만 의지한 나머지 제자들한테 입력의 수고를 끼쳐왔었거든요. 그런데, 사용해

2005년 여름, 만해축전에서 월간문학 동리문학상을 수상

보니 솜씨도 늘어가고해서 참 편리하더라구요.

근황近況을 전하다 보니, 자랑을 늘어놓은 듯싶네요. 허지만 워낙은 그렇지 않아요. 최근 행한 일련의 해외 나들이는 근래 진행해온 국외 한인國外韓人문학 자료 조사를 겸한 것이었거든요. 이제는 되도록 조용히 지내면서 틈틈이 자료를 정리하며 집필 중심으로 지내려 해요. 정년 특강 자리에서 여러분께 약속한 바를 지켜야 하거든요.

되돌아보면, 실로 청소년기 30년 동안은 어렵게 공부하느라 집안 신세를 무척 많이 져왔지요. 대신에 중·장년기 30여 년은 주로 학생들을 가르치고 열심히 글을 쓰면서 여러모로 봉사하고 베풀어온 셈이었어요. 그러니 남은 세월은 미진했던 바를 보완하며 힘 자라는 대로 사회 여러분께 폐 끼치지 않고 다소나마 도움을 줘야 할 계제라고 생각해요.

그런 취지의 일환으로 저는 요즘 이음새 문학회 회원들과 보람된 글 모임을 갖고 있어 얼마나 흐뭇한지 몰라요. 지난 세기 끝자락부터 출발하여 오늘까지 이어오는 것인데요. 알찬 문학 작품으로 등단한 문우文友 20여 명을 비롯해서 30여 명의 회원들은 성실과 순수, 열정의 모델이거든요. 싱그러운 생활 문학을 위해서 서로 잘 성숙해야 할 텐데요.

그럼에도 한편으론 아직 자녀들 혼사며 제자들 돌보기 등이 신통찮아서 가끔 제집 건사마저 못하고 있다는 자괴감에 젖곤 합니다. 더러는 조카들이나 이웃 집안 식구들이 불화할세라 신경이 쓰이고요. 하지만 가족들 나름대로 맡은 일에 충실하니 대견하고, 두 살짜리 손녀딸 재롱이 귀엽네요.

정년 후에 자유로워지니까 오히려 동창회나 문단이며 동아리 등의 자잘한 모임이 많아져서 복잡하네요. 그 중에서 꼬마시절의 초등학교 반창회에는 꼭 나가요. 거기에 가면 부끄러워 말도 못 건네던 나운금·노옥님 할머니랑 개구쟁이이던 김보갑·김우동·김용현 벗을 만날 수 있으니까요.

뿐만 아니라 학부의 1957년 학번 '政友會' 친구들과도 자주 만나지요. 이미 세상을 떠난 친구도 많지만 왕년의 모습이 선해요. 곽승호 이형우 권혁만 이범재 정동호 류겸로 권오윤 한진섭 김연환 정현우 유지철 권영일 윤영관 송재호 최재영 유제대 장화수 등. 또 정 넘치는 '政明會' 벗들과도 어울려요. 김상훈 김재명 김상배 양세근 오국남 임홍기 허영기 등. 여기에는 뉴욕의 김차옥 사장도 한 멤버였으니 선배님도 들었을걸요. 그 중에 우리 엄다면의 정 깊은 김주형 변호사, 이부일 박사, 김우덕·정복남 사장이 '多山會'로 계절마다 끈끈하게 모이지요. 거기에다 우리 함평 출신 중에서 사회 각계각층의 내로라하는 전현직 명사 모임인 '箕山會'까지 있어 든든하답니다.

연금 생활 틈틈이 주말이면 경로 우대의 전철을 타고 벗님네들과 하얀 머리 나란히 근교의 국립공원을 순례하는 나들이도 좋아요. 되도록 멀리 계신 선배님도 후배님 생각으로 향수를 달래시라고. 추석 전에는 여러 달 만에 호남선 열차에 올라 초가을 시골 정경을 만끽하고 왔어요. 아버지 제사 참례차 귀향해보는 대머리 신사 모습 또한 삶의 멋스런 보람이 아니겠어요? 식구들 당부대로 나이 들어 말쑥하게 세탁한 신사복 차림에 약간의 향수 냄새를 곁들이면 한결 산뜻한 기분도 더 하구요.

사연이 너무 길었나 싶네요. 그곳 김 사장한테도 안부 전해주시고요. 이제는 무리하지 말고 건강 관리, 시간 관리, 재산 관리, 품위 관리에 유의하라고 타일러주세요.

아무쪼록 건강하신 가운데 고향에서와 못지않게 늘 행복하시길 기원합니다. 가끔 소식주세요. 총총.

(2005년 한글날 아침에, 서울에서)

글로써 좋은 인연을 이어가며

2000년 초엽, 한 학기 동안 러시아 극동대학교에 초빙교수로 가 있을 때였다. 3월 중순인데도 캠퍼스 곳곳에 쌓여 있는 눈 무더기며 오츠크해에서 불어오는 북풍의 매운 맛이 새삼 연해주의 해삼위임을 실감시켰다. 유일한 그곳 한국학대학 역사 경제학과 4학년 반에서 한국어 강의를 마친 나는 곧장 숙소인 기숙사 방으로 돌아왔다. 우선 뜨거운 홍차로 고독을 달래며 창밖을 내다보고 있었다. 예전 조선극장 자리였다는 건물 옆으로는 아무르 강변을 따라 시베리아 횡단 철도가 눈길 속에 선연했다. 60여 년 전에 먼 중앙아시아로 추방당한 고려인들의 처지를 생각하는 중에 테이블 옆의 전화벨이 울렸다.

수화기를 들자 '드바 드바 삐앗(225)호실'이 맞느냐는 교환 아줌마의 말에 이어 반가운 목소리가 울려왔다.

"안녕하세요? 서울입니다."

지난 달 중순에 흑석동 캠퍼스 수료식장에서 만났던 에세이반 회원이었다. 수인사에 이은 그녀의 이야기는 잠들어 있던 내 무성의를 일깨워주었다. 수료반 동료들이 스스로 글 모임을 갖기로 했다는 것이다. 앞으로 글쓰기 모임을 계속할 터이니 지도를 부탁한다는 청이었다. 특히 글공부하러 와서 1기생으로 마쳤는데 후배도 없이 끊어버린다 싶어 서운하다는 말이 가슴을 찔렀다. 중앙대의 산업교육원 의뢰를 받은 내가 기획해서 힘들게 수강생 20여 명을 모아놓고 강의하다가 훌쩍 외국으로 떠나버린 셈이니 말이다. 글쓰기 과정을 의뢰해 놓고 이내 중단해 버린 대학 당국의 의지도 문제지만. 우선 적극 참여하여 지원할 것을 약속하고 제물에 달떨던 나였기에 옆방의 젊은 유학생을 청하여 보드카로 짙은 북국의 한밤을 지새웠다.

그해 여름 늦게 서울로 돌아온 나는 매월 둘째 주 토요일 오후에 한 번씩 그들을 만나 수필 합평회를 가졌다. 점차 참여 회원들도 늘어나서 여러 곳으로 모임 장소를 옮겨다니면서 아기자기해갔다. 에세이반 수료생들 이외에 국어 교사, 중년 주부는 물론이요, 한국에 와 있는 조선족 유학생 밖에 회사원과 공대 교수, 전직 언론사 간부들도 합류하였다. 서투른 대로 한두 편씩 습작품을 써와서 독후감을 나누고 흥겨운 뒤풀이까지 즐기는 재미가 여간 쏠쏠한 게 아니다. 일상생활에서 느끼고 생각한 애환을 글로 표출하는 게 얼마나 힘겹고 또 그만큼 보람된 일인지. 회원들 자신도 점차 글의 묘미와 겸손을 배우면서 나름대로 자신을 얻어가는 듯싶다.

돌이켜 보면, 사실 나는 그냥 좋은 생각으로 에세이반 회원들을 모아놓고 나서 한동안 여간 고민한 게 아니다. 수강생들에게 처음 수필원론과 글의 구성, 수사법 등을 강의한 후였다. 첫 과제로 제출한 습작품들을 살펴보니, 원고 쓰기나 제목 붙이기부터가 너무 엉망이었다. 단락 짓기도 모를뿐더러 대중없는 넋두리의 나열이라 싶었다. 이런 사람들을 어떻게 키워서 문단에 내보낼 것인가 자신이 안 서는데다 기대에 어긋난 당사자들의 실망과 불만을 어떻게 감당할까 걱정되어서였다. 이러지도 저러지도 못할 일을 저질러 놓았다는 낭패감이었다고나 할까.

하지만 서너 해 남짓 글짓기 모임을 꾸준히 계속해 오면서 나는 회원들의 숨은 재능과 새로운 성과를 발견하고 놀랐다. 회원 태반이 수십 년 글쓰기 문제에 종사해 온 지도교수보다 더 좋은 글을 빚어낸다는 사실이 그것이다. 저마다의 생기 있는 표현이나 진지한 내용의 깊이들에서 가히 청람의 수준을 보이고 있어서이다. 기초를 다지지 않은 채 서둘러 문단에 나섰다고 눈치로 구박 받던 회원이 어엿한 수준을 이룬 경우는 대견하게 여겨진다. 그동안 깐깐한데다 칭찬마저 인색한 교수 탓에 힘겨운 글짓기 일을 그만 접을까 했다는 회원에겐 미안한 생각도 든다. 저마다의 내면에 간직한 재능의 줄기를 찾아내서 다듬고 길러낸 성과이다. 애초에 스스로 그만 둔 몇 분 말고는 어려운 고비를 이겨내고 계절에 따라 천자만홍으로 조화를 이룬 산악 같은 수필의 산마루에 함께 오른 문학 동지 여러분께 감사하면서 축하하는 마음 그지없다.

이제 1999년 가을에 걸음마를 시작한 이음새 문학 나무는 2017년에 열여덟 줄의 나이테에 이르렀다. 10년이면 강산도 변할 만큼 향내마저 싱그러운 과일나무인 양 튼실하게 자라며 열매를 맺기

시작했다. 문득 '네 시
작은 비록 미약하나 나
중은 창대하리라'는 성
경 말씀 역시 산 진리로
와 닿는다. 일찍이 공자
의 제자인 증자도 이르
기를 "군자는 서로 글
로써 모임을 가지게 되
고 나아가서는 그 모임

『이음새문학』 15집 출판기념 겸 조촐한 중수 잔치 자리(2017
년 12월 9일)

을 통해서 사회 발전에 좋은 이바지를 한다君子 以文會友 以會友輔仁"고 했
다지 않은가.

이음새 문학회 회원들은 그 이름의 출발처럼 글을 통해서 지난
세기와 금세기에 걸쳐서 각 지역, 다양한 사회 여러분에까지 연결
해 이으면서 발전해 왔다. 그동안 사회의 텃밭에 듬직한 유실수를
심듯 20명 안팎의 문인을 배출했고 근래에는 열매 풍성한 작품집
을 낸 회원도 여럿이다.

최근에는 시·소설·수필·평론에 걸친 동인문예지『이음새문학』
15집을 출간했다. 거기에 구성원의 뜻있는 행사까지 겸하여 더욱
빛났다. 아무쪼록 회원 모두 초심을 잊지 말고 건승하는 가운데
싱그럽고 알찬 거목으로 커나가길 기원한다.

(2017년 겨을)

주말농장을 가꾸는 삶

어느덧 겨울의 문턱을 넘어 한고비 추수의 계절입니다.

선배님, 안녕하신지요? 뵈온 지도 반 년이 넘었나 싶네요.

저는 그런대로 잘 있어요. 벗들은 저희더러 팔자 좋게 지낸다지만 근래 더 분주해진 느낌이네요. 이제 게으름을 피우거나 청탁을 사양할 구실이 없어졌잖아요. 그러니 세미나 발표나 수필 등 여러 원고 청탁에다 요즘은 더구나 논문 심사철 아닌가요. 게다가 정년이 언제냐 싶게 몇 가지 할 일을 계속하며 여전하게 숱한 모임에도 나가야 하니까요.

그런데도 저는 작년부터 시작한 주말농장에 매달 두세 번씩은 나다니니 정말 싱그러운 기분이 들어서 좋아요. 작업복 차림으로 농장에 가노라면 우선 비좁은 아파트 공간에서 늘상 컴퓨터 등에 지친 심신을 추스르며 더 없이 자유스럽거든요. 모처럼 부부가 도심의 건물 숲과 아파트 틈새에서 벗어난다는 해방감과 함께 농촌의 옛정이 새롭거든요. 계절 따라 새로운 한강변의 정경이며 농사짓는 맛이 얼마나 쏠쏠하고 오달진지 몰라요. 농심처럼 차분하고 넉넉하며 노력한 만큼 어김없이 거둔다는 마음도 흐뭇하고요.

도회의 콘크리트 사이나 아스팔트 위의 삶에 지친 우리에게 교외의 싱그러운 채마밭의 녹색 야채들이며 푸근한 흙은 새삼스러울 만큼 아늑한 동심과 고향을 되살려주더군요. 오피스텔 내에 갇힌 채 활자나 TV, 컴퓨터 등에 시달려온 처지로서는 오래 잃어버린 듯한 원초적 자아를 찾는 감흥마저 일 정도지요. 어쩌면 진짜 농부들에 비하면 비록 소꿉장난 같은데도 좁은 면적의 농토를 다루는 일로 두세 시간 땀을 흘리다 보면 오히려 쌓였던 피로가 회복되고 새로운 원기가 오른다싶게 힘도 솟으니 얼마나 다행인가요.

실은 워낙 농촌 출신인지라 청소년 시절에 곧잘 농사일도 거들었고, 한두 해쯤은 머슴 대신 농사를 지은 경험이 있지요. 그런데도 아빠는 전혀 노동을 싫어하는 것으로 오해해 온 딸들에게 이 주말 농사는 적지 않은 교훈도 될 듯싶어요. 아울러 최근까지 주말농장 가는 일을 비싼 휘발유 값이 아깝다며 냉담하게 대해 오던 애들 엄마도 이번 채소 농사를 보고는 그 진가를 인정해준 셈이지요.

지난해의 경우, 제 주말농장은 팔당 저수지 인근의 남종면 삼성리에 있었는데, 오랜만의 농사짓기인지라 무척 신났었지요. 서울시에서 봄철에 나누어준 상추·무·배추·케일·쑥갓·시금치 중심이지만. 물론 따로 구한 고추나무나 오이넝쿨은 기본적으로 조그만 막대를 세우고 받혀서 단속했구요. 여름철 내내 자주 내린 비 못지않게 무럭무럭 돋아난 푸성귀 수확에 재미를 만끽했어요. 봄 무렵부터 초겨울까지 사흘이 멀다 하고 우거지는 무공해 채소를 실컷 먹고도 남아서 이웃들에게 싱싱한 상추 등을 몇 봉지씩 나누어 줄 정도였으니까요.

내년에는 선배님도 함께 이 주말농장 가꾸기에 참여했으면 해요. 수도권의 상수원 오염 예방을 위해 화학비료를 금지하는 환경 지킴이 역할은 물론이요, 참살이도 실천하는 길이니까요. 주말 등산하는 셈치고 격주쯤으로 제 승용차에 동승하신 채 드라이브 겸 어릴 적 마음으로 운동 삼아 일을 하면 돼요. 요즘 흔히 이야기하듯 등산, 수익, 여가선용, 동심의 고향 찾기를 아우른 다목적 참살이(웰빙)의 하나로선 제격이거든요.

지난 여름, 모국 방문 도중에 우연히 농장에 들렀던 LA거주의 한 후배도 30여 년 근무한 직장에 연가라도 내고 며칠쯤 고향 동산처럼 아늑한 채마밭에 와서 채소를 가꾸다 가고 싶다더군요. 주말농장 경영은 작은 규모인 대로 도심의 일상에서 사는 선비로선 정말 현명한 선택이라고 부러워하더군요.

내년에는 가능한 대로 팔당 수원지를 지나서 퇴촌으로 한강을 건너기 전쯤의 적당한 곳에 두 구좌 정도를 신청할까 합니다만. 모처럼 선배님께 많은 사연을 드렸나싶네요.

아무쪼록 환절기에 건강 조심하시구요. 김장도 잘 담그시길 바랍니다.

(2005년 11월 입동을 맞으면서)

옛 선비를 생각하면서
: 서재 앞의 내 텃밭

그러니까, 셋방살이를 하던 1970년대 중엽에 운 좋게 첫 임대 아파트에 당첨된 이래 나는 서울 강남에서 살고 있다. 거의 밭두렁이던 도곡동 중턱의 조그만 방 두 개에 주방이 달린 주공의 13평짜리 영동아파트 508호 공간. 우선 아담한 내 서재를 갖출 수 있는 데다 아이들이 주인집 식구들 눈치 보지 않고 뛰놀 수 있어서 좋았다. 오랜만에 밥상 책상과 뭉텅이 식으로 보관하던 보따리 자료 신세를 면하게 된 셈이다. 덕분에 서너 개의 책장까지 갖춘 나는 대학 강의안 준비 외로 논문과 평론문들도 열심히 써냈다.

하지만 아무래도 그 공간이 우리에게 비좁아서 주변 지역으로 조금씩 평수를 넓혀 이사를 다녀야 했다. 자라나는 아이들 방도 그렇지만 많아지는 서책을 최대한으로 수용해야 했던 것이다. 필요한 전공 서적과 만만치 않은 자료들 말고도 거의 매일 우송되어

오는 각종 문예지와 문인들 작
품집이 가득 쌓여 새로운 대책
이 긴요했다. 책들의 분류와
이송에 따른 불편함 등으로 가
까운 아파트로만 옮겨 다니다
보니 반생을 이 동네에서 살아
온 셈이다. 이제 이 지역에 정

서울 강남의 아파트에 마련된 내 서재

도 많이 들어서 좀처럼 떠날 엄두가 나질 않는다.

그런데 오래 살던 아파트의 재건축 기간에 우리 식구는 서너
해 동안 서로 다른 지역으로 흩어져 지내야 했다. 오피스텔이나
원룸격인 논현동과 발산동 밖에 일산 장항동까지 책들로 넘쳐나
게 마련이었다. 이런 사정으로 해서 정년퇴임을 맞은 후 재건축된
집으로 입주할 무렵에는 스스로 정리했다. 자신에게 긴요한 장서
말고는 교양서와 문학서적, 참고서 및 석·박사 학위 논문들을 한
트럭 가득 채워서 1만 권 넘게 기증했다. 마침 고향인 함평 나비고
을에 삼층 규모의 군립도서관이 문을 열었던 것이다. 국내외를 통
해서 구하고 모은 만큼 아끼는 서책들도 수많은 독자들에게 이용
하게 하는 게 도리라는 마음에서이다. 반세기 남짓 퇴색되도록 간
직해 오던 각종 문예지들은 여러 가마니 분량을 서울교육대학교
연구소에 자료로 보냈음도 마찬가지이다.

산뜻하게 재건축된 단지에는 2007년 여름에 가장 먼저 들어와
서 건축을 맡은 삼성물산 측의 참한 입주 축하 소나무 분재도 선
물받았다. 정말 아담하게 자리 잡은 지금의 내 글방이 더 없이 마
음에 든다. 24층 건물에 303호인지라 도심답지 않게 가꾸어진 사

철 싱그러운 눈높이의 숲이나 귀한 조각품들만이 아니다. 50평의 공간에서 거실과 벽으로 두른 서재 동남향으로 열린 글방 앞에는 서너 평 남짓한 베란다가 있어 일품이다. 우리 아파트 삼백 가구 가운데 두 집에게만 덤으로 주어진 도심의 텃밭이니, 내심으론 그동안 고학하면서 열심히 살아온 데 대한 보상쯤으로 여긴다. 계절 따라 흙에서 자라난 꽃이며 이파리, 열매에 때로는 설경까지 갖춘 미니정원이다. 책을 읽고 논문이나 평론에다 소설을 쓰다 막히면 라일락 향을 맡고 꽃과 나무에 물이며 거름도 주면서 포도송이 맛도 음미하곤 한다.

그러다 지칠 때면 나는 가끔 스스로 뇌이듯 생각하곤 한다. 과연 이렇게 널찍하고 좋은 서재에 둘러싸인 채로도 왜 글에 고전일까? 호텔방에서 호사하듯 지내면서 집중력을 잃고 있으니 말이다. 이번에도 에어컨 없이 살아오는 탓에 더워서 못 견디겠다며 컴퓨터 자판 두드리기를 손 놓고 졸기 일쑤이니. 방학이면 시골 동각에서 부채로 더위와 모기를 쫓으며 장터에서 빌려온 명작 탐독으로 이열치열했던 학생 때의 초심을 잊은 것인가. 문득 가난한 초가 오두막집에서 글 읽던 소리 즐기던 옛 선비들에 부끄럽기 그지없다.

(2009년 10월)

혼인식 주례 이야기

조교수 시절이던 1981년 신정 오전에 우리 집에서 세배전화를 받았다.

"선생님, 안녕하신지요? 제자 류주형 입니다. 교수님, 새해 건강하시고 복 많이 받으십시오." 내 지도로 석사 과정을 마친 뒤 중학교 교편을 잡고 있는 청년이다.

"아, 그래. 류 선생, 반갑네. 류 군도 금년에 건강하고 소원성취하기 바라네. ……그리고 류 선생도 이제 장가 들 나이가 됐으니 새 가정을 이루어 다복하시길 비네."

서로 덕담을 나누는 중에 저쪽에서 기다렸다는 듯이 대답하는 것이었다.

"예, 그렇습니다. 교수님. 안 그래도 교수님을 주례로 모시고 결혼하기로 했습니다. 다음 달 설날 전에 약혼자와 함께 인사드리겠

습니다."

이렇게 해서 정초부터 얼결에 처음인 혼인 주례를 맡게 되었던 것이다.

"거 참 다행이군, 헌데 내가 주례라니…… 자네들 혼인은 정말 축하하네만. 잘 연구해 보세."

그 후로 나는 적잖이 신경이 쓰인 나머지 좀처럼 깊은 잠을 이루지 못했다. 신부마저 교양 국어 시간에 교탁 바로 앞에서 열심히 강의를 듣던 모범생으로 미술 교편을 잡는 터라 모처럼 청한 제자들의 부탁을 정초부터 거절할 수 없는 일이었다.

주례가 사양한 비행기표 대신에 부산행 특급 특실표를 끊어서 동행하러 온 김군을 우리 집 옆방에 두고 나는 고전했다. 토사광란 증상이랄까, 약을 복용해도 도무지 듣지 않는 복통으로 밤새도록 화장실에 들락거렸으니. 혼인식 전날 낭만적인 부산항의 좋은 술자리 역시 나에겐 그림의 떡이었다. 하지만 어떻게든 식장의 주례는 큰 실수 없이 마치고 나자 저절로 배탈이 그치면서 서울에서 내려간 일행들과 흥겹게 어울리며 상경했다.

그렇게 43세에 시작된 주례는 어언 강산이 세 번 남짓 변할 36년의 세월이 흐르도록 계속되었다. 하기야 첫 신랑인 류 선생의 두 따님들도 이미 수년 전에 결혼하여 여러 자녀까지 두었으니. 그동안에 이런저런 인연들로 거절하지 못한 내가 주례를 한 신랑 신부만도 엄청나다 싶어 새삼 놀랍다. 되도록 인원을 낮추어 잡더라도 월평균 3쌍은 된 셈이니, 3쌍×10개월×30년=900쌍 아닌가. 더러는 주례가 방명록에다 혼인 당사자와 첫 상견례를 가질 적에 신랑신부의 친필 서명을 받다가 그만 두었기에 정확한 수효는 모르지만.

내가 주로 혼인 주례를 맡은 대상은 그 폭이 퍽 넓은 편이다. 우리 대학 학부나 대학원 제자들과 오래도록 지도를 맡았던 일로 전속 주례로 여기던 문학동인반 출신 청년들 밖에 초중고교 선후배를 포함한 친인척의 자녀들이었으니. 평생 처음 갖는 대사인데 누구는 들어주고 누구는 마다해서 사양하지 못한 탓에 서울 밖의 지방에까지 출장 주례를 다니기 다반사였다. 특별한 경우로는 러시아의 극동대학교에 초빙교수로 나가서 강의 학기 중에 여의도에 와서 우정 짙은 동창의 장남 혼인을 집전하고 그 후에 차남의 주례까지 맡아 준 일도 있다.

한번은 똑같은 날에 1시간 차로 두 군데서 혼인 주례를 행한 바 있다. 시간마저 겹쳐서 도저히 맡을 수 없다고 사양했지만 똑같은 국어국문학과 제자 중에 한쪽만을 택할 수가 없었다. 그런대로 영등포 역전에서 예식을 마치고, 곧이어 1시에 여의도에서 행하는 시간에 맞출 수 있었다. 하지만 신랑이 다 같은 학과 친구에다 예식장 역시 한 시간 사이의 이웃임에도 불구하고 하객으로 온 그 절반씩은 한 군데만 참석하는 것이었다. 스승으로서는 이런 젊은이들의 우정 풍속이 안타깝기 그지없었다.

또 하나는 학원에서 강의하던 후배가 착한 제자라면서 간곡하게 두 번이나 부탁하기에 응했던 경우이다. 중학교 학력만 지녔다는 신랑이 나이는 지긋했지만 소탈하고 착하게 보였던 것이다. 그 신랑 부부는 설날에 한복을 입고 소개했던 후배 선생이랑 우리 집에 찾아왔다. 먼저 그 부부는 서너 살 된 어린이랑 방바닥에 이마가 닿을 정도로 극진한 세배를 올리는 것이었다. 그러자 후배는, 웃으면서 이 아이가 이 부부의 아들인데 미리 말씀드리면 주례를 서 주지 않으실 것 같아 숨겼노라고 말한다. 어이가 없어진 나는 껄껄 웃으면서 아이 손에 세뱃돈 몇 장을 건네주었더니 넙죽 받으며 고개를 조아린다. 그러고는 아이가 색동옷 주머니에서 커다란 오방색 복주머니를 꺼내서는 내 앞으로 내미는 것이었다. 제법 묵중하게 느껴지는 행운의 금 열쇠였다. 이에 난감해 하는 주인에게 부부는 나를 평생 부모처럼 모시겠노라며 다짐했었다. 그래서 정말 그해 추석 이바지에 이어 이듬해 설날에 또 극진한 세배를 온 부부에게 정중히 사양하며 설득했다. 그 성의는 충분히 알겠으니 서로 부담 없이 지내자고. 신혼여행을 다녀와서도 주례에게 안부 인사마저 않고 마는 요즘의 세태와는 너무 다른 이들 부부의 인상이 짙게 남아 있다.

위에서처럼 아무래도 너무 많이 맡는다 싶은 나의 주례 행위에 대해서 스스로도 의아해진다. 강의와 연구에 전념해야 할 교수가 그렇게 대책 없는 행각을 계속하다니, 적지 않은 사례비에다 융숭한 선물에 혹해서가 아닐까? 더러는 남의 눈치가 보일뿐더러 슬며시 자괴감도 들곤 한다. 그러나 천만에, 오히려 어렵게 간청하는 이들을 위해서 봉사해 온 마음만은 분명하다. 굳이 그 이해관계를 따졌더라면 애당초 단호하게 자르고 번거로운 일에 나서지 않았을 터이다. 그리고 주례에 나설 때는 거의 내 나름의 축의금과 참례로 도리를 다했던 것이다.

실로 빠듯한 강의 준비에다 연구 과제며 밀린 원고와 씨름해야 할 황금 주말을 나는 많이도 주례 일에 종사해 왔다. 어쩌면 주말 골프 다닐 여가를 이런 혼사에 봉사한 셈으로 치면 보람을 느끼지만. 전날쯤 목욕재계沐浴齋戒하고 이발을 한 다음에 아침부터 검은 싸인 펜으로 주례사를 메모하고 새 옷으로 갈아입은 다음에 긴장된 주례를 마치면 하루 일과가 다 지난다. 이런 사정을 혼사 집 어른들이나 신랑 신부들은 알고나 있는지 모른다. 게다가 누가 주례를 하면 아들을 잘 낳는다는데 기대에 어긋나면 탓이나 않을지 적잖이 신경마저 쓰인다. 그러기에 황순원 선생은 특별한 경우 아니면 전혀 주례를 맡지 않기로 유명한 듯싶다. 더구나 조병화 시인은 흠 많은 사람이 그야말로 영육의 짝을 이루어 새 출발하는 신랑신부의 주례를 여러 사람 앞에서 어떻게 맡느냐며 손사래를 쳤나보다.

천만다행으로 정년퇴임 후로는 내게 주례 청탁이 줄어서 홀가분하다. 그래서 애제자같이 부득이한 처지 말고는 되도록 주례를 삼가는 것이 바람직하다고 여긴다. 가리지 않고 주례를 하다 보면 이내 갈라서거나 혹은 숨겨서 뒤끝이 개운치 않은 일을 만나기 십상이다. 주례사에서 신랑신부에게 마땅히 1남 1녀 이상의 자녀를 주문하지만 요즘 세대들엔 통하지 않는다. 더구나 혼인을 해야 한다고 강조해 온 자신의 자녀는 부끄럽게도 결혼을 않고 있어서 나는 이제 주례할 자격마저 잃고 있다고 생각한다.

(2017년 12월 27일)

네 계절 속에서 우리는

수아야, 오랜만이다. 새로 진학한 학교에 잘 다니고 있지?

이제 중학생 된 지 두 달째이니 한결 새로운 마음으로 의젓해졌으리라 싶구나. 남보다 키가 큰 탓에 교실 뒤쪽 줄 유리창 가에 모범생 공주처럼 앉아 열심히 수업을 받는 네 모습이 선히 보인다. 할아버지께 꽃다발을 안겨줄 때는 어린 아이였는데 대견하구나.

할아버지는 요즘도 여전히 바쁘게 지낸단다. 지난 주말에는 시골에 내려가서 조상님들 산소에 봄철 시제時祭를 모시고 왔다. 전주 이씨 완풍대군파 양도공 후 지헌공 곤자 할아버지 자손. 큰집에서 하룻밤만 묵으려 했는데 형제들이 모처럼 만나 정답게 이야기하느라고 하루를 더 보냈어요. 대소가大小家 친척 식구들이 승용차로 함평 읍내에 몰려가서는 싱싱한 낙지 연포탕이며 얼큰한 홍어찜 등을 서로 권하는 통에 말이야. 어찌나 인심이 좋은지 밤낮 가리지 않고 식사 때마다 진수성찬珍羞盛饌이었단다.

예정보다 하루 늦게 올라온 티라 그만큼 마감에 쫓긴 두세 개 원고와 씨름하느라 며칠 밤잠을 좀 설쳤다만. 지금 너에게 보내는 이 글만 끝내면 모레 시내 대학에서 열리는 우리 문학회 발표 때까지 한 이틀쯤은 좀 숨을 돌릴 수 있을 것 같다.

수아야, 너도 새 선생님이랑 친구들을 만나니까 신나고 좋지? 너희 1학년 6반의 담임인 전 선생님은 국어과에다 자상해 보이셔서 마음에 들더라. 새로 만나는 친구들과도 사이좋게 지내리라 믿는다. 광희중학光熙中學은 언덕배기에 있던 너희들 초등학교보다 위치가 좋고 운동장이 넓어서 시원하겠더라. 그렇게 동네 꼭대기까지 초등학교 6년을 다니면서도 불만하지 않고 씩씩하게 운동 선수로 지낸 우리 손주딸이 정말 대견해요. 악조건을 견뎌낸 사람들이 편한 곳에서 자란 분들보다 더 강하단다. 할아버지도 한국전쟁이 한창이던 무렵에 매일 왕복 8킬로 농촌 길을 걸어서 중·고등학교를 다녔다마는 오히려 그 덕분에 여든이 된 지금도 건강하다 싶거든.

광희중학교의 내력을 정리한 연혁沿革을 살펴보았더니 할아버지가 태어나기 바로 1년 전에 개교한 학교더구나. 우리가 대학생 적에는 공업학교로 알려졌던 학교인데 우선 새 운동장이 넓고 위치도 좋더라. 그 대신에 내리막길은 등하교 때 좀 조심해서 다녀야겠더구나. 물론 그쯤이야 김동리 소설에서처럼 아빠나 할아버지랑 발가락마저 빼닮아서 재빠른 우리 손녀에겐 안심해도 좋다고 여긴다만.

수아야, 개학에 이어서 봄철인 요즘은 학교 주위에 개나리며 매화꽃이랑 활짝 핀 꽃들이 어우러지고 있었다. 곧이어 풀이나 나무들에 새움이 돋고 영산홍이랑 벚꽃이 만발하면 덩달아 중학생들 마음도 가득 꽃 필 거야. 우리 아파트에도 어느 사이에 노랑 산수유 꽃이며 하양 매화꽃에 이어 자색 목련이 다투어 피어오른다. 서재 앞의 발코니에 선 채 겨울을 견뎌낸 라일락 역시 질세라 연두색 잎을 틔우며 꽃망울을 터

2017년 봄학기 수아의 중학교 입학식장

뜨려 진한 향내를 풍기는구나. 그야말로 봄철은 꿈같은 청소년들의 계절이야.

하지만 우리가 이런 계절감에 젖을라치면 어느새 꽃잎이 날리고 이울면서 싱그러운 신록과 녹음 짙은 여름철로 이어지게 마련이란다. 아마 너희들이 대학에 들어갈 시기 이후의 나이테쯤에 해당될 거야. 그야말로 한창 일하기 좋은 시절이랄까. 대학원에서 논문을 쓰거나 회사원으로 일하느라 분주하게 뛰면서 결혼하는 장년기로서 인생의 판도가 정해지는 시기임을 너도 짐작해서 알지?

그런 다음에는 사회 생활에 쫓기는 사이에 자신도 모르게 단풍이 들고 머리에 서리가 내리는 중년기에 이르게 된단다. 지금 수아의 아빠나 엄마 또래 나이처럼 피부에 인생 계급장인 주름도 생기는 단계야. 그 대신에 사회에서 튼실한 열매를 맺고 익혀서

거두는 인생의 가을철인지라 오히려 값진 계절인 거에요. 불교계의 화엄경華嚴經에서도 말한 바와 같이, 화사한 꽃을 버림으로써 알찬 열매를 거두게 되는 것이니까 말이다. 그래서 인생을 옹골차게 살아온 사람에겐 가을이 도리어 보람된 시즌으로 여겨지는 모양이더라. 지혜로운 사람은 네 계절의 이치를 미리 터득해서 설계하고 열심히 적응하며 장래를 위해 노력한단다.

위의 봄-여름-가을에 이어서 마지막으로 맞게 되는 계절은 역시 겨울이다. 겨울은 일반적으로 만물이 되살아나는 봄과 달리 낙엽마저 흩날리고 눈보라치는 이미지를 지닌 노년기老年期를 일컫지. 말하자면 할아버지 또래마냥 비교적 체력이나 사회 적응력이 약해진 경우이다. 허지만 일반 법칙이 그럴 뿐이고 기후 변화와 생활 개선 등으로 환경이 바뀐 현대에는 겨울에 대한 적응이 사람에 따라 다름은 이미 상식이 되었어요. S. 율만이란 시인의 견해처럼 실제로는 열정이나 체력에서 40대 늙은이가 있는가 하면, 70대의 젊은이도 적지 않으니 말이다. 어떤 이는 이 기간을 인생의 진정한 황금기로 값지게 여기며 사회 발전에 이바지하기도 해요.

지금 할아버지 역시 이전의 환갑인 60을 빼고 덤으로 얻은 20대로 여기며 감사하는 마음으로 산단다. 진짜 철모르는 할아버지라 우습다고 생각되지? 내 자신이 정말 철없는 바보처럼 제자 교수들이나 학생층, 문학가들과 지내서 그럴까 모르겠다만. 가뜩이나 아이들을 낳지 않아서 걱정인 요즘 사회에 남아서 힘자라는 대로 돌보며 사는 게 좋아. 되도록 젊은이들에게 폐를 끼치지 않으면서 말이다. 장수 시대에 들어서는 외국에 백 년을 넘게 산 세기인世紀人 (센테내리언) 클럽까지 생기고 있다는구나. 할아버지도 겨울철 이

2016년 어느 날 역삼동 래미안 펜타빌에서 초등학생인 소녀와 함께. 중학생 때에는 할아버지보다 수아의 키가 더 크겠구나.

후에 글로 오래 살아남기 위해서 수필과 소설, 평론을 열심히 발표하는 중이란다.

문제는 한 번뿐인 네 계절 삶의 마라톤 인생 과정에서 어떻게 잘 이겨내느냐는 거야. 평생 100년 안팎으로 주어진 시간과 체력을 자신에 맞게 조절해서 열심히 경주한 끝에 결승선에 골인하는 게 임이랄까. 흔히 말하듯 흐르는 물과 같은 세월 속에서 일찍이 영국의 머불이란 시인이 비유한 '화살처럼 빨리 지나는 시간'을 중학생 때부터 슬기롭게 써야 하는 거란다. 결코 성급하게 욕심내서 낙오하지 말고 꾸준히 자기 페이스에 맞게 달려야 해요. 공부도 마찬가지니 단거리 경주인 양 너무 1등만 노려서는 안 되게 마련이지. 할아버지는 힘껏 인생 코스를 달려서 기준 내외와 수아에게 배턴을 넘기면 너는 누구보다 잘 뛰어서 좋은 성과를 낼 수 있다는 생각에 기쁘다. '우리 가족 파이팅! 대한민국 만세! 세계 평화 만만세!' 정신을 마음에 품고 살자꾸나. 아무쪼록 우리 모두 건강하고 올바르게 살길 바라고, 성공해서 행복하기를 빈다.

오늘 모처럼 하나뿐인 손주에게 이야길 하다 보니 너무 길어진 것 같다. 하도 오랜만인데다 조금은 공부시킬 욕심에 일부러 하자 말도 넣다 보니 부담되었을까 싶구나. 그래도 너희 나이에는 이런 정도의 내용은 착실히 알고 이겨내는 게 좋아요. 평소 가슴에 담아온 이야기를 다듬어서 전했으니 다음부터는 수월할 거야. 우선은 편지를 읽고 나서 수줍어져도 쉽게 꼭 답장을 주기 바란다. 그러고 나서는 그냥 만나거나 손쉬운 통화로 대신해도 좋아요.

　　　　귀엽고 착한 우리 수아秀娥를 생각하면서.
　　　　2017년 4월 초순에, 할아버지가 첫 편지를 띄운다.

우리 또래, 이 연륜에는

어느새 2017년 새해일세. 그동안 과세 안녕하신지……? 지난 늦가을엔가 고향 읍내서 송백 같은 클로버 벗들이 만찬 중이라며 통화했었는데 말이야. 여러 벗님들도 두루 잘 지내리라 여기네. 어수선한 탄핵과 대선을 겨냥한 정치판 풍경은 접어두고 말일세. 자네의 디스크 통증은 좀 잡혔는가? 수술했던 친구들도 후유증은 없는지? 나 역시 두어 달 전부터 코감기를 달고 견디는 중일세만. 아무쪼록 새벽을 알리는 수탉의 홰침 소리와 함께 정유년丁酉年을 맞은 우리의 건승과 행운을 빌면서 신년 하례의 마음을 전하는 바일세.

새해에 벗님들께
1월도 중순인데, 오늘 아침에는 아파트 공원에 온통 하얗게 서설이 내려 있네. 계절도 우리마냥 철을 대중하지 못하는 모양이야. 예전처럼 펄펄 내린 눈이 쌓여서 무릎에 닿으면 신이 나련마는. 실은 나 역시 지난 10월 중순에 나이를 잊고 중장년 작가 10명과 함께 3박 4일 일정으로 지리산 종주를 갔다가 천왕봉 앞에서 까무러칠 뻔했었네. 연말연시 전후의 여러 가지 심사나 시상식, 동창회 모임, 송년회 후의 뒤풀이 2차쯤은 문제없었지만. 아무래도 예전 같진 않다 싶으니 앞으론 무리하지 말아야겠어.

새해를 맞으면서 나는 새로 마련한 일기장과 연중일지를 놓고 진중하게 생각했네. 막연하게 가늠해 오던 우리의 인생 연륜에 대해서 말일세. 나이테에 대한 구분이나 명칭은 물론, 전에 없이 중간 결산과 새 설계 면에서도 그랬어. 만날 덤벙거리면서 지내다 보니 이 지점을 와서야 실감한 걸세. 새삼스럽지만 여든에 이른 나는 과연 어떻게 살아왔으며, 인생 팔십 좌표의 의미는 무엇이고, 앞으로 어느 방향으로 나아갈 것인가?

실은 이런 문제들이 내겐 문득 너무나 감개무량하고 외로운 느낌이 들었네. 그래서 마침 연말에 청탁받은 원고에다 이를 진솔하게 담아서 동병상련의 벗님을 향한 편지 글로 전하는 바일세. 이러다 보니 글쓰기에 빈축을 살세라 이래저래 퍽 조심스러운 고충을 이해해 주게. 부질없이 나이 듦을 말하다 보면 자칫 자기 자랑 아니면 과욕이나 궁상스러운 신세타령으로 들리게 마련 아닌가. 이제 우리는 누구보다 분수를 제대로 추스를 나잇값에 유념해야겠어. 사람들은 내가 오래 살고 싶어 뜬금없이 웬 철딱서니 없는 소리 하느냐고 손가락질을 하겠지. 하지만 나이 들수록 조금은 철 없는 사람처럼 새롭게 생각하고 젊게 사는 게 좋다고 하더군. 체통 부리고 점잖게 살다간 쪼그라들게 마련이므로 젊은이들에 버금가게 발랄한 의식을 지녀야 하거든. S. 울만이란 친구도 '청춘'이란 시에서 읊었잖은가. 젊음이란 역시 물리적인 나이보다는 이상을 향한 열정과 의지가 제일이라고.

우리 삶의 나이테란

이 팔순八旬을 지칭한 팔질八秩=八耋이나 일본식의 산수傘壽란 아무래도 우리에겐 생소하고 버거운 느낌이 들어. 73세를 산 공자의 가르침을 기록한 논어의 이순耳順(60세)이나 종심從心(70세)은 물론, 상년桑年인 48세만 살다 간 두보 역시 장안의 곡강에서 시로 읊은 고희古稀(70세)밖에 생각하지 못했을까. 위에서처럼 80세에 걸맞은 한자 용어는 드물다 싶은데, '예기禮記'에서 다룬 중수나 장자가 말한 중수中壽(80세)가 참고 되는군. 그는 80까지 살았다는 도가道家답게 요수夭壽를 넘긴 장수 인생을 백년 이상으로 보았다네. 그 삼로三老 가운데 팔순을 하수下壽(60세)와 상수上壽(100세)의 중간으로 본 거야.

그렇게 우리도 건강 관리를 잘하면 2037년엔 상수를 맞을 수 있다네. 양생하는 장수법이 더 발전되면 머지않아 가능하다는 108세 다수茶壽를 지내서 111세 황수皇壽나 120세 천수天壽야 과욕이라 바랄 바 아니지만. 우린 적어도 남에게 불편을 안 주는 상태로 구순九旬을 바라볼 망구望九 나이인 내년부턴 인생의 A학점이라 싶은 90세 졸수卒壽를 넘어서 90대 중반 정도는 누릴 만하지 않을까? 이애란 가수가 부른 〈백세 인생〉의 내용에서처럼 수동적으로만 맥없이 지내기보다는 다소 능동적인 처세가 좋을 것 같군. 우리 또래는 은연중에 이런 자세로 남은 삶을 영위해야 할 거라고 생각되곤 하네. 서양 친구들도 요즘 들어선 100세를 넘어서 사는 세기인世紀人=homo contonarian 클럽을 만들 정도라니까 말일세.

참 어느 결에 우리 나이가 이렇게 되었는지 모르겠어. 마음은 아직도 한창인데 실제는 이런 연세의 대열에 들었다니. 하지만 우리는 이 나이 듦을 긍정적으로 보는 게 좋겠네. 한 노인의 죽음은 박물관 하나가 무너진 격이라고 아프리카의 어느 작가도 말했지? 도서관 못지않게 정보와 지혜를 지닌 어르신은 산 역사의 증인이며 사회의 공로자라고. 물론 우리 스스로 젊은 세대에게 폐를 끼치지 않고 후회 없도록 열심히 살아야지. 아일랜드 태생의 작가 G. 버나드 쇼는 95년을 살면서 노벨상까지 받고 한국전쟁이 일어난 그해 가을에 죽어서는 묘비에 새겼다지 않던가. "우물쭈물하다가 내 이럴 줄 알았어."라고.

모두에게 감사하면서

생각하면, 우리처럼 농촌에서 호랑이띠로 태어나서 큰 허물없이 오늘에 이른 것만도 하느님과 조상 어른들께 감사할 일이지. 일제 강점기에 출생해서 광복과 한국전쟁을 거치고 빈곤이나 민주화 과정에서도 살아남았으니 말일세. 이 나이토록 살아 집안일을 돌볼 수 있음도 위로가 된다고 여기네. 사실 나는 엄마를 아홉 살 때 여의었는데, 선친이나 사형께서도 69세 고개를 못 넘기고 작고하셨거든. 4남매 가운데 96세 넘은 매씨마저 재작년에 돌아가신 뒤론 내가 막내로 남아서 추스르는 처지랄까.

되돌아보면, 한약방을 겸하며 농사를 짓던 가족들의 도움에다가 고학으로 서울에서 대학을 마친 것만도 대견했다 싶어. 더구나 백철 은사님을 비롯한 여러분들의 덕분에 대학 강단에서 교수로서 젊은이들과 벗했고, 현역 문인으로서 일반인들과도 대화하고 있으니 말일세. 과연 내가 수신-제가-치국-평천하의 단계를 제대로 다 거쳤는지는 모르겠네만. 법정대학을 마치고 율사 대신에 대학원에서 문사의 길로 옮겨 교수로 정년한 후 13년째인 금년은 평론가로서 문단에 나온 40주년인지라 자못 의미가 깊다고 여겨지네.

비록 대머리 옆에 조금 남은 머리칼을 염색한 데다 주위 분들의 권유에 따라 모자를 쓴 자화상이 어설픈 대로 아직은 건재한 편이거든. 그래도 내가 특수대학원장으로 있을 때 우리 대학에 특강을 온 조용헌 님의 평가대로는 아직 내 뜻을 덜 폈는가 몰라. 사주명리학 명사로 자청해서 내 관상과 생년월일을 셈해본 그분 말로는 내가 몇 천 명 중에나 나올 만큼 좋은 인물로 태어났다는 거야. 그냥 지나간 덕담은 아니라 싶게 청중들 앞에서 진지하게 말한바 있어서 우리끼리 말해 보네만. 어째, 자넨 아무래도 우스갯소리로만 들리는가?

이야길 하다 보니 내 자랑이 너무 많았는지 모르겠네. 하지만 설사 잔소리라도 이런 때 한번 우리끼리 이런 말 않고 어쩌겠나. 허허허, 정말. 물론 옛 고등고시 사법시험에 합격한 조성욱 같은 장관급 동창과 그 당시 서울대 최고 학과 출신의 은행 상무였던 박석태 못지않게 시골 벗들도 박사 가족에 의사와 약사들로서 누구보다 당당하니 말일세. 자주 만나는 친구만 해도 김용현 김형중 노인규 박정규 이동식 이재한 임채영 정영철 조성국 벗님 등. 또 당시 육해공 사관학교를 모두 합격했던 박태영 교수 친구 기록도

학다리중학교 7회 졸업사진(1954년 3월 20일). 이제는 교정마저 바뀌었지만, 선생님들과 학우들 모습이 퇴색한 만큼 더 선연하고.

빼놓아선 안 되니까. 사실 중·고등 과정을 합해도 1, 2반 정도였던 수효였는데, 이런 실적을 감안하면 당시의 그 열악한 농촌 학교 환경에서 선전해 온 우리 벗들의 존재는 정말 대견한 거야. 더욱이 우린 요즘처럼 부정한 일로 인해서 줄줄이 청문회에 불려가 곤욕을 치르는 친구가 없으니 얼마나 떳떳한가. 참고로 우리 중학교 동기 동창들의 졸업사진을 살펴보고 싶네.

어떻든 벗들과 더불어 모처럼 맞이한 팔순이나 중수란 나이테가 나에게는 두 가지로 와 닿는 느낌일세. 내가 태어난 때가 음력으로는 1938戊寅년 정월 대보름 새벽인데, 호적상의 생년월일은 양력 1939년 1월 25일로 되어 있거든. 그 호적 기록을 두고 친구

몇은 자기가 형이라고 우기던 동심이 그립네만. 요즘엔 우리 나이 몇 십 년을 거저 가져가라 해도 욕심낼 사람이 있을까? 다행히 나는 정년 없는 문사인지라, 글을 써서 남김으로 해서 모자람을 벌충할 수 있어 위안이 된다네.

내 생일을 양력으로 환산해 보니까, 80년 전의 대보름은 1938년 2월 14일이더군. 그래도 나는 내 생일만은 그냥 음력 대보름으로만 생각하고 예스럽게 쇠고 싶어. 바로 월요일인 그날에 우리 교가의 서두처럼 그야말로 온 누리의 정기를 받은 함평 천지에서 전주이씨 집안의 늦둥이로 태어난 걸세. 엄혹한 일제 강점기였지만 순박하고 알뜰한 동네 여러분의 귀염을 받으며 자랐다네. 금이야 옥이야 아끼는 막내인지라, 어머니께선 행여 손을 탈세라 감싸고 사는 통에 이웃 사람들은 안아보지도 못했다는 거야. 더구나 해마다 일 년 중 휘영청 제일 밝은 정월 대보름은 적어도 동양권 전역에서 페스티벌을 여는 축제일이라서 난 내심으로 흐뭇하게 여기네. 서로가 중천의 달님께 소원을 빌고 온 동네가 농악놀이들 속에 밤새워 즐겼어요. 오곡찰밥에 풍성한 과일 부럼을 깨먹고 쥐불놀이 하며 연날리기에 재기차기와 민속놀이들을 함께 했거든.

재출발하는 마음으로

어떻든 나는 이 딱한 팔순 나이를 광고할 일은 아니니 조용히 지내려네. 이미 1997년에 대학 제자들 중심으로 세종문화회관에서 회갑논문 증정식이란 통과의례를 거친 바 있으니까. 이번에도 칠순 때처럼 대보름 무렵에 강릉이나 제주도로 며칠 조용히 다녀올까 싶어. 그리고 금년 중 펴낼 '세계한글 문학 연구' 집필을 마치면 가을쯤에 문인들과 북유럽 쪽 스칸디나비아 반도 몇 나라 문화 탐방을 나가볼까 해. 이어서 내년에는 서양식 팔순 계산으로 기념 삼아 조촐한 에세이집을 내고 세계 여섯 대륙 탐방에서 빠진 아프리카 북부의 모로코쯤을 스페인 쪽으로 갔다 올까 생각하고 있네. 우리 또래 나이면 체력도 그렇지만 해외 쪽은 여행보험마저 제외된다니 말일세.

내후년엔 가능한 대로 첫 창작소설집을 선보이고 며칠 동안 한국 서남해안 지방을 두루 돌아왔으면 하네. 결국은 아기자기한 우리나라가 제일이니 말일세. 마침 2019년은 우리 부부의 금혼식金婚式 해이기도 하니까. 소문 없이 책이나 한 권씩 선물해서 독자들에게 봉사하고 싶은 마음에서일세. 벗님들께 이렇게 약속해 둬야 게으

중수 이후 인생의 겨울철에는 이렇게 부부가 한몸같이 지내야 상수에 이를 수 있다네. 벗님들도 꼭 요렇게 이겨내라고. 1990년 겨울, 강남의 아파트촌에서.

름 피우지 않고 더 나이 들기 전에 못 다한 업적을 채울 수 있지 않겠는가. 이후에도 힘닿는 대로 틈틈이 글을 써서 발표하려네. 물론 벗들처럼 머지않아 떠날 먼 길도 대비하면서. 가능하면 미수米壽 때나 백수白壽 무렵에도 조촐한 작품집을 내서 여러분과 한 잔 나누고 싶은데 과욕일까? 금년 일백 세로 상수에 이른 황금찬 시인이나 98세인 김형석 교수의 활동이 슈퍼에이지 시대의 본을 보이고 있으니 말일세.

이번에는 정말 모처럼 사연이 너무 길었음을 접어 생각해 주게나. 취업 걱정에다 고되게 일하는 청년층엔 욕먹어 싼 분위기를 나도 알고 있으니까. 팔자 좋은 영감탱이들! 지들이 무슨 진사황 욕심에 삼천갑자 동방삭 꿈까지 꿔? 그 꼴값에다 무던히도 작작히 육갑 떨고 있네, 할 거 아닌가. 더구나 가뜩이나 고독사 지경의 노인들 처지도 헤아려서 이젠 되도록 이런 이야긴 우리 자신이 삼가야지.

아무쪼록 우리 서로 건강을 챙겨 이웃에 부담 주지 말고 베풀면서 나름의 보람을 누렸으면 하네. 더 자주 소식을 전하며 격려해야 하는 거야. 이제부턴 정량의 삶인 회갑 60을 빼고 보너스 받아 거듭난 20대의 마음으로 새 출발하길 바라네. 그만큼 새로 정비해서 각자가 재출발하는 1938년생 인생 열차 만세.

(2017년 정월에, 서울 동남재에서)

지리산 종주를 마치고

    나는 한 달에 두어 번씩은 한나절쯤이라도 서울 근교에서 간편하게 산행을 하는 편이다. 이러구러 도심에서 시달린 심신을 앞산 숲길에서라도 풀고 벗들을 만나 대화하는 것이다. 일부 동료들이 그룹별로 도구들을 갖추어서 주말 골프나 며칠씩 바다낚시를 나가는 체질과는 대조되는 스타일이랄까. 이런저런 원고 쓰기며 책 읽기 숙제들에 부대끼는 일상을 이겨내기 위해서 산책하고 충전하려는 자구책이기도 하다.

    어쩌면 호랑이띠 그대로의 체질인 모양인가, 여느 등산쯤이야 자신 있게 대응해 왔다. 그러기에 소설가협회의 등반대 회원 모두가 명색이 고문이라는 고참자를 의심 없는 동행자로 믿어왔던 참이다. 사실 오래전부터 내 스스로도 크고 작은 산들을 적지 않게 오르곤 했기에 걱정을 안했다. 1970년대 전후에는 학생들 수학여

우리 문학기림 회원들과 한중 학술 심포지엄 겸 심연수 시비 건립차 연변 조선족 자치주 탐방 때 백두산 천지 위에 올라서. 2001년 8월 상순.

행 인솔 등으로 설악산 대청봉이나 한라산 백록담을 서너 번씩 오르내렸다. 군대 복무 중에 어둠 속의 혹한기 야영훈련으로 넘나들던 강원도 화천 지역의 높고 낮은 산봉우리들 밖에 사방의 동해 바다를 지켜보는 안개 속의 울릉도 성인봉 체험들만이 아니다. 2000년대 이전에는 중국 관광 붐을 타고 차량의 도움도 받으며 민족의 영산靈山인 백두산 정상에 올라 그 넓고 푸른 천지를 세 번이나 건강한 모습으로 만나보고 왔다.

또 2012년 7월 하순에 나는 절친한 친구와 모처럼 무등산에 오른 바 있다. 본디 함평 태생으로서 고향의 진산鎭山을 찾음은 마땅한 도리이고 많은 호기심을 지녀서였다. 하루를 날 잡아서 산수동 오거리 여관을 나선 나그네에게 원효사 산장을 지나 개울을 타고 오르는 중머리 숲길이 아늑하기 그지없었다. 농촌에서 초등학교를 함께 다니고 광주에서 대학을 마친 이광일 친구와 가진 대화 또한 정 깊었다. 천천히 숨을 고르며 천왕봉 밑의 믿음직한 대신들 모양 긴 바위 기둥들로 둘러싼 서석대 앞에 이르러서는 과연 온 누리 가득한 빛고을의 서기를 품은 듯 했다. 광주시와 담양, 화순군을 잇는 그 의연한 품격은 도시락도 함께한 잔디밭 옆의 입석대와 짝을 이루어 더욱 마음 든든했었다.

나라 안팎의 명산을 오르면서

뿐만 아니라 외국의 산들도 손수 여러 군데 어렵지 않게 답파한 바 있다. 2005년 7월 하순에는 문학평론가 일행들과 더불어 중앙아시아 고려인문학 현지 세미나를 마치고 오던 길에 우즈베키스탄의 내륙에 있는 고산 지대 봉우리에도 올랐었다. 해발 3,500미터인 침간산 꼭대기로 오르는 케이블카 대신에 나는 홍용희 교수와 함께 직접 걸어서 산 정상에 오른 기념을 삼고 거뜬히 내려왔다. 그런데 그 높은 산을 2015년 8월에 문인 동료 30여 명과 동행하여 중국 산동성에 자리한 해발 535미터짜리 영산인 타이산泰山보다 더 수월하게 오를 수 있었던 건 워낙 그곳 중앙아시아 산악이 높은 지대였던 때문이다. 나는 중국의 역대 황제들뿐 아니라 김대중 대통령도 올라 염원을 빌었다는 그곳 천외천天外天 산채山寨 공간에서 케이블카 대신에 고금의 명사들의 친필이 바위에 새겨진 후미진 골짜기로 한걸음에 내려 왔다. 예상 시간보다 일찍 집결지에 나타난 내 모습을 본 동료들은 박수로 환호했다.

지난 2016년 10월 중순에 나는 난생 처음으로 30킬로가 넘는다는 지리산智異山을 3박 4일 일정으로 종주縱走한 바 있다. 한국소설가 협회 등반대의 남녀 회원 가운데 최고참 나이로 동행한 것이다. 이런 여러 날의 등산에 초심자인 숙맥 처지로서는 마침 시집 평설 원고 숙제로 시달린 머리를 식히며 체력도 다지는 일석삼조식의 낭만적인 행각으로 여겼다. 이미 대학의 조교 시절에 동아리 학생 봉사단을 이끌고 남원의 달궁 마을에서 찾은 반야봉처럼 그렇게 평탄한 코스로 짐작했다.

첫날은 용산역에서 밤 10시 45분에 출발한 무궁화열차 속에서 선잠을 잤다. 그리고 다음날 새벽 3시, 구례역에 내려 배낭을 맨 채 어두움 속에 뭉툭하게 깔린 돌층계를 밟으며 소나무 숲길을 오르는 코스부터 만만치 않았다. 등산객들로 붐비는 성삼재 휴게 소에서 야전식의 새벽밥으로 끼니를 채우는 모습 또한 전방에서 의 병영 시절을 연상시켰다. 등산에는 부담 없다고 여겼는데, 노 고단과 임걸령을 거쳐서 전라남북도와 경남이 맞닿은 삼도봉을

한국소설가협회 등반대 지리산 종주(2016.10.13~15)

지나는 언덕 넘기부터 벅차왔다. 그럼에도 수년 전에 이 코스를 두어 번 등반했다면서 일행을 이끈 대원은 동료들에 아랑곳 않고 혼자서 토끼봉－노루봉－화개재를 지나며 앞서가는 것이었다. 대원들과 선두를 신경 쓰던 그는 첫날 저녁 새벽부터 10시간 남짓 강행했음에도 연하천 대피소에 일행보다 40분은 먼저 도착해 있었다.

세 번째 날은 초행에겐 또 종일 버텨내야 했던 다리가 옥죄이고 숨이 가빠 인생 80봉우리를 눈앞에 둔 아홉 고개의 시련이라 싶은 위기감마저 느껴졌다. 그런데도 왜 그리 산언덕마다 굽이굽이에 몇 백 개씩이나 힘겨운 돌층계가 계속되는지. 세석평전에서 물을 마시며 숨을 돌릴 때는 그쪽 고개를 배회하는 헬리콥터에 구호를 청할까 싶기도 했다. 그러나 큰길로 내려가려 해도 3시간이 걸린다니 그럴 바에야 어차피 일행과 함께하는 수밖에. 지리산은 역시 서로 인접한 3개 도를 두루 아울러서 1개 시, 4개 군, 15개 읍면에 걸쳐 있는 명산이다. 그러기에 일찍이 최남선 선생은 일제 강점기인 1926년에 지리산 답사기를 모은 '심춘순례尋春巡禮'로 시작해서 민족문화 정신을 고취해 담은 '백두산 근참기'와 '금강예찬'을 연차적으로 펴냈던 것이다.

그런 만큼 이런 명산에서는 어떻게든 내 사전에 없는 낙오자란 명에는 쓰지 말고 이겨내야지, 다짐하며 안간힘을 다했다. 끙끙대며 산중턱을 넘을 때는 일행보다 한 시간 뒤처진 채 중년인 강천식 작가에게 배낭을 건네 도움받기 일쑤였다. 겨우 돌계단 언덕 5미터씩을 오르다 주저 않고는 건너편의 백종숙 작가랑 보름달을 우러르며 숨을 가누는 처지였으니. 연이틀 계속 10시간씩 강행군

한 나머지 파김치 된 몸을 간신히 일행들과 함께 천왕봉 앞의 장터목대피소에서 추스른 것만도 대견한 일이었다. 해마다 몇 차례씩 종주하는 사람들에겐 우스운 이야기겠지만.

전혀 입맛이 없어 저녁밥마저 그만두고 예전의 사병 내무반 같이 비좁은 대피소 자리에 눕자마자 나는 코를 골았다. 새벽에 깨어나서 화장실을 다녀오는데 절름거리던 왼쪽 다리가 용케도 그 사이에 회복된 듯 견딜 만했다. 양 옆 자리에 누웠던 박충훈 작가와 김성달 작가가 부스스 일어나 상태를 물으며 안부를 타진했다. 천왕봉에 오르는데 나가겠느냐는 말에 평소의 결정과는 달리 나는 고개를 저으며 분수 넘는 정상의 미련에서 단호히 벗어났다. 그 덕에 장터목대피소에서 아침을 제대로 챙겨먹은 나는 일행과 어울려 백무동 골짜기로 내려오는 아침 길을 일행에 앞서 올 수 있었다. 상처뿐인 노병의 개선이라 싶은 자괴감이 함께한 느낌이었다.

지난달 다녀온 동유럽 여행 중에 체코-헝가리에서 배탈로 고생한 나머지 체중이 6킬로나 빠진 탓만이 아니라. 귀국 후에 예약대로 치과에서 인플랜트 시술을 받는 무렵이라 체력이 떨어진 채 이런 등산에 나선 게 문제였던 것이다. 이번의 경우는 아무래도 힘이 부친 데다 여러 날 넓고 높은 지리산의 능선 코스를 무리하게 타서 고전했음을 고백한다. 11명의 중년 남녀 작가들과 밤늦게 서울에서 완행열차로 출발하여 1무박에다 2박 4일 만에 가까스로 종주를 마치고 경남 땅 백무동에서 상경하는 일정은 힘겨운 강행군이었다.

물론 그 산행 중에는 대원들도 힘겨워 하면서 가다가다 숨을 돌리고 산 너머 흰 구름 걸린 구름바다의 운치나 낙엽이 익는 가을의 정취를 놓치지 않았다. 그 와중에 요량머리 없이 햇반까지 박스로 가져온 탓에 더 묵직한 내 짐마저 수시로 챙겨준 원주의 강 작가가 새 소식을 전해준다. 마침 신선한 그 정보로 활력을 받은 나는 링거영양제를 맞은 듯 정신이 맑아왔다. 어제부터 스마트폰을 눈여겨 살펴 왔는데 2016년 노벨문학상은 뜻밖의 인물이 선정되었다는 것이다. 손수 기타로 반전反戰과 평화의 시 가사를 열정적으로 노래하며 연주해 온 미국의 밥 딜런이라고. 나에겐 생소한 이름인데도 강 작가는 이미 익숙해진 그의 음악 펜이라며 이번의 파격적인 문학상 발표를 환영하는 것이었다.

감사와 다짐과 반성을

나는 이 종주 체험 덕분에 앞으로 모든 일을 나이테에 무리되지 않게 지혜로운 삶을 영위하기로 다짐했다. 이번의 경우는 아무래도 애초부터 진이 빠진 채 무모하게 나선 데다 아무 대비 없이 임한 자세를 반성한다. 쉼터에서 들으니까 회원 몇 분은 며칠 전부터 보약을 들거나 영양제 주사까지 맞고 왔다지 않은가. 그런데도 난 스틱이나 랜턴 하나 없이 나섰으니 민폐를 끼칠 수밖에. 준비가 제대로 되지 않았으니 사고를 당하지 않은 것만도 다행이라 싶다.

나는 종주縱走 마지막 날, 두어 시간에 걸쳐 산골짜기를 내려와서 정오쯤 고속버스정류장 앞 식당에 마주앉은 일행들 모습을 잊지 않고 있다. 예정했던 등반을 마친 그들은 대견한 얼굴들이었다. 모처럼 제대로 된 점심에다 바커스 같은 술을 들고는 여유를 찾은 내 자신의 오찬 대접에 연달아 술잔을 부딪치며 환호했다.

"우리 이 고문님, 지리산 종주 만세!"

"소협 산행 만세! … 짜장 짱."

"청바지(청춘은 바로 지금)! 만만세……."

서울터미널에 도착해서는 전에 없이 토악질까지 해대다가 천신만고 끝에 역삼동 집에 돌아온 나는 안도의 숨을 내쉬었다. 그리고 뒤늦게나마 한반도의 영산에 대한 통과의례를 다했다는 흐뭇함에 잠겼다. 고락을 함께하며 유종의 미를 거둔 동료 문우 여러분께 거듭 감사한다. 더욱이 내 딴은 그 가파른 79고개를 아슬아슬하게 넘었다는 심정으로 탄탄한 80나이테를 맞았으니 뜻깊다. 다행히 이튿날 병원 신세는 지지 않고 며칠 동안에 심신의 안정을 되찾을 수 있었다.

나로서는 고전이었던 지리산 종주 체험이 앞에서 든 여느 수월한 등산보다 잊히어지지 않아 이런 글로 되새겨본다. 나이테나 준비성은 물론 컨디션 등, 어려운 여건 속에서 최선을 다한 셈이다. 그러기에 작가 등반대원들과 함께했던 박충훈 대장도 『한국소설』 지면을 통한 글에서 연장자였던 나를 지리산 종주의 자랑스러운 주인공쯤으로 후하게 봐주는 것 같다. 앞으로 나는 위의 덕담에서처럼 문단에서나 사회 활동에서도 주어진 여건 속에서 최선을 다하리라 거듭해서 마음을 다진다.

(2016년 11월)

해외의 한글문학 자료를 수집하며

　새삼스럽지만 내가 한국 문학 연구에 종사해 온 지도 40년 남짓한 나이테를 헤아리게 되었다. 1960년대 말부터 '한국 전후소설 연구'를 석사 논문으로 다룬 이후 최근까지 한국 근현대 문학사와 북한문학 등을 강의해 왔다. 34년의 교수 생활을 마치고, 정년퇴임한 이후인 오늘까지 평론 활동을 곁들여 자주 학회 등에 참여하고 논저를 발표하며 출강하는 생활 또한 연찬 노력의 계속이라 싶다.

　그런 과정에 내 스스로 해외의 한글 문학 자료를 수집한 갖가지 체험들은 잊히지 않는다. 1973년 1학기부터 백철 교수님에게서 물려받은 신문학사 강의에서 스스로 철이 들기 시작했던 것이다. 1990년대 이후 보다 올바른 한국 문학사를 정립한다는 뜻에서 우선 남한 반쪽만 행해 오던 그것을 북한까지 포함시켜야 마땅하다고 보았다. 적어도 한국의 현대 문학 역사를 다루는 데서 특히 1945년 이후의 북한문학을 공백으로 남긴다는 건 모순인 것이다. 분단시대의 남북 단절은 문학 분야부터 해소해 나가야 할 과제가 아닐 수 없다.

1988년 서울 올림픽을 전후하여 북한문학 자료가 남한에 조금씩 흘러들었지만 갈증을 풀기에는 채 미치지 못했다. 1990년대에 들어 몇 차례 왕래해 보았던 연변 지역 중국 조선족 자치주에서의 세미나 등에 참가하여 구한 일부 자료도 극히 제한된 것이었다. 그래서 나는 1991년에 안식년을 얻어 미국 하와이로 향했다. 그곳 초빙학자로서 한국학연구소에 묵으면서 국무성으로부터 이관된 하와이 대학 부설 해밀턴 도서관의 한국학도서실을 이용했다. 남북한의 문예지며 작품집들이 가나다 순서로 진열된 그곳에서 야릇한 통일 문학 현상을 만끽할 수 있었다. 여태 반공법에 묶여 터부시되어 오던 우리 문학의 반쪽을 자유롭게 만나고 음미한다는 건 신선한 충격이었다. 그 덕분에 나는 젊은 제자들의 도움을 얻어 1995년에 국내외 최초의 방대한 『북한문학사전』을 엮어낸 바 있다.

이렇게 우리 문학사를 온전한 남북통일문학으로 접근하다 보니 아쉬운 공간이 보였다. 우리 현대 문학은 아무래도 한반도에 국한된 게 아니었다. 해외 여러 나라에 나가 사는 한인들에 의해 이룩된 한글 문단도 포함시켜야 마땅하다고 여겨졌다. 세계 여러 지역에 흩어져 살고 있는 한인 사회 현장을 답사, 취재하는 일이 필요하다고 생각했다. 일제 강점기 전후부터 압록강 건너 간도 지방에 살던 수백만의 조선족 문학은 그 세력이나 민족적 농도가 짙기 그지없다. 또한 두만강 너머 소련의 연해주에서 살다 1937년에 멀리 중앙아시아로 강제 이주 당한 고려인들의 모국어 문학은 그만큼 강도가 높다. 디욱이 대한해협 건너 일본에 둥지를 튼 교민들의 현지어와 모국어 문단도 예외가 아니다. 특히 태평양 멀리 남북 미주에 이민 가서 사는 각 지역의 활발한 한글 문예지 현황과 1.5세대 및 2~3세대의 현지어 활동 역시 눈부신 것이다. 이밖에 러시아나 호주 지역의 한인들에 의한 현지어 문학과 한글 문단 또한 우리 문학의 영역으로서 주요 접근 대상이 아닐 수 없는 것이다. 이들 문인과 작품들은 바야흐로 국제화·세계화·정보화 시대에는 점차 그 존재 가치가 중시되는 우리 문학의 실체이다.

해외 자료를 구하는 중에 가장 좋은 성과를 거두기는 고려인 문인들에게서 직접 수집한 것들이다. 1992년 5월에 친필 서명을 해서 모스크바에 여행 갔던 문인 편을 통해 서울로 전해 온 리진 시인의 한글 시집 『해돌이』(1989년 판)부터였다. 국내 문예지에 자신의 작품 평을 발표해준 데 대한 고마움에서였다. 옛 소련이 해체되기 직전에 국가기관격인 알마타 작가(사즈스)출판사에서 출간된 한글 조판이 인상적인 모습으로 내 서재를 채우고 있다.

이런 고려인 문인들의 특수한 작품 활동이나 작품집을 수집하기 위해 2000년 한 학기를 나는 직접 러시아 연해주로 향했다. 마침 안식년을 활용하여 블라디보스토크에 위치한 러시아 극동대학의 초빙교수로서 한국어 강좌를 맡고 틈나는 대로 자료 탐방을 다녔다. 그러나 구한말 이후 우리 동포들이 모여 살며 독립 운동과 문화 사업을 펴던 옛 해삼위의 한인촌과 소왕령(우스리스크)은 새 건물로만 남았을 뿐이었다. 일찍이 1927년에 그곳에 망명했던 조명희 작가 작품은커녕 멀리 강제 이주 당하기 전에 남긴 고려인들의 자료마저 옴스크비밀보관소로 옮겨진 터였다. 시내의 문서 보관소에 특별 청구해서 1920년대 초·중엽의『선봉』신문 기사만을 열람할 정도였다. 비행기로 사할린에 찾아가서도 어렵사리 교민 신문사에서 겨우 1961년 10월치『레닌의 길로』에서 한글 시 몇 편과 현지의 허남령(로만 허) 시인과 대담하고, 그 자신의 로어와 한글 대역판으로 된 시집 두 권을 전해 받은 게 소득이었다.

　정작 소련 시절의 고려인 작품집을 많이 접하기로는 2001년 2월초에 열흘 동안 처음 방문한 중앙아시아 현지에서였다. 언어도 통하지 않고 아는 이 하나 없는 우즈베키스탄 타슈켄트 공항에 내려서 한밤중에 한국교육원 306호실에 찾아가 묵었던 추억이 새롭다. 이튿날 그곳 대학이나 국립도서관을 뒤져도 한글 자료가 전

2003년 8월 중앙대 학술조사팀이 자료 탐사차 방문한 카자흐스탄 알마타시 고려일보사 앞에서 고려인 문학가들과 기념 촬영. 현지의 원로인 정상진 평론가, 이정희 작가, 박명진, 김낙현, 김주현, 박헌렬 교수, 최찬희 수필가.

무하여 난감하기 그지없었다. 그러자 현지 고려인협회보의 총무를 맡아보는 신 그레고리 선생이 집에 지니고 있던 『조명희선집』 (1959년 판)을 넘겨주었다. 그리고 그분 안내로 타슈켄트 시내 변두리에 사는 83세 장영진 옹의 댁에 찾아가서 1937년 이주 당시의 상황을 전해 듣고 한글시 초고를 구해 왔다.

기대했던 조명희 작가의 따님인 조선아 씨의 면담도 여의치 않았다. 그 대신에 포석(조명희)의 외손자인 김 안드레이를 그곳 코리아나 호텔 식당에서 만났다. 어머니 건강 탓으로 본인이 나왔다는 그는 그곳 우즈베크 사범대 교수답게 서투른 한국말로 사과하였다. 그리고 집에 소장하던 고려인 합동작품집 『시월의 해빛』 (1970년 판)을 선물로 건네주었다. 오후에 시내 서점 너덧 군데를 순례한 나는 한 군데서 딱 두 권인 고려인 공동시집 『꽃 피는 땅』 새 책을 우리 돈 70원으로 환산되는 현지 돈 텡게로 구입하여 생기를 얻은 바 있다.

사흘 후 비행기로 카자흐스탄의 알마티에 내린 나는 비로소 고려인 문학의 메카에 든 기분에 잠겼다. 수년 동안 목말랐던 지적 갈증을 추길 수 있었고, 당장 문예진흥원에 제출할 저서 작업도 진척시킬 길이 열렸다 싶었다. 서울을 방문한 리진 시인이 소개해준 양원식 시인은 자상하게 많은 편의를 봐주었다. 곧장 당신이 소장하고 있던 스무 권쯤의 고려인 작품 원본들을 승용차에 가득 싣고 왔다. 그 귀한 자료들을 나는 일주일 동안 숙소인 원동식당 침대 주위에 펼쳐놓고 통독하며 열심히 메모하고 복사했다. 멀리 고국을 떠나 사는 고려인들의 기구하고 끈질긴 디아스포라의 삶과 정서가 모국어로 점철된 채 잡힐 듯 사로잡았다. 그러는 사이

한나절씩 현지의 유서 깊은 『한글신문』(현 『고려일보』)사 자료실에 들어가서 마음껏 원형으로 보관된 1930년대 후반부터 1990년대 말 무렵에 걸친 옛 『레닌기치』 신문철을 뒤지며 확인하고 메모하기에 여념 없었다. 사실 고려인 한글 작품들은 그 활동 무대였던 현지 도서관에서도 구하기가 힘든 자료들이다. 그 후 사항이지만 학술진흥재단의 연구 프로젝트를 얻어 젊은 대학원생들과 함께 양원식 시인 안내로 국립 나보이 도서관에서 장윤기의 중편 『삼형제』 한 권을 발견했던 게 유일한 수확이었으니 말이다.

　알마타 첫 탐방 때는 알찬 자료 소득 못지않게 이국적인 정취를 만끽한 체험 역시 값진 추억으로 남는다. 대륙의 분지답게 마냥 쌀가루 같은 눈이 고즈넉이 내리는 시가 정경뿐만이 아니다. 한국 전선에 종군하고 러시아에서 유학한 후에 탈북해서 반세기를 망향 속에 사는 양원식 시인 댁에서는 만찬을 대접받았다. 러시아 쪽에 파견된 벌목공 감독으로 일하다 탈북한 뒤 글을 쓰며 지내는 남철 시인에게는 내가 저녁술을 사며 위로했다. 함께 살던 부인이 가출한 처지라서 고국 손님을 집으로 초대하지 못하는 사정이었다. 그런가 하면 일찍이 사할린에서 태어나 이곳으로 이주해 온 이정희 작가는 서울에서 석사 과정까지 마치고 사업을 하는 만큼, 작품 대신에 불그레한 카자흐스탄 원산의 비싼 코냑을 여러 병 곁들여 눈 내리는 이국의 환송을 축하해 주었다. 특히 양원식 시인은 공항 환송장에까지 안내하며 복본으로 지닌 김준시집 『그대와 말하노라』(1977년 판)와 공동시집 『꽃 피는 땅』을 선물로 주어서 고마웠다.

　2001년 11월 중순에 며칠 동안 알마타에 재차 여행했을 때는 새롭게 정상진(정율) 선생과의 만남이 행운이었다. 당시 팔순인 대로 아직 정정한 선생을 지난번에 뵙지 않았던 게 큰 아쉬움으로 다가왔다. 일찍이 문학평론가로서 광복 직후 북한에서 김일성대학 교수를 거쳐 문화선전성 부상과 문예총부위원장 등의 요직을 두루 역임한 그야말로 분단 시대 북한문단의 산증인이다. 그런 만큼 기억력 분명하고 친절하게 당시 초창기 북한문단의 생생한 증언 외로 여러 원전도 함께 구할 수 있었다. 소련 최초의 한글 문학 작품집인 『조선시집』(1958년 판)과 『조명희 선집』(1959년 판) 등을 친필 서명으로 선물해 주셨다. 재미나는 점은 소련 최초의 고려인 한글 작품집 경우, 〈시인 주송운 동무 앞 1959 은영으로부터〉라는 육필 윗자리에 정 선생의 친필 서명을 해서 넘겨준 사실이다. 함께 건네준 김기철의 창작집 『붉은 별들이 보이던 때』(1987) 역시 발행 직후 저자가 손수 정 선생에게 선물한 그 위에다 다시 서명해 준 것이다. 그 당시 한국교육원장이 사무실 서가에 꽂힌 합동작품집 『오늘의 빛』(1990년 판)을 가볍게 뽑아주던 모습과는 사뭇 달랐다.

이상의 수차례에 걸친 현지 탐방과 뜻 있는 분들의 자료 제공에 힘입어서 나는 2002년에 해외 한인 조사 보고서인 『소련 지역의 한글 문학』을 펴낼 수 있었다.

이런 해외 한인문학 자료 수집 작업은 옛 소련 지역에 그치지 않았다. 2005년 여름에는 한국문인협회 소속 문인 일행과 호주와 뉴질랜드에 문학 기행을 갔었다. 특히 6월 12일

2005년 7월, 중앙아시아 여행 중 회원들에게 건배를 제의하며, 안내자 이영광 시인, 김영철·오양호·김종회 평론가의 얼굴이 보인다.

에 호주 시드니에서 행해진 해외문학 심포지엄에서 주제 발표한 기회에 좋은 자료를 얻었다. 그곳에서 발행된 연간문예지『호주한인문학』두 권과 여러 호를 이은『시드니 수필』을 입수할 수 있었다. 그곳 문단 회원들과 대담하는 과정에서 새삼 시드니 지역 중심으로 행해지는 한글 문학의 실체를 확인할 수 있었다.

뿐만 아니라 2006년 7월 하순에 미국 LA에서 개최된 벤추라 해변 문학제에 주제 발표자로 초청받은 기회에 나는 미국 한인들의 문학 자료들을 많이 모았다. 1980년대 이후 미국의 서부와 동부에서 한글문예지 활동의 붐에 맞추어 이룬 현지 교민들의 작품집 간행도 활발해져 있기 때문이다. 구소련 지역이나 중국 조선족의 경우와 달리, 거의 서울에서 발행된 것이지만 현지에선 더 편리하게 구한 편이다. 현지 문예 운동의 활성화에 이바지한 전달문 시인, 김영중 수필가, 김문희 시인의 도움이 컸다. 여러 문우들의 협조로 나는 한 트렁크 남짓한 한인문학 자료들을 비행기 편으로 가져올 수 있었다.

더구나 2008년 1~2월 사이에 보름 남짓한 일정으로 문인들과 모처럼 중남미 7개국을 문학기행 하던 중에 얻은 현지의 한글 문학지는 뜻밖의 소득이었다. 1월 25일에 아르헨티나의 부에노스아이레스에서 보르헤스 시인의 집필실을 탐방하고 오던 길이었다. 현지 문인 예닐곱 분이 우리 일행을 위해 포도주 파티를 베푼 자리에서였다. 문우들은 헤어지는 우리에게 1993년 가을에 창립한 재아문인협회가 현지에서 옵세트 인쇄로 만든 근년의 연간 문예지를 선물했다.『로스 안데스문학』8~11호를 받아든 나는 보물을 만지듯 펼쳐보며 생각했다. 이 문예 동인지는 멀리 캐나다로부터 시작하여 미국 동서부를 거쳐 안데스산맥을 타고 남미의 중심에 닿는 한겨레 문학의 소중한 실체가 아닐 수 없다.

돌이켜 보면, 한국 문학 강의와 연구 및 평론에 반생 남짓 종사해 온 지난날에 대한 금석지감이 새롭다. 어쩌면 일제 강점기 문학을 당시의 특수한 검열 문제까지 감안하여 새롭게 점검하고 분단된 남북한 문학을 봉합해보려는 내 작업에 긴요한 자료라고 여겨진다. 일부 뜻있는 분들 말고는 대다수 국문학도들이 재래의 반쪽 문학에 안주한 삶을 누릴 때 외톨이처럼 버거운 새 문학의 활로를 찾는 노고도 헛된 것은 아니리라. 나름대로 세계 각지의 한인 집거지를 찾아다니며 자료를 구하고 세미나를 가져 대강의 윤곽을 세웠다고 자부한다. 그러나 남북한과 해외 한인들 문학을 통합한 『한겨레 통일문학사』는 간추린 강의안으로만 남기기로 했다. 거의 근대 100여 년과 거의 전 세계에 걸쳐서 형성, 발전해 온 우리 문학의 작가, 작품들까지 종횡으로 아우른 문학사는 내 혼자의 힘으로 제대로 정립해내기란 무리라고 여겨진다.

나는 다만 험준한 문학사 산맥에 오르는 이 분야 동학도 여러분을 위한 착한 길잡이로서 좋은 정보만을 건네주면 될까 싶다. 우선 그렇게 귀한 자료들을 알뜰한 마음으로 제공해준 여러분께 그 전말의 일부를 밝혀 고마움을 표한다. 2010년대는 모름지기 정치와 군사 및 경제적인 외면보다 더 원초적인 우리 문학 분야부터 진지하게 소통되고, 점차 남북은 물론 해외 한인들에게도 함께 아우르는 성과가 있길 기대한다.

위에서처럼 세계화시대에 우리가 한겨레문학 정립을 위해 행한 일 한 가지를 추가해둔다. 2015년에 국제펜한국본부(이사장 이상문,

제1회 세계한글작가대회 기념사진. 초청받은 노벨상 수상작가 르 클레지오, 조직위원장 김후란 시인, 대회장 이상문 작가, 문효치·정현종·문정희 시인, 정정호 교수, 손해일 시인 등.

사무총장 김경식)가 주최하고 문화체육관광부와 해당 지자체의 후원으로 열었던 국제행사이다. 그해 9월 15~18일 사이에 경주에서 개최된 제1회 세계한글작가대회에 이명재가 집행위원장을 맡았다. 2000년부터 세계 각 지역의 한인문단을 찾아 한글문학 자료를 수집, 연구하고 학회를 활성화한 영향이다. 이 대회에는 세계 15개 나라의 한글문단 대표들과 노벨문학상 수상자를 비롯한 프랑스, 일본, 이집트, 인도네시아에서 온 초청 인사들이 함께했다. 〈한글과 한국문학의 세계화〉라는 주제로 각 지역의 한글문단 현황보고와 교류 등을 논의했다. 이 자리에서 브라질의 안경자, 아르헨티나의 최태진, 호주의 이효정, 중국의 리홍규 님이 현지 문예지를 건네주어 고마웠다. 3회까지 이어진 이 대회는 앞으로 세계한인문단의 교류와 협력으로 한국문학 발전에 큰 도움이 되리라 믿는다.

(2012년 10월, 2018년 1월 보완)

서울 강남에서 반생을

우리 다섯 식구가 처음 서울의 새 터전으로 떠오른 강남땅으로 이사 오기는 1974년 초겨울이었다. 1957년에 학업을 위해서 나비 고장인 함평 천지를 떠나왔던 유목민이 수도권을 떠돌다가 오랜 만에 어렵사리 구한 둥지랄까. 나중에는 가솔을 거느리고 서너 해 동안 관악구(현 동작구)의 흑석동과 상도동 전세방을 전전하다가 마련한 보금자리였다. 처음 시행된 서울특별시의 영동 임대 아파 트에 용케 축복처럼 당첨되어 자리 잡게 된 셈이다. 그러기에 나 의 강남 정착의 발자취는 그대로 간추린 강남 지역 발전사이기도 할 것 같다.

제2의 고향에 정착해서

당시에는 주변이 모두 농토이던 성동구 영동지구 산14단지라고 불리던 도곡동 밭 언덕배기에 5층으로 덩그렇게 세워졌던 주택공사의 서민 아파트 단지였다. 비록 13평이나마 방 두 칸에 부엌이 있어서 가장으로서 남의 눈치를 면하게 되었다는 안도감에 더 없이 기쁘고 흡족했다. 여기에서 1977년에는 동아일보 신춘문예를 통해서 평단에 오르고 그해 막내아들도 얻었다.

더욱이 틈만 나면 아이들 손을 잡고 집 근처 밭두렁에 나가 크로버 잎을 따거나 나비를 어르고, 메뚜기나 잠자리를 잡는 낭만을 누릴 수 있어 좋았다. 주말이면 양재천 흙탕물 속에서 미꾸라지며 올챙이 등을 잡아다가 우리 아이들의 탐구생활 숙제도 거들고 곧잘 매봉산에 올라 깨금이랑 산딸기 맛을 즐겼다. 지금은 고층인 렉슬아파트가 자리한 언덕에서는 철따라 나리꽃이며 진달래꽃들을 한 움큼씩 꺾어다가 꽃병에 꽂기도 했다.

하지만 모처럼 내 전용으로 분양받은 그 아파트 공간이 비좁다 싶어 1970년대 말엽엔 두어 해 동안을 강동구청 뒤편의 27평대인 해바라기 아파트로 이사 가서 살았다. 교통 사정이나 전화 사정이 좋지 않던 그곳에서는 각종 신문이나 문예지에 왕성한 집필 활동을 하던 시기로 기억에 남는다. 그리고 거의 매일 흑석동 강의실까지 버스 편으로 너덧 시간씩을 왕래하며 보고 느낀 서울의 건설 현장과 발전 모습이 생생하다.

여러 계절 동안 땅을 파헤치고 공사를 계속하던 잠실 올림픽의 주경기장이나 야구장 신축공사며, 성내동의 올림픽촌 건설 현장의 부산한 트럭 행렬과 불도저 기계 소리가 귀에 쟁쟁하다. 강남고속터미널 터를 닦느라 반포동의 그 너른 무, 배추밭은 물론 압구정동의 이파리 싱그럽던 배밭들을 육중한 불도저로 밀어붙이던 광경도 눈에 선하다. 초록색 잎에 흰 배꽃 눈부셨던 동네며, 뽕나무 우거진 삼실벌이 일시에 아파트 숲으로 바뀌어가는 현장을 지켜보았다.

그렇게 생활 공간을 조금씩 넓히면서 결국은 강동구로부터 한국 신흥 문화의 일번지라는 강남으로 되돌아와서 살았다. 역삼중학교가 들어서기 전 무렵부터 진달래아파트 2층에서 살면서는 학위 논문도 써냈다. 처음으로 조랑말 같은 포니2 CX라는 승용차도 마련했고, 차차로 프린스, 레간자 등으로 바꿔가며 애마처럼 굴렸다. 꿀 찾는 나비인 양 영동아파트 인근의 진달래와 개나리아파트로 옮겨 다니며 살아온 셈이다. 그러다 보니 지금까지의 내 인생 가운데 절반 이상을 강남에서 지내온 것이다. 우리 내외가 기준, 경아, 선희, 동건이와 함께.

우리 기준이 자랑스럽다. 정말 축하한다. 부모는 항상 장남만 만만세란다. 1986년 2월, 영동중학교 졸업식장에서.

상전벽해 이룬 강남 아리랑

하기는 내가 강남땅에 처음 발을 딛었던 때는 군 복무를 마치고 복학해서 맞은 1960년대 중엽의 한여름이었다. 강북에서 자취를 하며 지내던 고향 선후배들과 모처럼 뚝섬 유원지에서 뱃놀이를 즐기다가 그 나룻배로 한강을 건너 강남 마을에 닿았다. 오랜만에 도심을 떠나 농촌 냄새 물씬한 한강 뚝 옆으로 난 벼 포기도 싱그러운 논길을 따라서 봉은사奉恩寺 근처까지 걸어서 한나절을 보낸 추억이 새롭다. 경기도 광주군 언주면 지역이던 동네는 시골 그대로여서 아늑하기 그지없었다.

한남대교 남단의 강변도로변을 지나 경기고교 앞의 코엑스 언저리로 짐작된다. 논두렁과 밭이랑으로 이어진 농촌 정경이 마냥 금석지감今昔之感을 자아낸다. 길가 우물가에서 펌프질해 올린 물줄기로 옷이 젖도록 목덜미를 적시며 삼복더위를 식히기에 여념이 없었다. 한참 동안 그런 우리를 건너보며 저만치서 밀짚모자에 폭넓은 수건을 두르고 콩밭을 매던 아가씨 뻘 여인네들의 웃음 띤 모습이 지금도 옛 영화의 화면인 양 어른거린다.

그 사이 문단에서도 비약적으로 발전, 변모하는 강남을 다룬 글들이 1990년을 전후해서 줄을 이었다. 윤동재는 시 「강남」에서 "여관 호텔이 많은 강남,/우리들 특별시, 특별구 강남,/88 SEOUL 올림픽의 국제도시"라고 강조했으며, 유하는 "바람 부는 날에는 압구정동에 가야 한다"라고 풍자한 한 바 있다. 급속하게 형성된 신흥 도심의 이색적인 낭만과 오렌지족으로 지칭된 사치와 퇴폐를 표출한 것이다. 또한 이런 이방 지대의 풍속을 이순원은 그의 소설 『압구정동엔 비상구가 없다』에서 일부 청소년층의 이상 징후를 상징적으로 작품화했다.

강산이 네 번이나 변할 세월 동안 현지 주민으로서 겪은 바는 실로 적지 않다. 상전벽해桑田碧海라는 말이 실증되고 남는다. 그 무, 배추나 보리, 콩 작물들이 이랑을 이룬 밭두렁들과 진흙탕 양재천 주변이 고층 건물 숲 단지로 바뀐 현장이다. 어쩌다 같은 영동 지역(도곡동–역삼동)을 오래도록 맴돌며 살아온 마음을 나는 「강남생활 20년」이란 글 마무리 부분에서 진솔하게 썼었다.

이곳 강남이 정든 데다 집에 가득한 책들 옮기기가 귀찮아서 일산 신도시 개발 때 당첨됐던 아파트를 포기하고 지내다 보니 어느새 전국 명소 주인으로 격상되기도 했다. 바로 서울의 8학군인데다 선릉역 근처이며 대치동 인접이고 해서 덤으로 집값 또한 오른 행운을 맞이한 셈이다. 어쩌면 이곳 강남은 필자가 태어나 자란 시골의 아늑한 제동濟洞마을에 버금갈 만큼 제2의 고향이라 여겨진다. 소중한 시골의 청소년기에 이어서 이곳 강남은 내 자신에게 값진 중장년의 새로운 터전이 되었기 때문이다.

그 후 또다시 강산이 몇 번 바뀔 세월을 지낸 사이에 동네가 많이 바뀌고 밝아졌다. 소형이던 영동 임대 아파트 자리를 비롯하여 개나리아파트 단지 일대는 이제 20층 이상의 중대형 아파트로 일신되었다. 더구나 우리 아들·딸들도 초–중–고–대학을 거의 여기에서 마쳤으니, 그 정분이며 고마움은 더할 바 없다. 농촌 학교를 다닌 아버지와 대조된다. 서울교대부국, 도성초등, 영동중, 서울고, 진선여고, 은광여고, 상문고를 나왔다. 여섯 식구였던 우리 또한 정원수 가득한 공간 속에 고층으로 재건축되어 2007년 8월에는

도시의 유목민인 양 서울 시내 전세방과 아파트를 여러 해 동안 가족들과 더불어 전전하다가 둥지를
튼 곳. 새 강남의 1층에 조촐한 서재를 마련하고 안정을 찾기 시작한 1980년대의 개나리아파트 공간.

288가구 중 제1착의 축하 소나무 분재를 받으며 새집에 들었다.
만만찮은 종합부동산세도 뿌듯한 마음으로 지불했다. 처음엔 13평
임대아파트 당첨으로 발을 딛게 된 옛 집터 이웃에 스스로 다시
찾아와 사는 주민으로선 터줏대감 기분으로 지내고 있다.

동남재에서의 생활은

서울 발전을 지켜보아 온 바로 이곳 정 깊은 강남땅에서 나는
안주하며 선비 같은 나날을 보내고 있다. 특히 재건축된 래미안
펜타빌의 3층 공간에 마련된 아담한 서재에서 원고를 쓰거나 책
을 벗하는 일상을 감사하는 마음으로 스스로 '동남재東南齋'의 주인
이라 여긴다. 일찍이 유마일 선사께서도 장방형의 좁은 공간에서

우주를 내다보고 진리를 구했다지 않던가. 마침 동남쪽 창문 앞의 3평쯤 마련된 발코니의 라일락, 영산홍, 장미, 남천나무, 황국화 등도 좋은 벗으로 만난다. 그들은 늘 원고 쓰기에 시달리는 나를 위로하며 동심 가득한 고향의 정을 함께 한다.

그러면서 나름대로 조용히 강남 지역의 일에도 참여하며 이웃들과 어울리려고 노력한다. 2010년대에 들어서는 싸이의 강남스타일이 한창 세계에 물결치던 무렵에 강남 문우들의 회장 일을 맡아 2년 동안 봉사해 온 바 있다. 문단 모임이나 각종 학회며 모교의 일과 고향의 크고 작은 문중의 일도 마찬가지다. 그밖에도 거의 날마다 밖에 나가서 강의나 여행 또는 회합 등에 참석한다. 그럴 때마다 교통편이 사통팔달로 좋아서 되도록 십 분쯤 걸어 선릉역이나 한티역에서 지하철을 이용한다. 게으름과 여러 평계로 이용하지 않는 아파트 내의 현대식 휘트니스 센터를 대신한 자구책의 유산소 행보이기도 하다.

그밖에 매주 한두 번쯤은 부부 아니면 혼자라도 양재천 산책길이나 선릉공원을 거닌다. 그러노라면 문득 1988년 서울 올림픽이며 2002년 월드컵대회의 현장 열기를 받은 체세포가 생생해짐을 느낀다. 정년 이후 혼자서 자주 오르는 매봉에서 내려다보이는 강남 주변의 정취와 감회도 더한다. 층층을 이룬 하얀 빌딩 숲 언저리는 30여 년 전만 해도 매봉산 아래 타워 펠리스 쪽부터 개포동, 포이동 일대가 모두 푸른 벼로 물결치던 벼논이었다. 그런 현장을 굽어보는 나 역시 그런 모습 닮아 검푸르던 머리가 이렇게 하얀 대머리로 변해 버린 것일까?

(2015년 10월)

제3부 20년 애마 예찬

아, 우리의 어머니

'어머니'란 말을 듣거나 그 글자만 보아도 나는 가슴부터 뭉클해지곤 한다. 초등학교 1학년 때 여읜 모친 때문일까. 단박에 엄마 젖내랑 한복 모습이 떠오르고 문득 눈물마저 솟는다. 대머리에 서리까지 덮인 지금도 속절없이 울먹이며 눈두덩을 훔치다니.

어머니는 봉창 문을 연 채 수척한 모습으로 막내를 기다리고 계셨다. 학교에 다녀오며 토방을 딛고 마루에 뛰어오르는 아들을 건너다보면서 한숨을 내쉬었다. ―저 어린 것을 두고 내 어이 갈꼬. 그러다가 이른 봄 꽃샘바람 결에 어머니는 이승을 하직하셨다. 그렇게 멀리 떠난 어머니(丁今德)는 내 가슴에 짙은 그리움으로 자리하고 있다. 어머니는 하늘 높이서 직녀성이나 샛별처럼 우리를 지켜보고 계시리라. 그러기에 어머니 때문에 약해지는 말자고 막내 스스로 다짐하며 지냈다. 부모를 여읜 게 어찌 이 세상에 나뿐이겠는가. 아, 그리운 우리 어머니.

그런데 나에겐 나를 낳아준 친어머니보다 갑절 남짓 긴 세월을 함께 지내온 의붓어머니(鄭順伊)가 계신다. 한국 전란 통에 황해도 옹진에서 혈혈단신으로 피란 내려온 그 어머니는 아버지 봉양을 잘해 주셨다. 그러니 깊은 정은 없더라도 아들 나름의 의리로 잘 모시려 애써 왔다. 무엇보다 자녀나 친인척마저 없이 기독교에 의지한 채 적잖은 도움을 주셨으니. 더구나 순이 어머니는 교회 집사로 봉사하며 생전에 마련한 당신의 밭을 스스로 엄다교회에 희사하셨다. 바로 그 밭은 지금 베다니 마을 앞 도로변 언덕에 아담한 교인들의 묘소공원이 되어 여러 신도들과 함께 편히 누워계신다. 외롭게 살다 가신 정순이 어머니께도 마음속 깊이 기도를 드린다. 아, 고마운 어머니.

예전과 오늘의 일상적 삶에서 문학 작품들에 나타난 '어머니'란 말은 다채로운 느낌으로 와 닿는다. 흔히 높낮이말로 쓰이는 엄마, 어머니, 어머님, 어미, 어멈, 그리고 각 지방별로 향토색 짙게 쓰이는 사투리 맛 또한 구수하기 그지없다. 어마니, 어무이, 오마니, 엄니, 어매, 에미, 엄씨 등. 실로 그 지방이나 대상, 상황에 따른 뉘앙스와 정감이 다채롭고 아기자기하다. 그래서 어머니는 아버지란 명사 못지않게 내가 좋아하는 표상의 기호이다.

특히 한반도 밖에 나가서 사는 동포들에게 우리의 말과 글은 눈물겨운 바 많다. 십여 년 동안 세계 여러 나라의 한글 문학을 조사, 연구하면서 체득한 모국어란 이민자들에게 민족의 얼을 지탱해 주는 구원의 끈이라 싶었다. 구소련 카자흐스탄서 발행된 『한글 신문(레닌기치)』에 실린 고려인의 시 경우는 잊혀지지 않는다.

로씨야의 '마마'보다도/카자흐의 '아빠'보다도/그루시야의 '나나'보
다도/조선의 '어머니'란 말이/내 정신인 뿌리 더 깊다.
                                    —김준, 「나는 조선 사람이다」에서

척박한 이민족의 틈에 모여 살다 일본 유학 중이던 북간도 출신
조선족 청년도 그랬다. 어머니는 원초적인 인류의 몸 본체이다.

별 하나에 詩와 별 하나에 어머니, 어머니.
어머님, 나는 별 하나에 아름다운 말 한 마디씩 불러봅니다.
                                    —윤동주, 「별 헤는 밤」에서

그밖에도 모국이 그리워, 모국어를 지키려 동포들은 한사코 『미
주 한국일보』, 『뉴욕문학』, 『재독한국문학』, 『로스 안데스문학』,
『시드니문학』 등을 내는가 싶다. 나 또한 엄마, 어머니 그리움 못
잊어 이토록 글쓰기에 매달려 사는지 모르겠다.

                                    (2017년 11월 수정·보완)

등잔 밑이 어둡다더니

이번에 펴낼 수필집의 일부 글을 보충하면서 자료를 찾던 중에 문득 발견한 일이다. 청탁받은 '나의 필적'을 쓴 김에 적당한 육필 원고를 실어보려 옛 노트나 습작들을 뒤졌다. 덕분에 커다란 책장의 귀퉁이 속 깊숙이 넣어둔 잡기장 뭉텅이 안에서 우리 가족이 썼던 여러 권의 일기장이며 숙제장이나 그동안 받아둔 상장과 성적표 등을 찾았다. 그 기록들은 숱하게 이사를 다니고 풍상을 겪은 세월 속에서도 서로 뒤섞인 채 그 모습을 고스란히 간직하고 있었다. 우리 가족으로선 지난 삶의 기록들을 정말 뜻밖에 얻은 소중한 소득이 아닐 수 없다.

그런데 그 뭉텅이 속에는 정작 내 자신의 자료로는 거의 건질 만한 것이 없었다. 국민(초등)학교 시절의 것은 누렇게 바래거나 귀퉁이들이 접히고 가스러진 통신표들과 졸업장 및 상장 몇 개뿐이다. 그 무렵의 농촌 학교에선 그림 숙제는커녕 일기장 하나 쓰지 않았으니까. 다만 한국 전란이 터지기 전 해 무렵에 이웃한 면의 바닷가에 소풍갔다가 와서 제출했던 내 작문이 좋다고 선생님께서 학생들에게 읽어주시던 어렴풋한 기억뿐. 한국 전란이 한창이던 때, 마분지를 꿰매서 묶은 일기장 두어 권은 가스러지고 찢어진데다 거친 철필로 잉크글씨마저 번지고 퇴색해서 엉망이다. 일기는 고교 적에 이어서 대학 시절에도 투박하게 써둔 바 있지만 사색보다는 일과 기록에 머물러 있을 뿐이다. 그밖에 고교 때의 일부 필기 노트나 대학 시절의 강의 노트마저 초라해서 그 글씨를 사진으로 내놓기 부끄럽기 이를 데 없다. 다만 내 글씨가 난필과 악필 및 졸필과정을 거친 다음, 군 재대 이후 복학생 때쯤에 쓴 습작 원고 글씨는 무던해서 내놓을 만할까.

그런가 하면 우리 자녀들은 초등학교 초부터 중학 때까지는 저마다 10권 정도씩의 일기책(그림 일기 포함)을 지니고 있다. 거의 날마다 굵은 연필 글씨로 또박또박 정성들여 쓴 일기장에는 선생님의 검인과 함께 몇 군데 수정과 짧은 칭찬도 곁들여 있다. 중고등 학생 시절의 일기장은 발견되지 않지만 모두가 모범생으로서 매년 개근상을 받았고 표창장들도 즐비하다. 문과와 이과는 물론 미술에도 소질이 있는 장남

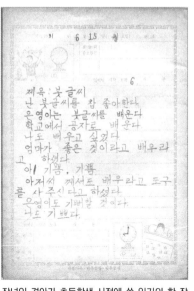

장녀인 경아가 초등학생 시절에 쓴 일기의 한 장

133

은 가끔씩 우등상과 선행상을 받아 든든하다. 귀한 집 공주 같던 장녀 또한 반장이나 부반장 임명장과 경필대회 우수상을 받았다. 라디오 등을 부수고 곧잘 조립해서 어머니한테 꾸중 듣던 차녀는 반장을 맡던 때 KBS 텔레비전에 출품하여 미술에 천재적인 재능이 있는 학생이라고 방영되기도 했다. 그 당시 그냥 지나치는 칭찬으로만 여겼던 내 자신이 이번 그림일기에서 크레용으로 초등 1년 때 그린 여학생의 머리카락을 곡선미 있게 다룬 솜씨를 보고 과연 모범상을 받을 재능을 인정하게 되었다. 형이나 누나들과 달리 축구 선수가 되고자 했던 차남은 음악에 놀라운 소질을 지니고 있어 주목받은 바 있다. 대학생 때 가족과 들렀던 노래방에서 "홍보가 기가 막혀, 홍보가 기가 막혀"를 호쾌하게 불러 기쁘게 했던 만큼 악기를 좋아한다.

물론 나는 한 세대 전 농촌 환경에서 자란 연유도 있지만 우리 자녀들에 비하면 아무래도 여러 모로 나은 것이 드물다. 이들보다 뒤늦게 일기를 쓰기 시작했고 글씨체도 겨우 대학을 마친 후에야 익혔다. 또한 초·중·고 과정을 통틀어 분단별 줄반장 정도만 지낸 데다 피아노 교습쯤은 어릴 때 마친 이들에 비해 나는 미술이나 음악은 통틀어 기껏해야 대여섯 시간 정도만 수업을 받았다. 앞에서처럼 우승상을 받은 경력 또한 이들보다 뒤떨어진 것 같다. 그럼에도 내 경우는 무엇보다 꾸준히 노력해서 운 좋게 성공한 케이스로 생각된다.

정말 우연치 않게 이번에 발견한 우리 가족의 생활 기록들을 통해서 새롭게 느낀 바 있다. 그것은 자녀들의 성실성과 더불어

제각기 타고난 능력을 확인할 수 있었다는 사실이다. 지금까지 2
남 2녀에 이른 자녀들에 관해서 이제라도 제대로 파악하게 된 건
참으로 다행이다. 이렇게 뒤늦게 알게 된 것은 어릴 적에 아이들
을 칭찬하면 버릇이 없어지고 부모가 팔불출八不出이 된다는 의식
이 앞섰던 때문일까. 또는 내 자신이 대학 강의를 비롯해서 연구
에다 문단상의 원고에 매달린 나머지 자녀들 챙길 겨를이 없었던
탓이었을까. 아니면 으레 대학생들과 대학원생들을 상대한 나머
지 눈높이 욕심으로 그 수준을 착각한 것은 아니었을까. 마음으로
는 진정으로 우리 자녀들을 사랑하고 잘 키워야겠다는 의지를 지
녔으면서도 왜 이랬는지 아쉽기 그지없다.

이렇게 훌륭한 재능을 지니고 있는 자녀들에 대해서 등하불명燈
下不明으로 지내다가 필적筆跡에 관한 글 덕분에 그야말로 강산이 서

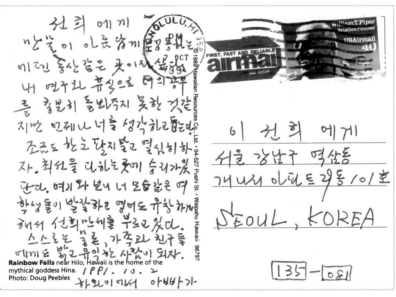

1991년 가을 학기에 안식년으로 미국에 가서 연구하는 동안 자녀에게 보낸 엽서

너 번이 지난 이즘에야 발견하여 깨달은 것이다. 그러기에 모처럼 고등학교 영어 교사인 차녀에게 오랜만에 격려의 말을 건넸다.

"선희야, 내가 오늘 우연히 글을 보충하는 중에 네 어릴 적 일기 장들을 찾아 읽었어. 그런데 정말 넌 많은 재능을 타고 났더구나. 방송에서 널 미술에 천재적인 재능을 지녔다는 선생님 말씀도 흘려들었는데 말이다."

모처럼의 말에 화들짝 놀란 딸은 대답했다.

"아빠도 웬일로 칭찬을 다 하시네요. 평론가는 매사에 남의 약점만 캐서 비평하는 줄 알았는데요."

으레 훈계를 하는 아버지 앞에선 버릇처럼 식사 자리도 피하던 딸에게 나는 더 다가갔다.

"정말이야. 학교의 고장이 난 컴퓨터 고치는 데도 도사라는 년 문학적인 감각 역시 일품이라는 걸 몰랐지? 초등 1학년의 일기 중에 이 대목 생각날 거야. 몸이 아파서 엄마가 병원에 데리고 가시는데 무서워서 쩔쩔맸잖아. 그런데 마침 병원 문이 잠겨 있는 터라 '아유, 난 살았다'라고 끝낸 마무리 또한 뛰어나거든. 그래서 아버지가 이번 28일엔 가족과 함께 축하 점심을 한 턱 내고 싶다. 네 생일도 역시 일기장에서 발견했으니, 알았지?"

그리고 나는 이번 신정의 가족모임에서 아직 젊은 자녀들에게 타이르려 마음먹고 있다. 미래에는 이전 직업과는 다른 문학이나 미술 같은 취미 분야로 이모작을 할 채비를 해야 마땅하다고. 앞으로 알파에이지라는 평균 수명 120세 시대를 영위할 세대들은 정년 후에 열릴 나머지 30여 년을 슬기롭게 도모해야 하기 때문이다.

(2017년 12월 25일)

20년 애마 예찬

며칠 전 모처럼 동네 카센터에 들렀을 때였다. 에어컨 냉매를 채워 넣으며 기술자가 차체를 점검하는 동안, 운전대 옆에 끼워둔 차량등록증을 살피던 내 눈이 휘둥그레졌다. 승용차의 등록일자가 1997. 8. 27. 아닌가. 꽤 오래되었으리라고 무심히 여겼던 차량 나이테가 만 20년을 눈앞에 둔 것이다. 나는 새삼스럽게 자신과 20년 지기知己로 지내온 애마愛馬에 대해서 찬찬히 생각해 보았다. 이렇게 기념될 해쯤은 뒤늦게 글로라도 고마운 예를 갖춰야지.

내가 첫 승용차를 갖게 된 것은 1985년 봄 무렵이다. 박사 학위 과정을 마친 후의 긴장감을 추스르는 데는 운전면허를 따는 게 좋다더라고 말한 아내의 조언에 힘입어서이다. 우선, 그 무렵 캐나다로 자랑스럽게 수출되고 있던 현대의 '포니2CX'차부터 샀다. 자동식 승용차로 차량 감각을 익히면서 운전을 배웠다. 덕분에 오세영 시인이나 홍성윤 교수도 그 교습소에서 동기생마냥 마주치곤 했었고. 시험 낙방과 시운전 몇 차례를 거쳐 면허증을 받은 주말에 온가족을 태우고 남한산성의 S자로 거듭된 비탈길을 운전해 갔던 일을 떠올리면 아찔해지곤 한다. 연한 황금색의 그 신차를 누가 끌어갈세라 이스라엘서 수입했다는 잠금 장치로 운전대를 빗장 쳐 놓고도 창밖으로 지켜보곤 하던 추억도 새롭다. 여러 대학에 출강하고 틈틈이 아이들 통학도 돕는 사이 몇 번 접촉 사고로 상처를 입혀 5년 남짓 만에 중고시장에 아쉽게 넘겼지만.

둘째 번 승용차는 대우에서 생산해낸 중형급의 신형 프린스였다. 연회색 바탕의 그 수동식 차로는 아무래도 서투르다 싶은 변속 기아의 솜씨를 익히면서 출근 외에 시골 나들이를 자주 했다. 1980년대의 민주화 가도를 비롯해서 안성·강릉·목포·부산 지방의 세미나에 부지런히 동행했다. 그런 후에는 장거리 여행에 지친 듯 가끔씩 고속도로나 언덕배기에서 멈춰서고 시동도 안 걸리기에 다른 수요자에게 넘겨주고 말았지만. 아무래도 냉각수마저 제대로 챙겨주지 않은 탓에 엔진이 달아오르는 등, 평소 차량을 익숙하게 다루지 못한 주인의 허물이 크다.

세 번째 승용차가 바로 현재 굴리고 있는 대우의 중형급 레간자이다. 처음 선택했던 포니와 두 번째 골랐던 프린스를 절충한 자가용이라고 할까. 연한 금빛에다 차량 번호는 '서울 30 라 2818'. 모두가 오래 전에 회사도 바뀌고 단종되어 버린 구닥다리 차종이다. 그것을 국제구제금융 사태가 일어나기 직전인 1997년 당시 대우자동차(현재의 기아 GM)에 근무하던 아들이 본사에서 직접 골라준 것이다. 그만큼 이 애마는 서민적인 대로 초라하지 않고 실용적인

주차장에 대기 중인 2017년 말 20년 넘은 애마

데다 친근해서 좋다. 그동안 우리 파트너는 민주화 홍역을 겪는 서울 캠퍼스와 지방에 숱하게 오가며 전국을 누비듯 많은 애환을 함께해 왔다. 생각하면 20세기에서 다음 세기로 넘어오는 밀레니엄의 격랑을 헤쳐 나온 동반자인 것이다.

그러기에 주변의 권유에도 아랑곳 않는다.

"승용차야 역시 생명 안전이 제일이니 외제차쯤 타셔야죠. 자가용은 3, 4년 주기로 갈아타야 사회 리듬에도 맞잖아요?"

"인자 새 차로 바꿔야 쓰것네. 이 차는 당최 교수님 체면에 어울리지 않는당께는."

그래도 나는 그 차량 구입비라면 도리어 더 긴요한 곳에 쓰고 싶다. 사실은 그동안 나름대로 승용차 한두 대 값 정도를 학교의 발진 기금이나 문중의 사업 등에 보탠 바 있지 않은가. 오히려 값비싸고 불편한 외제차보다는 더 길들여지고 부담 적은 우리 차가 안성맞춤이라고 여긴다.

헤아려보면, 지금까지 나는 32년 동안 승용차를 굴려온 중에 20년을 이 애마와 함께해 왔다. 실로 강산이 두 번씩이나 바뀌는 세월 속에서 애마는 어느 때 어디든 마다않고 동행하며 주인의 시중을 들어주었다. 때로는 며칠씩 방치해도, 전혀 끼니를 따지거나 몸치장을 부탁하지 않는다. 으레 강남의 고층 아파트촌 주차 공간에서 덩치 큰 외제차들과 국산 고급차 속에 낀 채 의연하다. 요즘은 보기 드문 옛 번호판을 훈장인 양 달고 최고참의 자세로 대기하고 있다. 그러다가 엊그제처럼 주인이 다가가면 이내 눈을 생글거리며 따라나선 다음 장마 빗길을 달려 청담동의 이모 이삿짐을 실어왔다. 아직은 나이든 채 정정한 조강지처처럼 제 역할을 잘해내서 대견하다.

하지만 우리 집에 새댁으로 들어왔던 애마는 이제 나이테도 스무고개를 넘었으니 주인 따라 노쇠해 가리라. 가끔은 녹슬거나 닳아서 부실해진 부품은 새로 갈아 끼웠지만 언젠가는 헐어서 운행마저 못하면 어쩔까. 어떻게든 우리의 우정과 선비다운 품격은 지켜야 할 걸. 이 애마만은 아무래도 폐차장 말고 자동차 박물관쯤에 보내줘야 할 텐데…….

(2017년 여름)

북녘에 봄이 오면

유엔총회에서는 북한에 대한 인권결의안을 압도적으로 결의했다는 뉴스가 계속된다. 그런 결의에 맞선 북한은 이제 곧 4차 핵실험 등을 벌이겠노라고 성명하며 여론몰이에 분주하다. 남측의 대북 삐라살포나 통상적인 한미군사 방어훈련 등에 대해 엄포를 놓는 일쯤이야 다반사여서 식상한지 오래이다. 이런저런 빌미를 내세워서 무한정 남북 고위급회담을 미루고 있는 기싸움 등이 답답하고 안타깝다.

바야흐로 글로벌화된 21세기의 세계에서 곧 맞이할 2015년은 광복과 동시에 분단 70주년인데, 이 무슨 부끄러움이란 말인가. 이런 엄연한 한반도의 남북 분단과 민족 대립의 현실 앞에 어이없고 한심한 마음이 더한다. 동포 형제끼리 서로 돕고 사이좋게 지내지는 못할망정 밤낮 철조망을 사이에 둔 채 원수처럼 경계하고 비방하며 싸운단 말인가. 2차대전 후에 강대국들에 의해서 우리와 함께 농서로 동상 났던 독일이 1990년에 통일된지 사반세기에 튼튼해진 경우와는 너무 대조적이다.

철부지처럼 기대하며

하기야 1945년 해방과 동시에 소련에서 귀국한 김일성 정권도 처음에는 그럴듯한 기대로 눈길을 모았었다. 일제 강점기 동안에 시종해서 항일운동을 펴왔던 그는 민족 주체성을 강조했었다. 하지만 1950년 여름에 남침으로 동족상잔의 비극을 연출하고 결국 핏빛어린 북녘 땅을 통치하며 분단을 고착시켜 놓았다. 그리고 1994년 여름철에 숨을 거둔 부친에 이어 권력을 승계한 김정일의 등장 때 북한문학을 연구하던 나는 적지 않게 남북 관계 개선에 희망을 품었다. 오래 전부터 문화예술부를 관장하며 해외 영화 등에까지 관심을 보여 오던 그는 군인 출신이던 부친과는 차별화된 정책을 펴리라 생각했던 때문이다. 그럼에도 오히려 얼어붙은 북녘땅 곳곳에 철옹성을 쌓은 그는 공포정치와 적대 의식을 버리지 않아 실망을 안겨줄 뿐이었다.

더구나 2011년 12월에 철옹성 속에서 숨진 김정일 이후 집권한 김정은만은 이전 통치자와 판이하게 바람직한 변화를 가져오리라 바랐었다. 1983년생답게 젊은 나이였을뿐더러 16세 때부터 스위스에서 교육을 받은 신세대였기 때문이다. 이제 꽁꽁 얼어붙은 북녘 땅에도 서서히 자유와 민주의 봄바람이 스며들리라 적이 기대를 모았다. 미국의 유명 농구 선수도 초청하고 친구로 과시할 정도로 스포츠를 즐긴다던 그는 개방적인 면도 있겠지 싶게 여겨졌던 것이다.

그런 바람을 주는 김정은이었기에 처음에는 초심자다운 긴장에서 나온 애교로 여겨 넘겼다. 며칠씩 미국이나 일본을 향해 대놓고 비방하고 미사일까지 쏘아대며 시위하는 것도 젊은 패기로 그래보는 것으로 생각되었다. 남녘 당국에 대한 21세기 국내외 정치상에 저런 좌충우돌 언행마저 일시적인 제스처로 보아 줄 수 있었다. 하지만 이제 국제적인 불장난이나 남측에 대한 도발적인 망동들이 이러구러 삼년에 이른다. 그러니 한반도 화해에 대한 기대가 낙망이요 두려움을 넘어 오히려 그 자신의 신변마저 걱정된다. 어김없이 돌아오는 대자연의 봄기운을 어찌 그들의 인위적인 당랑거철 같은 힘으로 막을 수 있을까.

그날엔 통일열차를 타고

한겨레인 우리 남북한은 광복 이후 70년 동안 갈라진 채 이산의 아픔 속에서 남처럼 지내왔다. 그야 나라를 빼앗긴 우리를 강대국 마음대로 동강을 낸 비극이지만 그런대로 국제 사회에서 잘 버티어왔다. 남측은 민주화와 산업화 고비를 넘어 오히려 자유가 흘러넘치는 환경에서 세계 10대 경제 강국 대열에 들어선 지 오래이다.

그러므로 이제 그만 남북한은 민족공동체로서 너그럽게 화해하고 손을 맞잡아야 함은 너무나 당연하다. 세계가 주목하는 처지에서 친형제끼리 트집 잡고 각을 세우며 으르렁대는 꼴이 정말 망신스럽지 않은가. 선진국들은 적대국과도 껴안으며 힘을 모으고 협력하는 판인데. 우리 서로가 양보하고 존중하며 협력하는 일이야말로 상생과 겨레의 번영을 위한 지름길이다. 이런 점은 지도자가 솔선하여 행할 일이다. 자기만 살아남기보다 백성과 남북 모두 함께 잘 사는 민족 번영을 위해, 세계의 평화를 위해 거듭나야 한다.

하루 빨리 상호 방문하고 초청하면서 자주 만나자. 그리고 남쪽 식량이나 상품이며 기술력을 북한에, 북쪽 광물이나 인력이며 무공해 환경을 남한에 교류하여 남남북녀의 조화를 꾀해보자. 점차적으로 친목 모임과 체육 교류들로 마음의 벽을 헐어가자. 그 굳은 장벽이며 숱한 실행상의 차질이야 큰 화합의 틀 안에서 느긋하게 참고 이겨내며 슬기로 풀어갈 일이다. 그 전제로서 자유민주체제를 굳건히 하는 가운데 안보와 국방을 튼튼히 해야 함은 필수이다.

기어코 북녘에 오고 말 그 봄엔 우리도 벗들과 함께 통일열차를 타고 나서 보리라. 먼저 경의선에 올라 해주-사리원을 거쳐 평양 모란봉과 대동강을 바라보련다. 그리고 원산에서 동해북부선으로 원산-함흥을 거쳐서 청진에 이르리라. 그곳에선 며칠 묵으며 해변가의 온포온천에서 몸을 담그고 함북에서 유명하다는 칠보산 관광도 즐기리라. 내킨 김에 러시아 핫산을 지나 블라디보스토크에서 대륙간 횡단 열차에 올라서 시베리아와 실크로드를 누비고 통독의 관문인 독일 브란덴부르크까지는 가보고자 한다. 늦어도 우리 세대에는 핵전쟁의 공포를 접고 뛰어넘어 통일 한반도가 새로운 유라시아 태평양 시대의 허브로서 세계 평화의 중심지로 떠오르길 소망한다.

(2014년 10월)

문향과 추억이 깃든 터전

　서울 남산은 대학 신입생 때부터 고향의 동산처럼 친근한 곳이다. 1950년대 말엽엔 주말마다 친구들 두셋과 남대문 시장 앞길을 걸어서 돌층계 길로 팔각정에 오르곤 했다. 시골서 올라와 갈 곳 없는 우리는 시가지 사방을 굽어보며 미래를 향한 꿈을 키웠다. 그만큼 남산은 우리에게 역사적 공간이자 추억과 낭만이 흐르는 삶의 터전이다.

　군대 복무를 마치고 대학을 졸업한 다음 취직 시험 후에 발령을 기다리던 1960년대 말에도 나는 여러 계절을 남산도서관 열람실에서 지냈다. 남의 사무실에서 눈치 잠을 자고 새벽같이 나와서는 아침부터 소설이며 철학 서적들을 벗하며 지냈다. 최인훈의 「구운몽」, 『광장』, 남정현의 『너는 뭐냐』, 「분지」, 카프카의 「변신」 등. 거기에서 이명준이나 홍만수 외로 그레고르 잠쟈 등과 대화를 나누다 석양 때면 장충단 공원길로 내려가선 체육관 건너 언덕의 2층 양옥집에서 중학생 학습을 도왔다. 더구나 그 후 옛 KBS자리 드라마센터 근처 예식장에서 백철 교수님 주례로 혼인식을 올린 내 자신과 인연은 더 깊다.

일찍이 장안에 마주한 안산案山으로서 여러 덕을 갖춘 저울추에 해당하는 남산은 그 이름도 시대에 따라 바뀌어 왔다. 목멱산木覓山으로 시작해서 숙종 때는 인경산引慶山으로도 불려오다가 일제 강점기 이래 일반적인 명칭이 되었다. 옛날부터 남산골 샌님으로 불려져 온 가난한 선배들의 자취도 점차 사라져 갔다. 해발 265미터인 봉우리 주위엔 전국의 긴급 사항을 알리던 봉수대 대신에 방송국의 송신탑과 서울타워 전망대가 솟아 있다. 일제의 조선신궁은 식물원 등으로 자취를 감춘 지 오래다.

또한 구한말의 임오군란과 을미사변에 희생된 충신들을 기리려 고종이 세운 장충단은 일제가 공원화한 반면에 건너편 언덕의 박

남산 정상에 올라서 사방을 둘러보며 서울 시내를 배경으로. 2017년 초봄에.

문사라는 일본 절터는 신라호텔이 들어섰다. 남산 자락의 중턱에 빈터로 남아 있는 유스호스텔 입구 언덕은 구한말에 한일합병 조인을 강행한 통감 관저가 있던 왜성대 지역이기도 하다.

이전에 국가안전기획부 별관이던 건물은 1980년 전후의 민주화 운동 때 수난처였다가 2001년 가을부터 문학인들의 아늑한 사랑방으로 일신되어 우리의 발길을 모으고 있다. 뜻있는 문단 선배 여러분의 노고 덕분이다. '문학의 집 서울'이야말로 과거의 뼈저린 수난사와 삶의 애환이 낭만 깃든 문화 공간으로 거듭났다.

나는 창립 초기부터 한 달이 멀다하고 봄의 꽃길이며 여름의 녹음, 가을의 낙엽에다 겨울의 눈마저 정겨운 산자락을 산책하며 문학의 집을 찾는다. 거기에서 열린 행사들에도 연사 등으로 여러 번씩 직접 참여하였다. 문학과 음악에다 전시를 통한 그 아늑한 문향 속에서 정다운 문우들과 대화하며 먼저 간 문인들의 작품에 담긴 깊은 뜻과 사랑을 기리곤 한다.

(2016년 가을)

모처럼 무등산에 오르고

어느덧 금년도 중반을 넘어 장마철 무더위가 한창일세. 그동안 두루 안녕하신가?

나는 그 사이 여수 엑스포에 맞추어 8월 초에 행할 바다와 섬에 관한 문학 세미나 원고를 써놓고 며칠 머리를 식혔다네. 서울에 사는 퇴임 교수들과 더불어 새롭게 세계적인 슬로시티로 지정된 신안 증도와 완도 청산도를 2박 3일로 돌아왔지. 7월 15일은 목포 바닷가의 세느장에서, 다음날은 완도 선창가의 그리스장에서 숙박을 했으니, 이번 바캉스는 한국과 유럽에서 즐긴 셈이랄까. 일행들은 다소 강행군인 코스 중에도 남도의 정취에 흠뻑 젖고 말일세. 그런데 나는 무엇보다 저번 여행 중에 광주에서 가졌던 무등산 산행을 잊지 못하고 있다네.

그러니까 지난 봄 최기동 교장의 에세이집 출판기념회에서 벗님과도 만났던 다음날이었지. 여러 해 벼려오던 고향 등산을 위해서 예약해둔 무등산 입구의 테마모텔에 묵었었네. 오랜만에 함께한 이광일 죽마고우와는 역시 그날 새벽 3시가 넘게 정담을 나눴어요. 사실은 전날 경주 세미나장을 거쳐 마산의 사돈댁 상갓집까지 둘러와서 일찍 잤어야 했는데 말일세.

일요일인 4월 28일 8시쯤 등산복 차림에 모텔을 나선 둘은 근처의 허름한 식당에서 해장국을 들고 김밥과 식수를 준비했지. 산수오거리에서 버스에 올라 산중턱의 원효사 앞에 내렸어요. 그리고는 무등산 옛길을 따라서 물통거리와 산록의 숲길을 스적스적, 싸묵싸묵 걸어 올랐었네. 광주에 살기에 나를 안내할 이 친구가 뒤에서 따라오더군. 그동안 벼려오면서도 이제야 찾은 명산의 기운이며 싱그러운 신록들이 신산해서 피로가 가시는 느낌이었네. 칠순 줄 중턱의 나이에 이르러서 처음으로 무등에 오른 처지를 아마 산의 정녕도 반겨서일까.

표지판을 따라 거의 정상에 다가서자 푸른 잔디광장을 앞에 두고 자연의 병풍처럼 줄을 선 채 버텨선 서석대가 기쁘게 맞이하더군. 정말 마음 깊이 감탄스러운 환희감으로 뿌듯했네. 해발 1,100미터의 서석대瑞石臺는 주봉인 1,187미터의 천왕봉을 호위하듯 어찌 그렇게 품격을 갖추고 있는 걸까. 거기에는 〈光州의 氣象, 이곳에서 發源되다〉라는 표지판도 박혀 있더라고. 산중턱에는 너무 바위가 없어서 흙만 밋밋하게 느껴지더니 사람 높이보다 몇 길씩 큰 키의 바위들이 위엄의 조화를 보였어요. 우리는 자태 그대로 어울리는 서석대를 배경 삼아서 겔럭시 휴대전화기로 여러 장의 즉석 사진을 찍었네.

좀 내려오다 보니 해발 1,017미터인 입석대立石臺가 의연한 자태로 일행을 맞기더군. 근처에서 꿀맛 김밥으로 요기를 했는데, 역시 엄청 큰 돌들을 여러 기씩 배치하여 세워놓은 듯 든든했었네. 서석대가 남성이라면 외로울 터인데 입석대는 여성처럼 차분히 챙기는 존재랄까. 그 아래 화순 지왕봉 쪽으로 옥을 깎아서 병풍을 이루었다는 규봉圭峰은 들르지 못했네만. 흔히 무등산의 서석대나 입석대처럼 10~16미터 높이에 5~8도를 이룬 주상절리대柱狀節理臺 모양의 바위들은 높은 품격과 의미를 담은 예술적 창조물이라고 생각되었네.

　들던 대로 어머니의 품처럼 넉넉하고 아늑한 무등산은 빛고을이나 호남의 진산답게 그 시야도 넓다고 보았네. 광주시와 담양군, 화순군에 연결된 무등산이 영산강과 섬진강의 분수령이어서만이 아닐세. 산 정상에서는 멀리 남해나 거제도는 물론 한라산까지 보인다니 말일세. 전날에 입산제가 있었다는데 등산로를 오르내리는 시민들 얼굴도 마냥 밝더라고. 이제 도립에서 국립공원으로 승격되어야 마땅하지. 인구 1백만 이상인 광주에서 한 시간 안팎 거리에 이런 명산이 있음은 빛고을 시민들의 축복이라 여겨졌네. 이제는 나도 가을쯤에 한 번 더 서석대와 규봉에 올라보려네만.

　참고로 무등산의 이름에 얽힌 이미지도 검토해둘 만하다고 여겨지네. 이전 분들은 으레 무등산의 어원을 무진악武珍岳－무당산－무덤산－무돌산－무등산 등으로 손쉽게 풀이해 왔다네. 그러나 불교적 측면에서 보는 이돈배 사백은 그 의미를 더 진지하게 천착하고 있어 주목돼요. 산세부터 다정하고 아늑한 무등산은 아이들을 산 어깨 위에 무등을 태우는 듯하다는 의미보다 더 불교적인 뜻으로 풀이하고 있다네. 즉, '무등'은 불경의 아사마阿娑摩, asama에 나오는 '無有等等'을 간추린 것으로, 대등한 것으로 비교할 수 없을 정도로 뛰어난 존재라는 의미란 거야. 요컨대, 세속에서처럼 자잘하게 등수를 따질 수 없는 초탈의 의미라는 견해일세.

둘이는 아침에 옷을 맡겨둔 숙소 방향으로 중머리재를 거쳐서 증심사 골짜기 쪽으로 내려왔네. 힘 빠진 다리가 갈크막진 자갈길에 자꾸 미끄러졌지만 나는 마냥 좋았네. 증심사 골짜기 밑으로 새로 생긴 식당촌에서 토속식 저녁을 들면서 막걸리 잔을 돌리는 분위기도 시종 은은한 편이었네. 그 자리에는 나보다 일 년 젊은 이돈배 사백도 함께 흥을 돋웠네. 나를 위해서 미리 숙소를 주선하고 사정상 산행만은 삼간 이 사백은 고맙게도 동향 출신으로서 내 고교 진학 사연을 알고 있거든.

사실 나는 1950년대의 휴전 직후에 광주 제일고 2기생으로 합격해 놓고도 등록을 못했던지라, 광주 무등산에 남다른 애착이 있어요. 촌에서 고교 과정을 마치고 서울로 진학한 처지니까 말일세. 어쩌면 그것이 전화위복이 되었는지 모르지만 어떻든 함평 태생으로서 한 번도 무등산에 오르지 않았음은 부끄러운 일 아닌가. 그 어렵던 1970년대 말쯤의 어느 연하 카드에 〈이형, 無等山을 잊지 마시오〉라는 문순태 사백의 한마디 격려와 경구가 늘 마음의 빚으로 채찍질하고 있었다네.

자주 드나드는 광주나 목포에 학연이 없는 나는 아무래도 내 마음과 달리 적지 않게 허전감을 느껴왔네. 전남대나 조선대 등에 지인들이 있어 교유하면서 점차 가까워지고 있네만. 그러던 중에 20여 년 전에 뜻밖에 벗님을 만나 얼마나 반가웠는지 모른다네.

따져보면 서로는 광복 직후 일본서 양복을 입고 제동 마을에 이사온 자네 형세들과 여러 해 같이 지낸 죽마고우 아닌가. 벗님은 나보다 위인 꺼꾸리·정경환·신중하 등과 이웃집에서 살았으니. 실로 반세기 만의 해후 덕에 옛 우정이 더 깊어지네. 우리의 만남은 황하택 시인이 언제 광주 다방에서 연결해 주었던가 싶네만. 그래서 오늘은 평소의 대화나 전화 통화와 달리 이렇게 서간문으로 전하는 걸세.

마침 계간 『문학춘추』 창간 20주년과 더불어 광주-전남은 물론 호남 지방 문단 발전에 이바지한 노력에 박수와 축하를 보내는 바일세. 아무쪼록 더욱 알차게 보람을 쌓아 무등산처럼 도탑고 건승하신 가운데 온 가족이 편안하고 회사도 길이 번창하길 기원하면서.

(2012년 7월 중순)

강남 생활에서

불가의 범망경에는 선근 인연에 대한 이야기가 있어 흥미롭다. 옷자락만 한 번 스친 것도 5백 겁 만의 인연이요, 한 동네에서 태어남은 5천 겁에 해당하는 만남이라 한다. 범천의 하루라는 겁劫이 요즘의 4억 3천 2백 년에 이르는 세월임을 가량하면 엄청난 시간 단위이다. 그러니만큼 일상적인 삶에서 서로가 맺는 관계는 여간 뜻깊고 소중하지 않을 수 없다.

생각하면, 내가 문화 1번지인 강남의 주민이 된 지도 어언 40년을 헤아린다. 강남의 여러분과 반생을 훌쩍 넘는 세월을 함께해 온 셈이니, 새삼 짙은 인연의 의미를 되새기게 된다. 이 터전에서 새파랗던 30대 중반의 머리칼에 허옇게 서리가 내린 데다 그나마 민둥산이 되었는지라 감회도 새롭다. 아울러 강산이 네 번이나 바뀐 세월 동안 겪으며 지켜보았던 우리 고장에 대한 금석지감이

다채롭게 떠오른다.

그러니까, 내가 이곳 강남으로 이사 온 것은 1974년 가을이었다. 서울시에서 주택난을 해소하기 위해서 처음으로 건립한 서민용 임대아파트에 당첨된 덕이었다. 경기도 광주군이던 대왕면과 언주군을 서울시에 편입시켜서 성동구 14단지로 지정된 주공의 영동아파트 13평짜리였다. 콩밭과 조밭 등으로 둘러싸인 등성이에 너덧 동의 5층 아파트만 허허벌판 속에 줄지어선 편이었다. 그래도 방 2개에 주방이 달린 공간은 여러 해 다섯 식구들이 겪어온 셋방살이 신세를 면한 터라 만세를 부를 정도였다. 지금의 도곡동 이마트 앞에 있는 푸르지오 아파트 자리이다.

몇 번 주민등록 전입 수속을 하러 드나들던 지금의 은광여고 입구에 자리한 단층의 영동지구 양재출장소는 시골 면사무소 그대로여서 친근감을 주었다. 학창 시절부터 동작구 흑석동에서의 자취, 매식, 사글세, 전세 생활에서 해방된 기분이었다. 그런 느낌은 일요일쯤에 아이들과 요즘의 강남세브란스병원이 있는 매봉산 쪽으로 산책을 다니거나 메뚜기 잡기를 즐길 때도 마찬가지였다. 가끔은 벼들이 가득 자라는 벌판 속의 양재천 뚝 아래서는 흙탕물 속에서 미꾸라지나 송사리를 어르며 생태 실습도 했다.

강남구가 신설된 1975년 전후나 강동구가 분구해 나간 1979년 무렵에는 이 지역 일대가 온통 개발 공사로 북새통이었다. 압구정동의 싱그러운 배나무며 뽕나무밭을 불도저bulldozer로 밀어버리고 아파트 숲이 들어서고 있었다. 봉은사 뒷산 쪽에는 경기고교를, 앞의 평평하고 널따란 논밭 자리는 무역센터와 한전 건물 등을 세우느라고 부산했다. 여러 해 계속된 잠실 올림픽 경기장 건설

공사로 밤낮 트럭의 행렬이 이어지고 버스길들마저 구불구불 우회를 거듭하기 다반사였다. 상전벽해桑田碧海라더니 이러다가 전원 같은 농촌 지역이었던 강남마저 여느 도심처럼 마구잡이 개발로 망가지나 싶어 걱정이 앞섰다.

하지만 강남구 일대는 다행히 예전의 전통 문화와 현대의 첨단 문화가 조화를 이루어 숨 쉬는 공간으로 거듭나서 다행이라 싶다. 국제 행사의 중심지인 삼성동 무역센터와 역삼동을 거쳐 강남역에 이르는 테헤란로의 고층 빌딩 즐비한 업무 지대를 잇는 도심은 돋보인다. 특히 그와 나란히 도심의 그린벨트로서 허파 노릇을 겸한 선릉공원은 유네스코의 세계문화유산으로 이웃의 불교 문화의 본거지인 봉은사와 함께 전통의 가치를 높인다. 신사동의 도산공원은 근대의 선각자를 기리는 공간으로도 다채롭다. 신사동의 가로수거리나 압구정동의 로데오거리는 강남 스타일의 패션과 먹거리로 세계적인 외국인 관광 명소가 되어 있다. 이들 풍물의 보금자리를 남쪽으로는 대모산과 구룡산이 중심부를 둘러싸고 북쪽으로는 한강이 변경까지 감싸 안고 있다.

내 현주소 역시 첫 전입 당시의 도곡동 당첨 아파트의 바로 윗길 건너편이다. 도곡동에서 역삼로로 바뀐 위치 역시 꼬마적의 식구들이랑 메뚜기나 방아깨비를 잡던 곳인지라 더 정겹다. 숱한 역사와 애환을 함께했던 개나리아파트를 재건축한 뒤로도 붙박이처럼 지키는 래미안 펜타빌. 농작물과 풀로 우거진 밭두렁들이 진선여중고와 도성초등학교를 옆에 낀 채 24층의 고층 건물로 들어선 삶의 보금자리이다. 우리는 8학군인 여기에서 자녀들을 키워서 공부시켰고 사회에 진출시켰다.

1990년대 초엽, 강남구 역삼동 개나리아파트에서 연하장들과 평보의 액자를 배경으로 한 가족들

이전에는 학군이 좋다며 30여 년 동안 강남 사수파였던 아내가 근래 들어서는 세금이 벅차다고 서울 근교의 경기도로 옮겨가잔다. 그럼에도 나는 오히려 정든 여기에서 떠날 수 없다고 버티고 산다. 본디 시골 태생인지라 비록 싸이처럼 강남 스타일을 뽐내며 생활하진 못하더라도 어찌 옛정과 추억을 버린단 말인가. 그래서 오늘도 나는 아담한 서재 앞 발코니 땅에 꽃망울 맺은 국화 뿌리를 심고 이 글을 쓴다. 강남은 날 낳아 키워준 내 고향 못지않게 내가 가꿔온 자랑스러운 삶의 터전이다.

(2013년 가을)

소장품을 전시하고

　2016년 들어 처음으로 명동에서 가진 수요회 오찬 모임에서였다. 작품 활동이나 강의며 편집 일에 한창인 권남희 수필가가 식사 도중 타진하는 것이었다. 봄철을 맞아 남산 자락에 자리한 문학의 집에서 문인들 너덧 분의 소장품 전시회가 열리는데 출품할 생각이 없느냐고. 옆 자리의 홍금자 시인도 함께 한다기에 솔깃해진 마음에 그러기로 하였다. 여러 번 그곳에 전시된 애장품들을 구경만 해 온 바 있어 자연스런 일로 여겼다.

　전시일이 다가오자 흐트러져 있던 소장품들을 하루 종일 찾으며 모처럼 대충 정리해 보았다. 서재의 서랍들이며 테이프로 봉해진 진열장이나 뿌옇게 먼지 긴 책장 속 귀퉁이랑 침대 겸용 소파 밑 등을 샅샅이 뒤졌다. 반세기가 넘도록 숱하게 이사를 다니며 이것저것 모아둔 삶의 체취가 배인 실체들. 그 상당수는 그 편린

들처럼 어두운 구석에 갇힌 채 잠자고 있었다. 장서 5천 권은 이미 시골의 향토도서관에 보내서 홀가분한 느낌이지만. 으레 낡히고 퇴색한 채 꾀죄죄한 그것들은 새삼 소중한 체온으로 다가왔다.

덕분에 신문지 등에 겹으로 말린 채 깊숙이 간직된 평보 서희환의 정겨운 휘호 원본을 찾았고, 오당 안동숙 화백의 친필 화폭 2점도 만났다. 조병화 시인께서 손수 건네준 '伴月雲宿' 족자와 여러 우정을 담은 신년 휘호나 축하 화폭들이며 정성들인 그림을 곁들인 임당의 부채들도 새로웠다. 중앙아시아의 알마티에서 고려인 문단의 아버지인 조명희 작가 따님(조선아)이 선물로 준 크리스털 촛대와 키르기스스탄 수도인 비슈케크의 후배가 구한 '통일석' 밖에 까맣던 전방 시절 전우들의 우정을 담은 추억의 기록까지 오랜만에 찾아냈다.

반면에 경상도의 후배 시인이 연구실에까지 신문지에 싸서 손수 안고 온 신라 고분의 질그릇 항아리와 서너 개 구해둔 옛 떡살판은 행방이 묘연했다. 나중에야 서방님 건강을 해칠 귀신이 붙었을세라 아내가 몰래 내버린 사실을 확인했지만. 새삼 어릴 적에 제기차기로 버린 상평통보 동전들이며 숱하게 많던 옥가락지들을 엿장수에게 몇 개의 엿가락과 바꿔먹은 추억이 아쉬움으로 떠오른다. 어머니 비녀나 아버지의 담뱃대(장죽) 등이랑 식구들의 때 묻은 등잔 한 개라도 간직했으면 오죽 좋으련만. 정성들여서 빚은 작품을 주신 분들께 최소한의 저녁 대접도 않은 무례를 뒤늦게나마 사과드리는 마음 간절하다. 더욱이 귀한 선물을 제대로 간수하지 못한 허물을 사죄드린다.

그래도 내 나름대로 적지 않은 소장품을 지니고 있음이 대견하게 느껴진다. 직접 방문해서 구한 남농 선생의 소나무 그림뿐 아니라 강남으로 새로 집들이한 아파트로 세배 온 제자가 표구된 채 들고 온 의재 허백련의 묵향 배인 매화 그림은 진품 감정 이전에 사제의 따스한 정을 담보한다. 또 로마 몇 세기 역사를 담은 콜로세움colosseum 현장의 벽돌 한 장이며, 페루 마추픽추의 돌멩이 두어 개와 지중해 연안의 니스해수욕장에서 가져온 자색과 청색의 달걀처럼 영롱한 조약돌도 소중한 나의 소장품이다. 이들 애장품들은 가지런히 정돈된 각급 학교의 졸업장, 상장, 통지표, 표창장, 각종 학위기, 공로패, LA의 명예시민증이나 우리의 훈장 등에 못지않은 정을 알알이 담고 있다.

동료와 후배 여성 문인들 덕분에 행한 모처럼의 전시회 참여는 퍽 유익한 선택이라고 생각한다. 흩어져 있는 소장품을 점검하면서 까맣게 묵혀 왔던 문화 의식에 눈을 떴다고 할까. 서재에 놓여 있는 메모나 교정 자국 투성이인 원고들과 더불어 국내외 현장에서 오랜 기간에 스스로 구하거나 선물 받은 귀중품들은 내 삶의 조각들이다. 손수 제자 이름까지 새겨주신 백철 은사님과 후배를 적시한 평보 선배의 친필 휘호는 소중한 보물로 여겨진다. 이밖에 1989년 독일의 함부르크시에서 열린 제49차 국제 펜 대회의 유리병 기념품, 2000년 러시아 극동대학에서 강의한 기념으로 사온 철새 등이 새삼 정겹다. 또한

백철 교수 휘호

2003년 우즈베키스탄 수도인 타슈켄트의 고려인 가정에서 선물 빋은 청색 도자기 주전자와 2006년 헤밍웨이의 명작 무대인 쿠바의 아바나 바닷가에서 손수 건져온 거북 모양의 실물 등.

　이들을 통한 '나의 작은 기쁨전'은 서울특별시 후원으로 2월 중순부터 3월 하순까지 열렸다. 위에 든 두 사백밖에 김태식·박원명화·서정란·지연희·한복선 님의 소장품들과 함께 관람객들 앞에 빛나고 있었다.

(2016년 5월)

해외 세미나 유감

    대학 강단에서 31년 동안 교수로 생활하다가 정년 퇴임한지 어느새 13년째다. 강산이 변할 세월이 지났는데도 부르는 데가 많아서 쫓기는 나날임은 철부지 처세 탓일까. 작년에 처음으로 국제펜 한국본부 주최로 경주에서 개최된 세계한글작가대회에 집행위원장으로 참여했었다. 지난주에도 지진을 겪은 그곳에서 행해진 제2차 대회의 발표에 이어, 광주의 다형 김현승 문학제에 참석하고 올라왔다. 얼마 전엔 두어 군데 문학상 심사도 했고, 월례의 문학회 합평회에도 빠질 수가 없었다. 그동안 거의 매일 겹치는 모임 일정이며, 머리맡에 놓인 글쓰기 숙제와 씨름하느라 세월 가는지 모르게 지내왔다. 차라리 그냥 거절해 버리면 편해서 좋을 것을. 아직 소용 가치가 있다 싶어서 대견하게 여기곤 한다. 그것은 물론 내가 잘나서가 아니라 정년 없는 글쓰기 선택과 문학 연구에 꾸준히 종사해 온 덕분이라 생각한다.

　돌이켜보면, 반생 동안 교수로서 강의와 더불어 학회의 연찬에다 평론 활동을 하다 보니, 국내외의 여러 문학 모임이나 축제에 연사로 초청을 받아 참석하곤 했다. 내 스스로 짐작해 보아도 난 청중을 사로잡을 화통한 화술은커녕 서투르고 요령부득인 아마추어다. 그 부담감 때문에 너러 글로 쓰는 일이라면 몰라도 청중 앞에 말로 나서는 데는 삼가고 싶기도 하다. 그럼에도 현역 교수 시절부터 퇴임하여 대머리 진 요즘까지 계속 초청을 받고 문학 강연이나 학술대회에 참여하여 어울리곤 한다. 일주일이 멀다하고 지금껏 원고 청탁을 받고 연사로 초빙 받는 건 정말 짐작보단 그렇게 엉터리는 아닌 모양인가?

　특히 두어 개의 학회장을 지낸 이래 해외 여러 나라에 나가서 세미나며 심포지엄 등에 주제 발표자 및 토론 좌장 등으로 참여하기는 2000년대부터이다. 전공이사 등을 지낸 국어국문학회보다 그 규모나 역사가 짧은 우리 문학회와 국제한인문학회 등을 창립한 이후의 활동을 통해서이다. 이전에는 주로 국내를 섭렵한 편이었는데 점차 행동 반경이 넓어진 편이랄까. 교수 생활의 마무리 무렵이던 수년 전후에서 현재에 이르는 기간에 자주 동료 교수들과 더불어 학술 자료 수집을 겸한 상호 교류를 위해서 국제대회를 가졌다. 그 중에는 더러 학회가 아닌 일반 문학 단체의 동료 문인들과 다양하게 함께했던 해외 탐방 경우도 포함되어 있음은 물론이다.

　먼저 2000년 초겨울에 한국의 작고 문인을 선양하는 우리 문학 기림회와 일본 동경대학 비교문학회가 공동 주최한 김소운 문학

국제심포지엄을 동경대 교양학부에서 가졌다. 2001년 여름에는 연변의 백산호텔에서 위의 기림회와 연변인민출판사 공동 주최로 새로 발굴된 항일 시인 심연수 문학의 국제 심포지엄을 열었다. 2002년 6월에는 일본 사가대학에서 가진 국제언어학회의 심포지엄에 이어서 8월에는 중국 하얼빈에서 한국문인협회의 국제 심포지엄 주제 발표를 했다. 2003년 여름에는 중앙대 학술 진흥 프로젝트팀 일행과 함께 중앙아시아 알마티에서 현지 한인들과 합석한 고려인 문학 좌담회를 가졌다. 그해 가을에는 또 몽골의 울란바토르대학에서 한국수필문학회와 공동으로 연 세미나에도 참석하였다.

정년으로 캠퍼스를 뒤로한 후에도 나는 발표자로 더 자주 해외 세미나나 심포지엄 모임에 참여하였다. 2005년 봄에는 한국수필문

2005년 7월 하순에 일주일 사이, 알마티와 타쉬퀸트에서 현지 학술 교류와 토론회를 마치고 문화 탐방에 나선 일행들. 대부분 교수 겸 평론가들인데, 유안진 시인과 최동 교수는 시인을 겸했다. 권성우, 김영철, 김종회, 오양호, 이숭원, 홍용희 교수 외 여러분.

2006년 7월 29일, 미국 LA 벤츄라 해변에서 열린 문학세미나에 참석하여 주제 발표하던 자리.

학회 주최로 일본 요코하마에서 열린 세미나에서는 좌장을 맡았었다. 이어서 그해 6월에 한국문인협회 주최로 호주 시드니에서 개최된 심포지엄에선 호주 한인 문단에 관해 살폈다. 특히 7월에 열린 해외 동포 문학 중앙아시아 현지 학술회의는 그 규모가 컸다. 7월 22일~29일에 걸쳐서 카자흐스탄과 우즈베키스탄에서 열린 문학세미나에선 중앙아시아 고려인 문인들과 한국 문인 교수들이 다수 참여하여 한글 문단에 관한 발표와 토의 성과가 컸다. 또 2006년 여름에는 LA의 벤츄라 해변에서 열린 문학

2006년 여름철, 미국 LA의 벤츄라 해변에서 행해진 문학제에서 주제발표를 하고 현지 미주 한인 문인들과 함께. 이 가운데 전달문, 김문희, 이승희, 김탁제 시인과 김영중 수필가 등이 서울의 초청 연사들과 1주일 동안의 그랜드 케니언~라스베가스 여행.

축제에 연사로 초청받아서 미국 현지의 동포 문인들과 한인 문단의 현안을 논의했다. 2008년 가을에도 그곳 한글 문인들에게 신시 100주년의 기념 강연을 한 바 있다.

그 후로 한동안 숨을 고르고는 2010년 초여름에 한국문인협회 회원들과 베트남, 싱가포르, 말레이시아 탐방 기회에 호찌민시에서 가진 심포지엄에선 월남전 문학에 관한 상호간에 이념상의 내용 문제로 다소 껄끄러웠던 분위기가 인상에 남는다. 2016년 초여름에 들어서 계간문예팀 일행과 동서 유럽 지역 순방 기회에 오스트리아의 비엔나 호텔에서 가진 한국 문학 발전 포럼에선 색 다르게 괴테와 실러의 문학에 대한 발표를 했다.

이렇게 순서에 따라 적다 보니 자칫 자기 자랑의 나열 같아서 지루하리라 싶다. 어쩌면 글 발표 기회마저 드문 독자들 앞에 팔자 좋은 이야기 그만하라는 눈치가 느껴진다. 하지만 오랫동안 해외 여러 군데에 오가면서 연구와 조사에 종사해 온 자신을 되돌아보고 정리하면서 진솔하게 여러분과 대화를 하고 싶어서임을 헤아려 주길 바란다.

문제는 학술적인 모임이나 행사라면 무엇보다 진지한 지식의 점검과 올바른 전달이 우선되어야 마땅하다. 그럼에도 흔히 단체에서 여는 발표장은 태반쯤이 알찬 내용보다 형식적인 구색에 맞춰서 적당히 시간을 때우는 요령 중심인 게 불만이었다. 위임받은 과제를 위해 자료들과 씨름하면서 여러 밤낮 동안 준비한 걸 으레 30분 안팎에 발표하는 위인은 답답한 사람이 되게 마련이다. 적어도 주요한 이름과 연대를 곁들여서 논지의 골격을 조리 있게 전하려는 고지식한 성격 탓에 곤혹을 겪은 경우가 많았다. 차라리 자세한 내용은 유인물의 임시 논문을 참고하라며 지친 참가자들의 박수 속에 끝내면 휴게실의 커피 향에다 뒤풀이 술맛도 좋을 텐데 말이다.

몇 달씩 도서관 발품을 팔고 밤 새워 마련한 발표문을 빠듯한 일정으로 마지못해서 접어두는 뒷맛은 씁쓸하다. 더욱 꼴불견인 것은 학술 모임의 좌장이 쓸데없는 서두를 길게 끈데다 연사의 발표 내용을 간추린다면서 더 아리송하게 부연한 나머지 절반의 시간을 축내는 경우이다. 물론 주어진 시간 안에 그 진수를 담아서 전달하는 발표자의 노력 역시 중요하지만. 적어도 여러 달 애써 준비한 결과물을 수만 리 바다 건너까지 한 나절 남짓 여행와서 불과 30분 안팎만으로 재촉 받는 발표라니. 문학예술이나 학문에서는 우리가 결코 알파고 같은 기능 인간이 되어선 안 된다. 잠깐 내쳐도 좋을 교양 강연은 그렇더라도 주요 테마 전체를 아우르는 심포지엄이나 다양한 부분으로 접근하는 세미나만은 분명한 방향 모색을 담보해줘야 하는 것이다. 조금만 더 여유를 두고 방청석의 질의 시간까지 마련하여 충분히 소화하도록 도와야 한다. 그래야 모처럼의 해외 탐방과 지적 탐색의 일거양득 효과를 원활히 거둘 수 있기 때문이다.

(2016년 12월)

향수와 지혜의 샘터

　오늘을 사는 우리는 2천 년대의 문명사회에 갇힌 유목민遊牧民처럼 고달프고 목마르기 마련이다. 자크 아탈리의 견해처럼 차량을 몰고 다니면서 분주하게 휴대전화를 걸어대며 경쟁사회에서 사느라 자아도 추스를 겨를 없이 도회 변두리를 전전해서일까. 원시시대부터 익숙해 온 산천과 동굴 숲과는 이질적인 도심의 공간과 메커니즘 사회의 올가미에 옥죄어 지내는 것이다. 쾌적한 듯 답답한 아파트 방과 도심의 건물 안팎, 꽉 짜인 일과 속에서 시달린 탓일까. 마냥 풍요하게 넘친다 싶은 물질들 속에서 정작 마음은 공허하고 아득하다.

　일상에 지치고 울적할 때면 나는 곧잘 퇴촌 주말농장에 나가 채소를 가꾸거나 가까운 양재천 가를 거닐곤 한다. 지난번엔 모처럼 신문 광고를 보고 관광버스에 동승하여 남도 기행을 다녀온 바 있다. 남부 지역 조계산 중턱에다 신라 적에 자리 잡은 태고총림 선암사仙巖寺에 들리서 계곡을 티고 굴목제를 넘어 송광사松廣寺에 이르렀다. 산길을 따라 일상에서 켜켜이 달라붙은 몸과 마음속의 찌꺼기를 씻어주는 개울물 옆에서 선종 불교의 요람은 초췌한 나그네를 한결 아늑하게 품어주었다. 이웃한 불일암에서 법정스님의 자취도 둘러보는 동안 오가는 선지식이나 절 건물들은 무언의 선문답禪問答으로만 응대했다.

평소 주위에서 자주 대하는 기독교의 경우와 마찬가지로 종교와는 비쌘 양 밀착하지 않는 성격 나름대로 나는 한동안 불교 세계에 기웃거리곤 했다. 전임강사 시절인 1970년대 중엽부터 십년은 연구 과제인 만해 문학 논문을 위해 불교 입문서를 탐독하며 선방 등에 드나들었다. 김관호 전보삼 님 등과 자료를 나누며 안광석 님의 휘호도 전해 받곤 했다. 미당未堂 선생과 함께 조계사 경내와 망우리 공원 등에서 기념 행사 세미나에 발표자로 나서던 무렵이다. 그러나 만해 시집 『님의 沈默』의 집필 터인 오세암에 머무르곤 하다가 정작 불교에 관한 공부나 깨우침은 어림도 없다 싶어 천착의 뜻을 접고 말았다. 만해萬海의 깊이나 불교의 유현 심수한 세계는 첩첩산중이라 싶어 그 초입에서 스스로 물러나고 만 셈이다.

하지만 사찰에 대한 정서나 추억은 내 가슴에 원초적인 향수로 뿌리 깊이 자리하고 있다. 어릴 적 초파일 무렵이면 색동치마차림의 누님들과 더불어 어머니의 손을 잡고 산굽이길을 걸어서 벚꽃이며 진달래꽃마저 연등처럼 화사한 인근의 절에 다녀오던 모습이 선하다. 어머니께서 막내아들을 점지해 달라고 법천사엔가에 여러 해 불공을 드렸다는 말도 사형을 통해서 전해 들었다. 그래 선지 나는 아무래도 부처님과 불교에 은혜를 입었는데도 보답하지 않고 있다는 부채의식負債意識이 남아 있다.

몇 해 전에 만해마을에서 가진 '문학과 종교' 심포지엄에 토론자로 참여한 연유 역시 이러한 잠재의식과 무관하지 않을 듯싶다. 젊은 문학 교수들 틈에 어설픈 자세로 앉아서 시종 미소를 머금은 무산霧山 조오현 회주님의 말씀과 찻잔만 들다 왔지만, 나는 자꾸만 그런 자리에 가 있는 아들의 대견한 모습을 지켜보시는 한복 차림의 어머니 영상과 함께 했다. 한여름의 무더위를 싱그러운 숲속 백담사百潭寺 계곡물에 마음껏 식히고 씻어내던 일이 어제인 듯하다. 이렇게 불가에서 입은바, 늘 넉넉하고 자애로운 무상의 혜택은 어릴 적에 일찍 떠나신 어머니의 사랑처럼 눈물겹고 고맙기 그지없다.

불교의 깊고 그윽한 향수나 인문적 감화는 일반인 모두에게 긴요하기 그지없다고 생각한다. 올해로 불기佛紀가 2554년이고 서기西紀는 2010년이라는 사실에서만이 아니다. 과학 문명의 발달로 넘쳐나는 상품과 정보의 홍수 속에 정처 없이 밀려다니는 현대인에게 진정한 자아自我를 다잡으며 올바로 사는 길을 찾도록 해야겠다. 특히 서구의 물질 편향의 시류 속에서 올바르게 자라야 할 젊은이들에게 불교의 소양은 필수적 요소라고 믿는다. 손쉽게 노출되어 있는 관능적 유혹과 폭력 및 전자오락의 마수로부터 청소년들을 보호하는 지름길이기도 하다. 물질만능과 적자생존의 대결 구도를 뛰어넘어 상생相生과 자비로 베푸는 불가佛家의 도타운 정신을 일깨워 주어야 한다.

흔히 도회 빌딩의 밀림 속에서 미로를 헤매다 보면 자신도 거대한 틀 속에 한낱 부속품처럼 끼여 지내는 존재라는 걸 발견한다. 그래서 현대인들은 도회 주변을 떠도는 소외된 유목민(노마드) 신세라고. 여기에서 적어도 주체인 자아가 외적인 시설을 거느리고 자유롭게 사는 인간의 내적 주체성을 회복해야 한다는 실존 의식實存意識을 절감한다. 핵무기 등을 만들어 놓고 자멸의 공포에 처한 위기 상황을, 물질 기술에 뒤진 정신 함양으로 양자의 균형을 이루는 게 현대의 제일 과제라고 설파한 토인비나 러셀의 지적도 이에 상관된다.

참고로 불교 문예의 발상도 새롭게 모색함직하다고 생각한다. 청소년들에게 수천 년 전에 비좁은 장방형의 자리에 누운 채 우주를 내다본 유마거사維摩居士의 통찰력 등을 알려줄 일이다. 달을 오가며 우주선에서 지구촌을 내려다본 현대인들보다 신출귀몰하듯 지상과 하늘을 누비고 다니던 손오공孫悟空의 도술도 삼장법사의 손안에 든 이치의 소산인 것을. 물질과 과학 만능에 눈 어두운 나머지 정작 궁극적인 존재나 창의적 사유 문제는 모르고 살아가게 마련인 이들에게는 신선한 접근이 긴요하기 때문이다.

우리는 이상의 현학적 실존 이론을 넘어 그 정수를 가까이서 몸소 터득할 수 있다. 인간의 주인다운 정신의 존엄성과 이용후생의 대상인 물질을 조화롭게 활용하는 범아일여梵我一如 차원의 지혜를 불교와 문예의 뜰에서 만나는 것이다. 거의 무방비로 이질적인 물질 문명에 침식해 드는 현대병 증후군에서 스스로를 건져내기 위해서라도 풍부한 불교적 상상력과 동양 지혜의 샘물에 흠씬 적셔서 회복해야 할 것 같다. 불교 문예는 바야흐로 혼탁 사회의 오아시스 같은 청정 공간으로서, 목마른 도시 유목민에게 더 없는 지혜의 샘터로서 우리 앞에 있다. 새해에는 마음껏 정화수에 목을 축이고 한껏 정결하게 거듭나자.

　이젠 전부터 인연을 이루어 알 만한 스님들도 새롭게 만나고 싶다. 시골 학교의 선후배격인 문혜관 스님과 오래도록 문자나 전화로만 소통해 옴은 너무 소원한 일 아닌가. 가까운 시일에 김형중 박사랑 자리를 함께 하면 좋을까 싶다. 나랑은 인척인데다 같은 문인이기에 김 박사의 명성여중·고교 교장실에서 차라도 마시면서 정겨운 시간을 가져야지. 서로 마주하다 보면 그윽한 인정과 더불어 유현 심수한 불가의 새 기운도 은연중에 얻게 될 것 같다.

(2014년 6월)

제4부 선생님과의 귀한 만남

은사님의 은덕은

: 평론가 백철

백철白鐵 은사님은 대학원 석사 과정부터 내 지도교수셨다. 뿐만 아니라 정초에 세배 손님들을 집에 두고 혼인식 주례까지 맡아주셔서 우리 식구나 사모님과도 한 가족 같은 관계랄까. 더욱이 은사께서는 마지막 제자인 내게 선생님의 주된 전공을 위시한 학문과 문학의 배턴까지 물려주신 은혜가 무량하다.

불가의 범망경에서는 스승을 부모님보다 더 귀한 선근인연으로 여기고 있다. 우연히 옷깃 한 번 스치는 인연이 5백 겁 만의 연인데 비해 같은 나라에 태어난 연은 1천 겁에 해당된다고 했다. 더구나 부모와 자녀의 혈연 관계는 8천 겁인 데 비해 스승과 제자는 1만 겁으로 보고 있다. 그만큼 소크라테스의 견해처럼 진리를 향한 영원한 정신의 동반자인 사제지간의 연을 중요시하는가 싶다. 이런 면에서 늘 내 인생에서 훌륭한 교수님을 은사님으로 모시고

랑받은 걸 감사하면서 큰 보람으로 여기고 산다.

그럼에도 정작 백철 은사님에 대한 이야기는 무엇부터 시작할까, 생각보다 퍽 막막한 느낌이 앞선다. 노래에서처럼 '스승의 은혜는 하늘같아서'일까. 아니면 한국 문단과 학계의 너무나 큰 어른이라서 그럴까. 제자를 따뜻이 사랑하면서도 좀처럼 농을 않으시고 술을 삼간 만큼 화재가 제한된다. 하지만 조교시절에 들은 바, 백철 교수님과 공저로 유명한『문학의 이론』등을 번역해 내신 김병철 교수의 귀뜸이 떠오른다.

"왕년에 문단이나 언론계에 로맨스와 술로 화제를 뿌리신 백교수님 전력을 몰라서 그러는 거야? 그분은 회고록에서처럼 당대의 내로라하는 여성들이랑 서울과 동경, 북경까지 누비셨다고."

소싯적의 과음으로 간경화를 조심하라는 의사의 조언 때문에 약주를 삼간 탓에 딱딱하게 여겨질 거라는 견해이다.

은사님을 회고하는 데 어려움을 어찌 약주 탓으로 돌릴 수 있을까마는 30여 장 분량을 메우는 일이 왜 이렇게 힘겨울까. 이 글이 혹시 높으신 은사님의 위상에 누라도 끼칠세라 버겁기 그지없다.

하지만 내 운명의 고빗길에서 귀인처럼 만나 이루어진 사제지간의 이야기를 쉽게 스쳐 넘길 수는 없는 노릇이다. 어쩌다가 벌거벗듯 진솔한 자신의 삶을 말하는 과정에서 다소 부자연스런 면이 드러날지 모르지만, 그런대로 누구 못지않게 선생님을 모시며 보살펴온 제자로서 추억담 몇 가지를 회상해 본다.

시골 태생의 서울 진학과 교수님 만남

내가 백철 교수님(1908.03.18~1985.10.13)을 직접 만나면서 자주 뵙기는 대학원에 진학해서 공부하던 1968년 때부터이다. 대학 신입생 무렵에도 문리대 학장으로 봉직하던 교수님을 중앙대의 흑석동 교정에서 먼빛으로 살피면서 신문지상 등에서 자주 익힌 그 스마트한 모습을 접했음은 물론이다. 초·중·고등학교를 마칠 때까지 단 한 번도 문인이나 예술인들을 접하지 못한 사람에겐 더없이 보람된 사제의 선근 인연이 되었다. 사실 여러 모로 미숙한 제자는 자상하신 은사님의 가르치심과 조용한 도움으로 인해서 교수 겸 문학가로 설 수 있었다.

돌이켜보면, 함평의 한 농촌에서 그야말로 흙수저로 태어난 나는 너무나 철부지인 채로 자랐다. 한약방과 서당 훈장을 하시던 선친과 농사를 짓던 사형의 사랑 속에서 면소재지 초등학교를 거쳐서 학다리 중·고교까지 마쳤다. 광주의 명문고교 합격증을 동네 아저씨 편에 늦게 전달받은 탓에 대학만은 서울로 진학했다. 입시 학원은커녕 대학 정보에 어두운 처지로 법정대학 계열인 정치외교학과에 입학하여 주위의 권유에 덩달아 고시 공부를 꾀했었다. 하지만 법정 분야에 회의를 느끼지 않을 수 없던 나는 문과대학의 문학 강의실을 드나들며 청강을 했다.

대학 2년을 수료한 후에 휴학을 선택한 자신은 두 해 동안 집의 농사일을 돕는 틈틈이 문예지와 사상계 등을 통해서 실존주의에 심취해 관련 서적을 읽으며 창작을 꿈꾸었다. 5.16 직후에 입대해서는 전방에서 사병으로 복무하면서도 습작 소설을 써서 응모하곤 낙방을 거듭했다.

그러던 1960년대 후반에 기어코 복학하여 입학 후 10년 만에 학부 졸업장을 받았다. 나는 한 해 가까이 공무원 생활을 하다가

만학晩學으로 중앙대 대학원 국어국문학과에 학적을 두었다. 전공을 사회계열에서 문과로 옮기고 국어국문학과 조교를 맡으며 나름대로 한국어문학 공부에 전념하였다. 고전문학의 양재연 교수님(당시 학장) 사

1960년대 후반 흑석동 낡은 2층집 서재를 배경으로 사제가 나란히 포즈를 취하고…

무실에서 학과 주임교수셨던 국어학의 남광우 교수님이 맡은 학과 일을 돕고, 평론계의 거두인 백철 박사님을 지도교수로 모시며 현대 문학을 공부했던 것이다.

산 문학사의 새롭고 열정적인 강의

나는 조교로서 학생들의 채점이나 점수 관리를 하면서 지도교수님을 챙겨드렸다. 교수님께서 미국 하와이대학에 '교수 중의 교수' 신분으로 초대받아서 나가 계실 때는 '현대비평론' 강좌를 대강 형식으로 도와드렸다. 물론 국제 펜 회장을 20년 가까이 연임하시고 각종 심사와 특강이며 회의 등에 바쁘신 중에도 수업 시간만은 거의 결강 없이 성실히 이행하셨지만. 급히 택시로 강의실에 오셨다가 열강으로 겨울에도 흘린 땀을 훔치면서 시내로 향하시곤 하던 모습이 눈에 선하다. 교수께서는 남다르게 소탈하고 성실하시며 진솔한 인간미를 지니고 있었다.

일찍이 평안북도 정주의 산골에서 태어나셔서 서당을 다니다가 늦게 신학문을 익힌 교수님은 수재로 이름났었다. 월반으로 신의주고보를 마치고 인재들이 모인 동경고등사범(현 쯔쿠바대학) 영문

학부에 입학했다고 당시 동아일보에 기사로 보도되기도 했다. 학생 때는 일본 좌익문학단체인 나프 회원으로서 활동하며 시문학 작품도 발표했다. 귀국해서는 카프의 열혈맹원으로 옥고까지 치른 바도 있다. 그리곤 잡지 편집을 맡고 신문사의 문화부장 등을 지낸 다음, 광복 후엔 남북 대적의 와중에 교수와 문학평론가로서 최고의 자리에 우뚝 선 분이다.

이렇게 일제 강점기와 분단 시대 문단의 현장에서 살아온 백철 교수는 그대로 우리의 산 문학사인 편이었다. 1930년대의 「농민 문학론」, 「인간묘사시대」, 「휴머니즘론」 등으로 문단의 중심에서 이론의 첨단을 이끌어 왔다. 그 문학사나 비평론 강의 역시 문예 사조의 선두에서 최신의 흐름을 타서 참신성을 더했다. 1950년대 후반에 직접 미국 저명 교수들을 강의실에서 접하고 돌아와 소개한 신비평(뉴크리티시즘) 특강은 신선한 충격으로 다가왔다.

미국 하버드나 예일 등의 명문 대학원에서 현대 문학 특강이라는 르네 웰렉의 강의를 듣는 중에 가진 체험담이 뇌리에 박혔다. 만날 그리스와 로마 문학만 다루기에 왜 현대 문학을 말하지 않느냐고 질문했더니, 현대 문학은 서양 문학의 원천인 희랍-로마 문학을 알아야 하기 때문이라는 대답을 들었다는 말씀이 인상적이었다. 마침 1960년대의 국문학계에서도 문학의 전통 단절을 극복해야 한다는 논의에 적용되는 견해와 직결되었다. 고전과 현대 문학 전공을 가를 것이 아니라, 두 가지를 겸해야 한다는 주장의 뿌리에 상관되는 일이다.

교수님은 칠판에다 'New Criticism'을 한껏 힘주어서 투박하게 쓰고 나서 주요 인물들을 들어 설명하였다. 이미 『사상계』나 『현대문학』 등에 소개된 내용을 더 구체화시켜 정리하는 것이다.

　"우리가 문학 연구와 비평에서 능사로 여겨온 이전의 사회 환경이
나 작가 전기 중심의 역사주의적인 접근은 낡은 방법이라는 거지요.
시작은 1차 대전 전후부터 영국의 엘리엇이나 리챠즈 및 러시아 형식
주의와 맥을 잇는 문예평가 이론입니다. 그래서 랜섬은 2차 대전 후인
1948년에 이런 근대적인 방법을 혁파해서 새롭게 문학예술의 본질인
시어와 상징적인 소설의 문장 같은 언어 중심의 텍스트 본위로 연구
하자는 '뉴크리티시즘'이란 제목의 평론서를 펴냈어요. 그 후 저쪽 미
국에서는 전후에 한 무리의 신비평가들이 무더기로 배출되어 새로운
문학 연구의 한 줄기 큰 흐름으로 자리 잡아서 한 획을 그은 비평사조
인 것입니다. 이들 주역들은 위의 존 크류 랜섬 외로도 르네 웰렉이나
워렌, 클리엔스 부룩스, 이버 윈터스, 윌리엄 윔서트, 알런 테이트 등."

　그래서 그 무렵 『문학의 개조』라는 평론집을 냈고 『문학원론』
도 재래의 체계와 달리 기본적인 차례부터 문학의 본질적인 요소
와 비본질적인 요소로 나누어서 새 개정판으로 집필하고 있노라
고 덧붙이셨다. 그리고 난 교수님은 포켓에서 꺼낸 손수건으로 상
기된 얼굴에 가득한 땀을 훔치고 숨을 돌리셨다. 그런 인상적인
모습은 나중에야 정년 후에 펴낸 회고록을 통해서 그 이유를 알고
제자는 웃음을 머금었다.
　그건 광복된 후에 전혀 문단과는 담을 쌓고 『신문학사조사』 저
술 중에 급히 대학 강단에 오른 첫 강의 때 호된 신고식을 치른
긴장감의 영향이란다. 학문적인 문제는 전혀 생각하지 않고 있다

가 새로 문을 연 여자대학(서울 사범대 전신) 강의실에 불려나간 탓이다. 강의를 한사코 사양해도, 학생들을 뽑아놓았는데 강의할 자격을 갖춘 사람이 없으니 그냥 시간만 메워달라고 사정하더라는 것이다.

마지못해 끌려 나가서 교단에 올라섰더니 진땀이 흐르더라는 고백이다. 바로 김남조 시인, 홍윤숙 시인 등의 여학생들이 가득 찼는데 허둥지둥 강의실을 나오는 뒤에서 소곤대는 소리를 들었다고 했다.

"애, 저 강사 말이야. 조금은 서툴어도 순진해서 쓸 만허게 보이네. 안 그래?"

교수님의 부탁과 제자 호통

두어 번은 교수님께서 대학 풍토에서처럼 조교에게 지시하기보다 오히려 사정하듯 부탁하셔서 제자로선 몸 둘 바를 모른 적이 있었다.

"이 조교! 되도록 C학점짜리는 없애면 안 되겠소? 앞길 창창한 젊은이들이니 말이요."

이렇게 마음이 여리시기에 젊은 시절부터 교수님 스스로 필명도 '白世哲'이란 본명보다 쇠처럼 굳세야 한다는 '白鐵'로 택해서 쓰셨다는 말이 실감났다.

하지만 석사 학위 논문을 쓰던 과정에서 지도교수님한테 크게 혼났던 기억이 잊히어지지 않는다. 그러니까, 1960년대 말엽의 늦가을, 제자가 대학원 학위 논문 쓰기로 막바지에서 고심하던 때의 일이다. 프랑스의 남부 휴양 도시인 망똥에서 열린 제36차 국제

펜 대회에 한국 펜 본부장으로서 대표로 참석하고, 다음에 동양에 선 누 번째로 1970년의 세37차 대회를 시울로 유치한 이후 귀국하 신 며칠 뒤였다. 제자가 밤새 보충해서 제법 두툼한 육필 원고를 들고 한강변의 흑석동 산중턱에 자리 잡은 교수님 댁에 들렀다. 뜰 옆의 채마밭 흙덩이 위에 허름한 누비바지 차림으로 누워 계시 던 선생은 훌훌 먼지를 턴 그대로 서재에 마주앉아 원고를 읽다 말고 갑자기 호통이셨다.

"이 조교! 자네, 목차에서 이걸 전혀 반영하지 않았군. 그제 공 항서 오던 날 항목을 바꿔서 쓰라고 했는데 말이야. 젊은이가 이 래서야 되겠나! ……다시 대폭 정리해 오라우."

사실 논문 마감일이 촉박하여 항목을 제대로 바꾸자면 작업이 갑절 복잡할세라 적당히 넘기려다가 발각된 것이다. 하긴 여러 날 동안 펜 대회 문제와 비행기에서 시달리신 교수님이 원고 초안을 스치듯 넘기시기에 모르실 줄 알았더니. 교수님은 동료 원생으로 서 학기말 세미나 과제로 발표한 임헌영이 낸 '전후의 시문학 연 구'와 함께 내가 초안으로 발표했던 '전후 한국소설에 관한 고찰' 을 대비적으로 참고하였을까 싶기도 했다.

"밤중이라도 좋으니 우리 집 생각은 말고 원고 되는 대로 가지고 와. 10매건 20장이건…… 내 서재는 항시 개방해 줄 테니 자료를 충분 히 보충해서 말이야. 원고 제출 마감에 늦지 않아야 하니까. …… 학문 은 저널리스트였던 나처럼 어정쩡하게 해선 학계에 남기 어렵대두. …… 난 진짜 학자가 아니야. 인재가 모자란 시절에 운 좋게 교수가 됐지만 요즘 세대들은 원서도 독파하면서 철저히 실력을 쌓아야 마땅한 거야."

서재를 물러나오며 현관에서 제 경황없이 신발을 찾아 신는 제자를 마루 건너로 지켜보시던 은사님. 그리고 스승의 억양 높은 그 목소리는 지금도 제자의 가슴속에 쟁쟁 와 닿고 있음을 느낀다. 그 분위기를 알아챘는지 교수님 댁을 지키던 커다란 셰퍼드마저 덩달아 으르렁거렸다. 그런 후로 제자는 한동안 불신 받은 죄책감으로 조마조마한 나머지, 학위 통과도 어려울 것으로 걱정 했었다.

한량없는 교수님의 사랑은

하지만 은사님께서는 남달리 신비평 의식을 통해서 통계적으로 접근한 석사 논문「전후 한국소설에 대한 연구」를 써낸 제자를 버리지 않으셨다. 우수 논문이 아니라도 그 당시는 박사 학위가 없이도 교수로 임용되던 시절인지라 전임교수로 추천하고 감히 교수로까지 키워주셨다. 때마침 정년을 앞두고 대학원장 겸 학장 겸임 발령을 받은 은사께서는 물밑으로 접근하던 중앙대 안과 밖의 명문대 출신 지망생들마저 접어두고 나를 선택해 주신 것이다. 운명을 결정할 그 무렵에 사제지간임에도 서로 이렇다 할 대화 기회를 갖지 못한 채 얼마나 가슴을 조였는지.

제자로선 더 없는 행운이고 영광이라서 감사하는 마음 그지없다. 덕분에 대입 10년 만에 겨우 학부를 졸업한 만학도가 35세 나이에 기대 밖의 교수직에 올랐다. 강의와 연구 틈틈이 평론을 통한 문학의 나래도 맘껏 펼 수 있었으니 금상첨화랄까. 다행히

30여 년 동안 강단에서 지내는 사이에 어렵던 시절 학생 부처장이며 분과대 학상과 사회개발내학원장 등으로 봉사하고 한국 문단의 임원을 지내기나 두세 학회도 창립해서 이바지할 수 있었다.

사실은 조교 시절만 해도 은사님들이 하늘처럼 우러러 보여서 교수직은 언감생심이었다. 다만 몇 시간 강좌를 맡아서 강의를 하고 성적표에 내 도장을 찍어내는 정도만 생각했던 것 같다. 그런데도 열심히 노력하다 보니 과분한 자리에 오른 혜택을 입었다. 어쩌면 나에게도 남들 못지않은 매력이 있는 것으로 뇌어본다. 광복을 맞던 해에 입학한 초등학교의 여선생님부터 이후의 중고교 담임이셨던 윤영제, 조연희 선생님의 귀여움을 받았다. 이어서 대학 때의 하경근 교수(총장)님이나 대학원 시절에 백철 교수님의 각별한 사랑을 받은 건 큰 복이다. 물론 은사님의 애제자로서 가끔은 스승의 명예에 누를 끼칠세라 언행에 적지 않게 부담을 안고 살면서도 뿌듯한 자아를 추스르게 된다.

솔직히 말하면, 시골 태생에다 법정계열 학부 출신인 제자를 백철 교수님이 왜 선택해 주셨는지 궁금한 마음이 들곤 한다. 으레 하얗게 닳은 구두며, 바짓가랑이나 엉덩이 쪽 등 해어진 옷가지 곳곳을 재봉틀로 꿰맨 차림을 어떻게 그리 스스럼없이 입고 다녔던가 이제금 되뇌어진다. 본디 농촌에서 자란데다가 워낙 고학으로 이골이 난 때문이던가. 고지식한 성격에다 추레한 꼴을 좋게만 보아주신 여러분께 부끄럽고 감사한 마음이다.

그 무렵에는 시골에서 교편을 그만둔 아내가 남매를 데리고 상경하여 셋방살이를 하던 참이라 체면을 차릴 처지가 아니던가 싶다. 교무처에서 전 대학 졸업생의 학위증에 이름과 본적, 생년월일을 붓글씨로 써서 한 학기 식량을 조달한 일도 귀한 추억이다. 국어국문학과 교육 조교를 맡던 나중에는 몇 해 동안 문과대학의 행정마저 도맡으며 성실하게 봉사한 점도 감안했을까. 그런 중에도 여러 지면에 자

1970년 2월 25일, 문학 석사 학위를 취득하고 연못가(중앙대)에서 지도교수인 백철 선생님과 동료 석사랑 나란히.

주 글을 발표했었는데 이런 면을 교수님들은 긍정적으로 지켜보셨으리라 싶다.

은사님의 그 모습 그리워

근래에 들어서 추석이나 신정－구정이 다가올 즈음이면 문득 은사님이 그리워진다. 동시에 어디 세배마저 갈 곳이 없어 마냥 가슴이 허전해진다. 새해가 열리는 신구정의 연휴에 행해지는 세배 풍속이야말로 우리 민족의 전통적인 통과 의례의 꽃이 아닌가. 하지만 은사님 가신 지도 서른 해가 넘었고 사모님도 수년 전에 돌아가셨다. 이제는 제자마저 정년을 맞은 지 13년이나 지났으니 어이하랴만. 자신이 세배 못나가는 대신에 명절 따라 찾아드는 젊은 제자들에게 농담 겸 덕담으로 말하곤 한다.

"자네들 세배 다니는 걸 번거롭게 여기지 말고 즐겨 다니길 바라네. 그땐 이따금 귀찮게 느껴지곤 했지만 말이야. 지금 생각하면 참 정답고 오붓한 국문학도의 전례적인 축제야. ……이젠 그런 미풍양속도 나날이 스러지고 있어 안타까우니 말일세."

185

새해만 되면, 으레 백철 교수님 댁에서 함께 모여 신년 교례를 갖던 축제상 같은 정경이 떠오른다. 힌강번을 끼고 흑서동 비개고개의 조선일보 사장 댁 앞길을 지나서 높직한 중턱에 자리한 교수님 2층 서재는 마루까지 며칠 동안 덕담과 웃음으로 넘쳐났다. 제자로선 아무래도 평소 정다우면서도 어렵게 느껴지던 은사님을 뵙기가 자연스러워서 좋았다.

그 자리에선 여러 선후배와 동료 교수들을 함께 만나 반기며 복된 새해맞이 예를 갖추게 마련이었다. 교수님은 중앙대 가족의 큰 어른으로서 정초에는 언제나 삼삼오오로 찾아든 세배 손님들로 온 집안이 붐볐다. 문인들 위주로 모이는 서정주 선생이나 황순원 선생 댁의 경우와는 좀 다른 분위기였다. 손님 중에는 문과대 교수 밖에 동경고사 후배인 이공대의 윤일병 교수가 다녀가고 교육학과 유기섭 박사와 남상태 선배도 뵙곤 했다. 더러는 정외과 출신 국회의원인 채영석 선배와 서청원 동기와도 함께 어울렸다. 다음날쯤엔 문인 교수인 김의정 작가나 신상웅 작가, 평론가들인 구중서, 임헌영, 백승철 등의 문단 그룹이 찾아오는 모양이었다.

한동안 떡국에다 술잔을 건네면서 긴요한 시국담이며 동문들 소식을 나누다가는 흔히 동양화 게임을 벌이게 마련이었다. 그 자리에는 산뜻한 한복 차림인 사모님과 은사님까지 어울리셨다. 한번은 한창 무르익는 섰다판에서 교수님이 뜻밖에 장땡을 던지고 들어가자 좌중은 화들짝 놀랐다. 그때 백철 교수님은 드물게 불콰해진 얼굴로 말씀하셨다.

"오늘 내가 모처럼 한 잔 마신 주인인데 정초부터 손님들 주머니를 털어서야 되겠나. ……그래서 우리 집에선 양보하는 거야,

허허허. 알겠소?"

그런 판에 선생 맞은편에 앉아 빙그레 웃음 짓던 교수가 38광땡을 바닥에 펴놓자 방안은 떠날 듯한 박수갈채로 가득 찼던 일은 흥겨운 일화로 남아 있다. 고뇌 많던 일제 강점기 말엽에 선생께서 '매일신보'사의 부장급 특파원으로 북경에 계실 적엔 신혼인 사모님 몰래 삼 일 밤낮을 마작으로 중국인들과 겨룬 만큼 이 분야에도 일가견을 지니신 모양이다. 이렇게 색다른 면으로 여가를 즐기는 점을 제자는 오히려 재미있다고 여겼다. 가끔 한강을 헤엄쳐서 건너시고 한창 시절엔 원산 명사십리서 수영 시합으로 실력을 보이셨다는 점 역시 근엄하게 여겨진 교수님의 인간적인 일면으로 와 닿기 때문이었다.

은사님은 물론, 다정하시던 사모님마저 떠난 그 자리는 옛 추억으로만 남아 있다. 이제 당대를 좌지우지하던 선후배 동료 인걸들의 모습들 역시 자꾸 멀어져가듯 스러져가고 있다. 그 우뚝 선 건물 주위 흑석동 일대는 거대한 아파트 단지로 상전벽해를 이루었다. 그 대신에 제자는 서재에 꽂힌 교수님의 역저 『신문학사조사』, 『國文學全史』, 『진리와 현실』 등의 책갈피를 어루만진다. 그리고 가끔은 스스로 위안 삼듯 중앙대 캠퍼스의 대학원 앞마당에 제자들이 세운 '白鐵文學碑' 앞에 멈춰 서서 은사님의 공덕을 되새기곤 한다.

(2016년 7월)

올곧은 선비의 삶과 문학

: 작가 황순원 선생

작가 황순원黃順元 선생은 나의 대학원 지도교수이기에 앞서 인생의 스승이다. 선생을 직접 뵙기는 1977년 신학기, 경희대 대학원 박사 과정에 들어가서 사제의 인연을 맺은 이후부터였다. 그때만 해도 중앙대에서 문학석사 자격으로 운 좋게 30대 중반에 전임교수가 된 자신은 학위에 긴급한 처지가 아니었다. 하지만 사회에서 흔히 말하듯 그렇게 좋은 명문 중고교나 학부 전공을 제대로 거친 처지가 아닌지라 내심으로 대학원 진학에 신경을 쓰고 있었다. 그래서 봉직하는 대학 밖의 박사 과정에 지원 차 김종균 외국어대 교수 소개로 K대학교 연구실로 근대소설학계의 권위자인 송만호 교수와 면담하기도 했다. 이 말을 들은 한국사 전공의 정원옥 교수(전 조선대)가 자기 편 쪽으로 안내를 했다. 멋도 모르고 허물없는 벗님을 따라 우람한 중세풍의 돌기둥으로 된 경희대 본관의 대학원장실로 들어섰다. 초면인데도 정중하게 맞이한 이원설 박사께서는 친근하기 그지없었다. 북한에서 피난 와서 함평의 우리 동네 건너의 영홍리에서 살다 6.25 직후에 우익 대학생으로 붙잡혀 바로 마을 앞 논둑에서 처형당할 고비를 넘긴 옛정을 내세우며 격려해 주셨다. 나중에 한남대 총장과 숭실대 이사장을 지내면서도 은밀히 교수 천거까지 장거리 전화로 부탁한 이 박사님에 끌려서 진학 대학을 바꾼 덕분에 황 교수님과 만나는 행운을 얻은 셈이다.

캠퍼스 안팎에서의 만남과 교훈

황 교수님으로부터는 석박사 과정의 원생들과 더불어 통합 강의를 받고 진지한 담론을 나눈 기억이 새롭다. 그리고 작가인 교수님 제자 중에는 다른 대학과 견주어 엄청 다수인 문인들과 만나게 마련이었다. 문단 활동을 하는 제자들은 거의가 『현대문학』 추천을 받거나 신춘문예에 당선된 사람들이라서 각자 나름대로 의연한 긍지를 지니고 있었다. 그러기에 교수님은 실로 맹자의 군자삼락에 버금갈 만큼 여러 대학 출신의 인재들을 가르치고 계셨다. 석사 과정에는 후에 중견 교수 겸 평론가들인 김종회(경희대), 신덕룡(광주대) 교수 외에 민속학의 김명자(안동대), 고전문학의 이복규(서경대) 등과 이유범·고원정·이연철·유재주 등의 신진 소설가들이었다. 당시 조교를 맡은 고전문학의 이화형(경희대) 교수와 박 조교 등, 두세 분 상냥한 여성 원생들의 도움도 받았다. 특히 박사 과정의 서예를 겸한 황재국(강원대) 교수와는 요즘도 돈독한 우의를 이어오고, 몽골어를 연구하던 박상규(경원대) 교수 등과도 친하게 지냈다. 현직 교수로서 오전에 대학원 수강을 마친 나는 오후에는 그곳 학부의 교양 과목에 이어서 더러는 교육대학원의 현대 문학 강의를 겸했다. 벌써 강산이 네 번이나 변해 온 서울 캠퍼스들 주변에 걸친 싱그러운 삶 자취들이 파노라마처럼 떠오르곤 한다.

박사 과정에서는 과제로 발표할 세미나 준비 덕에, 벅차게 길어서 자칫 넘기기 십상인 주요 작품들을 정독할 기회를 가졌다. 채만식의 『태평천하』와 더불어 1930년대의 기념비적 가족사 소설인 염상섭의 장편 『삼대』를 꼼꼼히 통독하고 원작의 바탕을 이룬 중편 「만세전(묘지)」 등과 비교, 분석해서 발표하고 토론했다. 강의가 끝나면 곧잘 중견 작가들까지 함께한 원생들과 대학 앞 골목 보신탕집 등에서 소주잔을 건네며 문단과 인생을 논의하던 일들 역시 잊히지 않는다. 그런데 한번은 뒤풀이를 가는 도중에 학부서부터 지도받은 제자들이 황 교수님에 대한 세 가지 실망을 이야기하며 키득거리기도 했다, 교수님께 잔뜩 기대를 걸고 온 신입생들이 정작 만나보면 황순원 선생님이 여교수가 아닌 데다 그렇게 명쾌한 강의가 아닐뿐더러 문단에도 적극적으로 밀어주지 않는다는 소문이라는 것이었다.

이전에 직접적인 관련이 없던 황순원 교수께서는 은연중에 두어 번 호남 지역에 관한 관심도 보이셨던 듯싶다. 따져보면, 선생의 장남인 황동규 시인과 동갑인 제자(나)를 서먹서먹하게 느낀 터라서 선생께서는 호칭이나 말을 놓지 않으신 모양이었다. 우리가 대학에 입학하던 1957년 봄에 경희대 교수로 부임하신 계산으로도 풀리지 않는 것일까. 그래도 소원해 보이는 호남 지역에서 발표된 선생의 단편소설 「소나기」는 뜻 깊다고 생각했다. 6.25 전란의 소용돌이 속에서 한국 문학이 정지된 1953년에 광주－전남에서 간행된 종합문예지 『新文學』 4호에 실린 이 작품의 우리 문학사의 맥을 이은 가치는 높다. 전시 속에서도 전쟁 밖의 원초적인 소년－소녀의 사랑을 구현한 불후의 명작 텍스트이다. 그것은 바로 송정리 태생의 박용철 시인의 미망인인 임정희 여사의 도움으로 펴낸 문예지를 김현승 시인 등이 편집해 냈던 실체이다.

그 이야기를 하며 선생님께 그 원고의 연결 관계를 여쭙자 다음처럼 대답하신 것 같다.

"아, 그렇지요. 그 무렵에 우리는 대구 등 영남 지방에서 피난살이를 했드랬는데 편집을 맡은 김현승 시인이 평양 숭실중학교의 선후배라서…."

그때 좀 더 자세히 여쭤봐서 참고했더라면 귀중한 문단 이면사의 자료가 되었을 것을 그러지 못했다. 더욱이 남모르게 내심으로 소설 창작에 뜻을 두고 있던 나는 감히 선생님께 습작품을 보여드리지 못한 게 아쉬움으로 남아 있다.

선생께서는 휴전 이후 무렵부터 나주의 승지행이나 영산포의 오유권을 『현대 문학』 추천을 통해서 소설가로 등단시켰다. 그리고 그 후에도 광양에 있던 안영 작가의 집에 대학의 일행들과 들른 바 있다.

대폿집에서의 정담과 문우들

교수님은 강의실보다 캠퍼스 밖의 대화나 실생활에서 더 올바르고 진지한 가르침을 주시는 편이었다. 강의가 끝나면 으레 절반 가까운 대학원생들이 경희의료원 앞의 정문을 걸어 나와서 회식

자리에 어울렸다. 강의를 받는 원생들 말고도 젊은 교수들과 몇 중견 작가가 신생님을 뵈올 겸 합석하게 마련이었다. 논문을 쓰고 제대로 강의, 연구하기 위해서는 건강부터 챙겨야 한다고 여겨서 일까. 소화불량 탓에 자주 보신탕을 즐기는 서정범 교수의 몇 단골 집에서 육고기 냄새 물씬 나는 멍멍탕으로 저녁 겸 안주 삼아 소주 를 들었다. 교수님의 직계 제자인 고경식 교수나 전상국 작가와 정성수 시인, 김영석 시인도 가끔 합석했다. 동년배인 이상화 시인 이며 마냥 겸손했던 이욱종 작가도 이따금씩 함께하곤 했는데, 고 경식 교수 등과 함께 고인이 된 지 오래라서 아쉽기 그지없다.

한번은 술기로 거나해진 김에 호방한 스타일의 김국태 작가가 현대 문학의 신인 작가 추천을 맡은 원로 여성 작가분에 대한 불 만을 이야기하던 중에 갑자기 자리가 숙연해졌었다. 황 교수께서 좌중에 죽비를 내리친 것이었다. 본인이 안 계신데 험담을 함부로 해선 안 된다는 지적이다. 남을 비방하거나 주사를 늘어놓을라치 면 단박에 정색하신 교수님의 가차 없는 질책이 생생한 교훈으로 기억난다. 술값은 주인의 계산에 맞춰서 거의 교수님부터 회비를 솔선해서 고르게 할당해 내는 더치페이. 그러기에 강의실의 학문 못지않게 술자리에서의 인간적 가르침이 제자들 가슴에 더 깊이 새겨지게 마련이었다.

교수님께서는 사모님을 따라 여의도 순복음 교회에 자주 나가 셨는데도 대단한 애주가의 삶을 양보하지 않았다. 아마 소설쓰기 에 시달린 심신을 가누며 성과를 내기 위한 나름의 노하우였으리 라. 술이라야 맥주나 양주가 아닌 소주라서 술값에는 부담을 느끼 지 않았지만 애착이 대단하셨다. 감기에 걸려서 병원에 다닌다며 말씀하신 바 있다. 의사와 약사에게 직접 부탁하기를, 비록 두어 달 치료가 늦더라도 술을 끊지 않고 낫게 해 달라고 했다는 정도이다. 물론 술이야 약주처럼 절제하여 즐기는 선비의 도락처럼 드시면서 말이다.

선생님의 추천을 받은 애제자로, 조선대 국문과를 나와 1960년 대 중엽에 현대 문학으로 등단한 안영 작가의 결혼 주례 이야기도 재미있다. 제자가 신랑감을 대동하고 혼례식의 주례를 간곡히 부탁했더니 그렇게 중요한 일은 함부로 맡은 바 없다며 극구 사양하셨단다. 기대가 어그러지자 약혼자인 신랑은 낙담한 나머지 마지막으로 청했다는 것이다.

"그럼 선생님! 술이나 한 잔 주시면 안 될까요?"

그러자 선생님께선 기꺼이 술상을 내오게 하고 정담을 나눈 뒤에 승낙을 해주셨다는 이야기다.

그날, 안 작가는 약혼자의 태도가 불손하다고 느껴 몸 둘 바를 몰랐는데, 나중 결혼식장에서 주례사를 하실 때에야 갑자기 마음이 바뀌신 연유를 알게 되었다고 한다.

"내가 주례 서기를 거절했더니 신랑이 술이나 한 잔 달라고 해요. 술 좋아하고 제대로 마시는 사람치고 나쁜 사람은 없어요. 그래서 내가 주례를 서기로 했지요."

중앙대 교육대학원 출신으로 중앙대 부속 여고에서 정년 퇴임한 당사자는 이런 정의로 해서 여러 해 동안 황순원 문학촌장을 지낸 선생님의 애제자이다. 이런 내용은 안영의 창작집 『가슴에 묻은 한 마디』에도 속속들이 담겨 있다.

눈발이 날리는 겨울밤에 선생님과 얼큰한 육수 국물을 훌훌 마시며 소주며 맥주를 들이키던 낭만이 엊그제인 양 떠오른다. 요즘의 회기 전철역 입구 모서리에 자리 삽은 또순이 모습 아줌마의 로시아집에도 이삼차로 자주 들렀었다. 그런데 십여 년이 지나서 우연히 듣고 놀랐다. 얼근해 있던 내가 4차로 낸다며 외상을 했던 술값을 주인아줌마에게 이동희 작가가 대신 지불했다는 게 아닌가. 아, 이를 어쩐담. 바로 내가 깜빡해서 이런 실례를 저지르다니, 그 로시아집 아줌마는 나를 어떻게 여겼을까? 사과라도 드리고 싶지만 거리 주위가 바뀐 그 대폿집 소식을 모른다. 다만 그 일로 내가 한번 이동희를 비롯해서 김용성, 김국태 작가에게 별도의 술자리를 베풀었던 기억이 난다. 하지만 그렇게 잦은 술자리에서 낭만적인 우정을 다지던 『우리 시대의 전설』의 김국태 작가나 조용히 술잔을 비우며 대꾸만 일삼던 『잃은 자와 찾은 자』의 작가 김용성도 이미 먼 세상으로 떠났다.

자상한 점검에다 규칙 엄수의 자세

그런데 행운인 것은 내가 바로 황순원 교수님의 지도를 받아 박사 과정의 첫 제자가 된 사실이다. 처음에는 조병화 시인이 지도를 맡았는데 교수께서 인하대 부총장으로 옮기는 바람에 바뀐 처지이다. 선생님을 뵙고 사정을 말하며 지도를 부탁드리자 대답하셨다.

"난 박사는커녕 석사도 아닌데 자격이 되오? …다만 이 교수가 연구한 걸 꼼꼼히 읽고 소감만 이야기하면 모르겠소만…."

그 결과로 내가, 같은 연배인데도 문단에서는 퍽 먼저였던 박이도 교수(경희대), 이동희 교수(단국대), 김용성 교수(인하대), 유금호 교수(목포대)보다 황순원 교수의 지도를 받은 박사들 가운데서는 제일 선배가 된 셈이다.

사실 박사 과정을 수료해둔 나는 논문 제출 문제엔 그리 서두르지 않았다. 이미 전임 자리가 확보된 신진 교수로서 강의 준비에 바쁜 데다 그 무렵 동아일보 신춘문예를 통해서 등단한 이래 여러 신문이나 문예 잡지에 발표할 원고 쓰기에 퍽 분주했던 것이다.

1984년 박사 학위 수여식장에서 황순원 교수님과 함께

그런 중에 우리 또래로서 나보다 나중에 대학에 발 디딘 몇 분이 논문을 낸다기에 신경이 쓰였다. 그래서 느슨하게 준비해 오던 여러 자료를 챙겨서 부랴부랴 학위 논문 쓰기에 매달렸다. 1983년 한 학기 남짓한 동안은 강의를 병행하면서 밤을 새워 가며 전념했다. 그렇게 대부분의 틀을 갖춘 논문을 여러 번 교수님께 갖다드리고 마무리에 열심이었다. 교수님 역시 밤 깊도록 '일제 강점하의 한국 문학 특성 연구'란 골격은 살리되, 구체적인 문장이며 쉼표 등에 이르도록 새빨갛게 지적을 해주셨다.

더욱이 제출 기일에 쫓긴 나머지 무리하려는 제자 탓에 잠을 못 이루고 걱정하며 설득하신 교수님 충정이 교훈으로 남는다. 다름 아니라, 논문 제출 마감을 앞둔 날 찾아갔더니 결론 부분이 미완성인데 어떻게 제출할 수 있느냐고 막으셨다. 타 대학원에선 으레 대강의 틀을 갖춘 논문은 일단 제출한 후에 심사 전에만 보완하면 되는 관례를 생각한 제출자는 난감했다. 그렇다면 하루쯤에 완결시켜 마감 다음날 내겠다고 말씀드렸더니, 더구나 그 기한을 넘기는 건 더 불가하다는 견해인지라 답답한 마음이 들었다. 그래도 집에 돌아와서 파김치가 된 채 잠든 새벽에 전화벨 소리에 깨어난 제자는 수화기를 들고 놀라지 않을 수 없었다.

"… 나, 황순원이야요. 이 교수, 오늘 아침에 일찍 논문을 가지고 와보세요."

전화 저 편에서 한참 만에 힘겨운 목소리로 전하곤 통화를 끊으셨다.

뜻밖의 일인지라 아침 식사마저 거른 채 제자는 성의껏 더 보충을 해서 택시로 달려갔다.

제자의 논문 문제로 잠을 못 이룬 선생님은 초췌한 모습으로 한참 만에 분명히 말씀하셨다. 책상 위의 두툼한 육필 원고에는 우리 마누라 글씨까지 동원된 그대로 여러 군데로 겹친 사이에 돋보기안경이 끼어 있었다.

"암만 생각해도 안 되겠어요. 논문은 완결되어야 하고 기일도 규칙을 지켜야 마땅해요."

그렇게 고민하시며 올바른 처세까지 지도해 주고 특히 제자의 조촐한 학위 축하연 자리에까지 나와서 축하의 말씀을 해주셨다. 교수님께 진심으로 거듭 감사를 드린다. 그때의 가르침은 '黃順元'이란 성품이나 이미지처럼 매사를 순리대로 규정에 맞춰 최선을 다해서 으뜸을 이루라는 처세훈處世訓으로 삼고 있다. 마침 내 학위 축하 자리에서는 석사 학위 지도를 해주신 백철 은사님과도 오랜만에 만나 악수하셔서 그동안 비평가와 창작가 사이의 서먹함도

씻으신 듯싶었다. 초등학생 때 한 번 여의도 아파트에 따라갔던 내 딸 경아는 요즘도 자랑하곤 한다. 친할아버지처럼 국어책에 실린 쇠똥 묻은 강아지 이야기를 지었다고 말해 주시며 현관문 밖에까지 배웅해 준 선생님과의 만남을 잊지 못하는 것이다.

더욱이 제자로서는, 1983년의 초겨울 저녁에 자정이 넘도록 선생님을 모시고 약주 대접을 한 일이 흐뭇하게 생각된다. 그날은 학위 최종 심사가 원만하게 끝나서 1차로 끝내려는 분위기였다. 그런데 만찬이 끝나기 전에 정한모 교수(서울대)께서 말씀했다. 우리 말고 지금 제일 애타게 궁금해 하는 집에다 회의 결과를 알리라는 것이었다.

"심사위원으로서 명령이야! 이 교수, 당장 이 자리에서 부인에게 문학박사로 통과됐다고 보고해요. 안 그럼 당장 취소하고 말테니까, 어허허. ⋯."

그대로 소식을 알렸더니, 집에선 감격하면서 교수님들께 맘껏 대접을 하라며 밤을 새워도 좋다고 했다. 겨우 전세 신세를 면한 꽁생원 주부의 뜬금없이 배포 좋은 말에 남편도 덩달아 나섰다. 전엔 선비의 처신에 켕겨 조심스러웠지만 이제 다 끝냈으니 교수님들을 맘껏 대접하고 싶었다. 심사위원장을 맡은 정한숙(고려대) 교수님은 2차를 사양하신지라 미아리 근처의 어느 맥줏집으로 향했다. 접대하는 사람마저 생소한 그곳에서 새벽까지 자리를 함께한 선생님은 하품을 뿜으시는 중에 마냥 기뻐하는 모습이었다.

"난 정말, 이렇게 황홀한 철야는 처음이야. 근심걱정 없고 좋다. ⋯곧 날이 새겠지?"

그렇게 논문이 순연된 덕분에 나는 이러구러 1984년 초에 행해진 대학원의 박사 학위 수여식에서는 모두 국내의 어러 대학 교수들과 함께하여 더 친숙해졌다. 총장까지 지낸 고전문학 전공의 한영환(성신여대) 교수, 현대 문학 전공의 평론가 윤재근(한양대) 교수, 국어학 전공의 류구상(한남대) 교수, 고전시가 전공의 박을수(순천향대) 교수. 이제는 이미 정년퇴임한 동료 교수들 서로가 아무쪼록 건승한 가운데 알찬 학문적 성취가 더하길 바라마지 않는다.

남다른 제자 사랑과 문인 키우기

교수님은 관악구 남현동의 예술인마을, 여의도 도심의 아파트, 사당동 아파트 단지 등으로 거처를 옮겨다니셨다. 그럴 때마다 선생님은 강의를 마치고 문예지, 잡지사 등에 들러 당신의 원고들을 손수 꼼꼼히 읽고 교정을 보는 일에 여념이 없었다. 그러다가 이 삿짐 정리가 끝난 저녁 늦게 용케도 새로 옮긴 집 주소 쪽지를 들고 하숙생처럼 잘도 새집에 찾아오셨다고 말하며 사모님은 껄껄 웃으셨다. 그만큼 글쓰기와 강의 외로는 간여하지 않는 가장을 위해 내조를 잘해 오신 것이다. 선생님은 평소 글도 부득이한 제자의 문단 추천사 말고는 남의 행사 축사마저 거절하고 소설만 발표했다. 또한 학장을 맡아 달라는 여러 번의 총장 권유도 마다할 만큼 일체의 보직은 사양한 분으로 유명하다. 그야말로 제자 가르치기와 창작에 전념한 선비의 사표가 아닐 수 없다.

그래도 신정에 제자들을 맞는 교수님은 다시 없이 자상했고 끝까지 함께해 주셨다. 삼삼오오 짝을 이룬 제자들이 세배를 올리면 일일이 덕담을 건넨 다음에는 으레 거실로 옮기셨다. 미리 화투판

을 마련해둔 방석 주변에는 죽 둘러앉아서 서로들 그간의 소식이
며 신년 계획 등을 이야기하게 마련이었다. 그 중에서는 누구보다
조태일(광주대) 시인이 언제 민주화 투쟁으로 옥고를 치렀느냐싶
게 불콰해진 채 두툼하니 사람 좋은 얼굴로 먼저 손에 화투짝을
거머쥐고 동양화 사생회(고스톱)판을 주관했다. 기꺼이 다가앉은
나랑 거나하게 몇 잔 걸친 김영석(배재대) 교수 등이 세토를 시작
했다. 두어 판에 선을 잡은 김 시인이 기세를 더해가자 옆에서 훈
수하던 신광호 시인이 선의 옆구리를 추슬렀다.

"내친 김에 달리지, 뭘 그래! 칼을 뽑아든 기사가 말이야."

"그래 좋아, 달려야지. 상한가를 향해, … 무조건 쓰리 고우!"

그렇게 호기 있게 외치던 선은 결국 상대에게 바가지를 써서
좌중을 기쁘게 하였다.

"왔다메! 선배님, 최고야. 축하해요. 형을 위해 내가 일부러 '고
우' 했거든요. 선배님, 만세!"

그러나 이런 신정의 화합 잔치도 끝난 지 퍽 오래라서 해가 바
뀔수록 옛 추억으로만 남아 쓸쓸하다.

위와는 좀 다르지만, 교훈이 되는 화젯거리가 생각난다. 1980년
대 초엽이던가, 신정에 선생님께 세배를 갔던 대학원생 시절의 신
덕룡 교수에게서 전해들은 이야기이다. 교수님 내외분께 단체로
세배를 드린 다음에 사제들 간에 서로 덕담을 나누며 새해의 문단
소식을 나누던 자리였다. 도하 신문의 신년호에 실린 신춘문예 중
에서 대학별 당선자 분포 및 인상적인 작품들을 이야기하던 중,
한 원생이 항의를 한 모양이다.

"그런데 교수님! 이런 말씀드려도 될까요? 다른 심사위원 선생

들은 되도록 자기 제자를 민다지 않습니까. 그런데 교수님께선 우리 선배 형을 올해도 연거푸 최종 단계서 떨어뜨린 건 너무 하셨다고 말이 많아요. 안 그런가요…?"

곧이어 옆에서 동의한 여학생의 불만도 따랐다.

"그래요. 아무래도 우린 정말 서운하다구요. 어떻게 그렇게 거꾸로…."

그러자 한참을 잠자코 듣고 있던 선생은 전에 없이 격한 노여움으로 화를 내셨다는 것이다.

"아니, 뭐라고? 이놈들, 당장들 여기서 나가라우, 어서!…. 난 결코 너희 같은 제자는 기르진 않았어. 속물 같은 놈들 같으니라구."

평소의 자상하신 선생님과는 너무 다른 호통에 혼쭐난 제자들은 사모님이 장만하신 떡국도 먹지 못하고 돌아왔던 것이다. 으레 무리하게 자기 제자를 밀고 심지어는 젊은이들 비위를 맞추는 요즘 세태에 경종을 울리는 본보기가 아닐 수 없다.

그 후 1983년 여름철이던가, 내가 학위 논문을 마무리하느라 서둘러 썼던 원고를 찾으려고 여의도 아파트에 찾아갔을 때였다. 마침 댁의 거실에서 군복을 입은 채 휴가 나온 고원정 후배를 만났는데 선생님이 밖에서 두 제자에게 점심을 사시며 말씀하셨다.

"원정이 너 연말에 신문사 작품 모집에 단편을 응모했었지?"

"예."

"그걸 최종심에서 내가 떨어뜨렸어. 아직은 더 단련시키는 게 좋을 것 같아서야. …어차피 넌 문단에 나가 활동할 사람이니까. 기본이 부친다면이야 내가 밀어서라도 내보낼 수 있지만서두. 알겠지?"

"예, 선생님."

그 전 해이던가, 한 문예지 제언란에 현 문단의 신춘문예 심사상의 정실 문제를 지탄한 내게 얼핏 그걸 일괄적으로 속단할 수 있느냐고 말씀하시던 선생님 앞에 뜨끔함을 느끼고 있었다. 나중에 들으니 고원정은 황 선생님이 자주 신춘 소설을 맡으시는 조선일보를 피해서 S신문사에 응모한 것인데 그렇게 된 모양이었다.

탄신 백주년을 맞아서

마침 작년은 황순원(1915.03.26~2000.09.14) 작가 탄생 100주년이라서 갑절로 더 뜻 깊어 생각되는 바가 많았다. 흔히 걱정하듯 문학이 소외되는 문화의 위기 속에서도 작고 이후 중앙일보사에서 황순원 문학상을 제정한 이래, 16회째 시행하고 있어서 고무적이다. 더구나 양평군과 경희대 협력으로 황순원 문학촌 소나기마을을 조성하고, 황순원 문학관을 세워 봄-가을로 각종 행사를 갖는 현상도 자랑스럽다. 황순원 문학 세미나, 문학 강연 등에 걸친 부대 행사도 해마다 성황을 이루고 있다. 특히 양평군에서 수년째 시행하는 황순원 문학 연구상 및 신진문학상의 2015년 행사에는 내가 심사위원장을 맡아서 최동호 시인 겸 평론가(고려대 명예교수) 등에게 시상하기도 해서 뜻깊었다.

해마다 가을이 깊어가는 추석 무렵이면 문득문득 생각나는 선생님이 더욱 그리워진다. 카키색 외투 차림으로 스적스적 등용문 교정에 다가오시는 듯 미소를 머금은 황순원 교수님. 가족이며 제자들이 성묘와 차례를 잘 마치도록 배려하신 듯 선생님께선 2000

년 한가위 명절 연휴를 다 지내고 집안 침실에서 편히 잠드신 지도 벌써 16주년을 헤아린다. 이미 86세이던 그해 이후 선생님은 양평군 서종면 수능리에 자리 잡은 소나기마을의 황순원 문학촌 문학관 앞뜰의 양달에 나란히 누워계신다. 재작년에 이승에서 100세를 채우고 찾아가신 동갑내기 동향 문학도였던 양정길 사모님을 맞이하여 저승에서도 함께 오순도순 지내시리라 싶다. 광복과 분단 70주년을 맞이한 요즘의 한국 문단과 한겨레의 통일 노력을 지켜보며 걱정하시지는 않을까. 또한 황 교수님은 서로가 늘 동갑으로 태어나서 동시대의 한국 이웃집에서 살아 큰 행운이라던 미당(서정주, 1915.05.18)과 약속한 듯 같은 해에 천국에서도 다시 만나 정답게 지내시리라 믿는다.

(2016년 8월)

선생님과의 귀한 만남

: 미당(未堂) 서정주

일찍이 맹자는 우리의 삶에서 서로의 관계가 중요하다고 말했고, 노벨상 수상 작가인 한스 카롯사도 인생은 만남이라고 언급했다고 들었다. 우리가 한평생 서로 이웃해서 어울리고 살거나 함께 지내는 것은 물론이요 예전 분들의 말씀을 전해 듣고 서책 등을 통해서 배우는 만남 또한 소중하다. 더욱이 문단 생활을 하면서 생전에 직접 만나며 예술과 인생을 이야기하고 지내다 먼저 가신 분들을 기리면서 회상해 보는 것도 뜻있는 일이라 생각된다.

내가 미당未堂 서정주(1915.05.18~2000.12.24) 선생을 직접 뵙고 이야기하기는 1970년대 중엽쯤부터이다. 선생께서 주중에 한강변에 위치한 우리 대학의 국어국문학과 3학년의 현대시론 강의를 하루 나오시던 무렵이다. 오전 2시간을 마치고 점심 후 늦게 남은 1시간 강좌를 기다리던 교수 휴게실에서 자주 뵈었다. 새내기 전임강사로 처음에 인사드린 자리에서 내 고향이 전남 함평군이라 했더니 난박 반가운 빛을 띠셨다. 그리면서 그 고을은 조선조 흥선대원군에게 발탁되어 판소리 국창으로 유명한 정창업 선생의 고장이기도 한 걸 아느냐 해서 난감했던 바도 있다. 나중에야 바로 그분이 우리 엄다면의 용동마을 태생에다 바로 외가의 먼 할아버지인 줄 알았지만. 아마 전북 고창 태생인 미당은 동향인 오위장 신재효로 인해 판소리 등에도 관심을 지닌 것으로 안다.

선생은 한국전쟁 무렵에 광주에서 2년 동안 조선대학교 국문과의 강의를 맡던 일도 틈틈이 이야기하셨다. 전쟁 중 전주에서 스스로 세상을 하직하려다 그만 둔 직후 광주에 내려와서 살고 있었다. 1951년 여름 이후 남광주의 학동에서 사글세를 얻어 지내던 중이었다. 하루는 공기 좋던 광주천에서 무등산 위의 티 없이 맑은 오색 구름 속에 부부처럼 비치는 산봉우리를 쳐다본 정감으로 '無等을 보며'를 썼다고 말한다.

가난이야 한낱 襤褸에 지나지 않는다
저 눈부신 햇빛 속에 갈매 빛의 등성이를 드러내고 서 있는
여름 山같은
우리들의 타고난 살결 타고난 마음씨까지야 다 가릴 수 있으랴
靑山이 그 무릎 아래 芝蘭을 기르듯
우리는 우리의 새끼들을 기를 수밖엔 없다
목숨이 가다 가다 농을쳐 휘여드는
午後의 때가 오거든
內外들이여 그대들도

더러는 앉고
더러는 차라리 그 곁에 누워라

지어미는 지아비를 물끄러미 우러러 보고
지아비는 지어미의 이마라도 짚어라

어느 가시덤불 쑥 글헝에 뇌일지라도
우리는 늘 玉돌 같이 호젓이 묻혔다고 생각할 일이요
靑苔라도 자욱이 끼일 일인 것이다.

　그 무렵 시단의 제자로서 「꽃씨」, 「봄비」 등의 전통 서정을 즐겨
쓴 이수복 시인을 따라 함평 천지에 들르기도 했다고 말씀하신
기억이 어렴풋하다. 그렇게 고향이 이웃 고을인지라 미당을 만난
나는 함평 용천사의 꽃무릇 불길이 불갑산 자락을 거쳐서 고창
선운사에 이어지듯 친근하게 느껴졌다. 흑석동 캠퍼스에는 가까
운 분이 없어서였을까, 선생은 그냥 흉허물 없는 사이처럼 마냥
부담 없이 대해주셨다.

　오전 강의 후에는 점심때마다 으레 교내 식당 테이블에 혼자서
자리 잡고 네 홉 들이 맥주 한 병을 반주로 드시던 모습이 선하다.
한번은 식당에서 모시고 나와 학교 앞의 커피 집에 마주 앉았다.
한참 만에 빙긋이 웃으시며 소년처럼 건넨 말씀에 오히려 맞은편
젊은이가 더 벌겋게 달아오른 채 맑은 웃음을 흘리고 있었다.

　"이 교수! 오후 강의 없다면 우리 극장에나 가 보까? 요 앞 시장
통 명수대극장 말이야. 난 강의가 세 시간이나 비어 혼자서 몇 번

가 봤거던."

운을 떼시곤 그 노랗고 이둠을 시를 만큼 부리부리한 눈을 들어 젊은이를 넌지시 건너다보는 것이었다.

"어둑컴컴한 데다 후져서 영화 두 편씩을 싸게 상영하는디 좋은 여자들이 와있다 말이시. 아매 과부들이랑 식모가 띄엄띄엄 앉아 구경허거던. 옆에 앉아서 살며시 더듬어도 모른 척 가만히 있더라 니께. 가끔씩 극장 바닥으로 고무신만헌 쥐들이 굴러다녀도 움쩍 않고 앉아 있어 이 사람아, 인자 짐작 허겠제?……허허허…."

저렇게 호방하신 분이 나머지 끝 시간의 한 시간 강의쯤은 휴강 하실 만한데 무척도 성실하게 여겨졌다. 그 시간까지 기다리기 지루하실 텐데 이런 식으로 이겨내나 싶어 미안한 생각이 들었다. 누가 선생님 시간을 두어 시간 앞으로 당겨드릴 수 없을까. 선생님은 강의실에도 교재쯤은 아랑곳없이 분필 한 자루만 들고 검은색 베레모를 쓰고 가서 체험과 직관 중심으로 시간을 채우셔서 독특한 강의로 소문나 있다. 마냥 빼곡하게 카드까지 준비해서 자료 중심으로 강의를 진행하신 **구상**具常 시인과는 대조를 보인다고 알려져 있다.

1970년대 중반 이후에는 이따금 정초 이튿날쯤 선생님 댁에 세배를 갔다. 마침 내 아들의 이름도 지어 주신 이후부터였다. 관악산 자락의 사당동역에서 내려 남현동 언덕의 예술인 마을에 이르자 동네 아주머니는 바로 "저 골목집이 소쩍새 선생 댁이에요"라고 일러 주었다. 두툼한 쑥색 한복을 갖춰 입은 영문학자 이가형 교수와 동행하여 조그만 대문을 들어서자 아담한 문화주택형의

2층에서는 왁자한 웃음소리부터 흘러나왔다. 현관에 두어 줄로 포개지다시피 가득 놓인 세배객 신발을 뒤로하고 나무 층계를 올라가기가 흥겨웠다. 마주 보이는 흰 명주바지 차림의 선생께서는 무릎에다 홍당무가 된 채 앳된 웃음을 머금은 새파란 제자 아가씨를 앉힌 그대로 먼저 손목을 건네 잡고 파안대소하며 반기셨다.

"어, 어서들 오게. 어서 와." 하는 선생께 이가형 교수님과 나란히 세배를 드렸다.

"새해 강녕하시고 복 많이 받으세요. 선생님."

"그래. 자네들도 올해는 온 가족 두루 화평한 가운데 좋은 글 더 많이많이 쓰게나."

보아하니 이미 술기로 홍조가 된 모습 속에서 선생은 모처럼의 서양 나들이 이야기에 한창인 중이었다. 초가을인 하와이의 승강기 속에서 외투 차림인 채로 비행기 조종사로서 퇴근 중인 제자 김호길 시인과 마주쳤던 에피소드만이 아니었다. 개인 가이드 역으로 푸른 눈을 한 독일계 아가씨와 함께 일주일 동안 데이트를 겸했던 미주 여행 체험 등. 여기에 동화된 선후배 문인들과는 서로 대충의 악수와 눈빛으로 인사를 대신하게 마련이었다. 정초에 으레 맞곤 하던 여느 원로 댁의 근엄한 풍정과는 사뭇 다르게 흥겨운 기분에 젖어들게 마련이었다. 해서 나는 제물에 겨운 한 마디를 건넸다.

"선생님은 아직도 청년이십니다. 더욱 낭만이 넘치세요."

분위기 추임새조로 던지자 선생께서는 껄껄 웃으며 화답하였다.

"그래 고맙네. 자네들도 더 많이 젊어지기 바라네…. 허지마넌 나는 청년이 아니라 아직 소년이여, 이 사람아. 앞으로도 나는 만년 소년일 게야. 껄껄껄. 무슨 말인지 알아 들겠지?"

한껏 동안 가득하게 웃음 띤 얼굴 속에서 선생의 부리부리한 눈빛이 서기 드리운 광채를 발하고 있었다.

옆자리에 미리 와 앉아 있던 권일송·이근배·박이도 시인 곁의 김종해 시인이나 수줍은 한분순 시조시인의 눈빛도 빠알간 얼굴 속에서 빛났다. 나 역시 박제천·홍신선·원구식 시인 등과 정종명 작가와도 한 분위기가 되어 간단한 악수로 세배를 대신했다. 그러고 잠시 앉아 있는데 선생께서는 책상 위에 얹어 놓은 조그만 쇠붙이 종을 들어서 흔들어 대셨다. 딸랑 딸랑 딸랑 딸랑…. 신호를 전달받은 사모님은 이내 육모 나무 쟁반에 하나 가득 맥주병들을 받쳐 들고 2층으로 올라오셨다. 그대로 수줍게 수인사 같은 세배를 받은 작달만한 키의 사모님은 이마에 솟은 땀방울을 훔치며 곧 아래층으로 내려가셨다.

그런 한참 후에 잠깐 월남 전쟁에 대한 견해를 펴다 말고 선생은 아라비안나이트에서나 나옴직스럽게 기다랗고 굽은 물건을 옷장에서 꺼내셨다. 티베트 가까운 중앙아시아 쪽에서 구한 혼(뿔 악기)이라면서 이걸 서너 번 힘주어 불어 댔다. 나팔 소리치고는 어딘지 어설픈 대로 운치 만점인 것이었다. 뿌웅 뿌웅 뿌우웅…. 그러자 얼마 안 있어 사모님과 아줌마 두 분이 2층 손님들의 떡국상 여럿을 장만해서 올라 왔다. 저렇게 묵묵히 위아래 층으로 한나절쯤 오르내리다가는 몸살이 나지 않을까 싶었다. 이렇게 미당 선생 댁은 하루 종일 쇠종과 뿔 나팔을 동원해서 몰려드는 세배 손님들을 맞느라고 마치 잔칫집과도 같은 신정을 치르고 있었다. 그러다 보니 나머지 원로 문인 댁에서처럼 어느 신문 신춘문예 시와 소설에는 어떤 대학 출신이 당선되었다는 등의 이야기는 접어져 있었다.

집으로 돌아오면서 나는 혼자서 생각했다. 차라리 악의 없이 순박하게 저런 식으로 여성을 대하는 처세가 더 좋겠다 싶었다. 그랬기에 우리 학과의 임동권 교수께서 오래 전에 들려준 이야기처럼 동료 교수들의 걱정과 달리 위기에서도 봉변 대신에 존경의 인사를 받으셨으리라 여겨졌다. 임동권 교수가 서라벌예대 학장으로 계실 때의 실화이다. 명동에서 주말에 서라벌예대의 교수회의가 끝나고 맥줏집에서 거나하게 취한 채 앞서가던 미당이 멈춰서더란다. 그러더니 당시 국립극장 앞에 서 있던 하이힐 아가씨를 단박 끌어안고 이야기하고 있었다. 그 모습을 보고 담배를 산 젊은이가 가게에서 뛰어와 주먹을 들고 덤벼들었다. 그러자 그 아가씨가 상냥하게 웃으면서 말하던 것이다.

"왜 이래, 자기! 서정주 시인이셔. 오늘 한 잔 하시고 나오시는 길이시래. 교수님 뵈온 게 얼마나 영광인데 이러는 거야? 응 정말이야. 선생님껜 내가 명동의 자목련으로 보이신데."

그러자 청년은 고개를 조아리고 사과했다는 에피소드가 영화 장면처럼 떠오른다.

"아이구, 죄송합니다. 선생님! 제가 미처 몰라 뵈었어요, 교수님, 용서해 주세요."

"그래, 축하허네. 자네 마돈나는 도심을 빛내는 목련꽃 아닌가…."

사실 미당 선생과는 1970년대 후반 무렵에 내가 우연치 않게 함께 서울 조계종 마당에서 열린 만해 문학 기념 강연장에 연사로

전임강사 겸 젊은 평론가 시절에 미당 서정주 시인과 함께

참석한 일이 있다. 그 무렵에 발표한 한용운 문학 논문으로 그 분야에서 적지 않게 주목을 받던 덕에 만해의 상좌였던 김관호 선생 등의 추천이 작용했던 것으로 안다.

그런데 강연 도중에 갑자기 청중 속에서 스님 두어 분이 연단을 향해 외쳐대고 있었다. "친일한 중 퇴물은 물러가라!"는 투의 말을 듣자 옆 자리의 선생은 큰 눈망울이 겁에 질린 채 안절부절 못하는 모습이었다. 저 어른은 보기보다 저렇게 심약한 부분이 있어 험악한 일제 강점기에 오점을 남겼구나 싶어 인간적인 이해를 새롭게 했다.

미당이 젊은 시절 한때는 스님이 되려고 당시 불교계에서 학덕이 높은 석전 박한영 스님 밑에서 공부하다 고창의 선운사를 떠나 환속했노라고 밝히기도 했다. 누구보다 미당이 마냥 어린이 친구같이 대해 주는 석전 스님을 존경하고 석전 스님 또한 다시없이 순수한 청년 문학도를 아꼈기에 놓아준 셈이다. 미당은 석전 스님을 박학다식한데다 인품 역시 너그럽기 그지없어서 예수님을 훌륭한 형님처럼 존경되는 분으로까지 여겼다고 말했다. 그 덕으로 두 분은 한국을 대표하는 대선사와 큰 시인으로 우뚝 서게 되었다고 생각된다.

미당의 직계 제자는 아닌 대로 그렇게 가까이 뵈었던 선생께서 느리되 정중하게 전해 준 말씀이 잊히어지지 않는다. 이미 이승을 떠나신 지 열여섯 해가 지난 지금에도 또렷하게 들려온다.

"이 교수, 명재야! 넌 유명해지지 말아라. 유명해지지 말어! … 출세해서 유명해지면 딴 욕심이 생기고 주위에서 가만두질 않거든. 그리고 우선 사생활이 없어지는 거야. 스스로 남의 눈치를 보고 남들도 자꾸 감시하듯 지켜보게 돼. 어디 가서 함부로 외치고 비틀걸음쳐도 조심되고, 또 미녀들과 손잡고 다님 단박 여론몰이로 문제를 삼게 되니께 말이다."

당시에 미미한 애송이 교수인데다 무슨 뜻인지 의아해 하는 젊은이의 눈빛을 살피면서 선생은 거듭 타일러 주셨던 것이다. 그랬음에도 젊은 나는 그 당시 가까운 문예창작학과 행사장에 가서도, 생전의 선생께서 소탈한 친필 휘호에다 낙관까지 찍어둔 그 작품 한 폭을 주머니만 만지작대다가 구해 오지 않은 게 아쉽기 그지없다. 「菊花 옆에서」, 「冬天」, 「푸르른 날」에 이어진 붓글씨나 활자로 또는 가곡으로 지금도 우리 주위에 여울지고 있다.

(2016년 2월)

211

학병 세대의 큰 문인 학자

: 안부 이가형 교수

목포 태생으로 광주에서 중학을 마치고 일본 유학을 다녀와서 고향에서 교편을 잡는 한편 소설 창작과 번역도 하면서 전남대에서 교수로 10여 년 봉직했던 이가형李佳炯 교수는 광주－전남의 자랑이다. 지방 문단에서 활약하다가 1960년대 이후 상경한 이 교수는 서울에서도 영미문학계의 이론 강의는 물론, 번역문학가로서나 추리문학 지도자로서 활동하며 많은 업적을 쌓았다. 그는 평소 드러내기보다 조용히 실적을 쌓아온 인품으로 따스한 인간적 미덕까지 갖춘 선비였다.

그럼에도 이가형에 관한 이해와 평가는 오히려 광주－전남에서 너무 소원한 나머지 잊히어져 있는 것 같다. 근래 광주－전남에서 출간된 주요 문단약사와 프로필들에도 빠져 있거나 더러 실려 있더라도 그 이름마저 적지 않게 잘못 표기되어 있다. 더구나 광주에서 가진 한 문학세미나에서 발표한 현역 문인 겸 중견 교수의 경우, 선배인 이 교수에 대한 관심이나 정보가 상식 밖으로 소략한 터라 실망스러웠다.

그러기에 여기에서는 참고 삼아 주요 프로필을 비롯해서 이가형의 문학이나 인품을 사실에 입각해서 이야기해 보려 한다. 다행히 이 교수님은 우연치 않게 나랑 같은 캠퍼스에서 함께한 15년을 포함하여 술자리에서는 물론이요, 문단 안팎에서 30년 남짓 가까이서 뵈워왔기 때문이다. 이 글을 쓰는 가운데 더러 미진한 자료나 증언은 여러 루트로 확인해서 정리했음을 밝혀둔다.

우연치 않은 사제로의 만남

이가형 교수에 대한 명성을 처음으로 전해 듣고 살핀 것은 1950년대 말엽으로 기억된다. 학비 조달이 벅찬 나머지 서울에서 함평집에 내려와서 휴학 중일 때, 전남대 영문학과에 재학 중이던 이중섭 육촌 동생을 통해서였다. 광주일고 1기 졸업생으로 생일로 두어 달 아래인 동생은 이 교수님의 강의 중에 익힌 전후문예사조로서의 로스트 제너레이션이며 비트제너레이션에다 앵글리 영맨 등을 익숙하게 이야기했다. 이런 국제적인 시야의 외국문학 세계가 당시 법정대 계열 학생에게는 신선한 이야기로 다가왔다. 거기에다 허만 멜빌의 '모비 딕', 킹슬리 에이미스의 '로드 짐', 피츠제럴드의 '그레이트 개츠비', 헤밍웨이의 '노인과 바다', '킬리만자로의 눈' 등, 적어도 교수님은 이런 작품들을 원서로도 두루 섭렵한 권위자로서 강의하는 명교수로 느껴졌다.

이런 교수님을 나는 뜻밖에도 1965년 봄철 신학기에 중앙대 강의실에서 직접 만나 뵈었다. 휴학에 이어서 군 복무를 마치고 복학했더니 이가형 교수께서 서울로 옮겨 우리 대학에 계신 터라 선택한 '상급영어' 강좌였던 것이다. 강의실에서 듬직한 귀공자 체격에다 콧등 아래쯤에 안경을 걸친 채로 영문소설을 풀이해서 설명해 주시던 모습이 선하다. 명작 단편들을 모은 교재였는데, 윌리엄 포크너의 미스터리적인 '엘리미의 비밀'이나 아라비안나이트 등이 인상적으로 기억 갈피 속에 남아 있다. 특히 '알리바바와 40인의 도둑' 중에 "열려라, 참깨!"란 대목은 '참깨'라고 번역하지 말고 '쎄쓰미'란 발음 그대로 번역해야 옳다는 것.

그 다음은 내가 조교 시절에 문학부의 석사·박사들이 '동서문학연구회'라는 학술 서클을 만들어 지도교수로 모셨다. 매월 격주로 주말에 모여 여러 대학 젊은 교수들이 발표를 가졌는데, 이 교수께서도 진지하게 응하였다. 당시로서는 생소한 피카레스크소설에 대해서도 거침없이 정곡을 짚어 설명해 주셨다. 16~17세기에 스페인에서 생긴 건달을 내세운 피가로 중심의 '악한 (악당)소설'로 번역된다는 것이다. 이를 테면, 작자 미상의 소설인 '라사레요 데 트로메스의 생애'처럼 1인칭시점으로 접근한 사회 풍자적인 작풍으로서 '허클베리 핀의 모험'이나 '호밀밭의 파수꾼' 등이 이에 속한다고. 영미문학계에서 모르는 문제는 원로 교수들도 으레 이 교수님께 여쭙는다는 소문처럼 남달리 독서 폭이나 학문적 시야가 넓음을 실증하는 셈이었다.

다채로운 경력의 프로필

이가형李佳炯은 1921년 3월 29일에 전남 목포시 죽동에서 유지이던 이동근李同根의 외아들로 태어났다. 아호는 특이하게도 혼인할 때 신랑 앞에 기러기를 들고 가는 기럭아비라는 의미의 안부雁夫. 광주에서 서중학교를 마치고 일본으로 건너가서 당시 제5고보인 규슈九州 지방의 구마모토熊本 고교를 1942년에 졸업했다. 이어서 명문인 도쿄대학 불문학과에 재학 중이던 1944년에 학병으로 징집되어 고향에 돌아왔다. 그해에 서울의 용산에 있던 부대에서 군사훈련을 받았다. 우마차를 동반한 일본 육군의 산포 부대에 배속되어 버마 전선 등에서 종군하다가 탈출한 뒤 싱가포르 포로수용소에 억류되어 있다가 광복 이듬해에 귀국하였다.

귀국 후에는 바로 1946년에 목포중학 교사를 지냈다. 1951년 목포 초급상과대학 부교수, 1952년부터 전남대 영문학과 전임강사~부교수, 1956에 도미하여 1년간 윌리엄스 대학에서 연수한 다음, '58년에 돌아왔다. 그리고 1960년부터 중앙대 문리과대학 영어영문학과 교수로 봉직하다가 1980년 이후 국민대 영어영문학과 교수 겸 대학원장 등을 역임했다. 그 사이 1975~77년 한국영어영문학회 회장, 1977~79년 국제펜클럽 한국본부 부회장, 1983~90년 한국추리작가협회 초대회장 등도 지냈다. 상훈 사항으로는 1972년 번역문학상, 1978년 국민훈장모란장을 받았다.

가족사항으로는 친어머니를 소년 적에 여읜 외아들인 만큼 학병에 징집되기 직전에 서둘러 혼인한 덕에 광주의 윗 고녀 출신인 황예순과의 사이에 2남 1녀를 두었다. 이 교수께서 살던 평창동의 언덕 높은 주택에 두어 번 들렀을 때 둘째아드님 말고는 한 가족들을 만난 적이 있다. 장남(원방)은 이원하李元河라는 필명으로 서울신문 신춘문예에 소설로 당선된 작가이다. 차남 한우翰雨는 사업가

1970년대 초엽, 중앙대 도서관 1층 세미나실에서 동서문학연구회 세미나를 마치고. 앞줄 중앙의 이가형 교수, 그 왼쪽은 이병우 교수, 오른쪽에 신상웅 작가, 그 뒷줄에 이존순 님, 두창구 교수, 임헌영 평론가, 김구산, 문영식 교수, 필자, 한명남, 고승길 교수 등이 함께.

이고, 나중에 결혼한 장녀 수향穗香은 한동안 우리가 사는 강남의 같은 아파트 단지에서도 마주치곤 했는데, 극예술진흥회 등에서 일하였다.

　이가형의 문학이나 학계의 활약상을 살펴보면, 전반기에 속하는 40대 이전의 지방 시대와 후반기에 해당하는 그 이후의 서울 시대로 구분해 볼 수 있다. 소년기와 학창 시절이 포함된 전반기 가운데 절반쯤인 장년기에는 전남 지방 문단에서 소설 발표와 대학 강의를 했다. 40대에 접어든 중년 이후의 결실기에 해당하는 후반기에는 중앙으로 옮겨서 40년 가까이 번역 작업과 영미문학 강의를 병행했다. 그러기에 그의 소설 창작이나 번역 작업이 문학의 실제라면 전·후반을 일관해 온 영미문학 평론과 이론 강의는 상호보완적으로 원숙하게 대성한 구조를 이루고 있다.

그런데 이런 이가형의 남달리 폭 넓은 서양 문학 자장과 번역문학 내지 창작문학에 걸친 다양한 활동의 원천은 일본어, 영어, 불어 등을 익힌 여러 언어적 힘에 있다고 여겨졌다. 그래서 전임강사 시절이던 내가 언젠가 교수 휴게실에서 차를 마시면서 여쭌바 있다.

"선생님! 저흰 주로 한국어만 전용해서 답답하고 아쉬움을 느낍니다. 그런데 교수님은 다채로운 경력 못지않게 참 여러 외국어를 자유롭게 활용하고 계시는 게 부러워요. 그 외국 말들은 어떻게 습득하셨지요?"

그러자 마주 앉아 바둑을 두던 동료 교수가 강의에 들어간 후 바둑판을 밀친 채 도수 높은 안경 너머로 넌지시 건너다보며 대답하셨다.

"그거야 되려 우리 세대에겐 요즘 젊은이들이 더 부럽지. 자네 같은 국문학도들이야 모국어와 외국어 하나 정도만 갖추면 해결되지만 말이여……. 실은 식민지 속에서 살던 우리야 모국어 외로 고놈의 일본어는 필수였잖어? 그러고 난 말이야, 아무래도 갑갑하고 얄미운 왜놈들 세계를 벗어나고 싶은 욕구가 서양 문학 쪽으로 탈출구를 찾았던 것 같어."

교수님은 외투 속에서 담배 한 개비를 꺼내서 손가락 속에 끼우고는 말을 이었다.

"그래서 대학에는 불문학과로 갔는데 나중엔 결국 수요가 많은 영문학으로 돈 셈이지……. 그래도 가끔은 독일어 책도 훑어보곤 하는데 우습지? 난 말이여, 광주 있을 때 사범대학 음악과에서 필요한 이태리어 강의할 사람이 없어 난리라고 사정하잖어. 해서 두세 학기는 이태리말까지 손댄 바도 있었다고. 어허허 허. 나 참."

옆 자리에서 학생들 과제물을 챙겨서 나가려고 채비를 하던 여강사도 거들었다.

"그 당시야 어쩔 수 없었겠네요, 정말. 강좌를 뺄 수도 없는데다 누구한테나 강의를 맡겨도 안 되었을 사정이니까 말이예요, 선생님."

젊은 여 강사가 나간 뒤 나는 덩달아 웃으며 대화를 이어갔다.

"암만 그래도 누구나 다 그런 강의 위탁은 저절로 오는 게 아니잖습니까?"

"그래 말이야. 우리 같은 꽁생원이 이런 경우엔 오히려 더 대접받는다고. 나는 원래 운동 같은 걸 싫어하고 해서 외톨이마냥 혼자 책읽기를 좋아해. 말하자면 방안에 들어 백혀서 책장만 들어파는 책벌레인 셈이지. 허허 허, ……그래서 이렇게 체중이 많이 나가는지 모르지만 말이야."

연구, 창작, 번역에 걸친 업적

이 교수의 경우, 주요 문단 활동면에서는 창작 소설과 번역서, 평론 밖에 일부 에세이풍의 논픽션 등으로 나누어 볼 수 있다. 교편을 잡던 이가형은 먼저 소설을 발표하며 문학의 길에 나섰고, 그 다음에는 번역에 이어 평론을 해나갔다. 여기에서는 이가형을 소설가, 영문학자로 분류한 한국학중앙연구원 편찬의 『한국민족문학대백과』, 문원각의 『한국문학대사전』, 서울대 출판부의 『한국현대문학대사전』, 그리고 이가형을 이병주, 한운사와 더불어 일제학병 작가로 다룬 김윤식의 『일제말기 한국인 학병세대의 체험적 글쓰기론』 등을 참고하였다. 이밖에 한국 전란 중에 전남 지역에서 발행된 『신문학』 등의 일부 문예지도 추가해서 반영한 것이다. 현재 조사된 이들 자료들을 연도순으로 정리해 보기로 한다.

박형철 엮음의 『광주 전남 문학동인사』에 의하면, 이가형은 광복 직후 귀국한 무렵부터 중앙 문단에 진출할 문인 양성의 못자리 텃밭처럼 목포나 광주에서 나오는 문학동인지를 통해서 활발한 문단 활동을 시작하였다. 1946년에 당시 전남에선 문학열이 가장 왕성하던 목포에서 창간된 『보국문화』에 박화성 작가, 조희관 수필가, 이동주 시인과 더불어 회원으로 참여했음이 기록에 나타난다. 그리고 1949년 『호남공론』에서는 첫 단편소설인 「마지막 밤의 대화」를 발표하여 소설 창작에 의욕을 보인다. 이어서 한국전쟁 중이던 1951년에 해군 목포 경비부 지원으로 창간된 『갈매기』에도 수필 분야인 조희관, 희곡 분야인 차범석 등과 함께 편집위원이던 이가형은 작품 「성선설」을 발표하여 당시 호남문학 좌담회 석상에서 가장 좋은 작품으로 평가받고 있음을 본다.

1951년에 광주에서 출판된 『신문학』 3집에 권두작품으로 발표된 소설 「歸航路에서」는 일제에 의한 종군위안부(조선삐) 문제를 처음으로 리얼하게 다루어 주목된다. 학병으로 끌려가서 출전했던 화자 자신을 통하여 제2차 대전에 강제 징집된 학병이나 군속 징용자 및 종군위안부 등 1천여 명이 함께 귀국선에 올라 돌아오는 이야기가 사실적이다. 작가는 작품의 맨 앞에서 비장한 시구 같은 글로 시삭하여 눈길을 끌고 있다.

"이제 가느냐/허구한 무리들/눈물의 강산으로/-안부-"

더욱이 전쟁 막판에 버마 전선에서 폭격을 당해 얼굴에 부상을 입고 합류된 채 싱가포르수용소에 억류되었다가 미국 화물선으로 귀국하던 중 광주 태생인 정자가 밤에 바다 속으로 투신해 죽는 처리는 극적인 여운을 남긴다.

이어서 황순원 작가의 「소나기」와 함께 1953년 『신문학』 4집에 발표한 「삼십육계」는 학병으로 버마 전선에 끌려가서 수송을 맡은 산포 부대 병정으로 겪은 체험을 살려서 쓴 미완의 역작이다. 특히 화자(이명언)가 부대에서 탈출하여 영국군에 투항한 탓으로 신혼 후에 함께 입대했던 고교-대학 동창인 박영남에 대한 죄책감으로 고뇌하는 심리를 잘 그려 돋보인다. 더구나 수재로서 입대 전에 고시에 합격한 데다 홀로 남아 수절하는 친구의 미망인과 결혼을 권유받는 처지가 실감을 자아내는 점에서 대조적인 「귀향로에서」에 비해 밀도감을 더한다. 당시로서는 드물게 심리소설적인 문장도 산뜻하다. 이런 면을 감안해, 이가형이 번역보다 창작에 전념했더라면 훌륭한 작가로도 올라 설 수 있었다고 생각된다.

그 아쉬움은 1993년에 역시 일제의 학도병 징집과 포로수용소의 체험을 쓴 장편자전소설 『분노의 강: 나의 버마전쟁』을 한국어와 일본어로 동시 출간하여 이를 보충하는가 싶다. 선박으로 부산을 떠나 필리핀을 거치고 남지나해를 건너 보루네오섬-베트남 사이공을 지나서 결국 버마 전선에서 여러 번 죽을 고비를 넘기고 싱가포르의 연합군 포로수용소에 갇혔다가 고국에 살아 돌아온 체험을 주로 한 실록소설이다. 씩씩하고 당당하기보다 굼뜨고 문약에 빠진 패잔병의 마치 주눅 든 고문관 같은 몰골을 통해서 거칠고 파괴적이며 부조리한 전쟁의 메커니즘을 고발한 휴머니즘 지향의 작품이다. 이 장편은 위에 든 단편 「귀항로에서」와 「삼십 육계」 등의 내용을 모두 아울러서 쓴, 이 교수가 실제로 세계 전쟁의 소용돌이에서 목숨 걸고 온몸으로 겪은 일제하 학병 시리즈의 종합편인 것이다.

전남−광주에서 문학 청년으로 소설 창작에 임하던 이가형은 서울로 옮겨간 이후부터 소설 대신에 외국 문학 작품 번역에 치중하는 성향을 드러낸다. 상경하기 전에는 한국전쟁 중인 1952년에 광주에서 펴낸 종합문예지 『신문학』에 윌리엄 포크너의 미스테리적인 영문 단편 「에밀리의 비밀」을 번역했던 게 참고가 된다. 그리고 이 기간의 프랑스 작품으로는 1959년 앙드레 말로의 장편인 「왕도」가 눈에 뜨일 뿐이다.

서울로 진출한 다음에는 소설 창작보다는 서양의 명작 중, 장편 소설 작품을 번역하는데 높은 실적을 올리고 있다. 1962년 오스카 와일드의 「도리언 그레이의 초상」에 이어서 1969년 샤르트르의 「파리떼」, 1971년 앙드레 말로의 「정복자」, 1972년에는 같은 작가의 「희망」과 오스카 와일드의 「살로메」, 러스킨의 「깨와 백합」 등을 번역해냈다. 이밖에 문학 밖의 일반 분야 번역에도 참여하여 루소의 「사회계약론」도 손을 대서 출간했음을 본다.

끝으로 문학 평론에 상관된 글들로서는 문예지 등에 다음 같은 글을 연재하거나 서양 문학 소개 형식으로 실었음을 발견한다. 1968년 「20세기 소설−세계문학 60년」, 1969년 「전후문학의 세계상」, 1969년 「E. A. 포우론-고전문학의 재평가」, 1974년 「섬머세트 모옴의 소설」, 1991년 「앙드레 말로와 어네스트 헤밍웨이」 등이 그것이다. 여기에 서양의 해당 문학사나 문학에 상관된 나머지 저서를 추가해 둔다. 1959년 미국에서 귀국한 직후 양병탁 교수와 공저로 낸 『미국문학사』 출판뿐 아니라 1997년에 펴낸 『피카레스크소설론』 등.

기억 창고에 남은 에피소드들

1964년에 『신동아』지에 발표한 논픽션의 실록 에세이 「버마전선 패잔기」에서는 지금도 지워지지 않는 에피소드가 생각나서 웃음을 머금게 한다. 적도 인근의 숨 막히는 무더위에 남양 전쟁터로 향하던 군함 속에서 이가형 병사가 사역병으로 차출된 경우이다. 다름 아니라 갈증에 시달리던 참에 오히려 배의 밑바닥에 있는 군마들에게 부채질하며 실컷 물을 마신 체험을 전해준 것이다. 비싼 군마 한 마리는 몇 년을 기르고 단련시켜야 하는데, 병졸쯤이야 징집 영장 한 장으로 불러다가 몇 달 훈련시키면 되는 대상이란 점에서 시니컬한 휴머니즘 고발을 보여준다. 이런 점은 작가께 독후감을 이야기하는 데서도 공감을 나타냈다.

또한 나는 이가형 교수께서 중앙대 연극영화학과 교수인 광주 서중 출신의 김정옥 시인과 버마 전장 체험을 말하던 중 작품 제목을 양보해 주는 장면을 보고 흐뭇했다. 부대 전투에 파김치가 된 병사들이 저녁 때 강변에서 황혼을 바라보던 이 교수의 감격을 차용한 셈이다. 그것이 '아로운' 학병을 주인공으로 삼은 영화 '사르빈강에 노을이 진다'로 상영된 바 있다.

한번은 연구회 세미나가 끝나고 다방에선가 차를 들면서 역시 학병 시절의 이야기가 꽃을 피웠을 때였다. 적도 밑 버마 전선서 산악 지대 행군 중에 철모며 윗도리 군복에 나뭇가지로 위장을 한 분대장이 저만치서 호통을 치고 야단이더란다. 동작 느리면 함께 죽게 된다고. 산 중턱에서는 선임하사가 향도 깃발을 흔들며 빨리 따라오라는 신호를 보내고 있었다. 소달구지를 끄는 소 두 마리도 이 병사처럼 거품을 물고 유난히 헐떡대던 형편. 그때 난데 없이 뒤편 산 고개를 넘어서 날아온 영국의 폭격기 한 대가 따르륵, 따르륵, 기총소사를 해댔다. 그러자 그 짐 실은 소들이 비호처럼 냅다 숲속으로 달리기 시작했다. 병사도 엉겁결에 달리는 소의 꼬리를 붙들고 죽어라고 뛰어 정글로 피했던 이야기이다.

"그래서 말이지, 나는 굼뜬 덕에 '비르마(버마)' 전선에서 살아남은 거야. 앞서 행군해 간 소대원들은 태반이 병신 되거나 죽었다고. 결국 이게 단체보다는 개인적인 느림의 미학이라 싶더라구."

이가형 선생의 취미는 역시 독서와 바둑 두기에다 술잔을 나누며 대화하기라싶은 모습들이 선하게 떠오른다. 연구실에서는 으레 도수 높은 안경을 끼고 원서 읽기와 번역 원고 쓰기에 몰두하였다. 하지만 교수 휴게실에서나 1971년 한여름에 내가 식솔을 서울로 불러들인 후에 장남의 돌을 맞아서 가까운 또래들과 함께 전세방에 초대했을 적에도 이 교수님은 시종 술을 받아 들며 상대 교수와 바둑 두기에 여념이 없으셨다. 휴게실에서 뵙거나 하면 흔히 바둑을 놓고 시내에서 마주치면 자주 술집에서 회포를 풀고 계셨는데, 그 많은 번역 작업 실적은 어떻게 이루어냈는지 우러러보인다. 아마 등산이나 테니스 따위를 하지 않은 대신에, 글을 읽고 쓰는 일에 골똘한 체질 덕이리라 여겨진다.

버마 전선에 주둔하던 중, 분대 상관인 상등병을 띠리 '조선삐' 들을 상대한 체험담을 담은 종군위안부 관계의 첫 소설로서 「귀항로에서」의 실증적 가치가 높다. 호기심으로 접했던 제자는 정말 거기에서 1940년대 전반 당시에 우리의 젊은 여성들이 유린당하던 사정을 처음 듣고 아린 충격을 받았던 기억이 새롭다. 이국의 전쟁터에서 만난 그녀 중에선 아양 부리던 사투리 말이 귀에 생생하다고 한숨을 내쉬어 보이곤 했다.

"같은 고향 까마구 오뉘 사이인디 어쩐당가. ……어디 숫총각 고추 한번 몬차보잔께는아. 히히히."

그런가 하면, 중앙대 캠퍼스에 계실 때에 한 회의에서 보인 모습은 아주 달랐기에 지워지지 않는다. 1978년 방학을 앞둔 한여름에 문리과대학의 학장실에서 생겼던 일이다. 보직을 맡았던 교수 대신에 신참인 내가 우리 학과를 대표해서 학과장 회의에 참석했다. 오전에 본관에서 가진 교무회의 내용 등, 대학의 행정 보고에 이어서 대머리 진 영문학과 소속 학장은 높직한 자리에서 위엄 있게 말했다. 한 학기 학사 행정을 점검하고 다음 학기 과제 등을 이야기하는 중이었다. 그때 갑자기 드르렁 드르렁, 코고는 소리가 울렸다. 바로 이가형 교수가 육중한 머리를 내려뜨린 채 한밤중인 것이다. 어젯밤에 번역 원고와 씨름하면서 철야를 한 것일까? 너무나 의연한 모습에 회의장의 교수들은 웃지도 깨우지도 못하고 조심스러운 회의를 이어갔었다. 제자는 그 일을 왕년의 동경제대 출신인 원로 교수로서, 별로 학문적 바탕 없이 학교 행정이나 챙기는 학장의 권위에 대한 핀잔이었다고 알아차렸다.

그 무렵, 국민대 영문학과에 있던 이정기 교수 편에서 이가형 교수께 여러 번 국민대로 모시려는 제안을 받았다는 이야기를 들었다. 영미학계의 비중과 인품을 산 데다 평창동 댁에서 가까운지라 고심 중임을 눈치 챌 수 있었다. 그리고 제자는 이가형 교수께선 누구를 통해서 전남대에서 중앙대로 옮겨오셨는가 하는 걸 쉬여쭤보지 못했다. 하지만 짐작으로는 행정학자인 백상건 교수 편으로 연결되었다고 짐작된다. 일본 구두제대에서 법정계열 전공을 한 백상건은 일제 강점기에 고등문관시험에 합격하고 만주 지역에서 관료를 지내던 중, 광복 후에 목포초급상대에서 이가형과 함께 강의를 했었다. 뿐만 아니라 명교수로 알려진 백상건과 이가형은 함께 한국 전란 중 9.28 수복 이후 목포 해군 경비부에서 출간한 『갈매기』의 동인이었던 것이다. 그리고 내가 1957년에 중앙대에 입학해서 백 교수님의 명 강의를 들었던 제자로서 여러 해 댁에 세배도 다녔기 때문이다.

나는 이 교수님이 국민대학교로 옮겨간 후에도 강의가 끝난 금요일 저녁쯤 가끔 들렀던 곳이 있다. 시내 종로의 피맛골 입구 3층에 자리 잡은 '雲情'이라는 아담한 레스토랑이었다. 요즘은 서린동 교보문고 옆 골목 건물이 헐려서 거창한 르메이에르 종로타운인가 하는 곳으로 짐작된다. 저녁 6시경에는 교수님 모습을 뵙고 식사 겸 맥주 몇 잔씩은 들게 마련이었다. 아마 교수님처럼 일주일 동안의 강의와 원고 쓰기 등에 시달린 심신의 피로를 씻어내기 위해서였으리라.

그런데 평소에 근엄하고 무뚝뚝한 교수님이 거기서는 아주 명랑하고 사교적이셨다. 가끔 키 크고 눈부신 한복 차림의 주인 마담에게 수인사로 한 잔 권하더라도 하얀 자기의 술잔에 뜨끈한 성종 넜 방울 정도만 따르는 깃이다.

"자아, 따끈한 정만 쬐에끔만요. 이래야 정중한 예의이고 점수를 따는 거야. 허허허. 자네도 이 의미를 알 거야. 그렇지? 이 교수. 으흐흠."

이런 예의가 매일 여러 손님을 만나는 주인에게 부담을 안 줘서 호감을 주고, 술값도 적게 드는데다, 건강까지 챙기는 지혜라는 말씀이다.

끝으로 하나, 분명한 기억은 제자가 한번 선생님을 대접한 바 있어 흐뭇하다. 그동안 조교 시절부터 숱하게 교수님을 따라다니면서 많은 자리를 가졌지만 제자가 값을 치른 일은 별로 없었던 것 같은 생각에서이다. 아마 교수님께서 정년 무렵인 1980년대 중엽쯤이었으리라. 시내에서 1차로 만찬을 가진 다음에 선생님 댁 쪽으로 모셔드린다면서 택시를 탄 뒤 종로구 서쪽의 중간에서 내렸다. 바로 금화터널 입구 2층 카페에서 김소엽 시인과 함께 한 자리였다. 실내는 은은한 서양 음악이 흐르고 단아한 주인의 차림처럼 오붓한 분위기였다. 거푸 칵테일 잔을 비운 교수님은 흥겹게 대화를 나누는 듯했다. 김 시인이 미모인데다 부군인 양 박사도 흑석동에 출강을 한 바 있지만 부부가 함께 영문학 전공인지라 더 반갑다며 말하는 것이었다.

"역시 젊은 문인들이 더욱 부러워 보여. 앞으로도 한참 활동할 현역이니 말이야. 난 이제 도리 없이 뒷전으로 물러날 노마老馬 신세구만."

그 말이 떨어지기 바쁘게 선생님의 컵을 채우며 김 시인이 상냥한 위로의 잔을 올렸다.

"교수님, 무슨 말씀이세요? 누구보다 업적 많으시고 문학에는 정년이 없는데요, 뭘······."

모처럼 맘껏 드시라는 제자의 권유에도 선생님은 다소 조심스러운 기색이 어리었다. 아무래도 대접을 받기보다는 당신이 많이 베푸는데 익숙한 성품 때문으로 여겨졌다.

그런 이가형 교수님은 향년 80세 되던 2001년 10월 11일 오후 4시에 서울대 병원에서 돌아가셨다. 이번에 자료를 점검하는 중에야 교수님에 대한 부고가 몇 개 중앙의 신문 지면에 박스 기사로 난 걸 확인하였을 뿐이다. 그 무렵에 양대 신문을 구독하던 나는 정말 까맣게 모르고 있던 터라 장례식장에 참석 못한 게 아쉽기 그지없다. 선생님이 돌아가신 얼마 후 교수님의 소식을 학부 제자이던 장백일 교수한테서 듣고 놀랐다. 작고한 선생의 시신을 서울대 병원에 해부 연구용으로 기증했다는 일에 대해 어떻게 생각하느냐는 질문에는 말문이 막혔다.

이 자리를 빌어서 삼가 교수님의 명복을 빈다. 비록 교수님 몸은 떠났지만 그 따스한 인품과 문학적 업적은 길이 남아 우리와 자주 대화를 나누고 있다고 생각한다. 선생님께서는 저승에서 평창동 서재 벽에 비스듬히 기댄 채 골똘하게 서양의 원서 읽기 삼매경에 빠진 꿈을 꾸고 계실까. 아니면 사모님이랑 마주앉아 정종 술잔을 기울이며 전라도 땅 목포 선창가의 세발낙지 안주를 이야기하고 지내실까.

(2016년 겨울)

한글 서예를 크게 이루고

: 평보(平步) 서희환(徐喜煥)

글ㅡ글씨ㅡ그림의 미학 세계

언어와 문자를 매개체로 한 문학은 여러 모로 붓이나 물감을 주로 한 글씨며 그림에 밀접한 예술적 상관 관계를 이룬다. 글ㅡ글씨ㅡ그림은 기본적으로 시인 묵객들이 붓을 들고서 손으로 빚어서 이루어지는 예술이라 그럴까? 흔히 동양에서 시詩ㅡ서書ㅡ화畵는 전통적으로 잘 어울린 문방사우文房四友를 떠올린다. 역시 종이·붓·먹·벼루를 활용한 시ㅡ서ㅡ화 경우는 소리 가락을 통한 음악 예술이나 율동 중심의 무용 내지 연극 같은 운동 예술과는 대조적이다. 따라서 이번에는 이제까지 주로 문인들을 대상으로 접근해 온 이 난에서 서예가인 평보 서희환을 다루기로 한다. 평보는 자신의 서예에서 으레 문학적인 글을 주로한데다 그림을 곁들여서 새로운 예술 세계를 구현했기 때문이다.

일찍이 중국의 경우, 시중화詩中畵의 삼절로서 당송팔대가의 한 사람인 송나라의 소동파蘇軾는 화중시畵中詩의 명수라던 당나라의 왕유王維에 못지않게 문인화를 융성케 하였다고 전해진다. 우리나라에서도 글―글씨―그림의 삼위일체적인 가치는 높이 평가되어 왔다. 조선 초·중기의 사가四佳 서거정은 당대의 강희안姜希顔을 시―서―화 삼절을 갖춘 문인화의 모범으로 삼았던 것이다. 그 이후 김정희는 물론, 정약용과 윤두서 등도 글과 글씨에 그림을 겸비한 작품들을 남긴 것으로 이름이 높다. 이런 한국 선비의 전통은 요즘의 일부 문인들에게도 그 맥을 이어오고 있음은 물론이다. 우리 주변에서 자주 열리는 오붓한 시화전이나 가끔 만나는 산뜻한 색채를 가미한 문인화의 향기는 도심의 일상생활에 쫓기는 시민들에게 추억 머금은 향수를 자아낸다. 날카로운 펜글씨를 그림과 별도로 사용하는 서양의 그것과 연한 붓글씨를 글과 그림으로 함께 활용하는 동양의 경우는 판이하다.

평보 서희환 역시 그의 서예 작품은 옛 고전이나 근현대 문인의 문학 작품 글에다 특유의 은은한 서예를 반영해서 우리에게 친숙하게 다가온다. 선생의 후배인 내가 지니고 있는 1980년대 전후의 너덧 권에 이르는 평보의 서예 작품첩 태반은 묵화墨畵까지 삼 박자를 들어 보인다. 우선 판각본인 훈민정음 서문, 월인천강지곡 등의 정채 있는 구절을 비롯해서 삼국 시대나 고려 시대에 걸친 가시리, 사모곡, 정읍사 밖에 조선조에 든 윤 고산의 시조, 정 송강의 가사, 정 곤재의 한시 번역 작품까지 활용하고 있다. 근현대 작품으로서도 김소월의 「산유화」, 노산 이은상의 「가고파」, 서정주의 「국화 옆에서」 등을 비롯해서 신석정, 김남조, 최승범 등의 시 작품에다 선택적으로 고풍스러운 묵화를 곁들이고 있다.

그리고 상당수 서예 작품은 평보 자신의 글과 친필 붓글씨에 먹으로 그린 그림의 삼 박자로 이루어져 있어 매력을 더한다. 그 가운데 단아하게 〈난 곁에 돌, 돌 곁에 돌, 그리고 난〉(1981년 작, 「난」)이나 난향의 그윽함을 완상하는 법을 다룬 「난1」(1990년 작)밖에 다음과 같은 글은 더 눈길을 끈다. 천지화육의 대자연과 인간이 친화된 삶을 구도적으로 쓴 시 취향의 내용이다.

> 푸른산은뭇산거느리고아람나문온숲다스리니돌틈에뿌리서린나무여눈속에벙그르는꽃이여꽃흘려보내온가지마다시절을좇아과실을맺듯밭갈고씨뿌려가꾸시어풍성한계절을거두시고어진사랑베품의너그럼모든이룸의근원이거니오로지맑고밝은신념을학처럼나래펴게하소서 일천구백팔십구년평보서희환지어쓰다
>
> ─〈푸른 산〉(1989년 작, 68×65cm)

평생을 교직과 서예로 산 선비

이천 서씨인 서희환 선생은 1934년에 전남 함평군 엄다면 성천리 와촌에서 4남 2녀 중 3남으로 출생했다. 가난한 농촌이지만 농사를 지으며 서당을 연 선친 덕에 평보는 어릴 적부터 글과 책을 벗하는 분위기 속에서 자랐다. 엄다초등(국민)학교와 학다리중학교를 거쳐서 광주사범학교로 진학하였다. 사범학교의 서예반에서 특별활동으로 붓글씨 쓰기를 익혔다. 당시 지도는 국어를 담당한 시조시인으로서 한국 고전 중심의 한자와 한글 예서체 글씨 쓰기와 동양화를 그리던 정덕채 선생에게서 틈틈이 기초를 닦았다. 이

런 사실은 같은 정 선생의 제자로서 광주교육대에서 미술을 전공한 박형철 시인도 증언한다. 바로 그 와촌 동네가 친외가라서 어머니와도 자주 들렀던 박 시인에게 평보는 외사촌 형님이던 것이다.

사범학교를 졸업한 평보는 목포 등에서 교편을 잡으며 꾸준히 서예에 정진해 왔다. 중앙초등학교에선 양찬묵 교장의 배려로 조그만 서실을 얻어 매진했다. 그러던 중에 그는 예향 진도 태생으로서 한국 서예의 대가인 소전素筌 손재형孫在馨(1903~1981) 선생을 만나고 사사師事하면서 새로운 한글 서예에 대한 기틀을 세우게 되었다. 가끔씩 습작한 작품을 가지고 서울 세검정으로 소전 선생을 찾아 갈 때 평보는 친우로서 상아당 표구점 주인인 정순우님의 윗도리 옷을 빌려 입고 올라갈 정도로 고생했었다고 시인인 이영식 교수는 회고한다. 더구나 정성들여 써간 평보의 화선지 글씨들은 매번 스승에게 새빨갛게 지적받아 수련해 왔었다는 것이다. 그런 긴장감 속에서 평보는 목포에서 지기인 또래들과 옴팍집에서 자주 술잔을 나누고 스스럼없는 회포를 풀었다. 그리고 더러는 허물없는 서생 벗들과 푼돈치기 섯다놀이에 끼어들어 금니 빛나는 호쾌한 웃음으로 스트레스를 이겨냈다.

서희환은 1960년대 중반 이후 국전 출품작으로 서너 차례 연속 특선되고 드디어 30대 중반이던 1968년에는 제17회 국전에서 한글 서예 작품으로서는 한국 국전 사상 최초로 대통령상을 받고 오랜 정진의 보람을 이루었다. 수상 작품은 노산 이은상의 시「애국시」를 우아한 한글체로 쓴 것이었다.

　　"겨레여우리에겐조국이있다내사랑바칠곳은여기뿐…"

이렇게 자라서 꽃핀 다음에는 중년 이후 점차 변모를 거듭하며 엉글고 든실한 열매를 맺고 있었다.

평보 서희환의 서예 미학은 그 스스로 새롭게 개선·확립시키며 꾸준하게 독자적인 발전 노력을 계속하였다. 이런 점은 일찍이 국립중앙박물관장으로 있던 최순우崔淳雨 박사도「平步와 한글書藝」라는 글에서 밝혔듯 평보는 이전의 궁체나 해서체 단계를 넘었을 뿐 아니라, 스승인 소전체도 뛰어넘은 한글 행서체를 시도하고 있다는 말과 상통한다. 특히 평보 선생은 모범적인 서예가로서 창의적인 서도의 일가를 이룬 분으로 평가되고 있다. 이렇게 꾸준한 노력을 기울인 성품은 평보 자신의 〈서둘지 않고〉라는 1990년 작품에도 드러나 있다.

"서둘지않고쉬지도않는꾸준한생활인의영금을오늘도불혀심지밝히니그빛오래오래전하리라"

평보가 연 몇 차례의 개인 전시회에 가보면 독보적인 세계의 개척과 단계적인 변천 과정을 알아차릴 수 있었다. 초기에는 다분히 스승인 소전素筌처럼 미적인 전서체 취향의 보기 좋은 글씨를 썼었다. 하지만 1970년대 중기 이후에는 한글을 주로 하되, 이전의 판각본이나 전서 모방성에서 벗어나서 특유한 자기 세계를 열어나갔다. 1991년 4월 3일부터 8일 사이에 서울 신세계미술관에서 있었던 일이다. 자신의 서예전에 참석한 원로 언론가 이관구李寬求 옹을 대동한 평보는 후배의 질의에 직접 설명했다. 이전의 촘촘하게 보여주기 위주의 멋스런 글자체 대신에 그 글 속에다 되도록 호방한 힘과 혼을 불어넣는 한글 글씨체를 창안하여 독자적인 세계를 구축하려 했다는 것이다. 또한 이 전시회에서 만난 이태길 서양화가에겐 앞으로 한글 서예에 글씨와 그림은 근원이 같은 것이므로 보다 더 서화동원書畵同源다운 회화미의 접목을 모색 중이라고 말하더란다.

평보 자신이 이론화해서 발표한「한글 서예 창조적 연구」에서도 그는 새로운 한글글씨의 과업으로 내세운 바가 참고된다.

"深奧無邊한 글씨의 생명력을 우리 한글에 불어넣어야 하는 것이다. 그리하여 우리 한글 글씨가 생동해서 넘치고 호방하여 文氣 어리고 神韻이 감도는 경지까지 이르도록 해야 한다."

앞에서 살펴보았듯, 글과 글씨에 그림으로 삼위일체를 이룬 서예 또한 예술이기에 참고삼아 서예를 수용하는 감상자 자신의 견해를 두 가지로 간추려본다.

우선, 서예의 근원적인 바탕부터 전통적인 고전의 현대화로서 한글 서예를 개척한 평보는 꾸준한 노력으로 거듭난 한국의 서예 발전을 이룩했다는 점이다. 평보푸步라는 아호에서처럼 작달막한 체구에서 우러나오는 강단 있는 모습과 천천히 꾸준하게 걸어 나간다는 자세가 인상적이다. 처음에는 서당에서 보아온 한문 전서체 등을 모방하다가 점차로 우리 옛 한글 글씨체에 심취하기 시작했다. 한글 창제 직후의 국한문으로 혼용된 고풍스러운 훈민정음 해례나 용비어천가 등에 주목했다. 그러고 나서 스스로의 글에서 밝혔듯 우리 고전을 뿌리로 삼아서 차차로 현대적으로 개선, 발전시켜 왔다. 1988년 입춘절에 쓴 평보 작품에도 그 기본 자세가 뚜렷이 드러난다.

"월인천강지곡석보상절은한글서예술고전의본이라…"

이렇게 평보의 한글 서예는 그 후기에도 틈틈이 옛 한글 글씨체를 활용할 만큼 원천적으로 우리 전통에서 우러난 고전을 본받되 시대에 맞게 발전시키는 모방과 창조의 단계를 밟아 성취한 것이다. 이렇게 올바르고 튼튼한 이론에 바탕을 둔 실제의 성과는 평보가 1989년에 직접 쓴 서예의 본질탐구를 위한 「서예정신」에도 그대로 나타나 있다.

본디서예술의펼쳐이룸이고전을바탕으로하여그높은곡조를터득함이니그깨달음에이르는길은서의연원에로의끈질긴헤임과더듬음에있을것이다가시적인형상속에서예술의무한신비가숨쉬고영원성을갖게하려면또한무념과소박함의위대성을배울일이다

또한, 평보는 남다른 품격으로 문향文香과 서기書氣를 지닌 한글 서예 문화를 생활화시켰다는 점이다. 위에서 살핀 바와 같이, 본시 서예의 뿌리를 유현한 우리 고전에 둔 채 꽃피우고 열매를 맺었다. 그러기에 그의 한글 작품에는 한문 중심인 중국의 오랜 서법書法이나 일본의 서도書道와는 또 다른 우리글의 서예書藝적인 향취와 빼어난 기풍이 실려 있다.

더욱이 후기에 들어서는 동양 전래의 군자적인 사무사思無邪의 자

〈학처럼〉(1989년 작), 60×30cm

세를 흩트리지 않은 그는 글씨에 못지않게 참 선비다운 서예 정신
을 강조하며 실천해 보였다. 역시 겉으로 보기 좋은 글씨로부터
내면에다 힘과 혼을 담아내는 한글 서체의 변모 노력도 그 일환인
것이다. 여기에는 그야말로 예술의 투철한 정신을 강조한 그의 글
에서도 드러나고 있다. 불교적인 '守—破—離'의 창신 개념을 강조
한 그의 예도藝道(1991년 봄)가 주목된다.

　　호수에 사는 거북이 천년을 기다려야 한 치 위의 연잎에 올라앉을
　수 있다는 경구는 이룸을 위하여 사는 모든 이들뿐 아니라 특히 창조
　하는 사람들에게 크게 시사하는 바가 있다. 여기에는 인내와 기다림
　과 여유가, 그리고 뽑기 위한 축적이 그래서 달관을 배우게 된다. 결과
　적으로 작가에 있어선 목표를 위한 과정의 소중함을 일깨워준다. …

그러면서도 평소 세속에 물들지 않고 청정한 삶을 추구한 그는

결코 고고한 이상 속에 파묻히지 않고 실사구시적인 자세로 일반 사회에 가까이 대응해 왔다. 이렇게 평보는 예술적인 품격을 지니되, 일상적인 삶에서는 건전한 가장답게 생활인으로서의 자세를 함께해 온 것이다. 그 한 보기로, 1980년대 후반 무렵에 이영식 교수께서 평보의 연구실 겸 작업실에 찾아갔을 때의 일화를 들 수 있다. 목포대학의 교문 간판 글씨를 부탁했더니, 사적으로 정분이 있으면 그냥 희사하지만 공적인 경우는 응당한 값을 치루어야 한다며 일금 200만원 영수증까지 주고받았다는 것이다. 당시는 단과대학이었지만 머지않아 종합대학으로 승격할 것을 대비해서 '국립목포대학교'로 써와서 오늘에 이르렀다는 뒷이야기. 그 이후 광주 교대의 정문 간판인 '광주교육대학교'도 평보의 휘호로 이루어졌던 것이다.

그런 한편으로 평보는 국공립 기관은 물론, 주요 사회 단체의 일선에서도 활발하게 참여하여 왔다. 수차의 국전심사위원, 국전 초대작가, 예술의 전당 자문위원을 맡고 오래도록 문공자문위원회 현대미술관 운영위원, 대한민국 미술대전 심사위원, 운영위원, 서예교과서 심의위원 등을 역임하였다. 1970년대 초부터는 세종대 교수로 재직하면서 학생들 교육을 통해서 서예의 대중화를 펼쳤다. 또 주요 작품으로서는 여러 교과서 제목이나 저서 및 문예지의 제호도 쓰고, 한편 국민교육헌장 원문과 박대통령 묘비문 등 70여종의 탑보문을 전국 여러 곳에 남겼다. 영랑용아시비, 충무공 동상문, 석가탑 다보탑 신건기, 자연보호헌장비문, 화엄경, 유네스코한국위원회 현액, 무궁화 시비, 명량대첩 탑명, 영산호 준공 기념탑문, 성산별곡, 월인천강지곡 전문, 사미인곡, 올림픽회관 건립기, 예술의 전당 찬시, 손재형 선생 동상문, 박화성 선생 문학의 산실 비문 등.

동향 선후배의 만남과 남은 교훈

평보는 후배인 나와도 적지 않은 인연을 맺고 있는 편이다. 같은 함평군 엄다면에서 오리 남짓한 거리를 두고 태어났다는 것만이 아니다. 평보의 고향 마을 이웃 동네가 바로 내 진외가와 외가라는 친근감도 없지 않다. 게다가 서너 학년 위의 선배를 엄다초등(국민)학교 교정 안팎에서도 어렴풋이 익힌 모습이다. 아마 한국전쟁 무렵의 학다리중학교 교정에서도 일 년 쯤은 먼빛으로 뵈었던가. 작달막한 키에 빛나는 눈빛을 한 선배의 통학 모습에서 본 인상이 되살아온다.

그런 선후배가 서로 더 가까이 만나게 된 계기는 선배께서 상경하여 세종대학교의 교수로서 재직했던 때문이다. 35세이던 내가 운 좋게 모교인 서울 시내 대학에 전임교수로서 강의하던 1973년 무렵엔 선배님 소식을 자주 전해 들었

세종대학교 연구실에 마련된 서예창작실에서 수많은 작품 다발을 배경으로 포즈를 취한 평보(平步) 서희환

다. 마침 같은 해에 나와 함께 중앙대의 신임교수로 임용된 신문방송학과의 손용 교수(소전 선생의 장남)가 가끔 뵙는다며 자상한 근황을 알려주었다. 선배는 그때마다 후배에 대한 자별한 관심을

보이고 있다는 느낌을 받아서 한두 번 전화로 인사를 드렸다. 서울에 연줄 하나 없는 선배님은 그 당시 낯선 캠퍼스에서 얼마나 외로웠을꼬.

1970년대 중반에 후배는 모처럼 어린이 대공원 앞의 대학 연구실로 찾아가 뵙고 따스한 차를 들면서 덕담을 나누곤 했다. 그윽한 묵향이 풍기는 공간에는 여기저기 드리워져 있는 화선지에 가로 세로로 먹물 스민 휘호들로 가득해 보였다. 유리창을 마주한 벽면 옆으로는 기다랗게 벼루 위에 비스듬히 먹물 머금은 붓들이 화선지 옆에 놓여 있었다. 방금 계속하던 작업에서 숨을 돌리듯 선배님이 던진 말이 가슴에 켕겼다. 아직 서예는 독립하지 못한 채 회화과에 소속되어 있는 형편인지라 불편하다는 것이었다.

헌데 그 후 몇 년 지난 1979년 신학기가 시작되기 전 무렵에 선배님 연구실에 들렀던 후배에게 던진 선배님의 말씀은 생생한 충고로 남아 있다. 겨울방학인지라 두어 주일 전에 함께 선배님의 작업실에 찾아가서 인사를 올렸던 친구(외국어대 김 교수)가 하도 평보 작품을 얻어달라고 졸라서 부탁했다가 혼이 난 경우이다.

"이 교수도 문학을 하시면서 초면 인사한 사람한테 어떻게 남의 예술품을 청할 수 있는지⋯⋯. 내 상식으로는 도무지 이해가 안가요. 내가 이 대학에 온 지 10년이 가깝지만 지금까지 동료 교수에게 준 내 작품은 딱 두 점뿐인데 말이요."

실로 얼굴에 숯불을 쪼이는 듯, 난생 처음 무안을 느끼며 후배로서 고개 숙여 사과드렸던 일이 되살아난다.

그런 일이 있은 한 주쯤 후에 후배는 너무나도 뜻밖이라서 정말 놀랐다. 일반 편지로 우송된 선배님의 친필 휘호揮毫를 받은 후배한 테는 큰 더 충격이었던 것이다. 두툼한 봉투에 접힌 채로 짙은 먹 냄새를 풍기던 그 '영원의 빛'은 지금도 우리 집 거실에서 밝은 지혜를 밝혀주고 있다. 그런 다음에 한번쯤 점심이라도 대접해 드 려야 할 텐데 그런 예를 갖췄던 기억이 나질 않아 안타깝다. 언제 쯤 자연스런 기회에 선배님의 진솔하고 호된 충고와 귀중한 작품 에 대한 사례를 해야지 하면서도 차일피일하다 만 것이다. 아무리 농사하는 집안 어른들 밑에서 가난하게 커온 탓에 전혀 도시 문화 인들 수준의 풍속에 서투른 때문으로는 통하지 않을 결례를 뒤늦 게야 진정으로 뉘우친다. 그 10년 후인 1989년에도 평보 선생께서 는 '이명재어진이에게'라는 한글로 쓴 용비어천가 한 폭을 더 우 송해 주셨는데 말이다.

그때 사뭇 감복한 나머지 전화 중에 "이렇게 귀한 작품이 보통 우편으로 분실되지 않고 와서 정말 다행이네요."라는 후배의 말 에 대한 평보의 대답 역시 잔잔한 감동을 더했다. "이 교수, 난 그런 걱정은 안 해요. 혹 그 배달부 아저씨가 욕심을 내서 가져간 다면 그 작품 가치를 더 위할 것이니 오히려 더욱 바람직한 보람 이니까요. 안 그렇소?" 유쾌하면서도 날카로운 메시지를 던지는 통화였다.

평보 선생을 마지막 뵙기는 바로 지난 해 9월초였다. 회갑도 지 나고 해서 댁에서 작품에 전념하기 위해 대학을 그만 두었다는 인사장(엽서)을 받은 무렵이다. 시골의 같은 면 출신으로 국민(초 등)학교 및 중학교 후배인 김주형 판사, 이부일 박사 등과 동행해서 어린이공원 뒤편의 주택가에 자리 잡은 댁을 방문했던 것이다. 우리가 찾아간 형식이었으나 선배께서 후배와 통화 중에 한 번 차라도 같이 했으면 좋겠다는 언질을 주셨음을 감안하면 실제는 초대 받은 것이었다. 성동구 능동의 언덕진 237번지 14호의 조촐한 2층짜리 문화주택이었다. 평소의 명성과 활동면의 위상에 비해서 너무 서민적인 집이라 싶어 인식이 새로웠다.

현관문을 열어주며 반기던 선생의 웃음 띤 얼굴이 인상적이었다. 그때만 해도 이층으로 난 나무 층계를 오르는 다리가 좀 저려서 불편하다는 정도로 건강은 괜찮다고 느꼈었다. 두어 시간을 당신의 서재 돗자리 위에 오롯이 앉아 요즘의 세태와 예술혼에 관해서 진지하게 이야기했다. 그리고 선비 정신이며 고향의 중요성을 강조하던 낭랑한 목소리가 지금도 귀에 쟁쟁하다. 말씀 가운데 선생은 특히 사제지간에 서로 기대치 등으로 부자연한 관계가 형성될세라 두려워 결코 도제식徒弟式 제자는 한 사람도 키우지 않았다는 것이 후배 마음에 걸렸다.

그날 오후 사모님으로부터 차를 얻어 마시고 댁을 나와서도 후배들은 선배님으로부터 따스한 점심 대접까지 받고 돌아왔다. 그때 후배 일행은 과일을 한 상자 사 가지고 갔던가 싶다. 무엇보다 생각나는 일은 섬기고 배우겠다는 제자들을 왜 꺼리는지, 혹여 그 일로 인하여 먼 훗날 외롭고 후회되시지 않을까 싶어 소견 좁은 후배는 마음이 저렸었다.

함평으로 귀향한 서예 대가

그런 평보 서희환 선생께서는 1995년 4월 19일 밤 9시 40분에 향년 63세를 일기로 서울 자택에서 별세하였다. 20일 이른 아침, 이 비보를 꿈결에 침통한 아드님의 전화 목소리로 전해들은 후배는 어리둥절할 뿐이었다. 후배들과 뵙고 온 지도 몇 달 안 된 듯싶은데 입원 소식도 없다가 홀연히 떠나시다니 믿어지지가 않아서였다. 그러나 곧 배달된 조간신문의 부보난計報欄에도 서예 대가 평보 선생의 약력과 함께 인상 짙은 모습이 사실로 다가들었다. 빈소는 병원이 아닌, 평보의 자택인 것마저 낯설었다.

후배인 내 딴엔 밤을 새울 요량으로 고인의 발인 전날 저녁, 능동의 선생 자택에 들렀다. 각계각층에서 보내온 수십 개의 조화로 둘러싸인 집안의 빈소 주위에는 생각보다 문상객이 많지 않았다. 친지나 동창들이며 대통령, 문화부장관, 예총 등의 수장은 언제 잠깐 다녀간 것일까. 노승행 변호사와 지난번에 함께 초대 받았던 후배들도 이미 들렀다 간 모양이었지만. 평소 사회인들과는 워낙 가려서 사귀며 올곧게 처세했던 인품 그대로였다. 그렇게 몇 달을 병마와 싸우면서도 몇 분의 친척 말고는 한사코 연락을 삼갔더라도 신문의 소식란만은 보았을 텐데도 한산했다. 듣건대 선생 몸에서는 일 년 전부터인가 암세포가 번진다는 의사의 말을 듣고 스스로 대학에 사표를 제출한 것으로 추측된다. 그러고는 남에게 일절 병세를 알리지 않고 자연의 순리에 따라야 한다며 달포 남짓을 물마저 끊고 지내다 돌아가셨음을 사모님의 언질을 통해 알아차릴 수 있었다.

하지만 아래층에 마련된 빈소와는 달리 이층의 묵향墨香 가득한 서재 한 모퉁이에는 조졸한 술자리가 마련되어 고인에 대한 덕담을 꽃피우고 있었다. 젊은 시절 같은 학교에서 교사로 근무하며 중신까지 섰던 사람한테는 좋은 병풍을 만들어 주겠다며 벼르다 말았다는 후배(교장) 이야기는 차라리 명랑한 웃음꽃으로 번지고 있었다. 그렇게 많이 쓴 글씨를 모아둔 종이들을 몇 가마니 분량씩 태워 버리면서 정작 작품 선물은 극히 드물었다는 것이다. 대학 동료 교수 몇 사람과 친우 몇 분, 그리고 시골 친형님과 장조카한테 얼마 전에 작품 한 점을 전해주었을 정도였음을 오히려 미덕으로 칭송했다. 더욱이 마음에 들지 않은 자신의 작품은 되도록 거두어들이는 성미였다. 세종대 교수 때 방학을 기해서 광주에 내려온 평보는 일주일을 여관에 머무르며 자신의 작품 소장자들을 불렀다. 전에 써준 작품을 받아들인 대신에 같은 내용을 새 필체로 다시 써서 바꿔줄 정도였다.

후배는 그날 밤 자정을 지내고 새벽 5시가 넘도록 고인의 중학교 동창인 왕년의 마라톤 선수 출신 김연범, 예비역 공군 대령인 박찬옥 동문과 자리를 함께 하였다. 빈소도 조용한 가운데 2층 서재에 가득한 채 정갈하게 정돈된 책들이며 소중한 액자들이 백열등 아래서 더욱 두드러져 보였다. 특히 두툼한 용비어천가, 훈민정음 해제, 중국서예대전 등과 큰 벼루 앞에 크기에 따라 놓인 여남은 개의 붓들이 유난한 빛으로 눈을 마주치고 있었다.

그런 유품들을 고스란히 남긴 채로 평보는 다음날 새벽에 먼 길을 떠나듯 유유히 정든 집을 나섰다. 집안일은 김영림金英林 미망인과 장성한 세 아드님 내외들에게 맡기고서였다. 고인께서는 당신이 그리던 함평 천지 엄다면 와촌으로 내려가 어릴 때 오르내리며 노닐던 칠성봉 뒷산에 편히 잠들어 계신다. 명성이 높은지라 서울 근교의 좋은 유택도 적지 않았을 것을 기어코 고향의 품에 안긴 것이다.

한평생 한글 서예를 개척하고 크게 이룬 그의 산소에는 기념비 하나 없이 천지자연만 함께할 따름이다. 평보는 그 자리에 새 한글서예기념관이 생겨서 이웃 나비 축제장의 추사秋史 한문서예기념관을 잇는 명품관광 꽃길로 몰려드는 전국 손님들을 맞을 날만 고대하고 있을 것 같다.

(2017년 봄철)

내 삶과 문학은

새삼스럽지만, 나는 일제 강점하의 1938년 대보름날에 호남의 한 농촌에서 태어났다. 근래 나비 축제의 고을로 이름난 전남 함평군의 엄다면 엄다리 제동 마을이다. 전주 이씨 집안의 2남 2녀 가운데 늦둥이 막내아들이라서 귀염을 받았다는 어른들 말씀이 짐작되고 남는다. 그전에 아들 둘과 딸 둘을 어린 채로 잃은 어머니께서는 아들 하나만 더 점지해 달라고 기도하셨던 것이다. 정화수 떠놓고 치성을 올리며 불공까지 드려서 마흔 여섯에 늦둥이 아들을 얻은 어머니는 아이 옆에 사람들마저 범접하지 못하게 했다고 들었다.

어릴 적 일을 나는 한껏 그윽하면서도 애틋한 정감으로 기억하고 있다. 어느 날 초저녁에 엄마 젖가슴을 만지며 잠들었던 꼬마는 허전한 느낌에 소리쳐 울었다. 아들의 울음소리를 듣자, 잠깐 마실 가셨던 이웃집에서 불이나케 달려와 껴안으며 달래셨다. "나, 여있다. 막둥아!" 하시며 꼬옥 껴안던 엄마의 냄새에다 가슴의 체온이여. 조금은 쉰 젖처럼 달큼하고 따스한 그걸 생각만 해도 나는 무한한 평온 속에 눈두덩이 뜨거워온다.

시골 약방집 막내아들

더러는 엄마의 치맛자락을 붙잡고 동네 앞 냇가의 빨래터에 따라다니곤 했다. 마을로 들어오던 엄마는 가끔 이고 오던 빨래 바구니를 길가에 내려놓고 꼬마의 손을 이끌었다. 봄 햇볕이 반짝이는 동구 앞의 논바닥에서 헤엄치는 은빛 송사리며 뛰어오르는 토하 새우 등을 조그만 뜰채로 엄마랑 함께 잡아 올리는 게 신났다. 졸졸졸 흘러내리는 논두렁 도랑에서는 더러 노랑 빛깔로 꼬물거리는 미꾸라지 수염도 만지작거리며 지냈다. 그러노라면 고사리 손을 쓰다듬으며 바라보시던 엄마의 얼굴이 푸른 하늘 빛 속에 마냥 밝았었다.

든든한 엄마를 둔 꼬마는 집 안팎에서 개구쟁이로 굴었다. 으레 엄마는 젖쟁이, 형수는 밥쟁이라 부르며 부하처럼 불렀다. 식사 무렵이면 부엌문을 열고 지켜보면서 밥투정을 부려 형수의 눈총까지 받곤 했다. "엄니야, 저 봐! 밥쟁이는 맨날 지 일쟁이 서방 밥만 많이 담고 나는 쬐끔 준당께. 나도 많이 커야겠는디." 그리고 집 앞의 하늘 높이 뻗어 오른 나무 가지에서 울어대는 매미를 잡아내라고 보챘다. 조르는 통에 작은 누나마저 엄마 지시를 받게 했다. 더욱이 꼬마보다 더 크고 힘센 이웃집 형이 발가벗은 채 마을회관 구멍으로 들어간 틈을 타서 회초리로 갈기며 혼내주고도

무사했었던 건 다 엄마 덕분이었다.

그러나 소년으로 사라서 한복 핫바지 차림으로 초등학교에 입학한 여덟 살 무렵부터 내 성격이나 처지는 달라졌다. 광복을 맞은 1945년 봄에 창궐했던 전염병으로 두어 달 앓으시던 엄마를 여의고난 뒤부터이다. 소년은 저절로 풀이 꺾이며 혼자 있거나 책을 벗 삼고 지내기 십상이었다. 물론 개성 형성기까지는 엄마 품안에서 흠뻑 사랑받고 자랐으니 다행이지만. 자상한 아버지나 동생을 아끼는 형님 이남주李南柱의 보살핌에 마음 따뜻한 형수의 도움에다 20년 터울인 두 누나의 사랑은 아무래도 성에 안 찼다.

이제 와서 생각하면, 내가 문학을 선택하여 강의하고 글을 쓰는 문사의 길을 걷게 된 원동력은 부모님의 영향이라 여긴다. 그것은 무엇보다 조웅전이나 춘향전 등을 이웃 분들에게 즐겨 읽어주시던 엄마(丁今德)를 닮은 데다 어려서 그 대상을 잃은 소년의 모성 그리운 목마름에서이리라 싶다. 거기에 서당 훈장으로서 청렴 일관의 인술을 펴며 으레 약주에다 자주 시조창을 즐기신 선친의 시적 감성도 이어받았다고 생각된다. 그래서 부모님이 주신 이름대로 아명은 형섭, 족보명은 연섭, 호적명은 명재를 이어받고, 필명은 부친 함자를 섞어 문명이라고 써서 소설 신인상에도 응모했었다.

나는 유소년기를 농촌의 여느 집 살림 터수에 비해 조금은 좋은 여건에서 지내온 편이다. 그것은 6.25 전란 전부터 아버지와 형님이 한약방을 경영하며 스무 마지기 남짓한 농사를 지어온 덕이다. 40여 년은 해마다 봄, 가을에 보약을 한 제씩 복용한 덕에 건강 또한 좋은 셈이다. 무엇보다 조부님에 이어 선친께서 백인당百忍堂이란 서당을 열어서 근동의 청년들을 가르친 터라, 문하생들이 세운 선친(鶴隱 李文奎) 송덕비도 지닌 선비 분위기 속에서 자란 환경 또한 몸에 배었지 싶기도 하다. 더욱이 내가 태어나서 자란 마을이 바로 조선조의 정송강에 대조되는 유학자로서 제자들을 가르쳐 임금께서도 사액까지 내려준 곤재

1971년 봄에 자산서원(紫山書院) 부근에다 제자들이 세운 부친의 추모비(南黃祐 박사 碑文) 내용을 살펴보는 주민들 모습.

선생의 자산서원紫山書院 터였음은 행운이라고 여긴다.

사실 농촌의 유교적인 서민 집안에서 처음으로 신식 학교를 다닌 나는 순박한 시골뜨기로서 공부했다. 대자연 속에서 계절 따라 움 트고 꽃 피며 무르익어 거두어들이는 전원의 풍광과 더불어 자라왔다. 서로 아끼고 형제처럼 지내는 동네 인심 덕분에 다행히 온 집안과 마을 주민이 한국전란의 소용돌이도 무사히 비켜났다. 초등학교에 이어서 중·고교마저 6년 동안 매일 8킬로의 고향 들길을 오가며 학다리에서 마친 결과, 대도시 출신에 뒤지지 않는 지구력을 유지하고 있나보다. 그리고 우리 나름대로 주어진 여건에서 최선을 다하여 명문대 합격자와 교수나 교사, 의사, 약사, 장차관급 내지 중앙은행의 임원까지 지낸 급우들의 우정과 긍지는 남다르다. 물론 이런 끈끈함과 따스한 정은 요즈음 각계에서 명사로 활약 중인 고향 선후배들과 이어지고 있다고 생각한다. 여기에는 당시에 광주일고 2회의 합격통지서를 받고도 마침내 등록하지 않았던 내밀한 사연도 담겨 있다.

율사보다는 문사의 길로

그러니까, 1957년 봄에 나는 주위의 막연한 기대에 덩달아 중앙 대학교 법정대학에 진학하였다. 광주나 목포에는 입시 학원이라는 것이 생겼다더라는 정도로 대학 정보에 어수룩했던 탓일까. 그렇게 뛰어난 성적도 아닌데다가 철없던 나는 국립 S대 지원서를 건네주시면서 문리대의 국문학과를 권유한 담임선생님의 뜻과 다르게 동네 선배들의 지시대로 위 대학 원서에다 정외과를 써넣었던 것이다. 내 딴으로는 고교 때 그리던 역사나 생물 분야보다 같은 값이면 사회에서 선호하는 법조계로 나가보려는 심산이었던 것 같다. 게다가 휴전 이후에 드세던 깡패도 무섭고 해서 우리 동네에선 처음 상경하여 약학대학에 다니던 정내수 고교 선배 그늘 속에서 생활하기 좋은 여건이 우선이었다. 그렇게 시작한 서울의 흑석동 중턱에서 황만금·한만호 등이 함께한 선후배들 자취생활은 새내기에게 적지 않은 성숙을 가져왔다.

한 학기가 지날 무렵부터는 교양 과목을 듣던 내 스스로 틈틈이 문과대학 상급반 강의실에 드나들며 청강을 했다. 학장인 백철 교수의 신문학사조사나 작가인 최인욱 선생이 맡은 문학개론과 현대소설론은 법정대 강의보다 흥미롭게 다가왔다. 문학 예술 세계는 자유당 독재 당시 명쾌한 논설과 명강의로 이름 높던 이종극 교수의 「'대한민국은 민주공화국이다'를 논함」이라는 헌법학이나 백상건 교수의 「마키아벨리의 권모술수론을 설명함」이라는 정치사상사 시험 문제보다 다의적이고 유연한 멋이 입맛을 당겼다. 그 청강 덕분에 나는 옆자리의 김경숙, 손보순 선배를 만나고 그분들을 통해서 점차 문단에 오른 선배들도 알게 되었다. 함동선, 이성교, 권용태 시인, 최진우 작가, 김영수 평론가 등. 더욱이 여학생회장으로서 각별하게 반겨준 김경숙 선배와 함께 모처럼 투박한 습작 단편을 읽어주신 최인욱 작가를 강의 후에 파이퍼홀 복도에서 만나 뵈었다. 그런데 뜻밖에 선생은 두 사람을 교문 앞 중국집으로 데려가서 점심까지 사 주시며 '가능성이 넘친다'는 격려를 아끼지 않았었다.

내가 법정 계열의 전공에 회의를 느끼고 문학계 전공에 더 마음을 둔 건 2학년에 진급해서였다. 봄이 짙어지자 이봉 강사(나중에 부총장)의 인솔로 국회와 형무소 견학을 가서였다. 오전에 간 서대문 형무소에서는 예전에 독립운동가 등을 사형 집행하던 교수대에 드리워진 노끈 줄과 서너 길 깊이 땅바닥으로 검붉게 물든 핏빛이 으스스했다. 바로 그곳(이전의 경성형무소)에서 1908년 가을에 허왕산 항일 의병장이 맨 처음 사형을 당했다는 설명에 소름이 끼쳤다. 어찌 인간이 임의로 정한 법으로 사람을 단죄하여 죽일 수 있단 말인가. 그리고 오후에 방청한 국회의사당에서도 국회의원 발언의 최장 기록을 자랑하던 엄상섭 의원이 단상에서 연일 외치는 걸 목격한 자신은 정치판에 대한 환멸마저 짙어져갔다. 마침 그것은 정치외교학과 일부 학우들의 다분히 허세스럽고 연줄 잇기나 출세지향적인 취향들에 거부감을 느껴오던 것과 겹쳐지고 있었다.

그해 겨울에 나는 학년말 시험을 끝내고는 짐을 꾸려서 시골집으로 내려오고 말았다. 더는 우리 집의 논밭까지 잡혀서 등록금과 생활비를 대기가 짐이 되는 터라 스스로 휴학하기로 마음을 먹은 것이다. 국가고시과목이던 국사대관이나 법학통론이며 민법총칙,

헌법총론 등의 책들도 책상 밑 구석에 처넣어 버렸다. 그 대신에 실존주의, 세계전후문학전집, 한국현대소설직품집, 논어, 꿈의 해석, 상록수, 동산지기, 이방인, 셰익스피어 4대 비극, 현대사상 강좌 등을 독파하기 시작했다. 농사

일을 거드는 틈틈이 이들 책을 구독하거나 5일장에서 여러 책을 며칠씩 빌려다가 메모하며 통독하고 나서 돌려주곤 또 바꿔왔다. 사상계, 자유문학, 현대문학 정도는 정기 구독해서 열심히 읽어댔다.

1950년대 말엽, 시골집에서 농사를 도무여 책읽기에 열중하던 모습. 책상 위에 『현대문학』 등이 보인다.

　1년을 넘게 독서삼매경으로 지내다 보니, 부실한 몸에 다양한 영양분을 섭취하는 듯 느껴졌다. 사실 나에게 이 휴학 기간은 휴지기가 아니라 너무나 철부지로 허기져 있던 심신을 영글게 하는 충전시기였다고 믿는다. 그야말로 주경야독이라 싶게 낮에는 땀 흘리며 농사일을 돕고 밤에는 책읽기에 재미를 붙였다. 그러다 보니 대학을 다니고도 실업자라는 주위의 손가락질이나 잡념에서 벗어날 수 있어 좋았다. 그 무렵에 늘 친동생처럼 격려해 준 마을의 나문호 어른 형제분과 정종상 어른 등 동네분들께는 늘 감사하다. 덕분에 두어 해를 시골에 있다가 상경해서 4.19학생운동 무렵에 '학생과 현실참여'라는 앙가즈망론을 펴서 투고한 내 논설이 '동아일보'의 대학생란에 두어 번 크게 실려 주목받곤 했다.

글쓰기 수련과 학업 과정

그때 나는 또한 소설을 쓰고 싶은 충동에 쌓인 채, 단편을 습작해 본답시고 만년필로 대학 노트에 적어놓곤 했다. 중·고생 때는 문인 한 분도 만나보지 못한 처지에서 마구잡이로 서너 편을 끄적여 본 것이었다. 내가 거처하던 월남민 정착촌을 무대로 삼은「재건주택촌」, 디아스포라의 아픔을 겪다가 재일동포들이 북송 길에 오르는 실태를 다룬「북행이전」, 서울에서 고학을 하다가 재기의 충전기를 갖기 위해 낙향하는 젊은이의 심경을 토로한「열차 속에서」등. 지금 생각하면 그때쯤은 일찍이 가산이 기울어 낙향의 맛을 살려 쓴 김유정 버금가는 소설 당선으로 빛을 볼 만도 하련만 소설의 수준은 바닥에 머물러 있을 따름이었다.

당시 글재주도 뛰어난 데다 '학원' 문학상을 위시해서 전국의 여러 대학 백일장을 휩쓸었던 김홍주 고교 후배는 방학 때 우리 집에 들렀다가 내 원고를 훑어보고 한 마디를 던졌다.

"형의 글을 읽다 보면 남다르게 진한 마늘 냄새가 난다니까……."

그는 1960년대 초엽 신춘 소설의 최종심에서 낙방한 뒤로 현대문학지에 1회 추천만 받아놓고 지내던 답답증을 토로했다. 후배보다 등록금마저 마련하지 못한 채 낙향해 있던 선배는 속으로 음모하듯 뇌고 있었다. '오냐, 입학 동기들이 졸업장을 받는 대신에 나는 그 무렵에 작가로서 데뷔하리라.'

하지만 어이없는 문학도는 5.16 군사 쿠데타가 일어난 한 달 후에 스스로 육군에 자원입대하였다. 논산훈련소에서 한 여름의 지열을 삼키며, 각개 전투, 침투 사격에 이어 후반기 훈련으로 박격포 사격까지 익히었다. 더욱이 북두칠성인 7사단 마크를 달고 강원도

1960년대 캠퍼스의 복학생 시절

화천과 경기도 파주에서 34개월 동안 사병으로 복무한 병영체험은 인격 형성에도 필요한 것이었다. 선임하사 당번, 박격포 탄약수, 중화기 계산병, 보급계 조수, 서무계 사수, 1사단의 혹한기 재건기동훈련 지원단 인사행정병, 미군 1기병사단 지원 전투단 진중신문에 콩트 연재하기 등.

만기 제대로 군복을 벗고 나서도 나는 두어 해를 시골에서 농사일에 종사했다. 그러는 틈틈이 문학 공부에 임할수록 향학의 열정은 더해 갔다. 용기를 내서 백철 교수님께 문학 지망의 뜻을 전하여 보름 만에 친필 답장도 받았던 건 그때였다. 그 후에 나는 기어코 복학하여 정원옥 벗의 도움으로 경희중학생의 가정교사로 입주하여 학부를 마칠 수 있었다. 실로 입학 후 10년 만인 1967년 2월에 재학생인 서청원(국회의원)과 함께 정치학사 졸업장을 받은 것이다. 그때 나는 뜻을 굽히지 않고 꾸준히 노력하면 이룰 수 있다는 처세관을 굳히었다.

하지만 졸업 무렵에 곧바로 임시로 공무원 시험에 수석 합격해 놓고도 나는 당국에서 차일피일 발령을 미루는 바람에 고생했다. 집에서는 생활비를 도움 받을 수 없는 터라서 안정해서 잠잘 곳 없이 지냈던 것이다. 낮에는 지금 한국소설가협회가 들어 있는 남산도서관 열람실에 일찍 나가 카프카의 「변신」 등을 벗 삼고 주인공인 그레고리 잠자의 고독 속에서 시간을 죽이며 기다렸다. 그러다가 석양쯤 남산 중턱을 넘어서 신당동 주택가에서 두 시간씩 중학생 과외 지도를 했다. 밤이면 골목을 거닐다가 육촌인 창건 동생이 거처하는 용산역 부근의 미곡상회 불이 꺼진 뒤에 도둑잠을 자고 새벽같이 몰래 나오곤 했다. 법정 스님의 친구로 상회 일을 보던 사돈어른께 솔직히 말해 버릴 걸. 가끔은 정릉 골짜기의 개울물에 빨래한 옷을 말리는 동안 나무 그늘에서 낮잠을 즐기던 낭만이여. 서너 달 동가숙서가식東家宿西家食했던 그때 일들이 훗날의 나에게는 아름다운 추억의 앨범으로 남아 있다. 후배 자취집에 며칠씩 묵었던 터라 여원사 주최의 잘살기운동 글 모집에 논설식 글로 입상한 돈으로 적지 않은 반찬을 샀던 기억도 떠오른다. 정원옥·장주윤·설봉식 님의 신세를 지던 때였다.

직장에 발령을 받은 다음에 나는 난생 처음으로 노량진 중턱에서 하숙을 했다. 장가도 들어서 주말에는 직장의 특급 티켓으로 시골에 내려가 혼자 정순이 서모를 모시면서 교편 생활을 하던 아내를 만나는 여유까지 누리게 되었다. 그리고 나는 내친 김에 예정했던 대로 대학원 국어국문학과 석사 과정에 진학했다. 임헌영 평론가, 정진석 교수, 문재구 박사, 성낙희 시인, 김세중 민속연구가, 황용수 교수, 미국인 위클리과 함께 평론의 백철, 고전의 양재연, 국어학의 남광우, 향가의 김선기 교수님으로부터 강의를 들었다. 대학원 공부를 위해서 나는 4급 갑의 공무원직을 6개월 만에 그만 두고, 모교 도서관에서 사서의 일을 거들었다. 반기문 전유엔총장의 부인인 유순택 사서도 그때 같은 부서에 있었다. 덕분에 나는 자료를 활용하여 석사 논문을 통과하고는 중앙대 국어국문학과 조교 자리로 옮겨서 문과대학 행정 업무까지 겸했다.

그런 과정에 해어진 옷차림으로 분주히 일을 하면서 교내 안팎에다 열심히 논문을 발표하였다. 그러다 보니 교직원이니 교수님들로부터 신임을 얻었나 싶다. 특히 대학 본부 교무처로부터는 여러 해 동안 아르바이트 일도 부탁받았었다. 학사 학위 수여증에 졸업생의 이름과 생년월일을 붓글씨로 써서 한 장에 얼마씩 계산해 가지고 받은 보수로 몇 가마의 쌀을 사서 생계에 보태기도 했다. 시골의 초등학교 교사를 그만 두고 올라와서 아이들과 셋방살이하는 아내 모습에 동정까지 받았을까, 평생 시간강사 경력이나 얻어볼까 했던 나는 분수 넘치는 행운을 얻었다. 35세 되던 1973년 봄에 중앙대 국어국문학과 전임교수 발령을 받은 것이다.

강의와 평론을 함께

첫 강의는 백철 교수께서 담당해 온 신문학(현대 문학)사를 이어받았다. 그래서 늘 사회과학 분야 학부 출신자로서 문과 분야 전공자보다 더 성실히 연구, 강의하려 힘을 쏟았다. 가능한 대로 모교 발전에 이바지하고 나보다 훌륭한 문과대 출신 선배분들께 겸허하며 동료 및 후배들을 배려해야 한다는 마음에서였다. 무엇보다 강사 경력이 없는데다 뒤를 돌봐줄 선배도 없고 주변머리마저 신통찮은 내 자신은 강의 초심자로서 퍽 신경이 쓰였다. 혹시 모자라는 실력이나 학생들에 대한 강의 실수 따위로 물의를 일으켜 퇴출되지나 않을까. 흔히 지도교수의 수제자라거나 애제자로 주목받는 처지로선 부담이 컸다. 그러다 보니 1970~80년대에 열띠게 달아오른 민주화와 민중문학운동시대에도 내 비장의 무기인 사회과학 이론마저 화통하게 써먹지 못하고 말았다. 너무 튄다고 모난 돌처럼 정을 맞을세라 조심했던 것이다.

다행히 큰 말썽은 없어서 나는 점차 문예사조론, 수필문학론, 작가론, 비평론, 문학원론 등을 강의하며 연구를 이어갔다. 여기에 교양 과목인 일반국어, 작문, 대학한문, 문학과 인생을 전 대학 계열에 강의하느라 폭 너른 자료 섭렵에 여념이 없었다. 더구나 전임강사 초기에는 국학 자료를 주로 한 영신 아카데미 부설 한국학연구소의 간사를 맡아서 늘 자리를 지켜야 했다. 거기에 대학원 강좌 준비에다 신예급 학술 논문을 발표한다며 나름대로 연찬생활을 계속하였다. 그러다 보니 주말에는커녕 방학 철에도 자유로운 여행마저 못하고 지냈던 것 같다.

그럼에도 나는 한용운 문학 연구에 이은 김소월 시문학 논문을 발표하고, 그 핵심을 간추려서 평론으로 쓰는 일에 도전하였다. 수년 전 대학원 시절에 두어 번 문예지에 평론을 내서 최종심에 오른 바 있는 그 문제를 마무리해야 했던 것이다. 나는 한 해의 종강을 앞둔 겨울철, 며칠 밤을 잠 못 이루며 원고지 70장 분량의 김소월 재론을 탈고하였다. 그리고 그 육필 원고를 남에게 보이기는커녕 식구들 몰래 마감 무렵에 응모하였다. 결과는 기대대로 성탄 전날에 축전으로 입상을 통보받았다. 1977년 동아일보 신년호에 발표된 신춘문예 문학 평론 '체념과 저항의 시학―김소월 재론'은 다음달 '신동아'에 아들 이름(李琪俊)의 필명으로 발표되었다. 그것은 체념과 순응으로만 보아오던 이전의 김소월론에 대한 반론으로서 시인의 심적 외상과 심층 분석을 통해서 소월의 작품을 우리 평단과 학계에서 처음 항일저항의 시학으로 진단한 문제작이라고 자부한다.

하지만 심사위원은 항일성의 고증 가운데 번역시 1편을 창작시로 착각한 이유로 당선 대신 가작으로 낙점했다. 그해 동아일보만 해도 시 부문부터 태반이 가작입상이었으니 거의 당선 일색인 요즘과는 의미가 다르지만. 어찌됐건 나 또한 문학 평론 부문의 앞뒤 응모자 여럿이 너덧 해를 계속 막혀 온 벽에 부딪힌 셈이다. 다소 불만이던 나는 불혹의 나이에 새롭게 한국 문학사의 문제점을 제기한 원고로 문예지에 다시 응모하였다. 그런데 이듬 해『한국문학』8월호에는 바로 전 신춘문예에서 가작으로 판정했던 유종호 교수께서 심사를 맡아 당선시킨 것이다. 이렇게 문단의 등용문을 두 단계나 거쳐서 평단에 오른 나는 오히려 더 많은 이점을 누리고 있어 전화위복이라 여긴다. 내 문학의 친정인 동아일보뿐 아니라『한국문학』지에 이근배 주간의 배려 등으로 발표 지면을

문학박사 학위를 받고 1985년 봄에 우리 형제와 남례, 남님 사남매가 함평집에서

많이 얻었기 때문이다. 덕분에 나머지 신문이나 문예지 내지 간행물과 방송사들에도 자주 발표 기회를 가졌다. 아울러『한국문학』지 등단 동기 중에 절반의 시인은 이미 저 세상으로 갔지만, 김소엽 시인과는 요즘도 남다른 우정을 함께하고 있다.

차츰 강의에 익숙해지고 문단 활동에 자리를 잡아가자 나는 뒤늦게 박사 과정에 적을 두었다. 경희대 대학원에서 황순원·조병화 교수 지도를 받으며 수강하는 한편, 경희대 교양 강의도 맡았다. 학위를 함께 받은 한영환·윤재근·박을수·유성식 교수나 박이도·황재국·이현복·이동희·유금호·윤난홍 교수 등과도 자주 만났다. 특히 석사 과정에서는 백철 박사를, 박사 과정에서는 황순원 선생을 지도교수로 만나서 모시게 된 인연은 행운이요 자랑이다. 또한 합반 수강에서 나중에 문단에 진출한 고원정·김종회·신덕룡·이유범 등과도 자리를 같이 해서 흐뭇하다. 학위를 마친 나는 성신여대·숭실대·경원대·순천향대·인하대의 전공 과목과 경희대, 외국어대의 대학원과 교육대학원, 숭실대 대학원에 출강하여 활동의 폭을 넓혀 갔다.

나는 정기적으로 발표하는 학회 발표에도 열심히 참가하여 여러 번 신문지면에 소개되곤 했다. 1970년대 중엽에는 당시의 계엄 하에서도 패기 있는 소장 학자들과 함께 발기하여 우리문학연구회를 결성하였다. 고려대 출신의 김기현·김종균·박을수, 성균관대 출신의 임용식·최박광·한무희, 동국대 출신인 최범훈 등의 회원들은 각 가정을 순례하며 귀한 자료를 공유하거나 출판하면서 남북한의 벽을 허문 문학연구를 지향했다. 그 결과 이 학술모임을 후에 전국 규모의 우리문학회로 발전하는 토대를 닦아놓았다. 1980년대 전후에는 국어국문학회의 상임이사에 이어 우리 문학회 대표를 거쳐 학술 연구에 선념하였다. 같은 학과의 진공 선배인 김상선, 윤재천 교수님의 매섭고도 따스한 도움을 받은 건 물론이다. 다행히 한 학기 안식년을 얻어서는 미국 하와이대학의 한국학연구소 초빙 학자로 나갔다. 그곳 해밀턴 도서관에서 북한 자료를 섭렵하여 세계 최초로 방대한 『북한문학사전』(1995)을 출간한 바 있다. 분단 시대에 단절된 채 이질화되어 가는 우리 문학을 바로 잡아 통일 시대를 대비하기 위한 노력의 일환이었다.

1997년부터는 중앙대 문과대학장과 사회개발대학원장으로서 대학(원)의 행정을 관장하는 보직을 맡아 봉사하는 기회도 가졌다. 그런 중에 나는 마침 회갑을 맞은 터라 세종문화회관에서 제자들이 마련해 준 논문증정식의 주빈이 되었다. 그동안 내 지도를 받아서 주요 신문의 신춘문예 등을 통해 등단한 평론가와 문학박사로서 강의하는 제자들이 주선해 주어서 고마웠다. 문과와 이과에 둘씩 대학을 마치고 그 자리에 나와서 함께 해준 우리 자녀들 또한 대견하기 그지없었다. 그 행사 이후 나는 보직 기간을 마치

1988년 10월에 제13회 노산문학상을 수상하고 중·고교 동기생을 비롯한 선후배들과 함께

1996.06.22. 한국 문학평론가협회상을 수상한 자리에서 김시철, 문덕수, 장백일, 임헌영, 허형만, 조병춘 님의 축하를 받으면서

고 곧 러시아 극동대학교에 한 학기 연수 겸 초빙교수로 나갔다. 그곳 연해주에 살다 1937년에 중앙아시아로 이주한 고려인의 한글 문학 자료를 조사하기 겸해서였다.

2003년 초에는 남북한을 아우른 한민족 문학을 정립하기 위한 국제한인문학회를 장사선·이정숙·오양호 등의 전공 교수들과 함께 창립하여 내가 초대 회장으로 일했다. 학술진흥재단에서 연구비를 지원받

정년퇴임을 앞둔 2003년 12월 9일 중앙대학교 대학원 5층 국제회의실에서 정년기념 특별강연회를 열어 발표하는 모습

아 연구팀 일행들과 중앙아시아 탐방도 하였다. 그런 한편 1990년 봄에 이영구·김효자·이명숙 교수와 함께 발기했던 순수 단체인 우리 문학기림회 대표 등으로 작고 문인을 위한 문학비 세우기와 연변, 동경 등에서 학술 세미나도 열었다. 한국문인협회의 분과 회장과 평론가협회 회장단으로 일하며 각종 심사에 참여했다. 또한 그동안의 성과와 공로로 인해서 노산문학상, 한국 문학평론가협회상, 월간문학동리상, 조연현문학상 등을 수상했음은 물론이다. 그러는 사이에 나는 2004년 2월로 34년의 교수 생활을 마치고 정년을 맞아 교단에서 물러난 것이다. 그동안 나름대로 일인 삼역이라 싶게 여러 고초를 이겨내고 화려하거나 화통하지는 않은 대로 큰 허물없이 건강한 모습으로 교직을 마치게 되었으니, 여러분의 배려에 감사하는 마음뿐이다.

그동안 직접 지도교수로 배출해낸 문학박사만 15명이다. 학계와 문단에서 활동하는 자랑스러운 이름들을 기록해 본다. 임영봉·최

강민·김효석·김성진·최용석·김정숙·한성우·엄동섭·정영화·최장수·강진구·오창은·엄철·홍원경·김낙헌. 이 박사들 가운데 문인으로 활약하는 분은 그 과반수인 평론가를 비롯해서 중앙대 한국어문학과의 등용반 활동을 통해서 등단한 사람이 많다. 더욱이 우리 대학의 학부와 대학원에서 직접간접으로 문학공부를 해서 문단활동을 하는 문인 수효는 헤아리기 어려울 정도로 다수이다. 이박사들이나 문인들 밖에 교육계와 언론계, 문화계 등에 걸친 사회각 분야 제자들도 모두 포함됨은 물론이다. 아무쪼록 서로 좋은학연을 이룬 여러분의 건승과 행운을 기원하면서 대성을 바란다.

인생 이모작은 창작으로

정년 후 두 해가 지난 무렵에 나는 논현동의 오피스텔에서 잇따른 청탁 평론과 논문 원고를 서투른 워드로 써내기에 애를 먹었다. 컴퓨터 보급이 초기인지라 옆에서 느리고 답답한 타자 솜씨를 짐작한 아내는 지레 그 기계를 사는 비용을 절감하자고 말리기도 했다. "당신이 그걸로 원고 작업을 충당한다면 내 손에 장을 지질라요." 그런 중에 집 근처에서 고교 후배인 채문수 작가와 그의 첫 창작집 평설을 두고 점심 중에 우연히 소설반 이야기를 듣고 깨우친 바 있다. 문득 내가 법정계에서 문과로 전향했던 건 작가 지망에서였다는 초심을 떠올렸던 것이다. 그날 밤 이삿짐에서 잉크 빛바랜 옛 원고들을 꺼내놓고 펼쳐보았다. 휴학 중이나 조교 시절에 습작을 한답시고 어지간히 애쓴 여러 권의 퇴색된 원고지들에 땀자국이 묻어 있어 가슴이 뭉클해 오름을 느꼈다. 그동안 내 나름대로 꾸준하게 호흡을 가누어 인생의 가을 산마루에 이른 나그네로서의 자각과 초심이 되살아왔다.

이튿날 나는 서강대를 지나 광흥창 지하철역 쪽에 있던 동아일보 문화센터 화−수 소설반을 찾아가 조동선 선생을 만났다. 20명 남짓한 소설 지망생들이 둘러앉은 공간 한 구석에서 대머리 수강생은 잠자코 듣는 쪽이었다. 그럼에도 매달 습작품을 써가야 하는 덕분에 몇 편의 단편을 빚는 소득을 얻었다. 거기에는 신춘문예나 문예지를 통해서 등단한 김웅기·김휘·이은조·배상민·박민경 등도 있어 현장감이 돌았다. 강의실보다는 합평회 다음에 이어진 뒷풀이에서의 문학적 발산들이 인상적이었다. 하지만 거기서도 역시 유연한 문장 단련은 각자의 몫이라며, 인물 성격과 구성 등에 치우쳐 있어서 나는 3년 반 만에 졸업해 버렸다.

그 후로 두어 해를 내가 15여 년 지도해 오던 이음새 문학회에서의 문장이며 계속된 평론에다 논문 작성에 시달리던 중에야 스스로 깨달았다. 이런 식으로 마냥 이성적 관념어로 서술만 늘어놓다가는 어느 세월에 문청 시절의 작가 꿈을 이룰 것인가. 교수직에 얽매여왔던 틀에서 벗어난 이제는 마음껏 자유로운 언어로 창작의 나래를 펴보자고. 그 길로 서점에 가서 작품 모집을 살피던 중, 마감이 1개월 앞으로 다가온 『한국소설』을 겨냥했다. 이전에 소설반에서 써두었던 단편 두어 편을 대폭 다듬어서 '이문명'이란 필명으로 남몰래 등기우편으로 우송하고는 까맣게 잊고 있었다. 그러던 여러 달 만인 아침 꿈결에 처음으로 P 중견 작가와 만나서 담소를 나누던 중에 전화를 받았다. 뜻밖에 중후한 목소리의 윤후명 선생으로부터 축하한다는 인사에 이은 당선 소감과 명함판 사진을 보내달라는 내용이었다. 예의 신인상 당선 단편 「싸바꼬예

드 아리랑」은 2011년 6월호 『한국소설』지에 실렸다.

그러니까 소설가를 꿈꾼 지 반세기가 넘어서야 이루어낸 보람이랄까. 판검사보다는 문사의 길을 택하고도 뜻하지 않게 평론가로서 오랜 교수 코스를 거쳐서 뒤늦게 작가의 길로 들어선 것이다. 따져보면, 74세에 해당하는 내 등단이 기록적일 테지만, 스스로 널리 알리기는 삼갔다. 더 큰 중·장편으로 당당하게 보여주

한국소설 신인상에 당선된 할아버지께 시상식 단상에 올라 꽃다발을 전해주는 손녀를 껴안으며 (2012년 1월 16일 남산도서관 강당에서)

어야 한다는 생각에서였다. 창작 활동 역시 마라톤 경주인 인생처럼 출발보다는 앞으로의 달리기가 중요하지 않은가.

되돌아보면, 시골 태생인 나는 일찍 어머니를 여의고도 인생의 봄인 유·청소년기는 고학의 어려움을 이겨내며 공부하고 자라왔다. 이어서 장년기는 여름을 맞은 듯 다행히 대학 교수와 문학평론가로서 나름대로 가르치고 모색하며 왕성한 활동을 펴왔다. 또한 중년기를 맞아서는 가을에 이른 과수원 주인인 양 문단과 학계에서 봉사하며 수월찮은 수확을 거두었던가싶다. 그리고 이제는 고령화 사회의 100세 시대에 겨울을 앞둔 낙엽 길에서 새롭게 소설을 통한 2모작 인생 농사를 시작한 셈이다. 여러분의 건승을 빌면서 많은 성원을 바란다.

(2015년 6월)

이심전심의 우정을

육주 홍기삼 선생의 화수경연을 축하드린다. 그토록 건장한 모습인데 칠순이라니 새삼스럽다. 하지만 육주에게는 고희가 그런대로 선비답게 잘 어울리는 통과 의례의 한 매듭이라 싶다. 건강한 가운데 많은 제자를 길러내고 평단과 연찬의 삶에서 빛나는 업적 많이 쌓아 왔으니 크게 잔치라도 벌여 경하할 일이다.

생각하면, 나랑 육주의 만남은 남다른 우의를 지녀온 소중한 인연이라 여겨진다. 두 사람은 사실 학연이나 지연, 혈연이 너무 멀 정도로 생소하다. 그럼에도 마음은 수십 년의 지기인 듯 서로 짙은 우정과 신뢰를 지닌 동지로 믿으며 반생 넘게 교유해 오는 외우이다. 그래선지 여느 교유 관계라면 한나절에 써낼 사연을 두어 달 넘도록 원고만 만지작거리고 있는가 싶다. 육주의 경우는 반세기 남짓 가까이 지내면서 소원한 여느 벗들과는 상이한 것이다.

육주와 나를 밝고 질기게 연결하는 인연의 끈은 무엇일까? 그것은 무엇보다 서로의 자존심 단계를 뛰어넘는 이심전심의 신뢰에서 온 것이리라. 육주는 평소 무심하다싶을 정도로 찾지 않는 상대를 탓하기보다 소박한 프로필마저 지실하고 내 마음을 헤아리는 너그러움을 지닌 멋쟁이 선비다. 혹자는 이런 모처럼의 칭송에 거부감을 느낄지 모르지만 그것은 사실 나에게 더 없이 진중한 배려와 한결같은 신의를 지녀온 육주의 덕목이다.

두 사람은 서로 친숙하게 만난 지 10년이 지난 후쯤에야 처음 통화를 했던 것으로 기억난다. 전혀 스스럼없이 제자의 진학 문제를 상의하며 여간 걱정하는 게 아니라서 훈훈한 미덕으로 느껴졌다. 그 후 문단 세미나나 한국 문학평론가협회 회장단 회합 및 박사 학위 심사 등에서 한 20년 남짓 동안 가끔 만났다. 동료들과 곡차를 거나하게 마시면서 나누는 대화며, 분위기를 리드하는 육주의 여유나 자상한 인품이 인상적으로 남는다. 제주의 평론가협회 세미나 모임 가운데서 가진 싸인 북에다 남겨놓은 휘호의 글귀 등에도 그의 품격은 남다르게 돋보였다. 문득 조선 문화를 평정했던 임꺽정의 작가 홍벽초나 홍기문의 가계를 연상하게 하곤 한다.

사실 자연의 나이테나 학문의 길에서야 내가 좀 이른 셈이지만 문단과 사회면에선 오히려 육주가 월등 선배 격이다. 더욱이 세상 도모하는 경륜과 높은 품격 면에선 실로 따르기 버거운 카리스마까지 겸비하고 있어 상대가 안 된다고 여겨진다. 그럼에도 육주에겐 도움 하나 되지 않는 꽁생원을 각별히 대접해준다. 덕분에 수십 년 동안 여느 내로라하는 우정보다 진한 우의를 지니고 있으니, 거듭해서 육주와의 만남을 다행이라 믿고 산다.

특히 십수 년 전 경춘가도를 달리던 승용차에서 둘만의 언약을 이행한 의리는 잊히지 않는다. 대학의 큰일을 맡으면서도 각각의 개인사를 챙기는 자상함이며, 학회나 문인 모임을 배려하는 자세 역시 동지 의식을 더한다. 더욱이 일세를 도모한 비밀스런 이야기까지 나한테 서슴없이 실토해서 쾌재를 만끽케 해준 신뢰감에도 나는 자못 흐뭇함을 느끼곤 한다.

아무쪼록 이순의 가파른 언덕 넘어서 고희 산마루에 이른 육주는 이제 내외분이 함께 가쁜 숨을 가다듬고 희수 마루턱쯤에서 쉬어가기 바란다. 온갖 세속의 격무나 원고의 부담일랑 훌훌 털고 쉬엄쉬엄 팔순이나 미수 고개를 넘어야 한다. 그리하여 백수의 정상에 오른 다음에도 가끔 만나 접어둔 우정의 대화를 실컷 나누게 되길 기대한다.

(2010년 9월)

문단 동기의 우정과 자랑

그러니까 김소엽 시인과 내가 서로 글벗으로 사귀어 온 지도 벌써 30년 세월을 훨씬 넘었다. 1978년 여름에 월간 종합문예지 『한국문학』 신인 작품 당선을 통해서 만난 문단 데뷔 동기생이다. 거기에다 당시 40대 초엽의 평론가 신분의 나보다 한 살 위인 변종식 시인과 함께 등단해서 김 시인은 나랑 새내기 삼인방 아니면 삼총사로 통했다. 그러다 보니 우리 멤버 가운데 특히 홍일점인 김 시인은 나이가 궁금한 채로 남성 멤버보다 훨씬 젊은 여성으로서 우러러 보였다.

우리 삼총사는 변 시인이 자주 전화해서 만났고 잘 어울렸다. 중학교 수업을 끝낸 변 시인은 김 시인 앞에서 눈이 감기는 웃음을 날리며 얼굴에 홍조를 띠곤 했다. 1977년 신춘문예에 입상한 『동아일보』 출신 문우들과의 서먹한 분위기와 다른 우리 만남의 끈끈함이 나는 좋았다. 한껏 오롯한 맵시에 생글생글 우정을 담은 김소엽 시인의 얼굴이 행운의 만남처럼 마냥 밝고 상냥해서였을까.

별로 떠오른 보름달

한번은 세 사람이 이근배 사백과 더불어 광화문 다방에서 차를 마시고 있던 중이었다. 옆 맥줏집에서 찻집에 들어서던 웬 중년 신사가 김소엽 시인 앞에 넙죽 절을 하며 말했다. "아, 아름다우십니다. 정말 눈부시도록 훌륭하십니다." 그러고는 정중한 걸음으로 지나가는 것이었다. 우리 세 동료도 문득 그녀의 화려한 자태를 올려보며 고개를 끄덕인 일이 생각난다. 그녀는 그렇게 서울 도심의 보름달인 양 뽀얀 얼굴로 은은한 미소를 머금고 있었다.

그러나 김소엽 시인이 뜻밖에 반려자를 잃으면서 삼총사 모임도 흔들렸다. 우리 동료들 모임보다는 교회에 더 다가가면서 열심히 시 창작에 임하였다. 그리고 김 시인은 스스로 절체절명의 사랑 체험과 절실한 신앙을 시 작품으로 빚어냈다. 첫 시집 『그대는 별로 뜨고』(1987) 상재가 그것이다. 이 시집은 마침 민주화 성취로 감금 상태에서 갓 풀린 김대중 선생이 애독하는 서적 중의 하나로 보도되면서 점차 많은 신문, 잡지에 이르기까지 서너 해 동안 베스트셀러로서 화려한 각광을 받은 바 있다.

구구절절 점철된 주옥편으로 엮어진 시집 말미에 실은 이명재의 평설 「승화된 사랑의 시미학」 서두를 들어 참고해 본다.

"우리 주위에는 수많은 시인들이 존재하고 있지만 그 가운데서도 김소엽만큼 선명한 자기 목소리와 시 의식, 정갈한 매무새를 지닌 시인은 극히 드물다. 한껏 오롯한 자세로 한국의 전통 정서를 간직한 여성의 고된 삶과 보기 드물게 기독교적인 신앙시의 성수를 보여주고 있기 때문이다."

김소엽 시인의 활동이 한창 활발한 즈음에 있었던 일이 생각난다. 시골의 사형님 댁에 내려가서 선친의 제사 다음날 아침 식사 자리에서이다. 마침 김 시인께서 티브이의 아침마당 프로에 출연하여 명사들과 대담하는 장면이 방영되고 있던 중이었다. 이를 본 우리 집 사람이 밥상머리에서 한 마디 했다. "시숙님, 당숙님, 바로 저 시인과 기준이 아빠가 영판 친한 사이가 아니랍니다. 시방요…." 그러자 순간 티브이 화면을 쳐다보던 방안 식구들은 오히려 기뻐하여 우리 부부 당사자까지 섞여 명랑한 웃음판이 되었다. 저렇게 세련된 유명인과 친하게 지낸다는 것부터가 자랑스러워 박수 칠 일이란 의미였다.

시련 이겨낸 오뚝이 시인

문득 김소엽 시인께서 오래 전 내 회갑연을 빛내준 축시가 떠오른다. 그때 세종문화회관에서 정성껏 써서 읽어 준 그 우정 담긴 덕담과 오붓한 내용의 원고는 어떻게 챙겼을까. 식전에 참가해서 축사를 했던 김시철 시인님과 신동한 평론가께서는 그 우정 넘치고 진솔한 시가 명문이었다던데 말이다. 긴장과 스스럼과 경황없는 중에 제대로 갖추지 못한 예의를 이제라도 뒤늦게 정중하게 챙겼으면 싶다.

그 후에 김소엽 시인은 새 용기를 얻어서 그야말로 심신의 안식을 취할 겨를도 없이 정력적으로 활동하였다. 신문, 잡지를 위시해서 두어 개 방송에도 고정 출연하며 여러 일을 병행했다. 아담한 겉모습과 달리 실로 강철 못지않은 여성이랄까. 창작과 선교에 열심인가 하면, 대학 강의와 강연을 계속하면서 학위 과정을 이수하였다. 더욱이 자주 틈을 내서 여러 번 태평양을 넘나들며 외동딸인 서윤이의 미국 유학까지 뒷바라지해 왔다. 그러면서도 힘겹게 투병하고 있던 변종식 댁에 문병한 데 이어 문상까지 가서 우정을 챙기던 모습이 선하다.

그러던 중 김 시인이 큰 병을 만나 고생한다는 소식을 전해 듣고 놀랐다. 하기야 오만한 초인趣人인 양 심신을 오래 혹사해 왔으니 천사들도 질투를 못 참았던 것일까. 투병 중인 여성 면회에는 예를 지켜야 한다기에 한참 만에 영등포 역전에서 언니와 동행해 만났던 시인은 하느님의 경고를 새기면서 투병중이니 좋아질 거라며 의연했다. 그러고는 김소엽 시인은 기어코 오뚝이처럼 다시 일어나 거듭난 삶을 펼치고 있다. 이제 박사로서, 교수로서, 아직도 새내기 소녀 감성의 할머니 같은 시인으로 활동하는 문단 동기로서의 오뚝이 동료의 모습이 눈물겹고 대견하고 자랑스럽다.

더욱이 서윤이는 일당백일 만큼 훌륭한 딸로 잘 길러 놓았으니 든든하다. 미국에서 학부부터 대학원까지 마친 다음 어엿한 영문학 박사로서 부친을 이은 대학교수로 활동하니 말이다. 미국 현지에서 의사로 일하는 사위와 더불어 믿음직한 버팀목이 아닐 수 없다. 이 또한 김 시인의 노고와 정성으로 이룬 행복의 열매인 것이다.

건강한 희수 미수 백수를
시골에 오르내리는 때마다 호남고속도로의 논산 쪽 양촌陽村을

지날 때 나는 곧잘 거기서 태어나 자랐다는 김광자 소녀의 모녀
상을 만나곤 한다. 주말 적마다 단발머리 어학생이 쌀자루며 반찬
단지들을 들고 어머니 곁에 서서 대전행 버스를 기다리는 모습이
선연하게 건너다보인다. 한번은 그런 내용의 즉흥시 하나를 메모
해서 김 시인에게 건넸던 듯도 싶다. 그리고 지난 정초에 대전 후
배가 택배로 보내준 유난히 햇볕 고운 대지에서 익었다는 그곳
양촌곶감의 달디 단 향내가 아직도 구미를 당긴다.

우리 문단 동기 삼총사 가운데 홍일점이던 김소엽 시인의 칠순
맞이 겸 문집 출간을 진심으로 축하한다. 그렇게 단짝인 한무희
교수 부인과 함께 궁금했던 나이도 잔나비띠 누이처럼 드러나서
기쁘다. 여태 가파른 여정의 고빗길을 넘겨 고희古稀에 이르렀으니,
이제부터는 산수傘壽 전후로 탄탄대로라 여긴다. 아무쪼록 앞으로
는 부군 몫까지 챙겨서 희수喜壽·미수米壽·백수白壽에도 값진 출판 기
념회를 갖도록 건승한 가운데 좋은 글 많이 빚어내소서.

(2012년 9월)

늘 푸른 캠퍼스의 우정을

우양愚洋 이종국 교수를 말하자니, 문득 불가에서 말하는 인연생기의 깊은 의미부터 생각난다. 우양과의 만남은 흔히 듣는 노래 가사에서처럼 결코 우연이 아니었던 듯싶다. 노벨상 수상 작가 한스 카롯사도 일찍이 인생은 만남이라고 설파하지 않았던가. 부모형제와의 만남, 부부와의 만남, 시대와의 만남, 사제지간의, 선후배 사이의 만남뿐만 아니다. 감동을 주는 예술과의 만남이나 감명 깊은 책과의 만남보다 선후배 동지로서의 두 사람 만남은 정이 새롭다. 서로는 전화로 통화만 해도 마냥 반갑고 허물이 없다. 우리 만남은 가이없으리라.

여기에서 나는 이종국 교수와의 관계를 학자로서보다 정다운 대학 선후배로 이야기하고 싶다. 수많은 역저를 낸 출판학자로서

나 저술가로서 이 교수에 대한 언급은 이 교수와 전공을 함께해 온 관계학사들의 몫이다. 이미 20여 년 교수로 봉직하고 대한교과서주식회사의 요직에 근무한 지도 오래였던 경력에 국한되지 않는다. 더욱이 국내외에 발표한 1백여 편의 논문과 15책의 듬직한 전공서를 펴낸 업적을 다루기란 나에게 역부족한 일이다.

그러니까, 내가 우양을 처음 만나기는 1965년 무렵으로 기억된다. 정치외교학과 1957학번인 내가 겨우 2학년을 수료하고 휴학하다 군복무를 마치고 6년 만에 복교했을 무렵이다. 한강변 흑석동 자락의 중앙대 캠퍼스 벤치에서였다. 연못가를 거닐어 다가온 교복 차림의 새내기 티를 갓 벗은 정외과의 강병렬 후배가 절친한 친구라면서 소개했다. 철학과 생도이지만 문학에 관한 열정으로 문학동인반 회원이 되었다는 것이다. 법정대 소속이면서도 내 딴은 문과를 동경해서 문학 동아리 모임에 기웃거리던 참에, 이 교수를 만난 것은 인연 깊은 행운이 아닐 수 없다.

그때 처음 본 이종국 학생은 믿음직하고 마음 통하는 동지라는 인상이었다. 아직 까만 동복 차림인 가슴에 그린 빛깔의 대학 배지를 단 채로 다부지게 인사하던 젊은이. 옆구리에 두툼한 책 서너 권을 낀 자세로 호쾌한 웃음을 날리던 그의 동안童顔은 캠퍼스의 녹음 속에서 마냥 싱그럽게 여겨졌다. 그날 밤 우리 삼총사는 단박 형제들처럼 어울렸다. 아마 통금에 아랑곳없이 흑석동 연못 시장의 골목에 즐비한 막걸리 속에 풍덩 빠졌었던가 싶다. 그래선지 그 청년들이 '형', '선배님'이라고 흠허물 없이 부르는 요즘에도 정작 나는 선후배가 아니라 같은 또래의 친구 사이로 여겨지곤 한다.

그 이후로 우리 세 청년은 강의가 빈 시간이나 주말이면 자주 도서관 주변 아니면 청룡 연못가 벤치에 마주 앉아 있곤 했다. 한 번은 문학반에 제출할 원고라면서 강병렬이 「꽃사슴의 눈물」이란 시 작품을 이야기했던 게 기억난다. 합평했던 자리였다. 거기에서 헤겔의 〈법철학〉을 통한 미네르바의 부엉이를 깨쳐준 이종국에 게 나는 고마움을 느끼며 은근한 긴장을 느꼈던 듯싶다. 미네르바 는 밤이 되어서야 어두운 동굴에서 나와 하늘을 난다던가.

나는 이종국 교수를 누구보다 자랑스러운 동문으로 여기고 있다. 전공학과와 고향은 다르지만, 그는 같은 대학 출신 후배로서 사회에 나가서 인정받고 경쟁력이 있어서 좋다. 서로 감싸고 배타적인 조직 생활 일선에서 당당하게 활동하고 있는 우양이 대견스럽지 않은가. 더구나 특별히 챙겨줄 관계도 아닌 선배를 반세기 가깝도록 한결같이 잊지 않고 살피고 있으니.

1970년대 초엽이던 가을에 모교에 찾아온 우양과 진지한 대화를 나눈 바 있다. 고려대 부설 민족문화연구소의 간사 일을 맡아 업무차 왔던 길이었다. 흑석동 캠퍼스에서 한국학연구소 간사를 맡은 나는 우양더러 되도록 모교에 와서 함께 일할 의향이 없느냐고 제의했다. 그러자 우양은 그 자리가 분명하거나 특별하지 않다면 외부의 주요한 부서에서 근무하는 게 사회나 모교를 위해서 더 떳떳하게 생각한다는 견해였다. 하기야 고려대 민족문화연구소에서는 거대한 『한국문화사 대계』 등을 시리즈로 간행하는 중 책을 맡고 있었으니 지당한 처지였다.

이후 수년 만에 국어국문학과의 교수 연구실에 전화를 건 우양은 모처럼 대포를 한 잔 나누자고 했다. 대한교과서주식회사에 옮겨와서 전국석인 교과서 기획과 함께 방대한 집필을 맡았다고 했다. 그동안 새로운 업무에 충실하다 보니 연락이 뜸했다며 인사를 차렸다.

두 사람은 을지로 3가이던가, 골목의 중국집 '松竹'에서 만났다. 허름한 기와집인데 꽤 넓은 실내는 여느 음식점과는 다르게 느긋한 운치가 감돌았다. 우양은 이렇게 예스럽고 고즈넉한 분위기가 마음에 끌려서 자주 들르는 단골이란다. 현대식으로 깨끗한 디자인에 빨리빨리 문화와는 대조적인 여유 공간이 새삼 관심을 끌었다. 녹슬고 먼지 낀 쇠막대기가 몇 년째 마루 밑에 그대로 세월의 더께를 더해가고, 무표정한 주인의 모습 역시 마찬가지란다. 그런 분위기에 걸맞게 우리는 특별히 요리한 부란이며 마른 해삼 등을 안주로 삼아 도수 높은 고량주를 주고받으면서 오래도록 정담을 나누었다.

그 푸른 캠퍼스에서의 선후배 만남은 강산이 너댓 번 변한 세월 속에서 반세기 넘도록 이어오고 있다. 우리 서로가 인생의 산마루 길에 선 요즈음에도 한 주일이 멀다 하고 통화하며, 매월 문학 작품의 윤독 자리 등에서 짙은 우정을 쌓아가는 중이다. 부디 건승하시기를.

(2017년 11월)

이음새 문학회와 더불어

'십 년이면 강산도 변한다'는 속담이 생각난다. 우리 문학모임도 어느덧 18개의 나이테를 헤아리고 남는다. 마침 2002년에 창간호를 낸 이래 이번에 펴내는 이음새 문학회의 연간작품집(이음새 문학) 또한 15호째인 것이다. 창간호로부터 금년까지 거르지 않고 알알이 이어진 책들이 저마다 기념물로서 눈에 선하다.

"한강변 불빛을 바라보며 – 이음새 – 이음새 에세이 – 푸른 언덕이 그리운 날 – 사막의 꽃이 되어 – 연리지 사랑 – 투구의 눈빛 – 별이 없는 하늘 아래 – 기다림, 나의 고도는 – 이음새문학 –".

혼히 십 년이면 잠깐이라지만, 우리네 문학 모임만큼은 그 연면한 이름처럼 아득하게 느껴진다. 그동안에 짙었던 머리털들이 시나브로 민둥산처럼 성글어진 채 된서리로 덮인 처지에서인가.

그러니까, 1999년 여름방학 때 나는 수필문학반 강의 개설 준비에 분주하였다. 재직 중이던 대학의 사회교육원에서 새로 문예반을 여는데 전적인 위임을 받았던 것이다. 우선 강사진은 윤재천·강석호·김병권·임헌영·이명재·박명진 교수 등으로 짰다. 교과 과정도 그런대로 기초 이론과 글쓰기의 실제를 균형감 있게 세워놓았다. 하지만 수강생을 모집하는 일은 만만치 않아서 모두 스무명을 넘지 않았던 듯싶다. 그나마 지인들을 통해서 수강자를 소개받는가 하면, 조교를 데리고 대학 근처 주택가에 모집 요강을 전단지로 뿌린 소득이었다.

그해 9월부터 흑석동에 자리한 중앙대학교 영신관 3층, 형광등 밝은 강의실에서 일주일에 두 번씩 저녁 시간에 에세이 전문가 과정의 만남이 시작되었다. 구자숙·최찬희·김희경·김은자(선영)·최제영·육영애 회원 등이 한강변의 낭만 가득한 불빛을 만끽한 초창

이음새 문학회의 월례합평회 정경. 2013년 4월 13일(토요일), 수운회관의 수필문학사 회의실에서.

기의 멤버들이다. 수강하는 신사숙녀 모두 누구 못지않은 경력과 인품을 지닌 분들로 여겨졌다. 그럼에도 처음 달포 동안은 산판에서 들여온 원목인 양 싱그럽되 투박한 여러분이 원고 쓰기며 제목 달기 및 표현의 기교 전달마저 제대로 되는지조차 감 잡기 어려웠다. 이분들을 얼마 동안 어떻게 조련시켜서 수필가로 등단시킬 것인가, 걱정이 앞섰지만 우리는 서로 노력해서 해냈다.

2000년 2월에 제1회인 동시에 마지막회 처지로 영광된 수료증을 받는 자리에 나가서 일일이 축하를 드린 교수는 다음 달에 서울을 떠났다. 고려인의 한글 문학 자료 수집을 위해서 러시아 연해주의 블라디보스토크에 있는 극동대학교 한국학대학의 강의를 맡기 위해서였다. 그러나 6개월 후에 귀국한 후로 우리는 다시 만나 문학 수련에 계속해서 전념했다.

우리는 보름이 멀다하고 습작품을 가지고 나와서 합평을 하며 신입 회원도 더하여 문우의 정을 다져왔다. 글 모임의 이름도 산뜻한 '이음새 에세이 문학회'로 지었다. '이음새'란 수필 전문가 과정이 개설된 학기가 바로 새천년을 시작하는 밀레니엄 이음매에 해당되어 '세기를 이으며 남녀 선후배 잇기를 비롯해서, 인간 상호간은 물론 인간과 자연, 문학과 사회를 원활하게 연결하자.'는 뜻을 지니고 있다. 나가서는 분단된 남북한을 이을뿐더러 동서양을 조화롭게 상생하는 관계로 구현하자는 의미까지 품고 있다. 따라서 주말이면 함께 모여 대학로의 극장들과 과천 현대미술관 등으로 찾아다니며 문학과 인접 예술을 연결하는 노력을 실천해 왔었다.

우리는 모임 장소 또한 여러 군데로 자주 옮겨 다녔다. 사당동

식당, 인사동 다방과 H동문회 사무실, 논현동 오피시텔, 마포 효성그룹 회의실, 광화문 선우미디어 편집실, 안국동 수필문학사 회의실 등으로. 그러는 사이에 때로는 회원 집 순례를 거쳐서 계절 따라 북한산 중턱, 일산 호수공원, 남한산성 계곡, 하남 스파 공간, 서해안 방갈로, 평창이나 영월 콘도미니엄 등을 찾아나서 우정 짙은 창작 캠프를 계속해 나왔던 것이다. 더욱이 문인 단체나 문예사에서 연 문학 기행을 겸한 강릉, 변산, 통영, 함평 등지에서의 세미나 중에는 숙박지의 실내 현장에서마저 작품 합평을 했던 기억은 잊혀지지 않는다.

이렇듯 여러 연륜을 지내오는 사이에 우리 글 모임은 20여 명의 등단인을 비롯한 소수 정예로서 회원만도 30명을 웃돈다. 이 가운데에는 이미 문단에서 누구보다 알찬 작품을 빚어내고 있는 작가들이 많아 든든하고 흐뭇하기 그지없다. 김희경·허숭실·임은수·최재영·구자숙·이종국·신도자·한경석·심성자·김학구 님은 어엿한 작품집을 펴내서 더러는 문학상도 수상했다. 이런 이음새 회원들의 우정과 문학적 발전은 앞으로 연리지처럼 풍성하게 이어질 것으로 믿는다. 이음새 문학회에서는 적어도 우리 문예 둥지에 들어온 지망생들을 한 식구로 맞이하여 낱낱이 추스르고 맵시 있는 글쓰기 기량의 단련과 더불어 알뜰한 문학 사랑으로 건강하게 키워 낼 터이다. 여기에는 처음부터 동행하며 멘토 역을 겸해 온 이명재와 이응재 교수를 중심해서 여느 문학회와 차별화된 지도 역할도 참고된다.

구성원은 나중에 영입한 새 식구들로 대폭 물갈이되어 다양성을 지닌 진전을 이루었다. 이러한 사실은 모임의 일을 맡아온 회장 분포에도 그대로 드러난다. 초반에는 여성 회장인 구자숙·최찬희·김희경 이후 박준서·한경석·전병삼의 남성 회장들로 이어져 오고 있다. 회원 중에는 박헌렬·김해응·이종국·한경석 등 전·현직 교수로서 여느 글 모임과는 차별화를 이룰 만큼 최고 학위를 지닌 너덧 분과 수필 장르 외에 시인, 화가, 디자이너와 외국인 교수도 함께하고 있어 든든하다. 여기에 오래 전에 신문사 신춘문예에 각각 시나 수필에 당선된 이삼현 사백과 임은수 사백에 이어 주요 언론사의 임원을 지낸 회원의 합류도 뒷받침된다.

특히 국내외 현장에서 생활하다가 가사를 챙기며 문학회의 살림 일까지 도맡아 창작에 임하는 장연옥 님 같은 중견 주부 수필가들의 중추적 참여는 힘을 더한다. 이에 못지않게 문학회 일에 봉사해 온 이인한·최창수·김학구 수필가의 참여도도 함께함은 물론이다. 첫 등단 회원인 박은경 사백이나 전에 합류한 다음 여러 사정들로 인해 밖에 나가서 활동하는 류명달·김유진·유서정 사백 등의 모습이 새롭게 다가든다. 특히 늦게 재능을 발휘한 정재춘 시인은 2018년 조선일보 신춘문예 희곡 부문에 당선되어 감사한다는 인사도 전해 왔다. 그리고 근년에 합류한 정영자·장명숙·구영례·김형애는 물론 발랄한 이윤협·강지현의 활약이 주목된다. 이밖에도 이지수·김민정·한승우나 이미 시인 겸 수필가인 임경희 사백을 포함해서 후속 회원들에 대한 기대감도 크다.

이음새 식구들은 역시 문학적인 인연으로 글쓰기를 통해서 맺어진 소중한 문우들이다. 어쩌면 사막을 여행하듯 도심의 사회생활에 시달린 우리는 가끔씩 문학의 오아시스에서 만나 심신을 식혀 왔고, 때로는 일상에 쌓인 피로의 찌꺼기를 실로암 같은 샘물 속에 행군다. 매월 두 번째 토요일 3시에 만나 서너 시간의 합평에 이어 뒤풀이에서 못다 한 삶과 문학 이야기를 나누곤 한다. 등단과 작품집 출간 내지 자녀혼인 등의 경사가 있으면 서로 다투다시피 만찬을 베풀기도 한다. 더욱이 앞으로 '이음새 문학회'는 새로운 발전 방향을 모색하며 향상해 나갈 것이다. 이제 우리는 수필 장르 일변도의 굴레를 벗어나서 문학 전반에 퓨전적으로 다가감은 물론, 인접한 미술·음악·연극·무용 등에도 자유롭게 드나드는 길을 모색하고 있기 때문이다.

한 해를 마무리하는 시점에서 그동안 애써 글 농사를 짓듯 빚어낸 문우 여러분의 작품집 출간을 축하하는 마음 새롭다. 그리고 세기의 큰 매듭을 넘어서 강산이 변하도록 회원으로 함께 손잡고 걸어온 오랜 세월 속에서도 어느 한 사람 우리 문학회와 함께 해 준 남녀 문우들께 뜨거운 고마움을 느낀다. 더욱이 여러 해 동안 회장을 맡아 문학회 발전에 힘써 온 전병삼 님에게서 바통을 이어받은 임은수 신임회장의 전향적인 행보에 기대를 건다. 아무쪼록 2018년에는 글 식구 여러분이 건승한 가운데 더 새롭고 좋은 글들을 많이 써서 이음새 문학회와 함께 큰 발전 있길 기원한다. 이음새 문학회 만세, 한국 문단 만만세, 아울러 세계 문학 만만만세.

(2018년 1월)

제5부 북유럽의 문화와 풍광

바야흐로 전 세계가 일일 생활권으로 왕래가 잦은 시대에 사는 우리는 요즈음 해외

여행이 일반화된 나머지 각 지역을 나들이한 지 이미 오래 전이다. 나 역시 몇 십

년을 두고 나름대로 여러 나라 지역에 자주 탐방을 다녀왔다. 아직 기회를 갖지 못한

아프리카 말고는 세계의 다섯 대륙에 문화 탐방 아니면 강의나 연수 및 문학의 자료

수집 등으로 다녀왔던 것들 가운데 몇 개를 정리해 본다.

비엔나의 하루

1986년 여름, 문우 일행들과 세계작가대회에 참석차 모처럼 유럽 여행 중일 때의 일이다. 6월 하순 한 주일 동안 독일의 함부르크 시에서 열린 제49차 국제 펜 대회에 참가한다는 명목으로 가진 일행의 유럽 여행은 뜻이 깊었다. 한국 대표단의 태반은 서양 탐방이 처음인 문인들인지라 회의 참가는 뒷전이고 문화 탐색에 더 관심을 두었다. 물론 전부터 서양생활을 많이 체험해 온 전숙희 수필가(펜 회장)와 미국 국적인 김은국 작가나 곽복록 교수는 나머지 여행에 참가하지 않아서 다르지만. 모처럼 서양문화의 중심인 독일, 이

1986년 여름, 제49회 세계작가대회(서독) 중 함부르그 대회장에서 국제 PEN 회장과 포즈를 취하고.

탈리아, 덴마크, 오스트리아 여행에서 일행은 우리와는 여행 기간 내내 너무나 이질적인 유럽 문화 현장에서 신선한 충격을 받았다. 영세중립국인 오스트리아의 비엔나에 들러 하룻밤 묵으면서 관광했던 기억이 무척 인상적이다. 회의 개최지였던 함부르크를 비롯해서 프랑크푸르트 등지의 독일 관광을 끝낸 다음이었다. 회의에 참석했던 우리 일행은 6월 28일, 기차 편으로 현지 시간인 저녁 7시쯤 비엔나역에 내려서 아이비스호텔에다 여장을 풀었다.

나에겐 겨우 대양주와 구분될 정도로 생소한 이곳 오스트리아(오지리)는 우리 이승만 초대 대통령의 영부인이었던 프란체스카 여사의 고국이란 것이 생각나서 친근감이 들었다. 하지만 역시 역사적으로 다른 나라의 침략을 많이 받았던 이 나라의 수도는 세계적인 음악의 도시요, 비인 회담 등으로 유명한 국제 외교의 중심지라는 막연한 지식뿐이다. 그렇지만 근래 신상옥, 최은희 부부가 바로 이곳 미국 대사관을 통해 자유 진영으로 탈출한 사실 등이 흥미로워서 숙소인 호텔 객실의 테이블에 있는 안내 책자들을 눈여겨 살펴보았다.

오스트리아는 동남쪽으로 체코·헝가리·유고슬라비아 등의 사회주의권과 접경해 있으면서 동시에 서쪽으로 독일·이태리·프랑스 같은 자유 진영과 인접해 있는 유럽의 내륙국이다. 주민 대부분은 게르만족 계통이어서 독일어를 사용하며, 거의가 로만 가톨릭교 신자들이다. 1차 대전 후 한때 나치 독일에 강제 합병되었다가 2차 대전 후 미국·영국·프랑스·소련에 분할 점령당했지만 1995년에 영세중립국으로 독립된 나라이다.

수도인 비엔나는 글자마저 다르게 비인 또는 위인이라고도 부

1986년 여름철에 처음 비엔나를 찾았을 때 여가 속에서

르는데, 역사적으로 매우 유서 깊은 도시다. 일찍이 11세기에 십
자군의 통로로 융성했으며, 15세기 이후는 신생 로마제국의 수도
로 발전했던 곳이다. 유럽에서 두 번째로 크다는 다뉴브 강변에
위치한 이 도시는 오스트리아 전체 인구 750만 가운데 170만이
모여 사는 교통과 문화의 중심지이다. 그래서 일찍이 모차르트의
태생지로서 매년 국제음악제가 열리는 동부 알프스의 북쪽, 학예
도시인 찰스부르크나 알프스산맥에 둘러싸여 국제 스키대회가
자주 열리는 관광 도시 인스부르크보다도 훨씬 크고 이름난 모양
이다.

이튿날 오전부터 시내를 두루 관광하면서 몇 세기씩 묵은 건물
들이며, 쉰부르 궁정의 그림들에서 이 나라가 오랜 문화전통을 지
녔음을 느꼈다. 그리고 시내 복판에 자리 잡은 국립 오페라극장이

나 미술관에 가까운 공원이 인상에 남는다. 마침 여름 소나기가 두어 차례 쏟아지는데도 피할 생각을 하지 않고 왈츠의 황제라 일컫는 요한 슈트라우스 동상 근처를 거닐었다. 실물 크기의 청동 색깔을 띤 그 음악가는 악기를 연주하느라 열중인 모습이었는데, 그 때문인지 공원 주위는 평화롭고 아늑하기 그지없었다. 여러 꽃들과 더불어 그 공원에서 노닐다 활짝 오색의 날개를 편 공작새를 배경으로 찍은 칼라 사진은 더욱 선명하여 일품이다. 공작새가 놀라 달아날세라 조심스레 카메라 셔터를 눌러주던 김우종 교수의 뜻있는 미소도 밝게 되살아난다.

특히 아담하고 넓은 건물 여러 층에 가득한 국립미술관 관람에서는 비교적 많은 수난을 겪은 이 나라의 찬란한 문화와 역사를 새롭게 했다. 로마의 바티칸 궁전이나, 루브르 박물관보다는 훨씬 작지만 그런대로 아늑하고 알뜰살뜰한 맛이 기억에 남는다. 가지각색의 얼굴색을 지닌 관광객들이 줄을 이어선 가운데 독일어로 유창하게 설명하던 애띤 여직원의 갈색 머리 얼굴도 선연하다. 하지만 미술관은 특히 몇 달을 두고 관찰하며 음미해도 신통치 않을 터인데 한두 시간만 그야말로 주마간산 식으로 거쳐 나온 나그네 처지야 어떻게 그걸 평가할 수 있겠는가. 그저 오스트리아의 역사나 문화에 대해서는 너무나 모른다는 느낌만 더할 뿐이었다.

미술관을 들러서 나온 일행 중 여섯 사람은 여행사의 승용차편으로 시내의 우거진 숲길을 지나서 높은 지대의 전망대에 올랐다. 과연 비엔나 왈츠와 너무나 유명한 비엔나 숲속의 이야기 같은 곡들에서처럼 넓고 울창하며 싱싱한 숲 아래로 고색이 창연한 시가지가 굽어보였다. 왈츠곡에서 느끼듯 경쾌하고 은은한 감흥이랄까. 어딘지 전쟁과는 거리가 먼 나라의 평화로움만이 가득해 보였다. 그래선지 사람들이 퍽 순박하게 보이고 보수적이면서 서민적으로 느껴지는 친근감을 주었다. 6인승의 벤츠차에 1호부터 6호까지 차례대로 예쁜 공주 같은 젊은 부인들을 함께 태우고 올라온 중동 신사의 모습도 그들의 본국 전쟁과는 상관없는 듯 화평한 빛이 넘쳐흐르고 있었다.

오후에는 시간이 남아 시내의 한적한 실내 풀장으로 가서 수영을 즐겼다. 생각보다 훨씬 크고 고급스러운 풀장에는 수많은 남녀들로 성업을 이루고 있었다. 입장 때 옷가지들을 넣어두었던 보관함을 찾기에 한동안 어리둥절할 정도로 큰, 삼층으로 된 대형 풀장이었으니까. 실내에서 야외로 통하게끔 된 쾌적한 시설인지라 일행은 가벼운 헤엄질이나 잠수까지 즐기면서 지냈다. 그러다가 한참 만에 지쳐서 나오다 보니, 왼쪽 다리에 고무줄을 잃어서 접수 창구의 여직원에게 하소연했다. 그녀는 듬뿍 미소를 머금으며 바로 내 번호표를 넌지시 건네주는 것이었다. 다른 손님이 물 속에 잠겨 있던 걸 주워다가 맡겨놓았다고 한다.

입구의 휴게실 소파에 앉아 머리의 물기를 훔치며 기다리고 있노라니, 선배 서너 분이 다가앉으면서 킥킥거리며 낭패스런 웃음을 터뜨리는 것이었다. 박화목 동요작가, 정을병 작가, 김영옥 시인, 김우종, 장백일 평론가 등. 2층인가에 사우나실이 있어 들어가면서 밖에 걸려 있는 타월 한 장을 걷어가지고 갔는데 뜻밖의 시비가 있었다는 거였다. 김이 뜨겁고 하여 그 타월로 코를 막고 있는데 왜 남의 타월을 마음대로 쓰느냐며 옆자리에서 땀을 빼고 있던 불도그처럼 우람한 벌거숭이 남자가 항의를 하더란다. 풍속이 달라서 본의 아니게 실례가 된 모양인데 말이 통하지 않으니, 어느 동양에서 찾아온 타월 도둑쯤으로 오인을 받지 않았을까 싶었다.

일행과 더불어 다음 여행 코스인 이태리의 베니스로 향하기 위해 비엔나의 기차역으로 나오면서 나그네는 생각했다. 이렇게 아늑한 음악의 나라에서 왜 히틀러 같은 독종 괴물이 태어났을까. 그리고 또 한 가지 서운했던 일은 일행의 바쁜 일정에 쫓긴 나머지 우리가 묵었던 호텔의 바로 앞에 서 있는 성 스테판 교회를 들어가 보지 못한 것이다. 아이비스 호텔 객실 창가로 내려다보이는 그 거창하고 고풍스러운 대성당은 1359년부터 1533년에 건립한 높이 137m의 유명한 건물인데, 마침 보수 공사 중에 있었기 때문이다.

(1986년 10월)

일본 가고시마 기행

1989년 7월 26일: 고구마 교류 인솔 교수로

방학을 맞은 터라 재학생 성적 처리는 물론, 계절 학기 문학원론 채점표까지 제출한 마음은 일탈을 불렀다. 모처럼 이성교 시인, 민제 교수, 허형만 시인 등과 동행해서 며칠 동안 신안군 남단의 홍도를 다녀온 뒤였다. 사나흘 넘게 남지나해로부터 한반도에 새카만 먹구름을 동반한 장마를 몰고 온 비·바람이 몰아쳐댔다. 각 지역의 침수로 농작물 피해는 물론이고, 하루가 멀다 하고 인명이며 가축 피해들이 뒤따르고 있다는 뉴스는 연일 더해 가고 있었다. 이런 판국에 배를 타고 일본에 여행단을 데리고 간다는 건 학생들을 사지로 몰고 가는 일이라며 집사람은 잔뜩 겁을 줬다.

"아니, 당신, 이봐요! 사주본 분도 명심하라던 말 잊었어요? 평소에 바닷가 물을 조심해야 했다면서요. …… 대학에서나 정부 당국에서도 출항을 금지시키겠지만요. 고집부릴 게 따로 있제. 이 세상에 글쎄."

무거운 배낭을 둘러멘 채 빗속을 뚫고 새벽에 기어코 집을 나선 나그네는 서울역에서 8시발 부산행 열차에 올랐다. 마음 역시 을 씨년스럽지만 학생들의 인솔 교수로서는 어찌할 수 없는 노릇 아닌가. 부산 부두에서 연수단 학생들 일행과 저녁 8시발 부관釜關페리에 오르자 안도감이 왔다. 장대 빗줄기도 기세가 좀 꺾이는 듯싶었다. 쾌속선은 밤새 대한해협의 검은 물살을 가른다.

이튿날 아침 깨어났더니 하얀빛의 기다란 쾌속선은 8시 반 전에 이미 시모노세키下關항에 접안해 있었다. 제복을 입은 직원들이 줄을 섰다. 날씨도 말갛게 개어 있었다. 배에서 내린 일행은 대기하고 있던 버스에 올라 규슈九州 남쪽으로 달렸다. 후쿠오카福岡-구마모토熊本를 거쳐 오후 5시에 바다 건너에 연기를 내뿜는 활화산이 반기는 가고시마鹿兒島에 내렸다. 어제는 서울의 장마에 지친 대신에 이제는 지겨운 무더위가 치근댄다.

미리 배정된 영접인들이 들고 기다리는 명패를 찾아서 나그네는 중년 아줌마의 승용차에 올랐다. 한일 양국의 문화를 이해하고 상호 선린의 유대를 돈독히 한다는 고구마 교류 취지보다는 팔려가는 사람 같다는 느낌이 드는 건 무엇 때문일까. 몸집이 작달막하고 사교성이 뛰어나 보이는 아주머니는 시종 대화의 끈을 놓지 않았다. "교수님을 모시게 되어 매우 기뻐요. 일본 방문은 처음인가요? 부인과 아이들은 있으시겠죠?" 등. 서투른 일본말이지만 대강의 감은 잡을 수 있어서 심심치는 않았다. 바로 광복되던 해 봄에 입학해서 반년쯤 관솔 따기와 퇴비 증산에 동원되며 공습을 피해 동네 회관 등에서 귀로 익힌 일본어도 참고가 되었던 셈이다. "모모따로상 이야기, 모시 모시(여보세요), 기노쿠산 데스까?, 히꼬키 히꼬키 하야이나(그 비행기 참 빠르네)." 따위를 상기하면서 맘껏 웃어대자, 서로 친구처럼 되어 갔다.

한 20여 분 달려서 승용차가 선 곳(가고시마현 日置郡 日吉町)은 아담한 농촌 마을 문화주택이었다. 나그네는 빈틈없이 용의주도하게 미리 준비해둔 만찬에 놀랐다. 전에 없이 외국인 집에서 귀빈 대접을 받는데서 일본인의 만만찮은 힘 같은 걸 느꼈다. 저녁 식사를 마친 후에도 그녀는 현역의 동네 반장답게 많은 이야기로 호기심을 나타냈다. 제 손으로 코를 가리키면서 자기를 설명하고 나서 묻는 식이었다. 딸 자매는 지금 구마모토 사범대학에서 공부하고 있으니, 교수님은 딸들 방을 쓰라는 것이었다.

자정이 넘어서자 밖에서는 소나기 내리는 소리가 잦아들고 있었다. 첫 밤만은 손수 널따란 거실의 가운데다 담요를 깔고 모기장을 친 다음, 귀한 손님의 잠을 권하였다. 바로 주인 아버지의 영정이 우중충하게 걸려 있는 제사상 앞이었다. 일제 강점기에 악명 높았던 관동군의 육군 대위 계급장을 단 귀신이 천정에서 아래로 노려본다싶어 심기가 불편하였다. 그래도 주인 나름대로는 귀한 손님을 이 자리에 들게 한다니 어쩔 것인가.

7월 27일: 몸에 배인 친절의 의미

이튿날 아침에 잠을 깼더니, 낯선 주인이 밥상을 마주한 채 꾸벅 인사를 건넨다. 나그네는 좀 어정쩡한 자세로 첫 상견례를 치렀다. 50대 가까운 호인형의 가사노笠野 씨는 안경 속의 두 눈이 벌겋게 달아 있었다. 어제 늦은 밤에 주인인 부군께서는 왜 뵐 수 없느냐 했더니 '타이후' 때문이라던 부인의 대답이 생각난다. 장마에 비상 대기 하지 않고 무슨 타자로 보고하기만 하는 것인가 의아했지만 사실 이 나라에 잦은 태풍을 영어에서도 일본어 그대로 발음한다는 걸 알아차리곤 스스로 무안했다.

아침 식사를 마친 나그네는 반장 아주머니와 동네 아주머니 셋이서 감귤 따기 일에 나섰다. 일본 농촌 집에 와서 그냥 식객 노릇을 하기보다는 실제의 일을 거들면서 상대 나라의 문화를 이해하자는 취지에 따른 것이다. 하지만 다소 낭만적으로 생각했던 감귤 따기 작업은 결코 만만하지가 않았다. 바람이 통하지 않는 비닐하우스는 한증막인데다 일본의 한낮 무더위에 숨이 막혔다. 더구나 목덜미에 후줄근히 흘러내리는 땀을 닦을 겸해서 자주 갖는 차 마시기 시간은 질색할 지경이었다. 끔찍이도 챙기는 오차 타임마다 맨 먼저 내 앞에 뜨끈한 차를 따르고는 "도죠, 도죠오." 하고 강권하는 것이다. 아무리 이열치열이라지만 안 그래도 일본식 무더위가 지겨운 사람에게 또 뜨거운 물이라니, 원. 그 성의를 생각해서 마지못해 눈 찔끔 감고 겨우 한 잔을 비우기 바쁘게 쪼르르 따르고 또 따르고. 어쩌면 일부러 약을 올릴 작정인가 싶을 정도로 신경이 쓰였다. 그렇다고 호의를 베푸는 데야 화를 낼 수도 없고.

그날 밤, 이웃에 배정되어 짐을 정리한 다음 찾아온 주춘진 조교와 유익한 정보들을 나누었다. 주 조교의 민박을 맡은 초등학교 교장 선생님 내외분은 집 입구부터 '한국 주춘진 선생 대환영'이라는 현수막을 걸고 반겼다는 것이다. 더구나 본토 사람 못지않게 익숙한 일본어를 통하여 한일 양국의 문화만 이야기하느라고 시간가는 줄 몰랐던 모양이다. 특히 사모님은 한글도 조금 익히고 있어서 서로 상대국 문화 배우기에 맛을 들인 정도란다. 그 사모님은 서너 번이나 허리를 굽히고 첫인사를 나눌 적부터 모범생 같은 인상이었다.

주 조교는 우리 두 사람에겐 전혀 작업을 시키지 않는다고 양가에서 다짐해둔 모양이라고 귀띔했다. 운동 부족을 생각해서라도 나그네 자신이 가끔씩 작업을 하겠다고 해도 그럴 모양이다. 이런 두 사람의 처지에 비하면 문득 웃음이 터져 나오는 일이 있다. 오히려 선배 교수이신 한양대의 송석래(시인) 선생과 중앙대의 정치훈 선생의 딱한 사정이 그렇다. 영광 출신인 송 교수는 「투계」, 「선생과 황태자」를 쓴 송영 작가의 친형으로 초면인데도 이웃 고을 함평 출신인 나에게 자별한 정을 보였다. 송영 작가는 한때 내 모교에서 교편을 잡던 청년 시절에 우리 동네로 가정 방문을 왔을 적부터 만난 사이라고도 이야기했다.

더욱이 광주 태생인 정치훈 교수 역시 같은 대학의 일문학과에서 국문학과 소속인 내게 많은 호의를 베푼 분이다. 이번에 함께 지도교수로 나선 것은 정 교수 배려가 컸다. 그럼에도 중앙대와 한양대의 일어일문학과 여름방학 연수에 지도교수로 동행한 한국문학 전공의 나보다 10년이나 위다. 그런데 이런 전공 교수님들보다 오히려 더 좋은 대접을 받는 내 처지론 고마운 한편으로 미안한 생각마저 적지 않았다. 일찍이 일본에서 유학한데다 일본문학 교수인 두 분에 비해서 일본어는 물론 현지 물정에마저 어두운 내 처지로선 전혀 생각하지 못한 일이었다.

7월 31일: 심수관 댁 탐방 – '이걸 줄 수도 있는데'

일요일인 이제는 연수 학생들과 주민들이 온종일 함께 어울려 즐겼다. 대부분의 학생들은 민박집에서 식구들과 함께 일하면서 지내는 모습이 건강해 보였다. 그러기에 함께 어울려서 오전에는 바닷가에서 큰 그물로 고기를 잡고 국제동산에 기념 식수를 하고 는 밤엔 모래밭에서 밤놀이를 즐기는 체험도 좋았다.

그런데 오늘은 가사노 선생 사모님과 주춘진 조교네 교장 선생 사모님이 함께 나서서 승용차(구루마) 두 대로 심수관沈壽官 댁으로 향했다. 미리 일정을 치밀하게 짜서 이국 손님을 자상하게 배려해 서 접대하는 게 고맙다. 우리가 민박으로 묵고 있는 집과 같은 지 방의 히가시 아치키조 미야마東市 來町 美山란 곳이다. 지금부터 400년 전의 임진왜란 당시에 전북 남원에서 끌려온 조선 도공 심당길의 15대 손이 자리 잡고 있는 현장이다. 오늘날 세계에 이름을 떨치 는 사쓰마도자기薩摩窯의 본산지인 것이다. 몇 해 전에 나그네도 한 번 다녀갔던 곳이라 다소 눈에 익었다.

오전 10시가 좀 지난 시각인데 미리 연락 되었는지 이내 심수칸 선생이 직접 나타나 환영 의 악수를 청하였다. 반대 머리에 그 넉넉한 얼굴이 며 작업장에서 나온 듯 앞 을 두른 흰 천 자락이 잘 어 울리는 모습이었다. 그 자 리에서 일행과 기념 촬영 을 한 심 선생은 자리에 앉

1989.07.31. 일본 가고시마 지역에 고구마 한일 교류팀의 지도교수로 가 있던 중 학생 및 조교와 그곳 심수관 도자기 공장에 방문하여 기념 촬영

아 차를 권하면서 말을 이었다. 나그네의 명함을 이윽히 살피면서
는 한국에서 오신 국문학자 분에게 꼭 보여드릴 게 있다며 안 서랍
에서 귀중품을 꺼내보였다. 바로 임란 때 끌려오던 할아버지가 배
에서 쓴 붓글씨 일기며, 소중한 상투 묶음 실물이었다.

그걸 뚫어지게 살피는 중인데, 일행이 모두 박수를 치면서 나그
네를 우러러보는 것이었다. 너무 뜻밖인지라 어리둥절한 나그네
는 그저 고개만 주억거렸다.

"어머나! 정말, 축하해요. 저 보물 같은 유품을 교수님께 드리겠
다고 하네요?"

하지만 일이 남아 있다며 자리를 뜬 심수관 선생은 그 후에 보
이질 않았다. 나그네도 애초에 그걸 기대하지도, 그렇게 쉬 넘겨
줄 리도 없다고 여겼기에 실망은 하지 않았음은 물론이다.

그 대신에 도자기의 전시장을 둘러보는 중에 바로 가사노씨의
부인이 친히 사서 안겨준 아담한 찻잔 한 세트를 선물로 받아서
간직했다. 돌아오는 길에 주춘진의 견해가 되새겨졌다. 일본 사람
들 말 중에 '드릴 수도 있다는 가정'의 뉘앙스에는 긍정의 뜻과
부정의 의미가 겹쳐 있어서 난해하다는 것이었다.

8월 1일: 가사노 씨 댁의 아낌없는 베풂

사실 '고구마 교류' 플랜을 통해서 겪은 이번 일본 문화 탐방에
서 무엇보다 고맙고 잊을 수 없는 일은 가사노씨 부부의 한결같
은 호의와 배려이다. 그분들은 서로 아무런 이해 관계가 없는데
도 처음부터 끝까지 성의껏 주선해서 챙겨주고 친절로 베풀었다.
모두 8일 동안의 일을 감안할 때, 과연 우리 같으면 그럴 수 있을

가고시마에서 민박했던 가사노 씨 부부와 함께 가고시마 화산 앞에서

까. 평소 일본의 과거 죄과를 아랑곳 않고 종전을 재촉한 원자탄 피해 사실만 따지며 원인마저 덮어버리려는 얄미움 때문에 일본을 혐오하지만. 이렇게 베푸는 가사노씨 댁 같은 성의와 호의는 외면할 수 없다. 문제는 개인적으로 친절한 이들이 한국인들과 달리 국가적인 이해 관계엔 똘똘 뭉쳐서 상식 밖으로 표변하는 모습인 것이다.

되돌아보면, 낯선 손님을 위해서 일주일 넘게 민박을 치른 그 집의 접대 비용도 만만치 않았으리라 여겨진다. 처음에는 손님을 소개하기 겸해서 주인이 근무하는 직장 동료들 부부를 20여 명 초청하여 저녁 잔치를 벌이고 마당에서 불꽃놀이까지 즐겼다. 또한 동네 친구들 10여 쌍을 술집에 모아 놓고 나그네를 위해 송별파티를 벌이며 노래방까지 가도록 대접을 해주었다. 답례를 해야 한다는 눈치를 채지 못한 건 나그네의 불찰인지 모르지만. 심지어는 가사노씨의 제수씨 댁에서까지 나그네에게 융숭한 오찬을 마련하도록 주선한 것이다. 그럴 때마다 그 분들은 연신 고개를 조아리듯 예를 갖추며 "교주, 교주教授 센세이先生!" 하는 바람에 갑자기 어느 미개 지역의 사교 교주가 된 듯 으쓱해지기도 했다. 교수로서의 언행에 저촉됨 없이 각별히 조심해야 했던 나날이었다.

더욱이 나그네가 민박을 끝내기 전날에는 평일인데도 가사노씨가 연가를 내서까지 온종일 동부인해서 승용차를 운전하여 근처 여행을 시켜 줄 정도였다. 구주 지역의 상징일 만큼 검은 연기를 뿜어내고 있는 가고시마시 바다 건너 사쿠라지마櫻島 활화산 밑의 검게 굳은 용암까지 확인시켜 주었다. 거기에다 끼니때마다 나그네의 식성을 살피며 다양한 요리를 아낌없이 준비해 놓은 배려는 고맙기 그지없다. 연어, 오징어, 조기, 장어구이, 참치 등. 술도 일본의 전통주나 맥주는 물론, 집에서 담근 약술 중에서 고르라던 중년 부부의 얼굴이 떠오르곤 한다. 대접받은 측에서도 한두 차례 가사노씨 부부와 그 친구들께 한국에 오시거든 꼭 연락해서 만나자고 말했지만, 그 약속이 언제쯤 자연스럽게 이루어질지 모르겠다.

또 다른 개항 1세기 섬 축제장에서

8월 4일: 아득한 바다 속의 기카이섬

가고시마 민박 마을을 떠난 나그네는 대학 연수단 일행들과 여객선을 타고 다음 민박지로 예정된 기카이섬喜界島을 향해 출발하였다. 우리 대학생 연수단을 초청한 주최 측에서는 '1백 주년 기념

환영'이라는 휘장을 두른 현지 공무원 두 사람을 가고시마 부두에
까지 출장시켜서 안내해 주었나. 비록 작은 섬이지만 모처럼 개항
開港 1백 주년을 맞는 큰 행사의 일환으로 해당 지방 자치단체와
주민들이 외국 학생들을 초청한 것이다. 마침 고구마(가라이모) 교
류 프로그램으로 연수 왔던 한국 학생을 비롯해서 가까운 지역에
와서 공부하고 있는 미국, 중국 등의 9개국 유학생들이 1백여 명
쯤이나 모였다. 목적지인 희계도는 행정 구역상으로는 가고시마
현이지만 실제로는 오끼나와섬에 가까운 남방이라서 배는 밤새
도록 퉁퉁거리며 태평양 쪽의 파도 위를 헤쳐 나가고 있었다. 동
지나해에 가까운 북위 30도 위치의 바다에 몸을 맡기고 한 밤을
지낸 셈이다.

　여객선이 목적지에 닿자, 이른 아침인데도 부두에는 주민들이
자기 집에 배정된 사람들의 이름을 적은 피켓을 들고 마중을 나왔
다. 길에 선 채로 첫 인사가 끝나자마자 내 배낭 짐부터 받아 들고
맞이하는 사람은 뜻밖에 상고머리 모양의 젊은 아저씨였다. 승용
차 없이 반 팔 남방셔츠 바람으로 나온 그를 따라서 걸어가는 손
님 기분이 적이 심드렁하였다. 하기는 장마철에 태풍의 눈언저리
인 태풍 진원지에 왔는데도 오히려 현장은 날씨가 좋아 다행이지
만. 미개한 섬엔 필시 뱀이 설칠 터인데 어쩔까 싶었다. 하지만
조금 후에 가고시마현鹿兒島縣 대도군大島郡 희계정喜界町 동향무웅東鄕茂雄
이란 명패가 붙어 있는 가정집 정원에 들어서자 단박 처음 느꼈던
인상이 달라졌다. 푸른 잔디로 정돈된 정원에는 두어 개 석등石燈과
야자수 옆을 지나서 싱그러운 꽃나무들 안쪽에 아담한 슬라브 단
층집으로 지은 문화주택이 섬에 돋보이게 어울렸다.

8월 6일: 개항 100주년의 섬 축제

섬 전체는 개항 1백 주년을 축하하는 한자에 일본어를 섞어 쓴 현수막이 곳곳에 걸린 채 축제 기간 내내 다양한 행사들로 성황을 이루었다. 축제가 열리던 첫날에는 너른 바닷가 초원이 가득 찰 정도의 불야성으로 남녀 모두가 밤늦도록 붐볐다. 특히 8월 7일 밤에 공원百之台公園의 푸른 잔디 위에서 행해진 지구인 축제는 장관이었다. 음악과 춤과 각국 70명 남짓한 유학생들의 장기 경연으로 무드가 무르익어 갈 무렵, 하늘 높이 한여름 밤을 수놓은 섬나라의 불꽃(하나비)놀이는 절정을 이루었다. 절해고도의 벽지 땅에 지상낙원을 이룬 1백 년 만에 이곳 주민들과 멀리 한국, 미국, 중국, 우르과이, 필리핀 청년들이 예전의 원시적인 도깨비들과 함께 한데 어울려 벌인 한판 페스티벌인 셈이었다.

주민들은 그렇게 벌어지는 행사에 참여하는 틈틈이 지방 자치 단체에서 세운 도서관에서 진지한 독서도 즐기고 있었다. 본토에서 태평양 쪽에 까마득히 떨어진 데다 조그만 섬에 냉방 시설까지 잘 갖춘 3층 규모의 도서실을 갖추고 있다니⋯. 무료한 시간은 피서 겸하여 도서실에서 보낸 나그네는 아이들부터 노년층에 이르는 열람자들의 진지한 독서열에 경탄해 마지않았다. 육지 멀리 떨어진 조그만 섬에도 문화의 혜택이 골고루 주어지고 있고, 주민들의 민도民度나 긍지 또한 육지와 다르지 않다는 사실에 새삼 놀랐다. 매일 한 번씩 동경을 오가는 비행편마저 갖추고 있는 사탕수수 재배의 섬나라.

축제 행사는 섬 단위 규모로서는 놀랍다싶게 일주일 가까이 계속되었다. 유학생들까지 각국의 다양한 민속 의상을 선보이는 가

운데 일본의 전통적인 가장행렬이 인상적이었다. 초등학교 운동
상에다 천막을 치고 토너민트 식으로 벌인 스모와 한국 씨름 형식
을 절충한 듯한 리 대항 씨름대회 역시 심심찮은 구경거리였다.
그런 걸 지켜보고 있노라면 아무래도 우리가 옛날 단오절이나 추
석 전후에 장터 등에서 황소를 놓고 장사의 자웅을 겨루던 예의
민속적인 난장 씨름대회 풍속을 닮았다 싶어 우리 문화 영향을
짐작케 했다.

특히 축제 마지막 날, 비행장 가까운 바닷가의 모래사장에서 행
해진 가요와 장기자랑도 인상적이었다. 인기가요를 부를 때마다
손뼉을 쳐대며 좋아하던 아이들과 부녀자들의 모습이 여러 민박
학생들과 한 가족처럼 보였다. 그 중에 한 할머니는 불꽃놀이 폭
죽소리를 내며 불꽃으로 하늘을 수놓을 적마다 괴성을 지르며 겁
에 질려 까무러치던 광경이 인상에 박히었다. 6.25동란을 겪은 우
리와는 상이하게 제2차 세계대전 중에 폭격을 당한 전중 세대의
트라우마 같은 상흔을 드러내는 것 같다.

8월 7일: 미수 잔치의 민속 풍경

또 하나 기억에 뚜렷한 일은, 마침 그 집을 떠나기 전날 밤에
찾아가 보았던 미수米壽 잔치 풍경이다. 바로 도오고 씨의 부인 친
정 할머니가 88세를 맞이한 생일이므로 친인척들이 모인다기에
동행한 것이다. 어차피 손주 딸 사위인 자신이 잔치에 다녀오면
혼자 심심할 터이니 구경삼아 가보겠느냐는 주인의 제의에 동의
하여 나선 셈이다. 저녁 때 내가 예의로 사간 정종 한 병을 가장
귀한 손님의 선물이라면서 윗목에 차린 상의 맨 위에 세워 놓은

할머니의 아드님은 나를 시종 친절히 대해 주었다. 잔치 주인공인 할머니는 자녀들과 즐비하게 둘러앉은 손주들의 큰절 받기마저 어린이처럼 유난히 수줍어하고 있었다. 그런 할머니가 무던한 풍채를 지닌 채 그지없이 순박하고 덕스러워 보여 좋았다.

윗목에다 여러 가지 음식을 차려놓은 것하며 술을 권하면서 자손들이 할머니께 큰절을 올리는 풍습이 우리 잔치 풍속과 비슷하였다. 그런데 그 후에 이어진 여흥 방법들은 우리 경우와 그 종류가 좀 달랐다. 한국에서는 낮에 잔치를 벌이는 데 비하여, 이 집에서는 밤에 축하 모임을 갖는 것이다. 이 자리에서는 여흥으로 한 방에 모인 사람들이 서로 손을 붙잡고 앉은걸음으로 방안을 도는 이른바, 일본식의 '오돌이' 놀이였다. 물론 여러 사람들의 권유를 못 이겨 나도 함께 어울려 놀았다. 그 다음으로는 마을의 단정하게 차려입은 소학교 여교사가 조그만 샤미셍 악기를 울리어 구슬픈 분위기를 자아냈다. 가사 내용은 사랑하던 낭군이 육지에 가더니 소식이 없는데 그것은 그곳 여인한테 흠뻑 빠져 영영 잊어버린 때문이냐는, 전통적인 가락이라고 도오고東鄕 씨가 영어로 설명해 주었다.

잔치가 끝난 이튿날에는 아침 식사를 마치고 나서 할머니를 앞세우고 식구들이 동네 근처에 있는 사당으로 향하였다. 조상들의 위패 등을 모셔놓은 듯한 사당은 귀신이 나타날 정도로 퇴색한 채 퀴퀴하고 꾀죄죄한 게 평소 깔끔하던 일본인들의 인상하곤 너무 딴판이었다. 어쩌면 한국의 후미진 산골에 있는 으스스한 칠성각을 연상시키는 정도였다 할까. 근처 산중턱에는 숱하게 몰아친 태풍을 이겨낸 듯싶게 키가 작달막한데다 단단한 교목처럼 옆으로 자란 소나무들이 질긴 삶을 보이고 있다. 그런 사당에서 할머니 일행은 조상들의 영전에 장수와 자손 번창을 비는 절을 올리는 것이었다. 이런 사당 분위기나 절하기 풍습은 나그네가 느끼기에 다분히 우리 기층 문화와 동질적인 요소가 짙다고 생각했다.

기카이섬을 떠나는 8월 10일에는 토속 종교적인 의례로써 일찍 일어나 참례를 마친 그 집 할머니가 따스한 손길로 내 손목을 잡았다. 그리고 손수 붓글씨로 정성 모아 쓴 남북통일 기원과 우리 가정의 건강과 행운을 비는 글 봉투를 건네주어 고마웠다. 서울 가서도 꼭 편지 해달라고 신신 당부하며 기념 사인첩을 가방 속에 챙겨준 그 동네 문방구 아저씨의 물씬 풍기는 호의와 함께였다. 여느 육지 일본 사람들의 다소 의례적인 치레들과 달리 따스한 정이 담겨 있었다. 그 정성과 친절을 뒤로 하고 민박집을 나서는 발걸음이 조금 무겁게 느껴졌다. 부두에까지 도오고 씨가 승용차로 바래다주고 간 뒤에도 나는 이 동화 같은 섬나라를 떠나는 것이 마냥 아쉽게 느껴졌다.

(1989년 여름)

러시아 문화 탐방기(초)

: 자작나무와 라벤더

나로서는 처음인 1999년 7월 중순의 열흘 동안에 걸친 러시아 기행은 퍽 경이롭고 인상적이었다. 그것은 우선 문화를 아끼고 기리는 러시아의 국민 의식과 높은 문화 수준이 부러웠다는 점에서이다. 유서 깊은 페테르부르크와 모스크바는 물론이요, 블라디미르나 슈슈달 같은 시골 도시도 시가지 전체가 수도원, 박물관, 기념관, 공연장 등으로 즐비한 문화 유적지였다. 그리고 러시아 여성들은 세계적인 미녀일 만큼 빼어났다는 점에서이다. '백조의 호수'나 나그네가 현지에서 관람했던 '지젤' 같은 발레리나와 올림픽 경기서의 선수들 경우뿐만이 아님은 물론이다. 또한 러시아가 점차로 시장 경제 체제로 바꿔가는 과도기에서 경제적으로는 가난할지언정 마음은 질박하고 넉넉한 백성이라는 점들이 친근감을 자아냈다.

모스크바 클레믈린 광장 앞에서(1999년 여름철)

특히 러시아 여성들의 각선미는 조물주의 예술품이라 싶게 일품이었다. 이에 대해서는 일행인 사진 작가 임 교수도 직관적으로 설파한 바 있다. "신토불이라더니 정말 쪽 곧은 저 자작나무들도 이곳 여성을 닮은 그림 같네요." 모스크바에서 8시간 거리의 페테르부르크로 향하는 열차 침대칸에서였다. 철로 연변의 전나무 숲 사이사이에 하늘을 향해 쭉쭉 뻗어 오른 하얀 등걸의 자작나무 행렬은 그대로 이색적인 풍경을 이루고 있었다.

그런가 하면, 철로 연변으로 이어진 초원에는 노랑, 빨강, 하양색의 풀꽃들 사이에 두드러진 라벤더 꽃이 창밖으로 내다보였다. 지중해 연안이나 프로방스 지방이 원산지로 알려진 방향제 식물이다. 흔히 향수나 화장품 원료로 쓰이는 라벤더들은 청순한 아가씨처럼 연보랏빛 꽃 이파리를 하늘거리며 군락을 이루고 있다. 그동안 툰드라의 불모지로 여겨오던 대륙이요, 정치범 수용소와 탱크, 붉은 깃발로 알아온 나라였지 않은가. 그런데 나그네 눈앞의 이 나라 초원에 이렇게 싱그러운 라벤더 꽃이 만발해 있다니, 감격스러웠다. 자작나무가 빼어난 여인의 외모라면 라벤더 꽃향기는 그녀들의 그윽한 마음씨를 나타낸다고 생각했다. 아 라벤더 꽃이여. 청초한 여인의 정령이여. 그대는 북국北國의 기나긴 겨울 동안 뼈저린 인고忍苦의 삶을 견뎌냈겠지. 그런 만큼 두어 달 여름철에 저토록 고결한 자태로 짙은 향내를 뿜고 있으리니.

먼 이방의 나그네는 새삼스레 나이든 소년 같은 감흥에 젖고 있었다. 그리고 내심 자신을 추스르면서도 전에 없이 러시아 여성 예찬에 잦아들고 있음을 알아차렸다. 평소 구미 사람들에게는 냉담하고 까다로운 자신이 생각해도 특이한 일이었다. 어쩌면 그야말로 주마간산 격으로 둘러본 이 나라 사람들의 인상이 새로워서만은 아니다. 그것은 친절하되 내심은 다른 일본인과의 대비적인 접근 성향도 작용했을까 싶다. 그리고 타산적인 대화 위주인 미국인이나 오만하기 그지없는 프랑스인들과는 유다른 러시아 미녀들의 매력 때문이리라. 한때 미당 서정주 시인도 백계 러시아여인에 혹해서 번민했다지 않던가.

이번 러시아 여행의 마지막 밤은 나그네의 가슴에 깊고 잔잔한 여울로 남아서 못내 잊히어지지 않는다. 나그네 일행이 슈슈달에서 모스크바대학에 돌아왔던 7월 15일 저녁의 일이다. 나른한 여독을 가누며 기숙사 6층 방에서 짐을 정리하고 있던 나에게 동료 너덧이 찾아왔다. 이 북국의 수도에서 무료하게 보낼 수만은 없다고 했다. 누구보다도 먼저 떠나는 선배를 위한 송별 모임을 갖자는 것이었다. 그래서 우리는 함께 택시에 올라 백야로 밝은 도로를 달려서 모스크바 시내 주택가 골목 '새 서양'집을 찾았다. 지하 1층으로 된 단란주점 형식의 노래방은 부산 태생의 교포가 경영하고 있어 서울인 양 낯설지 않았다. 모스크바 거리에서 만나는 삼성이나 LG, 대우의 광고와 한국산 승용차 경우처럼 대외 국력

신장의 일종으로 느껴졌다.

그런데 주인 인사가 끝난 조금 후에 금빛, 은발의 자작나무 이 가씨들이 들어와 우리가 앉아 있는 홀에 줄지어 서는지라 얼떨떨했다. 더구나 그중에서 마음에 드는 파트너를 고르는 우선권을 부여받은 나그네는 어리둥절할 정도였다. 어찌 이럴 수가 있단 말인가. 그건 결코 본인이 미스 유럽의 심사위원이 아니라는 문제에서가 아니었다. 이건 아무래도 인권과 교양 의식에 상관되는 테스트를 받는다 싶어 망설여졌다. 하지만 나그네는 단지 노래를 부르는 상대를 고르는 것뿐이라며 간택을 재촉하는 동료들의 성화를 견뎌내기 힘들었다. 이런 풍경은 문화 강대국이 새로운 체제로 넘어가는 과도기 현상의 한 자락일 뿐이니, 이런 환경도 함께 겪으며 이해하리라. 구한말 이래 이 나라에 흘러들어온 우리 고려인들은 일제 강점기에 소련 통치자들로부터 박해를 받고 강제 이주를 당하며 처형도 당하지 않았던가. 그 고려인 문단을 키운 조명희 작가 연구를 위해 다시 곧 방문해서 답사할 것 아닌가.

나그네는 결국 그녀들 가운데 중간쯤에 서 있는 한 여성을 지목했다. 보통 남짓한 자작나무 키에 갈색 머리를 한, 이 아가씨는 어딘지 청초하고 여린 얼굴이었다. 그녀는 며칠 전 페테르부르크 카페에서 마주앉아 커피 잔을 놓고도 거푸 담배 연기를 내뿜으며 스스럼없이 말하던 금발 머리 숙녀—라쟈와는 퍽 대조적인 인상으로 다가왔다. 제일 먼저 선택된 기쁨으로 옆자리에 앉은 그녀는 수줍게 인사했다. "안녕하세오. 라쟈라고 해요. 드라스 우치에." 서투른 그녀의 한국어 발음처럼 어색한 영어로 수인사 삼아 나그네도 대꾸했다. 라쟈에게서는 야산의 난초나 라벤더 꽃에서처럼 은은한 향내가 풍겨왔다. 어깨 아래로 흘러내린 곡선이 머리칼과 몸매에 조화를 이룬 보랏빛 브라우즈의 우아함 때문일까.

그 향내에 묻힌 자세로 그녀로부터 권해 받은 두어 잔 맥주 컵을 비우다가 나는 얼마 후에 문밖으로 나오고 말았다. 대학의 유럽학부 3학년에 재학 중이라는 스물두 살짜리 그녀 말에 가슴이 뜨끔했던 때문이었다. 아무리 아르바이트라지만 뭐 이런 경우가 있담. 애꿎은 화장실 거울 앞에 선 나그네는 한동안 머리 중턱이 시원하게 벗겨지고 이마마저 주름진 반백의 동양인과 잔뜩 찌푸린 얼굴로 노려보고 있었다. 자신의 눈은 블루나 브라운이 아니라 그레이 빛이라고 순진하게 말하던 라쟈가 문제였다. 그러다 드디어 나그네는 그녀를 대학생이라기보다 차라리 누이쯤으로 생각하고 선비 도리를 지켜내자고 스스로 다짐했다.

화장실을 나오던 나그네는 아까부터 문밖에 서서 기다리던 그녀의 손에 이끌려 다시 홀 안으로 들어섰다. 실내에서는 다음 노래 차례가 라쟈라며 방금 퍽 대견한 한국 발음으로 '사랑의 미로'를 부르고 난 은발의 키다리 아가씨가 알려주었다. 그리고 그녀는 우리 두 사람을 노래 자막 가까운 무대 앞쪽으로 불러냈다. 라쟈가 미리 예약곡으로 입력한 '갈무리'의 반주가 시작되자 라쟈는 파트너 쪽으로 몸을 기대며 어눌하되 열심히 노래하기 시작했다.

내가 왜 이러는지 몰라
도대체 왜 이런지 몰라
……

실내의 어수선한 갈채 속에 자리에 나란히 앉은 두 사람은 이야기했다. 영어와 독일어 및 이태리어도 배웠다는 그녀와 나그네는 서투른 영어로써 의사 소통을 해나갔다. 자기네 가정 식구며 한국 노래는 네 곡 밖에 할 줄 모른다는 둥. 그녀는 마치 가까운 친척 어른에게 대하듯 숨김없이 말하는 것이었다. 이방 나그네는 그녀 이름에 대해 의견을 전하였다. 라쟈라는 이름 대신 라벤더라는 애칭으로 부르고 싶다고 했다. 이번 현지 여성 가이드도 라쟈였는데, 이런 이름은 영자, 순자, 숙자처럼 너무 예사스러울 뿐이기 때문이다. 이에 대해 그녀는 정말 라벤더라는 상징적인 존재로 대해 주어서 고맙다며 눈인사를 거듭하였다.

　　이렇게 도란거리는 모습을 건너다본 동료들은 그러다 호적 고칠 일이 생길까 걱정된다는 농을 던졌다. 그리고 라쟈를 수양딸 아니면 누이로 삼아 서울로 초청할 만하지 않느냐는 나그네의 농담에 웃으면서 응답하는 것이었다. 그랬다가 사모님한테 남은 귀밑 머리칼마저 뽑히거나 학생들한테 성토당할 때도 자기들을 증언대로 불러내지 말라는 둥. 그러다가 또 노래를 부르고 춤추다가 지치면 자리에 앉아 또 한 잔씩을 들고.

　　새벽이 되자 노래를 그치고 힘겨워하는 그녀를 옆자리에 기대어 쉬게 했다. 나그네는 그런 라쟈의 가녀린 손바닥이 차갑다고 느끼며 두 손으로 비벼 따뜻하게 해주기도 했다. 피로에 지쳐 일행들의 자리가 흐트러졌다 싶을 때 홀을 나왔다. 밖은 이미 부옇게 동이 터오고 있었다. 문득 나그네는 낮에 일행들을 따라가서 탐방할 이 도시 번화가인 아르바트 근처의 푸시킨 문학기념관과 톨스토이 문학관이 생각났다. 그리고 저녁 7시에 모스크바 공항으로 가서 서울행 비행기에 탑승해야 하는 일정을 떠올렸다. 시계는 새벽 5시 30분을 넘으며 째깍였다. 일행 두셋은 이미 도로변에서 택시(승용차)를 기다리는 모양이었다.

라쟈는 층계를 올라와 나른해진 몸을 나그네의 어깨에 기댄 채 울적한 표정이었다. 그런 라쟈에게 빨리 택시(승용차)를 잡아타고 집에 들어가라며 10불짜리 달러 한 장을 건네주었다. 수줍어 마다하며 밀치는 그녀에게 최소한의 예의라며 옆 주머니에 억지로 찔러 넣었다. 그런 뒤에도 그녀는 좀처럼 떠날 염을 않고 매달려 있는 게 아닌가. 문득 나그네는 내일로 약속된 통영의 문학 세미나 주제 발표를 취소할까 싶기도 했다. 이곳에 이틀 정도 더 머물다가 일행들이 귀국할 때 동행할까 하는 생각마저 일었다. 그런 망설임 속에 나그네는 은밀한 목소리로 그녀의 귀에 대고 속삭였다.

"라샤야, 넌 정말 라벤더 꽃 같애……. 나는 한 세기의 마지막 여름을 너를 만나 지낸 걸 진정으로 감사한다. 부디 꿋꿋하게 이겨내라구. 그래서 행복하길 빈다. 오, 마이 러블리 시스터."

이렇게 인사하며 한사코 뿌리치고 한길로 나오는 나그네에게 그녀는 울먹이듯 영어와 노어로 말하였다.

"저도 그래요. 정말로……. 아주 편안한 친척 아저씨 같거든요. ……부디 건강하시고 꼭 다음 세기에도 또 만나요. 다스비 다니야. 다스비 다니야."

그녀는 저만치서 지켜선 자세로 나그네가 탄 택시가 사라질 때까지 손을 흔들며 서 있었다.

(1999년 7월)

2000년, 연해주 일기

2월 23일(수요일): 연해주 향발 여객기

잠을 설치고 출국 당일 아침까지 거르면서 나는 집에서 출판사에 넘길 원고 마무리를 하다 보니, 정오가 가까웠다. 아까부터 트렁크 3개를 싣고 아파트 밖에서 기다리던 임 박사 승용차로 흑석동에 들러 연구실과 학과, 교학처 등에 다니느라 점심 들 겨를도 없었다. 일행이 곧바로 여의도 앞을 지날 무렵에 운전석으로 휴대전화가 울려왔다. 공항에 전송 나왔던 김정오 선생의 다급한 목소리였다. 비행기 출발 시간이 임박했는데 어떻게 되었느냐는 것이다. 그때서야 항공 티켓을 확인해 보았더니 분명 14시 10분발로 되어 있지 않은가. 아뿔싸! 내가 한 시간을 착각하고 있었던 것이다. 마침 초면인 항공사 담당 직원이던 그 키 크고 정중한 공대 출신 후배가 항공기 출발을 1시간 지연시켜 주었다. 더욱이 공항 측의 특별한 배려로 짐을 챙길 겨를 없이 몸만 먼저 목적지로 향할 수 있었다.

그 사이 기체는 낡았어도 안전 운항은 세계 으뜸이라는 러시아 비행기는 16시 30분 조금 넘어 어둑하게 눈발이 날리는 블라디보스토크 인근에 안착했다. 그런데 당시 김포공항에서나 아르춈공항에서는 대륙 기질처럼 전혀 연발, 연착에 대해 의식을 않고 있어 의아할 정도였지만. 목적지 대합실에는 코 밑 수염을 기른 빅토르 코제마코 교수가 마중 나와 초면인 나를 반가이 맞아주었다. 운전석 옆자리에 앉은 그는 털모자를 눌러 쓴 채 금발의 콧수염 얼굴을 뒤로 두르면서 서투른 한국말로 이야기했다. 오늘이 마침

극동대학교의 빅토르 교수 댁 만찬 자리에서

러시아의 남성 날인데 이런 기념일에 입국해서 더 인상적이라고. 그는 손수 내 숙소로 정해진 국립 극동대학교 기숙사에까지 와서 방 배정을 돌봐주었다.

9층 건물인 기숙사의 2층에 위치한 225호실은 TV며 냉장고, 테이블, 찬장이 두루 갖추어진 일인용 침대 방이었다. 불과 두어 시간 날아와서 이국의 요충지인 옛 해삼위海蔘威 공간에 안주할 수 있다니. 근대 이후 러시아가 사시사철 얼지 않는 부동항不凍港의 요새로서 '동쪽(보스토크)을 지배하자(블라디)'는 뜻을 담은 항구 도시. 나는 무엇보다 원고와의 전쟁에서 벗어났다는 해방감을 만끽하여 오랜만에 깊은 잠을 청했다. 아, 자유여! 낭만이여, 2000년대여!

2월 29일(수요일): 샤프카와 감기

강의실이 기숙사에서 불과 7분 거리라서 모처럼 지난 주에 근처 시장에서 구입한 묵중한 털모자(샤프카)를 안 쓰고 학교에 나갔더니 단박에 콧물감기다. 길가에 걷어낸 눈과 바닷바람이 맵찰 뿐 견딜 만하다고 생각했는데……. 머리가 떵해 오는데다 무릎마저 무거워진 듯 무다. 한반도 사람한테 매서운 러시아 추위 맛을 보여주는가 싶다. 새삼스럽게 이 나라의 유난스럽게 육중하게 보이던 털모자와 두툼한 가죽옷 문화가 실감난다.

이번 한국어 회화 강의는 시청각 교재를 활용하기로 한다. 이전 시간까지는 처음에 학생들과 서로 지난 주말에 있었던 자기 생활 이야기를 한국어로 말하기와 한국식 인사법 등을 가르쳤다. 그러고 나서 한국의 전래 동화인 '선녀와 나무꾼'을 유인물로 나눠주고 읽힌 다음에 설명했더니 흥미로워했다.

오늘 한국학대학 3층의 시청각 교실에서 행한 '제인 양의 한국여행' 비디오 강의는 좋은 반응이다. 화면이 선명하고 구성도 짜임새 있어 한국어 교육에 효율적이다. 시가 60만원 상당의 세련된 테이프를 특별히 마련해 준 차경환 교수께 감사한다. 오래 전부터 비치된 채 러시아 학생들 가슴에 한국의 전통 정서를 울려주던 '서편제'의 낡은 테이프와 대조를 보일 교재로 안성맞춤이다.

지난 토요일 오후 칼 항공편으로 들어온 교육원장 따님 편으로 짐 트렁크를 다 가져와서 안심이다. 중앙대 교육협력처에 낼 저서의 원고 추가분도 인터넷으로 전송했으니, 2월 달치 일은 마무리한 셈이다. 3월부터는 한껏 안정된 러시아의 새 삶을 펴나가야지.

3월 3일(금요일): 서울의 전화, 발레 감상도 하고

오전 강의 80분을 끝내고는 기숙사 방에서 휴식, 정말 오랜만에 안식의 여유를 누리는 기분이다. 늘 원고에 시달리고 꽉 짜인 일정에 쫓기던 서울 생활의 과로를 씻어내면서 재충전하는 기회로 삼아야지. 우선 재래시장에 가서 조선족이나 중국인들이 파는 배추를 사다가 대충 다듬고 절여서 혼자 담아먹는 김치가 부실해선지 바짝 말라가는 몸부터 추슬러야 할 것 같다.

저녁때는 대학 본부의 국제부 주선으로 시내 발레 전용극장에서 〈잠자는 숲속의 미녀〉를 관람했다. 박희수 원장 부녀, 전문이, 한국 유학생과 동거 중인 일본 여학생 X꼬상 및 여러 유학생들과 함께 두툼한 옷들을 맡기고 번호표를 받는 진지한 정경도 인상적이다. 서울과 달리 발레 공연 중간의 휴식 시간에 30여 분쯤 차와 담소를 즐기는 로비 활용의 문화 또한 특수하고 긍정적이다.

밤잠자리는 아무래도 불편하다싶다. 온돌에 길들여진 내 체질에 침대는 삐걱거리고 난방도 약한 데다 실내 공기마저 건조한 편이다. 방안에 전기 난로를 켜고 대야에다 물도 떠 놓는다. 전에 묵었던 모스크바대학이나 쓰크바 대학, 하와이대학 기숙사 방보다야 넓고 좋은 편이지만. 밤중에는 바로 우리 한인촌의 고려극장 터였다는 이곳 숙소 옆 바닷가로 연결된 시베리아 횡단 철도 길 쪽에서 들리는 기차 소리가 한밤의 향수를 자아내며 잠 못 이루게 한다.

3월 15일(수요일): 너의 학생 나타샤 올림

작년 가을에 개교 1백 주년을 맞이한 러시아 국립 극동대학교는 동양학 분야와 첨단 정보 통신 관계 시설로서는 세계적으로 꼽히고 있다. 리콜라이 2세가 동방 진출을 위해서 세운 국책 교육 기관인 모양이다. 현재 21개 단과대학에 123개 학과, 교수만도 1천 명이 넘는단다. 더욱이 1995년에 한국 정부와 고려합섬의 지원 하에 단과대학으로 승격된 한국학대학은 세계 최초의 한국학 전문대학이다. 나는 지금 한국어문학, 한국사, 한국경제의 세 학과에 250명의 재학생을 지닌 한국학대학의 초빙교수로 와서 강의하고 있다. 마침 봉직 대학에서 안식년을 맞은 기회에 강의도 하고 러시아 문화를 익히며 고려인 관계의 한글 문학 자료 수집을 겸해서 한 학기 동안 와 있는 것이다.

강의는 매주 월, 수, 금 오전 9시부터 80분씩 541교육반을 맡아서 한국어 회화와 작문 및 강독 등을 가르치고 있다. 경제학과 4학년 여학생 9명과 남학생 2명 중 두 사람은 서울로 연수를 가 있으므로 모두 9명이 흡사 대학원 강의를 주고받는 분위기이다. 전부 러시아 국적 학생들로서 금발, 은발, 흑발(고려인)에, 눈빛 또한 가지각색(그레이, 그린, 블루, 브라운, 블렉 등)이다. 스비에따 이됴시묘바, 올랴 허드제비치, 사모알렌커 바실리나, 퍼러시에비 나타샤, 미하힐로바 마리나, 슈르기나 이리나, 꺄땨(에카쩨리나) 블러더바, 뿌뚜힌 빌라디미르, 김 발레라, 허 빅토리아(비카), 올랴 쟈크나.

편지를 직접 써오라는 과제를 냈더니 재미있는 문장들이 적지 않다. 대체로 한글을 읽거나 쓰는 건 한국의 초등학교 저학년 수준이다. 그 가운데 서독에서 태어나서 자랐고, 지금은 군인 장성 부친에 중고교 교사인 모친을 따라와 있는 한 여학생의 경우는 걸작이다. 엽서에 쓸 편지글 숙제에는 맨 끝에다 '너의 학생 나타샤 올림'이라고 적어놓은 정도이다. 서양식의 호칭으로 혼동하고

있을뿐더러 교수가 천천히 되풀이해서 이야기해도 한국말을 알
아듣기가 쉽지 않은 모양이었다. 수시로 푸른 눈알을 굴리며 얼굴
을 붉힌다. 하기야 교수인 나 또한 러시아말은 그들에게 더 통하
지 않을지 모르는 일이지만.

3월 26일(일요일): 향수병과 교회

주말부터 기숙사 학생들은 외박이거나 늦잠인데, 나는 새벽부
터 깨어서 뒤척인다. 삐걱거리는 침대에 아직도 삔 허리가 시원찮
은데다가 고독에 젖고 향수에 시달리는 것이다. 229호실인가의
윤 교수는 나더러 이제 감기도 낫고 해서 여유가 생긴 모양이라지
만, 어디 여러 날 내 처지가 되어 보라지. 김치 담가서 먹고 밥
지어 먹는 거야 문제 아닌데, 글쎄 상대할 또래가 있느냐 말이야.
젊은 학생들과 친구하잘 수도 없고 여선생과 어울리기는 더 어색
하지. 그렇다고 공무에 분주한 교육원장 방에 죽치고 앉아 있기도
그렇고, 기숙사 당직 러시아 아줌마들과는 더더구나 체통 없이 대
화할 수 없지 않은가. 그나마 심심찮은 대화 상대였던 문방구 사
진 점방의 김 사장마저 또 남아공화국으로 출장을 떠난다니.

러시아는 대통령 선거일인 오늘, 썸머 타임으로 1시간을 더 앞
당겨 한국보다는 2시간이 빨라졌다. 답답해서 기숙사내의 한국
유학생들을 따라서 봉고차에 올라 동부교회의 윤미경 목사가 집
전하는 예배를 보았다. 러시아인들 중심의 아침 예배에 이어 고려
인들은 2부로 예배를 볼 만큼 동포들은 이국에서의 화합을 꾀하
는 듯 대견하다. 거기서 교민들은 서로 만나 고국 소식을 전해 들
으며 정보를 나누고 고독을 달래는 것이다. 더구나 홀아비 신세로

낯선 땅 자취 생활에 얼굴마저 여위어 보였던 나에게는 무엇보다 예배 후에 교회에서 제공하는 ㄱ 구수한 쌀밥과 김치며 된장국이 더없이 좋은 것이다.

기숙사 방에 돌아와서, 첫 출마해서도 당선이 유력한 푸틴의 대통령 개표 소식을 TV 뉴스로 알아보고 있는데, 한 러시아 학생이 찾아와 노크를 한다. 지난 주말에 우연히 기숙사 삼층 복도에 설치된 위성 TV를 통해 조국 소식을 시청하던 자리에서 본 여학생이다. 처음 만났지만 좋은 인상이라며 한글과 러시아어를 서로 공부하자던 리나는 교과서용 책까지 가지고 와 진지한 자세였다. 그날부터 발랄한 금발 아가씨랑 한글 원리와 ㄱ, ㄴ, ㄷ, ㄹ, 아, 베, 게, 데……. 스트라츠브이체(처음 뵙습니다. 안녕하세요?) 등을 가르치고 공부하기 시작했다. 이렇게 새삼스런 외국어를 익히다 보니 어지간히 긴장되고 서먹한 대신에 고독이나 답답증은 사라졌다.

3월 28일(화요일): 신한촌 터, 추억 만들기

오늘은 타지키스탄에 살다 왔다는 고려인 할머니 최 여사의 안내로 구한말부터 민족 투쟁과 새 삶의 본거지로 삼은 러시아 한인들의 옛 터전을 답사했다. 그 유명한 해삼위 땅의 고려인(조선인) 밀집 지역이다. 극동대학교 기숙사에서 걸어서 20여 분 거리에 있는 라게르 산 중턱 주위였다. 동해 방향으로 바다가 내려다보이는 전망 좋은 곳에 교민들은 힘을 모아 집과 학교, 교회, 상점들은 물론이요, 극장까지 세우고 독립과 문화 건설을 이루려던 것이다.

하지만 1937년 가을과 겨울, 소련 당국에 의해 강제로 머나먼 중앙아시아로 이주 당했던 한 서린 터전. 이제 반세기가 지난 요즘에는 구소련의 해체 이후로 또다시 카자흐스탄과 우즈베키스탄의 차별 정책에 못 견뎌 해마다 그 후손들은 다시 연해주 쪽으로 돌아오고 있는 추세라니……. 지금은 그 자리에다 한국 측의 뜻 있는 기관과 유지들이 힘을 모아 작년에 세운 연해주 고려인촌 기념비가 남아 있을 뿐, 그 주위는 모두 아파트로 들어차 있고 노래방과 술집이 성업 중인 모양이다.

저녁을 챙겨 먹고 3층 복도에서 위성 채널로 서울의 뉴스를 듣다가 333호실로 불려갔다. 마침 서울에서 이곳 현지의 산림 연구 답사팀으로 출장 온 두 대학원생과 현 선생, 박 군 등이 술잔을 들고 있었다. 그들과 같이 어울려 거나해지자 12시가 다 되어서 밖으로 2차를 나섰다.

함께 나선 나 역시 시내 쪽의 수상한 주택가 우중충한 술집에 가서 새벽까지 보드카를 들이켰다. 낯선 여성들도 여럿 앉아 있었는데 어쩌다가 박 군이 화를 내며 손으로 테이블을 치자 몸집 큰 여주인은 단번에 어디론지 전화를 거는 게 아닌가. 누군가가 자리에서 경고를 알리면서 일어난다.

"웬걸, 마피아 지원 요청이야. 걔들 나타나면 복잡한데…."

일행을 따라 부리나케 구두를 꿰신고 밖으로 뛰쳐나왔더니 시가지는 어느새 폭설로 덮였다. 온통 뿌옇게 눈보라 치는 그 공원 새벽길을 나는 서너 번이나 눈 바닥에 엉덩방아를 찧으면서 캠퍼스를 향해 허겁지겁 달렸다. 마피아들한테 붙들리지 않은 것만도 천만다행이었다.

4월 2일(일요일): 보드카의 건배사

이번 초빙교수 서류 제출로부터 누구보다도 많이 나를 도와준 빅토르 교수 댁에 점심 초대를 받았다. 모처럼의 휴일인데도 교수께서 손수 기숙사 방으로 찾아와 멀리 우수리만이 건너다보이는 댁에까지 나를 안내하였다. 동해가 보일 만큼 전망 좋은 중산층 아파트 중간에 자리 잡은 단란한 가정이었다. 시내의 호주영사관에 근무하는 분답게 세련된 몸매에다 금발에 푸른 눈을 가진 부인께서 손수 요리를 장만하고 있었다. 이번에 대학에 진학할 아들은 거실의 식탁으로 음식을 나르는 것이었다.

부군이 한국 역사 전공이라서 그러는가. 음식들이 내 입에 맞았다. 우리 맛 못지않은 만두 요리와 구수한 고사리 나물에 배추김치는 주식인 쌀밥에 제격이었다. 식탁 주위에 둘러싸인 책장들이며 서너 그루 난초 같은 화분 밑에 앉아 있는 흰 강아지 역시 한 식구처럼 아늑한 분위기였다. 본디 우크라이나의 키예프에서 태어났지만 국가의 배치에 따라 이곳에 왔다는 빅토르 교수. 극동대의 한국어학과 출신이기에 한때는 소련 장교(소령)로서 김일성의 통역도 맡았던 사진도 보여준 그는 나에게 친구처럼 다가왔다. 그는 두어 번 잔에다 보드카를 채우며 러시아식으로 권하며 한국말로 건배를 청했다. 첫째 잔은 서로의 값진 만남을 위하여, 둘째 잔은 서로의 건강을 위하여, 셋째 잔은 사랑하는 여인을 위하여.

4월 22일(토요일): 러시아식 반야 목욕

모처럼의 주말 저녁에 산책 겸 한국학대학 건물을 지나가다가

2000년 5월, 러시아 극동대학교 강의실에서 수강 학생들과 함께

베르할락 학장과 마주쳤다. 그는 답답해서 근처 목욕탕에 가는 중인데 동행하자면서 안내하였다. 무료한 김에 따라나섰더니 서울의 현대 그룹에서 경영하는 현대호텔의 사우나가 아닌 일반주택 골목이었다. 러시아의 전통적인 목욕탕이니 좋은 체험이 될 것이라는 것이다. 레닌그라드대학에서 한국학을 전공한 데다 한국인 못지않게 유창한 한국어를 구사하는 그는 유능한 인재임에 틀림없다.

전형적인 러시아 가옥처럼 네모난 안채에 길게 딸린 통로 귀퉁이에는 조그만 목욕통이 있었다. 옷을 벗어서 기둥 쪽에 얹어놓은 다음, 조그만 욕탕 속에 들어가 몸을 담갔다. 푸른 눈동자를 굴리며 그가 옆에 벌겋게 달구어진 돌멩이에 탕의 물을 끼얹자 푸쉬쉭 하는 소리와 함께 하얀 증기가 확 얼굴로 끼쳐들며 뜨거움을 전해

준다. 눈보라 몰아치는 추위에 시달리는 러시아 사람들에게 알맞은 겨울나기 방법의 하나로 안성맞춤이다. 이방인도 장난처럼 여러 번 물을 끼얹어서 한동안 탕 안은 하얗고 뿌연 수증기로 가득해졌다. 낄낄낄. 허허허.

그런 속에서 그는 잠바 속에 넣어온 보드카를 꺼내서 나에게 권하였다. 카, 하니 숨이 막히는 듯한 독한 술이 목젖을 넘어가는 짜릿함이 이국의 낭만을 북돋웠다. 연거푸 마신 그는 희한한 안주를 전해준다. 굵직한 바다 생선을 말린 고기를 손으로 찢어서 술 안주로 먹는 원시 취미의 운치라니. 술기가 오른 그는 이방인에게 러시아 문화를 설명하듯 간추려서 일러주고 있었다.

"이 교수님, 이런 반야 목욕은 러시아의 자랑거리로 알려져 있지요. 널리 유명해진 발레나 보드카와 국가 땅이라서 소유가 쉬운 주말 별장인 다차를 3대 자랑거리라고 하는데 난 이 반야도 그에 못지않은 문화라고 생각해요."

술기로 불콰해진 그는 이제 반야 탕 옆에 놓인 자작나무 줄기를 들어 자신의 등을 두드려 보인다. 그래야 혈액 순환이 좋아지고 추위도 달아나버린다는 것이다. 나도 덩달아 두들겨보았지만 까칠하게 아프기만 해서 실감은 나지 않았다. 일찍이 명문 대학 출신으로서 국가 명령의 배속지로 와서 변방에서 젊음을 다 지내고 말았다는 그는 갑자기 우울한 이야기도 내비치기 시작했다.

집에 들어가도 반기는 사람은 대학생 딸뿐이니, 이렇게 이야기하면서 지내는 게 익숙해졌다는 하소연이다. 서너 해 전에 이혼한 그는 일 년에 법적 관례로 며칠씩 옛 부인이랑 가족이 만날 뿐이란다. 러시아 시민들이야 걸핏하면 별거를 하거나 이혼이 다반사라서 자녀들도 그렇게 우울하지 않게 지내는데 너무 상심할 일은 아니라고 위안을 해주었다. 한국어도 능통한 실력자인데 월급이 미화로 110달러 미만인데다 가정환경마저 그런 학장은, 보드카만 을 입 안에 털어 넣었다.

6월 10일~12일(토~월): 빨치산스크, 1차 남북정상회담

주말을 이용해서 벼려오던 인근의 몇 도시로 순례길에 나섰다. 한국교육원의 준외교관 차에는 박희수 원장, 윤태숙 강사, 전문이, 강사랑이 동승해서 든든하다. 운전 기사 세르게이는 친아버지 상을 당하고서도 하루만 휴가를 내고는 자청해서 근무를 한단다. 그만큼 이곳에서 일자리 얻기가 어렵고 대우도 좋아서일까.

첫날은 빨치산스크에서 개척 교회를 열어 선교 시무하는 황성국 목사와 임슬라바바 댁에서 민박하며 긴 쇠꼬챙이에 돼지불고기를 구어 먹은 사슬리 파티가 인상적이다. 이전엔 우리 발해 땅답게 산천의 등성이며 소나무까지 고향처럼 아늑하다. 중국 영토일 적에는 물 맑은 수청水淸이었는데 20세기 초에 러시아의 적군파가 백군파에 빨치산 전투로 승리했던 이름으로 바뀐 것이다. 전체 인구 5만 명 가운데 고려인은 5천 명이 산다는데, 최근 중앙아시아 한인들이 옛 고향을 찾아 이주해 온다고 한다. 비닐하우스가 많은 농장은 거의 고려인들 것인데, 이곳에 3년째 가동 중인 한국 투자 봉제공장은 현지인 여공 1천 5백 명을 고용하고 있었다.

둘째 날 들른 피세트만의 바닷가 도시 나후드카는 러시아 말로 '뜻밖에 얻은 곳이라'는 의미를 지니고 있는데, 함경도 나진항과도 그리 멀지 않은, 극동 지방 최대의 무역항이다. 고려인 3세로서 한인협회장인 김 콘스탄틴은 현재 시 전체 인구 18만 명 중 고려인은 3천 5백 명이라고 일러준다. 러시아 정교 신자들이 태반인 이곳에는 이날 환영해준 김영곤, 박광배, 서지태 목사 등이 9년 전부터 선교 활동을 펼쳐 끈끈한 단결력을 드러냈다. 그 덕에 인공기를 단 북한 영사관의 정문이 서슬 퍼렇게 보였지만 든든했다.

12일에는 블라디보스토크 한인실업인회에서 개최하는 야유회에 참석하였다. 러시아 권역이지만 모두 자유 대한에서 온 분들이 한 곳에 모여 갖는 단합대회라서 뜻깊었다. 가끔 대학 건물을 보수하는 작업복 차림의 북한 인부들을 만났을 때가 생각난다.

"우리도 사람인데 와 술 생각, 집 식구들 생각이 안 나갔시오? 여자들도 거저 간절할 뿐이디요."

오늘은 마침 분단된 한반도의 남북 정상들이 약속한 역사적인 만남이 하루 연기되었다고 텔레비전 뉴스에서 알려준다. 과연 한반도 통일의 물꼬를 트게 될 것인가.

6월 23일(금요일): 사할린 5박 6일, 허 로만 시인

20일 오후 늦게 항공편으로 섬의 중부 이남쪽 도시로서 사할린 주의 수도인 유즈노 사할린스크시에 도착하였다. 나그네는 5박 6일 동안 민간 아파트 방에 묵으면서 바삐 돌아다녔다. 마침 이라쟈 부모님이 연해주에 출장 나가서 지내는 사이, 빈방에서 여러 날 숙식을 하는 것이다. 외진 이곳 문화도 탐방하고 이 지방에 사는 67만여 명의 인구 가운데 러시아인에 이어서 소수 민족으로는 가장 많은 4만 3천여 명의 한인들이 생산해낸 문학 자료를 조사,

2000년 여름, 사할린의 안톤 체홉 동상 앞에서

수집하기 위해서이다.

오호츠크해 남쪽으로 연해주 땅에 치우친 송어 형국으로 길게 늘어진 사할린섬은 나그네에게 1940년대 전반의 악명 높은 가라후도樺太로 인상지어 있다. 일제에 의해 그곳에 강제 징용 가서 검은 탄광과 살벌한 군수 공장에서 혹사당하며 굶주림과 혹독한 추위에 시달리던 지옥으로 알았다. 하지만 이제는 온갖 꽃들과 함께 신록으로 우거진 산자락에서 한가롭게 풀을 뜯는 마소들의 천국으로 내비친다. 바닷가 역시 푸른 파도를 멀리한 채 여유롭게 거니는 사람들 모습이 눈에 들어왔다. 도회처럼 번화롭지 않아 오히려 마냥 한가로운 시골 정경이 느껴졌다.

다음 날 고려인 3세인 강군의 안내로 시내 관광을 끝내고 체호프 극장에 갔다. 넉넉한 체격에 친절한 여 극장장의 특별 배려로 정중하게 서명해서 건네준 입장권을 받아 연극 '사랑하는 페밀러'를 감상했다. 대학 3년생이면서도 강군은 대학 앞의 극장에 입상해 보긴 처음이라며 만족하는 눈치였다. 친절하게 민속박물관 안내에 이어서 만찬 초대를 해준 유종균 교육원장은 고맙게 안내해 주었다. 바로 그 호텔을 서울의 동포가 출자해서 지었는데 서류상 관리를 맡은 러시아인에게 회사를 빼앗긴 나머지 화병으로 작고 했다고 귀띔해 주었다. 곁으로 보기에는 평화롭게 보이지만 내면 구석에는 미리 입력된 살벌함이 도사리고 있는 사회인 듯싶다.

하기야 사할린섬은 예전에 러시아 제국의 죄수들을 수용하던 유형지였다고 전한다. 숙소 근처의 체호프 거리에는 작가인 안톤 체호프(1860~1904)의 동상이 서 있어 의미를 더 한다. 의사로서 많은 단편을 발표하던 그가 폐결핵을 앓으면서도 1890년에 직접 이 섬에 와서 3개월 동안 유형수들의 일상을 비롯해서 섬의 역사와 지리 등을 조사·발표한 르포르타주 『사할린 섬』을 기념한 것이다. 앞으로 사할린섬은 석유, 석탄, 천연가스, 금속, 수산물, 임산물 등 풍부한 천연자원으로 크게 달라지리라 본다.

오늘은 내일 오후 육지로 출발을 앞두고 퍽 바쁜 일정이다. 이곳 유일의 한글 신문사인 '새고려신문사' 2층에 들러 안춘대 여사장의 설명을 들었다. 전업 기자 3명은 취재차 외출 중인데, 1990년 이후 들어 한국 정부의 지원을 받는다지만 왠지 고단하게만 보인다.

사할린대학 구내 식당에서 이라쟈의 소개로 고려인 시인 허남령(허로만) 선생을 만났다. 러시아식 식사를 함께 하면서 한국말은 서투른 대로 통역을 곁들여 대화를 했다. 허 시인은 부친이 충청도 중원 출신인데, 이곳에 징용 와서 제지 공장 일을 했다는 한인

2세로서 50대이다. 러시아 말로 쓴 시집『우는 조가비』,『연분 또는 나비의 도약』을 한글과 러시아말 대역판으로 냈다. 1991년부터 러시아 자유시협회 회원이고, 2000년부터는 러시아작가동맹 사할린지부 정회원이란다.

지금 잊히어지지 않는 추억 하나는 어머니께서 추운 새벽에 일어나서 밥을 지으려 양재기 바가지에다 쌀을 씻던 소리라며 한숨을 쉬는 것이었다. 그리고 1999년에 206쪽으로 펴낸 세 번째 시집『오작교로』에는 제목부터 러시아어로 쓴 시편 뒤에다 부록처럼 김수장, 무명씨, 정철, 리황 등의 30여 편 옛시조 등을 러시아말과 한글 대역판으로 싣고 있다. 허남령 시인은 바로 이 시집을 다음처럼 서명해서 나그네에게 선물하였다.

"이명자이 선생님 혜존 로만허 2000, 싸할린"

6월 25~28일(수~일요일): 우수리스크 탐방, 송별 파티, 귀국

6월 25일은 장남인 기준의 생일이기에 깊은 마음으로 건강과 행운을 기원하였다. 또한 동족상잔을 일으킨 지 55년 만에 분 남북 화해의 기운으로 통일의 대업을 이루길 소망한다.

며칠 앞으로 다가온 귀국을 앞두고 미진했던 일들과 떠날 준비로 분주한 일정이다. 우선 강사 두 사람과 동행하여 인근의 주요 도시인 우수리스크를 탐방하였다. 이곳은 구한말에 예의 해삼위海蔘威에 버금갈 만큼 소왕령^{巣王嶺}이란 중국 영지로, 이해조의 신소설에도 등장하는 고려인들의 초기 이주지이다. 일행은 조촐하되 유서 깊은 사범대 캠퍼스와 강의실 등을 둘러보며 새롭게 지난날들을 되짚어보았다.

특히 이곳에 있는 사범대학은 일제 강점기에 망명했던 포석 조명희가 강의를 나가서 고려인 한글 문학의 씨를 뿌렸넌 못자리이기도 하다. 포석의 제자들 중에는 중앙아시아로 강제 이주 당한 후 한글 신문 『레닌기치』 등에서 작품 활동을 하다가 광복을 맞이한 후에 평양에 가서 북한문학을 지도한 문인도 여럿이다. 조기천 시인, 기석복 평론가, 정상진 평론가, 명철 시인, 전동혁 시인, 조정봉 시인 등. 밤에는 그곳 김승혁 강사 숙소에서 1박을 하며 러시아인과 차별화된 한인 의식을 되새겼다.

우수리스크에서 극동대학 기숙사로 돌아온 나그네는 출국 준비로 바빴다. 선물로 받은 마뜨로시카, 보드카 말고도 박제된 철새 한 마리를 가게에서 기념으로 샀다. 그리고 마지막 송별을 위한 모임은 '마닐라 노래방'을 거쳐서 '소유즈 나이트클럽'에서 새벽 3시까지 계속되었다. 부라보, 새 천년 한 학기의 러시아 낭만이여! 이국에서의 우정이여! 아름다운 마무리여!

우선 바쁜 일정에도 끝까지 함께해준 박희수 원장, 현용선 강사에게 감사한다. 특히 공항까지 마중 나와 주던 우아한 모습의 모범 대학생인 슈르기나 이리나 양에게 고맙다. 이 여학생은 이날 초저녁부터 새벽까지 자신의 약혼자인 법대 졸업반 학생의 승용차로 안내를 하면서 조촐한 러시아 호박으로 만든 그림까지 선물했다. "스파시버(고마워요), 다스비 다니야(다시 만날 때까지=안녕)! 안녕…."

마지막 날에는 술기운 중에도 늦지 않게 새벽부터 짐을 꾸려서 현용선 강사와 서울행 비행기에 올랐다. 12시에 김포공항에 내리자 식구들과 대학원 제자들이 반갑게 맞아주었다. 아, 모국 품의 아늑함이여. 마중 나온 아내는 승용차 옆자리에서 주름진 얼굴을 펴면서 말하였다.

"백계 러시아 새댁을 데려오지 않아서 안심이네요. … 당신, 그 동안 고생했어요."

(1999년 여름, 2000년 봄·여름)

알라르차르 계곡의 수석

: 비슈케크 여행 1박 2일

2001년 초에 가졌던 낯선 중앙아시아 지역의 첫 답사는 인상에 남는다. 아시아권이라지만 후미질 만큼 먼 데다 나에겐 전혀 인연이 없던 곳이다. 아는 이 하나 없을뿐더러 당시 그곳의 공용어인 러시아말도 서투른 처지였다. 게다가 일행과 함께하던 여느 해외 여행의 경우와 달리 혼자서 나선 터라 모험처럼 느껴졌다. 그러나 나는 정부 기관서 지원받은 고려인 문단의 연구를 위한 현지 답사를 위해 먼 길을 나섰다.

1월 31일 밤 10시 30분, 김포공항 발 우즈베키스탄 항공편에 몸을 실었다. 밤새도록 어둠 속을 나른 비행기는 세계의 지붕인 티베트고원 위를 넘어서 우즈베키스탄의 타스켄트 공항에 내렸다. 하필이면 현지 시각으로 새벽 바람도 매운 1시 30분이었다. 초면인 고려신학대 선교단 일행의 강 교수와 어울려서 한국교육원 숙소에 여장을 풀었다. 그리고 일행의 안내로 2박 3일 동안 그곳 대학 도서관과 박물관을 찾았다. 이어서 항공기로 이동하여 주목적지인 카자흐스탄에서 8박 9일에 걸친 자료 수집 겸 고려인 문인들과의 면담을 가졌다.

특히 처음 가진 중앙아시아 여행에서 얻은 뜻밖의 소득은 예정에 없이 1박 2일 동안 머무른 키리키즈스탄의 비슈케크 방문이었다. 카자흐스탄의 알마티 한국교육원에서 이웃 나라의 수도에 한국문화를 알리려고 교육원을 신설하는 팀에 함께했던 것이다. 서울의 고교 교사로서 몇 년 동안 그곳 부원장으로 파견 나가 있는 정 선생과 동행하였다. 다행히 하루 이틀 정도는 무비자로 체류할 수 있는 곳이었다. 외교관 차량이라는 스티커가 붙어 있는 승용차로 3시간 30분을 달리는 도중에 10번쯤의 꼬투리잡기 검문을 당하면서도 나는 피로를 몰랐다. 그곳 도로 연변의 가로수에 서너 개씩 억척스레 지은 새집들이며 열악한 화장실 사정이나 눈 덮인 벌판의 풍물과 언덕에 세워진 묘지의 정경 등이 이색적이어서였다.

이웃 카자흐스탄 검문 경관들에 비해서 키르기스스탄 국경을 맡은 정장 외투 차림의 경찰부터 친근감을 주었다. 산이 많은 내륙에 위치한 데다 인구도 적고 아담한 면적의 나라여서일까. 그리 크지 않은 신장에다 볼그레하게 둥근 얼굴 생김새가 우리 민족과 많이 닮은 데다 순박한 모습들이었다. 본디 중앙아시아의 '스탄'이란 이름이 붙은 대 여섯 나라들은 거의가 13세기 이후 칭기즈칸 지배를 받은 유목민들로서 우리와 문화로나 혈연적인 관계가 깊어서일까 싶었다.

숙소인 엘도라도호텔 3층의 숙박비마저 맥주 두 병을 객실에

서비스 한 것을 곁들여도 15불이었다. 이곳 화폐 단위인 썸으로 치면 타스켄트에서 택시비를 숨 지폐로 한 줌씩 계산하고 알마티에서 값비싼 텡게로 지불한 것에 비해서 그 절반 값도 안 된다 싶었다. 더구나 카운터를 지키는 다소 우람한 아주머니는 안경을 낀 채로 고객을 건너다보며 서비스할 여성이 많으니 마음대로 주문하라는 눈치였다. 묻지도 않았는데 숙박비보다 싸다면서 러시아, 위그르, 키르기스스탄 중에서 고르라는 것이었다.

키르기스스탄공화국은 역시 1991년에 소연방으로부터 독립한 12개 독립국가연합(CIS) 가운데 하나이다. 남북한을 합한 면적보다 조금 작은 산중의 나라로, 인구는 약 453만 명이란다. 이 나라는 북서쪽으로 카자흐스탄, 남쪽으로 타지키스탄, 남동쪽으로 중국, 남서쪽으로 우즈베키스탄과 인접해 있다. 수도는 과거에 프룬제로

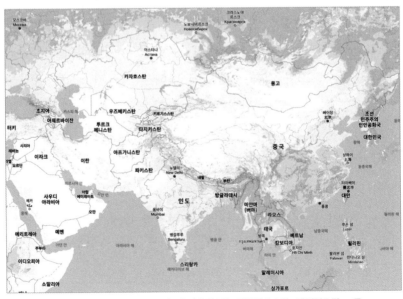

중앙아시아 국가들: 카자흐스탄, 우즈베키스탄, 키르기스스탄, 타지키스탄… 등

불리던 비슈케크로, 인구는 63만으로 알려진다. 파미르고원과 가까운 천산산맥 핵심부를 이루는 산 속의 만년설과 만년빙이 흐르는 지점에 위치해 있다. 국민 대다수가 수니파 이슬람교도들로 구성되어 있다. 이 나라는 1992년에 남한과 더불어 북한과도 수교 관계를 맺고 있지만, 우리에게는 아직 생소한 편이다.

유서 깊은 비슈케크 시내 중심부의 이끼 낀 아름드리 나무숲 공원에 가까이 있는 한국교육원 삼층 건물은 새로 전세를 내서 수리하느라 분주하였다. 한국 문화와 한글 등을 전수, 홍보하는 공간을 열기 위해 리모델링하는 중이었다. 그런데 그 건물의 주인은 내 고장 이웃 마을에 살던 방기남 사장이었다. 초등학교 시절의 방 사장은 20여 년 후배인지라 서로 몰랐지만 해정 부락에서 살아온 그 부친 이름은 들어오던 편이었다. 먼 이국에서 고향 사람을 만나다니 여간 반갑지가 않았다. 그 덕분에 단박 우리 일행은 그날 저녁에 후배 집으로 초대받아 모처럼 입에 맞는 한식 만찬까지 대접받았다. 처자들과 더불어 낯선 나라에 와서도 알뜰하게 가정을 꾸리고 사는 방 사장이 대견하게 여겨졌다.

이튿날도 교육원 수리 일을 돌보고 난 우리는 손수 무쏘 승용차를 운전한 방 사장 안내로 수도 근교를 관광하였다. 천산산맥에서 흘러내리는 알라르차르 계곡의 개울물 속에서 나는 서너 개의 조약돌을 기념으로 골랐다. 외국에 여행 다닐 적마다 그곳의 명승지에서는 으레 한 두 개쯤의 수석을 기념품 삼아서 챙겨오기 때문이다. 한참 동안을 눈 덮인 돌멩이들을 헤쳐 살피면서 마치 고향 산골 물에서 가재를 잡는 동심을 만끽할 수 있었다. 사막처럼 삭막한 타슈켄트나 알마티 근교 정경과는 다른 운치가 느껴졌다. 내륙

지역이지만 천산산맥의 만년설이 녹아 흐르는 덕에 이 땅은 그렇게 주위의 풀과 나무가 짙어 비옥하다고 생긱되었다. 겨울철인데도 햇볕이 따사로운 이곳은 한결 아늑한 기운이 들어 좋았다.

그날 오후, 비슈케크를 떠나는 우리를 전송하러 나온 방 사장은 내 손에 큼지막한 흰 바탕의 조약돌 하나를 건네주었다. 자기 거실 앞에 놓고 지내는 수석 가운데 하나를 가져왔다는 것이다. 20센티미터쯤의 한반도 모양처럼 길게 휘어진 수석 선물이다. 나는 그것을 두툼한 오버 주머니에 챙겨 넣었다. 서울에 돌아와서는 잘록하게 손 자루마냥 늘어진 그 수석 허리 부분의 위아래를 이어서 붓글씨로 '統一石'이라고 써놓았다.

지금도 서재 옆에 놓인 진열대 유리 속의 기념품을 바라본다. 32년 만에 찾아왔다는 2001년 겨울방학철의 그 강추위와 중앙아시아의 여러 정경들을 파노라마처럼 새롭게 펼쳐보는 것이다. 그리고 근래 비슈케크에서 시민들이 키르기스스탄 대통령의 독재에 항거하다 투옥되었다는 뉴스 등을 접하면 문득 그곳 한국교육원과 후배의 소식이 궁금해지곤 한다.

(2001년 2월)

시드니의 하룻밤

: 호주 기행 중에서

그러니까, 2005년 6월 11일 저녁에 시드니행 대한항공편에 올라 인천국제공항을 떠나는 마음은 다소 달떠 있었다. 해외문학 심포지엄을 겸한 33인의 남녀 문협 회원들과 9박 10일 동안의 호주 시드니와 뉴질랜드 남북섬 탐방. 그것은 여느 외국 나들이의 경우와는 다르다는 느낌이 앞서는 여행이었다. 모처럼의 지구촌 남반부 기행일뿐더러 30여 년의 강단 생활을 마친 자신을 위무하고 재충전하는 기회였던 셈이다.

일행은 인천공항을 출발한 지 10시간 만인 이튿날 새벽, 시드니 공항에 도착하였다. 그런데 한 시간이 넘도록 농산물과 건강식품 등에까지 까다롭게 구는 공항 검색대를 통과하자니 짜증이 일 정도였다. 태풍, 화산, 해일과 함께 공해가 없어서 지상낙원이라는 나라가 남을 배려할 줄은 모르는 것일까. 멀리 북반부에서 찾아온 동양 손님들 대접을 이렇게 맞이하다니. 대기한 버스로 향하는 일행의 목딜미를 서울의 기후와 반대인 초거울 찬바람이 스쳐가곤 했다.

그러나 그런 서운함은 차차로 신산한 아침 공기 속에서 8천 6백 킬로를 비행해 온 피로감과 함께 씻기어갔다. 차창으로 내다보이는 아담한 저택들이며 우거진 가로수와 차분한 승용차 행렬 등이 이국의 정취를 자아내는 것이었다. 일행이 처음 식사했던 교포 소유의 잔디밭 넓고 정원수 울창한 그 고풍스런 별장에서는 몇 년을 묵으며 큰 저술을 해냈으면 싶었다. 원주민의 평화롭던 낙원을 빼앗아서 부귀를 누리던 백인의 집을 사들인 우리 교포가 대견하게 여겨졌다.

관광버스에 탑승한 일행은 페드레일 야생동물원으로 향하였다. 그곳에서 아침나절 추위에 움츠려 있는 호주 특유의 캥거루와 애뮤새랑 타조를 구경할 수 있었다. 이 동물들은 앞으로만 나갈 뿐 뒷걸음치지 않는다 해서 호주의 상징으로 삼는다니. 그 동물 장난감을 기념품 가게에서 손녀를 위한 선물로 골랐다.

일정에 따라 한 시간쯤 달려 당도한 교외의 블루 마운틴은 수많은 관광객들이 즐겨 찾는 국립공원답게 인상적이었다. 평지보다 낮은 협곡인 대로 길게 병풍처럼 둘러싼 절벽과 세 자매봉 등은 일품이었다. 게다가 경사 52도의 궤도 열차와 케이블카로 내려가 본 협곡 안의 무성한 원시림 속 음이온 물씬한 삼림욕은 별천지 체험이었다.

다시 시내로 돌아오는 관광버스 속에서 가이드의 안내를 통해 내일 답사할 시드니 명소들을 창밖으로 살펴보았다. 2천년도 올림픽 때부터 눈에 익은 코발트빛 바다를 배경으로 한 오페라 하우스와 공중에 높이 바라다보이는 하버브리지가 장관이다. 하늘을 찌를 듯 솟아오른 중심가의 빌딩들은 건축 양식도 다양하게 어울려서 쾌적해 보인다.

드디어 시드니 서쪽 바닷가에 위치한 스위스 그랜드 호텔에 여장을 풀었다. 초면인 작가 김 선생과 룸메이트로 든 403호실은 품격 높은 방이라 싶었다. 호텔 로비 옆에 마련된 심포지엄장 또한 아늑하고 현수막 차림도 훌륭하였다. 만찬을 겸한 자리에는 동행한 회원들 외에 호주한인문학회, 시드니수필문학회 회원 등, 여든 명 이상이 참석해 성황을 이루었다.

예고된 주제대로 〈해방공간으로 가는 신민족문학〉 심포지엄은 신세훈 시인과 나, 신협 교수 순서로 진지하게 행해졌다. 앞으로

2005년 6월 12일, 호주 시드니에서 열린 한국 문학 심포지엄에서 주제 발표를 마치고

의 통일문학사는 마땅히 호주 거주 문인의 한글 작품은 물론이요 돈오 김 같은 현지 영어로 쓴 작품까지 포함시켜 새롭게 써야 마땅하다는 내 주장에 참석자들도 동의하는 반향을 보였다. 두 시간이 넘도록 다소 열띠게 진행된 토론 분위기는 만찬 때의 대화와 사진 찍기 등으로 부드럽게 마무리되었다.

심포지엄을 마친 우리는 호텔 로비서 만난 동료 문인 여럿과 함께했다. 처음 찾아온 대륙이요 바로 호텔 앞은 호주 제일의 누드백사장으로도 유명한 본다이 비치가 아닌가. 밤 9시가 넘어 현지 동아일보사에 주재하는 고 기자의 안내로 걸어보는 해변 길은 과연 원주민 언어로 〈바위에 부서지는 흰 파도〉(Bondai)라 싶게 운치 만점이다. 마치 미녀의 눈썹처럼 기운 초승달 달빛에 하얗게 부서지는 파도소리는 설레는 나그네의 가슴을 적셔대곤 했다. 초겨울 날씨인데도 현지의 몇 사람은 수영복 차림에 파도타기 기구를 들고 밤의 서핑을 즐긴다.

바닷가에 늘어선 건물들에는 카페며 피자집, 맥주집을 겸한 나이트클럽이 숱한 젊은이들로 붐비고 있었다. 써늘한 밤공기인데도 열정이 넘쳐서일까. 거의 배꼽티에 핫팬티 차림인 여성들이 젊은 남성 친구들과 얼려 맥주잔을 기울이거나 함께 춤추는 게 유리창으로 비쳐 보인다. 그런데도 두세 군데가 만원사례이고 한 곳에선 멤버십이 없대서 거절이었다. 2천년 초에 보았던 북국의 모스크바 도심 나이트클럽에서의 젊은이들의 열기보다 더한 열정이 넘치고 있는 것이다.

해변을 되짚어오던 회원들은 길 옆의 본다이 호텔 건물에 들어가서야 붐비는 호프 코너 안쪽 모서리에 한자리를 잡을 수 있었다. 한참 만에 호주 달러로 환전하여 피자에 흑맥주 두어 컵씩을 마시자 갈증이 좀 풀리는 듯했다. 새콤하게 톡 쏘는 술맛을 회원 절반 정도만 음미하는 처지가 아쉬웠다. 맥주는 심포지엄 발표로 받은 호주 달러를 꺼낸 내가 서둘러서 샀다. 한국보다는 절반값 정도라서 부담이 적었다. 여남은 회원이 밤을 세워 들어도 열 번 쯤은 실컷 들고 남을 터였다.

조금씩 술기운이 오르는 회원들에 앞서서 나는 내킨 김에 다소의 추억 만들기 시간을 갖고자 자리를 나섰다. 예닐곱 회원이 따라나서고 만원인 3층 디스코 홀 대신에 1층에 있는 나이트클럽을 비집고 들어갔다. 자리를 잡은 회원들은 곧 홀의 열띤 분위기에 합류하였다, 무대 위에서 땀을 흘리며 어울려 놀던 남녀 젊은이들이 낯선 동양 손님들을 보자 호기심으로 물었다.

"훼어 알 유 프롬?"

가슴에 단 회의 참가 명패와 짧은 회화로 일행이 오늘 아침 서울에서 온 문인들이라는 사실을 알자 그들은 환호하였다.

"오우, 라이터스? 웰컴, 웰컴."

그래서 무대 복판으로 올라선 일행은 그들과 함께 마음껏 뛰는 데 열중했다.

이번 여행에 동행한 대학생 랩 가수(리브가) 모녀 쪽 일행이나 나이든 청년 같은 신 교수나 나 또한 어색하지 않은 또래로 느껴졌다. 애당초 격식 따지는 사교춤엔 숙맥이지만 디스코 리듬에는 어느 정도 호응되고 있었나 보다.

"딩가딩가, 발맞춰 움직이고 랄랄랄라."

흥겹게 어울리자. 반평생을 교단서 시달리고 원고 더미에 묻혀

지낸 꽁생원님, 자녀 교육에 주름지고 가사 노동, 직장 생활에 지친 회원님들, 잠시나마 맘껏 기를 펴 보자. 강의 수강이며 레포트로 밤샘한 젊은이들도 마찬가지, 인류는 동서고금, 남녀노소 다를 바 없는 사해동포요, 형제자매 아닌가.

"딩가딩가, 차랏찻 챠, 훠얼 훨 훨."

한참을 디스코 리듬에 맞춰 움직이는 나를 향해 늘씬한 금발 아가씨가 저만치서 윙크를 하며 다가선다. 그 풀로러 존즈 양은 먼저 자신의 손뼉을 올려서 펴 보이며 서로 마주치는 게임을 건다.

"푸쉬 앤 푸울 , 푸쉬 앤 푸울, 어게인. 오케이, 오케이."

마주 서서 뻗친 두 손뼉을 맞춰 서로 어깨 힘으로 밀고 당기기를 대여섯 번씩 반복하였다. 자기네보다 키 작고 만만해 보이는 동양인 남성을 이길 듯한데 여의치 않은 모양인가. 곁에서 응원하는 남자 친구 앞에서 그녀는 명랑하게 웃으며 나그네를 힘껏 껴안아 주는 호의를 보인다.

청년들 또한 동양 문인에 대한 우정의 표시로 번갈아 둥글게 돌고 원으로 둘러싸며 갈채를 보내주었다. 뉴욕서 관광 왔다는 중년 여성 한 사람도 덩달아 먼저 나그네를 포옹하며 등을 토닥거리는 예를 갖추는 것이었다.

머쓱해진 나는 무대에서 내려와 잠시 숨을 고르며 이마의 땀을 훔치고 있었다. 그러자 아까부터 맞은편 바 스탠드에 기대선 채 캔 맥주를 마시던 두 청년이 미소 띤 목례를 건네며 엄지손가락을 꼽아보였다. 잉글랜드서 여행 왔다는 그들 눈에도 나이든 훈장의 자유롭게 뛰노는 모습이 좋아보였던 모양이다. 학생들 앞에서 품격과 외국어 등에 조심해 오던 자신도 이날 하루쯤은 모처럼의 자유를 만끽한 기분이었다. 뒤로 돌려 쓴 모자를 벗자 땀에 흥건히 밴 대머리가 짐짓 상쾌해지는 느낌이었다.

모처럼 활달하게 어울리려 노력한 선의의 꽁생원을 긍정적으로 이해해준 서양 젊은이들이 새삼스레 고마웠다. 또한 평소 내숭이, 부뚜막, 얌전이 등으로 불릴 만큼 모범적인 여성 문인들이 이날 모처럼 보여준 그 동심 같은 열정과 신뢰 짙은 우정도 결코 잊어지지 않으리라.

두세 시간 후에 땀을 훔치며 나이트클럽을 나와 한길로 나서는 예닐곱 회원들의 발걸음은 한결 경쾌해 보였다. 오전에 떠날 뉴질랜드 문화 탐방 일주일의 여독을 송두리째로 미리 다 빼버렸다는 느낌이었다. 일행 중에서는 흥겨운 노랫소리도 흘러나왔다.

"남쪽 나라 십자성은 어머님 어얼굴, 눈에 어린 그대 모오습 꿈속에……."

자정이 넘은 6월의 밤하늘에는 소년 시절 고향에서 보던 북두칠성보다 더 맑고 밝은 남십자성이 멀리서 조명탄 불빛으로 빛나고 있었다.

(2005년 6월)

서부극 캐납의 여름밤

: 미주 기행에서

2006년 여름은 유난히 무덥고 긴 나날이었다. 연일 찌는 듯한 더위 못지않게 주변 사회의 여론도 뜨겁게 달아올랐다. 북한의 미사일 발사 위협과 논문 표절 교육부총리의 억지 임명 시비며, 대중없는 정부의 전시 작전통제권 환수 논란 등. 그 속에서 내 자신 또한 7월 상순의 한국 펜 경주 세미나에 이어 하순에 있을 미주 문학 세미나 원고를 위해 밤낮 없이 컴퓨터 자판과 씨름하려니.

이런 즈음에 나그네는 모처럼 LA행 항공기에 올라 숨 막히는 오피스텔 공간으로부터의 탈출을 시도했다. 미주 한인문학 단체들이 공동 주최하는 해변문학제의 연사로 참석하기 위해서였다. 따라서 7월 25일부터 8월 6일에 걸친 열흘 남짓한 태평양 건너의 생활은 한동안 밤낮의 뒤바뀜 못지않게 새로운 문화 체험이었다.

아시아나 기내에서 12시간쯤을 지낸 나그네는 초행길인 허형만·김성진 교수와 함께 로스앤젤레스에 내렸다. 우리는 이번 초청을 주선한 분으로, 공항까지 마중 나온 김영중 후배 수필가를 비롯해서 이승희 시인 등, 여러 현지 문인들로부터 융숭한 대접을 받았다. 미국에 갈 적마다 고참격인 전달문 시인과 마음도 넉넉한 김문희 시인은 언제나 예외 없는 스폰서로서 맞아주었다. 매 끼니 한인 타운의 식당을 순례하며 그 많은 음식에다 여러분이 권하는 술잔을 받아 마셨다. 캄차카 해산물답게 크고 붉은 게맛살을 두드려먹던 레론도 비치에서의 별미도 만점이었다. 더구나 식후에는 동창이나 여러 문인들과 근처 노래방에 들러 목 놓아 우정을 나누며 향수를 달래기에 밤 깊은 줄 몰랐다.

7월 29일, 세미나 본행사장인 벤츄라 해변에서의 주제 발표와 문인들의 토의는 대단히 진지했다. 미주에서의 모국어가 교민들의 정체성 지키기 노력과 해외 한국 문학의 위상을 생각토록 하는 것이었다. 연례의 주말 행사에 모처럼 인근 도시로부터 모여든 문인 몇 분들에게서 받은 시집이나 창작집도 여러 권이다. 수년 전부터 국제 한인 문단의 조사, 연구에 주력해 온 내 경우는 이미 이곳 문단을 가꿔온 전달문 시인 등으로부터 구한 현지 발행 문예지 등을 한 트렁크 챙긴 처지인지라 흐뭇하기 그지없다.

세미나 행사 다음날, 초청받은 문우 유현종, 유혜자, 허형만, 이명재와 이선우, 김성진 일행은 이번 행사를 맡은 주최 측의 배려로 미주 현지 문인들과 함께 나흘간의 서부 지역 탐방 길에 나섰다. 1992년 여름이던가, 어학 연수단 인솔 교수로 피츠버그에서 플로리다의 올랜도로 향하던 길에 LA서 일박을 했을 뿐인 나그네로서는 기대해 오던 관광 코스였다. 그랜드 케니언과 라스베이거스도 찾아간다니 새벽에 일어나서 관광버스에 오르는 기분부터 달떴다.

미국 최초의 횡단 도로라는 캘리포니아주 40번 도로 연변에는 모하비 사막의 따가운 햇볕 밑에서 군데군데 두 손 모아 단비를 갈구하는 자수아 선인장이 황야를 지키고 있었다. 저런 황무지 땅에도 질긴 뿌리를 내리고 있는 잡풀 속에 방울뱀이며 들쥐 등의 동식물들이 함께 서식하고 있다는 가이드의 설명이다. 이런 황무지 등으로 인해서 정작 사람이 거주하는 지역은 미국 전체 면적의 7프로에 지나지 않는단다. 그래선지 이따금씩 길가 휴게소에 들를라치면 관광객 상대의 한식당을 경영하는 한인들 얼굴이 반갑고 안쓰럽기 그지없다. 하지만 한나절쯤 계속 도로를 지나다 보면 그 수고를 보상하듯 "어휴우! !"감탄사 연발로 졸던 관광객들의 잠을 깨우는 장관을 만나곤 했다. 여러 곳에서 천연 그대로의 거대한 협곡(케니언)들을 굽어보며 감탄하지 않을 수 없었다.

아리조나 지역에 자리한 그랜드 케니언은 그야말로 신의 예술품이라 싶을 만큼 수억만 년부터 퇴적되어 온 돌이며 흙으로 빚어진 총천연색의 걸작품이었다. 중학생 때쯤에 가끔씩 단체 관람하던 칼라판 서부 영화에서 인디언들이 만날 백인들한테 공격을 당하면서도 한사코 자기의 땅을 지켜내려고 피 흘리던 모습 그대로, 살아 있는 자연의 신비인 것이다. 굽이굽이 길고 깊게 파인 골짜기들에는 먼 그림처럼 흐르는 실개천 위로 형형색색 층을 이룬 기암절벽들이 서로의 자태를 뽐내며 백 리 남짓씩이나 이어져 있는 것이다. 어쩌면 조물주는 자신의 이런 걸작품들을 소나기나 장마로부터 보호하기 위하여 이곳을 가뭄 지역으로 삼아왔는지도 모른다고 여겨졌다.

또한 이웃 유타 주에 위치한 브레이스 케니언 역시 붉은 사암층의 첨탑들로 빚어 놓은 신의 예술품이다. 흔히 말하듯 이 협곡은 한없이 여성적인 자태로 군림하고 있어서 이웃의 남성적 우아미를 갖춘 그랜드 케니언과 조화를 이루고 있다 싶었다. 그 근처에는 또 신의 정원이라 불리는 우람하고 의젓한 아버지 면모의 쟈이언 케니언이 두 남녀를 지켜보고 있는 것처럼 느껴졌다. 역시 인디언들이나 멕시코인들이 살던 그 너른 땅을 미국이 무력으로 빼앗아서 영토를 넓힌 국립공원들인지라 절경도 많은가보다.

서부 여행에서 마지막 밤을 지낸 라스베이거스는 역시 특이한 도시였다. 네바다주 남쪽의 그 척박한 사막을 개척하여 고층 건물을 세우고, 인근에 젖줄처럼 흐르는 콜로라도 강물과 더 멀리 후버댐 물을 끌어대서 만든 세계 최고의 환락 도시이다. 본디 사막을 개발한 도시로, 독특한 경쟁력을 갖추기 위하여 세계 제일의 카지노 산업과 LG 전자 제작의 환상적인 야경 전자 쇼 등으로 파리에 버금갈 만큼 많은 관광객을 유치하고 있단다. 일행과 함께 나그네 또한 자정 넘도록 숙소인 리베라 호텔 카지노장을 구경하며 대박을 꿈꾸고 기념 삼아 거금 90달러쯤을 관광실습비로 지출해준 바 있지만.

푸른 초원이라는 뜻을 지닌 라스베이거스를 처음 개척한 주역들은 몰몬교 신도였다는 가이드의 설명이 흥미로웠다. 본디 가톨릭교계로서 말일성도예수그리스도교로 불리는 이 교파는 일부다처제와 십자가 안 세우기 등을 고수하고 있어서 미국 개신교 측으로부터 이단시되고 있다. 그러나 교인들이 지도자 이름으로 부링검 영이란 도시를 건설할 정도로 세력이 강해지자 1890년, 중앙정부에서도 몰몬교 교도들을 달래서 유타주를 미합중국의 42번째 자치주로 편입시켰다는 것이다. 이렇게 한 종파가 큰 영향력을 발휘하는가 싶어지자 문득 이 교파의 서울 지도자격인 P선배의 근황이 궁금해진다.

3박 4일의 여정을 마치고 LA로 돌아오는 버스 속에서 나그네는 밀려오는 여독을 느꼈다. 미국 와서 며칠 지낸 로스앤젤레스 생활에다, 서울과 부산을 다섯 번 남짓 주행할 거리를 주마간산 식으로 강행군 했으니 말이다. 따져보면 50개 주에서 겨우 1할도 탐방을 못했지만. 그래도 나는 몸을 추스르며 가이드(미스터 정)의 설명을 메모해 두었다. 그동안 일행이 횡단한 주들의 상징물=캘리포니아-(금), 네바다-(은), 유타-(갈매기), 아리조나-(자수아 선인장). 그리고 한반도보다 2배 면적이라는 캘리포니아주의 5대 농산물=쌀, 오렌지, 포도, 알파카, 아몬드 따위.

서부 기행 이틀째인 8월 1일, 일행이 그랜드 케니언과 자이언 케니언을 거쳐서 유타주 초입에 든 저녁이었다. 캐납Kanab이란 인디언 부족의 이름을 딴 지방 소도시의 허름한 롯지lodge에 여장을 풀었다. 중급 호텔(inn)과 모텔 중간급이라지만 마치 한국의 시골 마을의 여관처럼 아늑했다. 일행은 노독을 풀 겸 아래층 다방에 모였으나 자판기에서 청량음료만 빼 마시며 무료를 달래야 했다. 이곳에는 편의점에도 몰몬 지역의 금기 품목인 술, 담배, 커피가 없어서였다. 덕분에 그동안 일주일 넘는 밤낮을 술에 절어서 시달려온 몸을 쉬고 긴장해 온 마음도 아늑하게 추스를 수 있다싶어 좋았다. 경찰들이나 차량 소음도 없고 관광객마저 적은데다 주위

조명도 낮아 편히 쉬기에 안성맞춤이라 싶었다.

패리라는 롯지의 주인도 자리에 없는 다방 양쪽 넓은 벽에 즐비하게 붙어 있는 왕년의 명배우들 사진은 감동스러웠다. 1950년대 전후의 배우들이 서부극 영화 촬영차 이곳에 들르거나 며칠씩 묵으면서 지냈다는 모습과 함께 날짜들을 적어 놓았다. 그 화려하게 건장하고 미모였던 스타급 배우들이 침식된 세월을 증명하듯 퇴색한 사진 속에 살아 있는 것이다. 바트랑 카스터, 죤 웨인, 케리쿠퍼, 프랑크 시나트라, 크라크 케이불의 위용과 리즈 테일러, 데보라 카, 제니퍼 존스, 잉글리트 버그만, 비비안 리의 미모 등. 적어도 과거 은막의 주연들은 옛 영화의 메카인 이 캐납이란 소도시를 역사의 현장에 군림하고 있었다.

바로 롯지의 마당 귀퉁이에 있는 낡은 극장에서는 이곳을 배경

2006년 8월 초순, 신비한 암석들로 절경을 이룬 그랜드 케니언을 배경으로.

으로 한 〈아파치〉 시리즈가 인디언의 북소리와 총성 속에서 연속 상영되고 있었다.

한여름인데도 오히려 으스스한 한기를 느낀 나그네는 숙소인 패리 롯지 205호실에 들어와 침대에 누웠다. 오랜만에 느긋한 한밤을 지내는 느낌이 여유로웠다. 새벽쯤에 일어나서 화장실엘 다녀오는데 룸메이트인 유현종 작가가 침대에 누운 자세로 나직하게 말했다.

"난 어제 밤 내내 잠 한숨 이루지 못했어요. 존 웨인이란 배우 있잖아요? 그 친구가 웃으면서 문을 열고 들어와서요. 쟁반에다 하나 가득 식빵을 들고서 말이요. 그런데도 이 형은 전에 없이 드르렁 드르렁, 자장가만 부르며 세상 모르고……."

그럴 때는 그에게 악수라도 해주지 않았냐며, 무안해진 나그네는 조용히 밖으로 나왔다. 스산한 아침 공기가 푸른 하늘 밑에서 한국의 초가을처럼 신산하였다. 스적스적 밟는 정원의 흙길이 포근하기 그지없었다. 서울에서 마냥 콘크리트와 아스팔트에 시달린 자신이 여기 와서 흙을 밟다니! 마당가에 함초롬히 이슬을 머금은 채 미소 띤 풀꽃들이 더없이 싱그럽게 보였다. 새삼스럽게 나그네는 모처럼 이곳 문인단체 초청으로 이루어진 금년 여름의 미주 세미나 겸 문화 탐방이 피서까지 함께해서 더 뜻깊고 유익했다.

그저 모두에게 여러 모로 고마운 마음이다.

(2006년 8월)

아바나의 정취와 헤밍웨이

　문인 10명과 더불어 17일간의 일정으로 모처럼 겨울철 여행길을 떠나 중남미 일곱 나라를 다녀왔다. 문화 탐방 일정의 사흘째 되는 날인 2008년 1월 21일이다. 밤늦게 멕시코 칸쿤 공항에서 쿠바행 비행기에 오른 나그네는 낯선 적성국을 향한다는 마음에서 자못 긴장 섞인 호기심에 잠겨 있었다. 지난밤 늦도록 비 내리는 대서양의 파도 소리를 벗 삼아 마셨던, 선인장으로 빚은 데킬라 술맛의 얼얼한 여운도 가셨다. 온종일 우리 몽골계 인디오들이 멕시코 고원에 세웠다는 마야 문명의 본산인 체첸이사 등을 땡볕 속에 답사한 여독도 잠시 잊은 듯싶다.

　기내 등을 켠 나그네는 새삼스레 여행사에서 마련해준 안내용의 해당 정보를 살펴보았다. 쿠바Cuba는 북미주 대륙으로 이어져 내려오다가 남미주로 좁게 연결되는 중앙아메리카에 위치해 있는 섬나라이다. 같은 중앙아메리카권인 멕시코를 비롯해서 과테말라, 니콰라과, 엘바사돌, 코스타리카, 파나마 등은 북미의 럭키산맥과 남미대륙의 안데스산맥에 맞닿아 있는 데 비해서 쿠바는 대조적이다. 대서양의 카리브해에 동서로 길게 누워있는 쿠바 섬은 바다 주변의 라틴아메리카 군소국가들 가운데서 제일 큰 나라이다. 한반도의 절반 면적인 쿠바는 그러니까 제주도의 친구일 만한 크기의 도미니카, 과테말라, 아이티, 자메이카, 토리니나드앤토바고, 바이베이도스 등의 서인도제도 섬나라들 중에서 맏이 격이다.

남·북아메리카의 잘록한 허리 주변에 무슨 섬나라들이 자잘하게 모여 있단 말인가. 그런데도 15세기 말에 콜럼버스가 발견한이래 스페인령으로 있다가 1901년에 독립했다는 쿠바가 대견하게 여겨진다. 1959년에 변호사였던 카스트로가 혁명 전쟁에 성공한 다음, 1960년대부터는 미국과 단교한 친공산 정권이 감히 미국의 턱밑에 비수를 대고 맞서 있는 형세다. 그런 처지이니, 이 나라전체 인구 350만 중에 200만 명이 모여 산다는 수도 아바나 항구는 오죽할까.

클릭회사의 여객기 앞쪽 2B 좌석 맞은편 승무원석에는 에바 양이 자리하고 있었다. 원주민과 스페인 침입자의 혼혈인 메스티죠라고 한다. 거무스름한 얼굴에 수줍은 티를 띤 그녀는 미리 메모한 내용을 스페인어와 영어로 안내 방송을 하여 호감을 주었다. 아바바 공항에서 입국 수속을 맡은 군복 차림의 남녀 직원들도 생각보다 부드럽고 우호적이었다. 두어 시간을 비행해서 자정 가까이쯤 찾아온 동양 손님의 여권 속에서 별도의 간이 비자에만 검인을 찍어서 국교가 없는 측의 불편을 느끼지 않게 대접해 주었다. 적어도 여권에는 전혀 쿠바에 들렀다는 흔적이 남아 있지 않게 배려해준 것이다.

아바나Havana 거리는 여느 나라의 경우와 달리 한밤중인데도 간간히 밝혀진 가로등 정도뿐, 네온사인도 없어 아늑하게 느껴졌다. 착륙할 적에 내려다보니 공항 활주로에 박힌 불빛들마저 하늘에 총총하게 빛나는 보석인 양 영롱하기 그지없다. 필요한 전등 외로는 불이 꺼진 풍경이 오히려 평화스런 인상을 풍겼다.

메리나 아바나 호텔 3216호실에 룸메이트로 여장을 푼 김영찬 시인은 옆방의 신길우 수필가, 신협 시인과 서종남 교수, 최금녀 시인, 정영자 편까지 청하여 즉석 파티를 벌였다. 사탕수수로 빚은 특유의 아바나클럽이란 술잔은 그 빨간 빛깔처럼이나 하룻밤 이국의 항구 정취에 흠뻑 젖은 나그네들의 마음을 달래기에 안성

아바나 시내에서 점심을 들고 나오는 번화가 골목에서 만난 카니발 행렬(2008년 1월 하순)

맞춤이었다.

　이튿닐 일찍 관광버스에 오른 일행은 예정된 헤밍웨이 문학 유적지로 탐방을 나섰다. 백여 년 전의 스페인식 건물이 즐비한 시가지에는 미국과 국교를 끊은 1950년대 모습의 낡은 차량들이 눈에 띠었다. 그 차량들은 요소마다에 걸린 채 시가를 굽어보고 있는 수염 짙은 체게바라 혁명가의 초상화 아래로 달리고 있었다. 반미와 사회주의 노선을 고수하는 이 나라에서는 여전히 카스트로의 동생이 실세이므로 정치적인 발언은 금지되어 있다는 박 가이드의 말이 피부에 와 닿았다. 자유 진영의 무역 규제 때문에 어려운 쿠바의 재정 문제를 정부에서는 남아도는 자국의 의사들이나 스포츠 코치들을 외국에 수출함은 물론이고 우리 일행의 경우처럼 외국 관광객을 유치하는 외화 벌이로 충당하고 있다는 것이다.

　아바나 항구 변두리에 있는 코히마르 마을에서 내린 일행은 마치 한국의 어느 시골 어촌에 찾아온 기분이었다. 이곳이 바로 노벨상 수상작인 『노인과 바다The Old man and the Sea』의 무대라서 익숙한 느낌이었을까. 1950년대 초·중반에 배를 타고 낚시질을 나다닐 때 현지의 한 어부한테서 들은 실체험담을 중편으로 쓴 명작에는 헤밍웨이 자신의 분신 같은 산티아고 노인을 통해서 체득한 치열한 삶과 극기주의 사상이 담겨 있다. 일행은 작가가 단골처럼 드나들며 손수 진한 사탕수수 원액 술을 타 마셨다는 술집La Teraza 구석구석을 살폈다. 그런데도 주인인 듯 뚱뚱한 중년의 백인 여인은 마냥 심드렁한 표정이었다. 스페인어 밖에 모르는 그녀와는 대화가 어렵고 술값마저 턱없이 비싼 편이니, 술을 사 마실 엄두가 나질 않았다. 나그네는 기어코 그 집 뒤편의 바닷가 물 속에서 거북이 모양으로 생긴 주먹 크기만한 돌 하나를 건져서 주머니에 챙겨 넣었다. 어쩌면 생물인 듯싶은 이 돌멩이는 전부터 집에 소장하고 있는 헤밍웨이 작품 전집 원본들과 함께 소중한 기념물이 되고 남으리라.

일행은 바닷가 저만치에 등신대 크기로 바다를 향해 빙그레 웃는 자세로 서 있는 헤밍웨이 동상을 배경으로 기념 촬영을 하였다. 마을 어부들이 폐선의 프로펠러 쇠붙이들을 녹여서 세웠다는 그 투박한 흉상이 제격이라 싶었다. 그 옆에서 푸른 바다를 배경으로 모금 모자를 놓은 채 기타 줄로 애절하게 「관타나모의 여인」을 연주하는 늙은 악사의 모습이 선하다. 그는 왜 술잔을 건네는 관광객의 권유도 아랑곳 않고 음악에만 열중하였을까. 그리고 방파제 옆에서 저 멀리 바다를 바라보고 있던 얼굴 그을린 소녀는

문우들 일행과 쿠바의 아바나여행 때 헤밍웨이 박물관 앞에서(2008년 1월 하순). 신길우 수필가, 신용협 시인, 최금녀 시인, 서종남 교수와 함께.

미국으로 건너간 친구가 그리워서 마냥 우울해 보이는 것일까.

정작 일행이 놀란 것은 현지의 비히야 언덕에 자리 잡은 헤밍웨이 문학박물관에서였다. 본디 미국의 시카고 근교 태생인 헤밍웨이가 1921년에 첫 방문했던 쿠바에 심취한 후에 1930년대 말에 셋째 부인이 얻어 쓰던 집을 장편의 원작료로 사들여 별장으로 만들었다는 집은 너무 호화롭고 커보였다. 아바나 시내의 호텔 Ambos Mundas 511호에 묵으며 7년 동안에 탈고한 『누구를 위하여 종은 울리나』의 원작료를 파나마운트 영화사로부터 받아 매입했다는 사실도 한국 문사들의 경탄을 자아내기에 충분하였다.

그럼에도 불구하고 이 헤밍웨이 박물관은 칠레의 산티아고에 위치한 노벨상 수상 시인 네루다의 다채로운 집필실들에 비해 거부감이 느껴졌다. 그보다 몇 배쯤은 더 거대한 규모부터 쿠바에는 어울리지 않는 특별전시관 같았다. 수많은 수목이 울창한 뜰에 풀장과 요트 창고는 물론, 높은 전망대도 갖추고 있어서 동양 선비 일행을 아연케 했다. 특히 입구 쪽의 아름드리 선인장나무며 풀장 옆의 우람하게 우거진 벤쟈민 고무나무들은 고무적이었다.

하지만 거실과 응접실, 집필실, 식당, 침실 등은 가히 동물의 박제 전시실이라 싶었다. 벽 모서리에 대여섯 마리씩 줄지어 붙박혀 있는 아프리카 사파리의 코뿔소 머리와 사슴뿔, 커다란 상아들은 물론, 사람 키보다 더 큰 다랑어 뼈들, 그것은 동물 학대와 자기 자랑에 빠진 작가의 부도덕성마저 엿보이게 해서 멀리서 찾아온 탐방객을 실망시켰다. 아무리 모험적인 사냥을 즐기고 진취적인 싸움을 즐겼다지만 그게 진정한 전리품일 수 있을까. 그랬으니 작가 자신은 물론이요, 그의 여러 자녀와 누님 등에까지 끔찍한 모습으로 스스로의 삶을 마치게 했던 게 아닐까.

　한나절 문학 탐방을 마친 일행과 시내 중심가 노천 레스토랑에서 한참 점심을 들던 무렵이었다. 갑자기 뿌리던 여름 소나기처럼 나그네 마음을 환하게 달래는 멜로디가 팡파르처럼 울려왔다. 번화가가 시작되는 호텔 쪽 골목에서부터 10여 명의 카니발 행렬이 다가오고 있었다. 원색 짙은 옷차림에 우스꽝스런 탈을 쓴 남녀 광대들의 긴 지팡이 걸음을 걷는 모습이며 경쾌한 밴드 음악이 우리네 중·고교 시절의 축제를 연상케 하였다. 「베사메, 베사메 무쵸」 가사가 스페인어 원음 그대로 열정과 간절함을 더해 왔다. 그 제목부터 연인 이름이 아니라 목마른 연가임을 현지에서 실감해서인가. '키스해 줘요, 더 많이 키스해줘요(베사메 무쵸=키스 미 머치)'. 언제 헤어질지 모르는 사이들이니. 오늘 밤 우리, 서로의 사랑을 위하여 뜨겁게, 뜨겁게.

　이렇게 그들은 비록 가난해도 마음은 여유롭고 낭만으로 가득 차 보였다. 행복은 결코 경제적인 풍요로만 누리는 것이 아님을 동방의 손님 일행에게 노래하는 듯싶었다. 그런 1박 2일의 쿠바 아바나를 뒤로하고 일행은 예정된 남미 문화 탐방을 위해 멕시코 시티로 떠나야 했다. 언제쯤 또다시 자유로운 일정으로 이곳에 들르면 좋으련만. 부디 안녕, 안녕히. 은은한 자태로 멀리 숨어 지내는 연인인 양 그리운 아바나 항구여. 금기의 나라처럼 마냥 고독하게 느껴지는 쿠바 섬이여.

(2008년 2월)

미얀마 탐방에서

2014년은 육십년 만에 맞이하는 청마의 해라고 알려지며 연말 연시부터 들떠 있었다. 그런데 정초부터 해외로 여행을 떠난다니 4자로 겹치는 날짜의 예감이 좀 마뜩찮은 기분이었다. 1월 4일에 출발하여 9일에 귀국하는 5박 7일의 미얀마 문화 탐방. 이번은 어쩐지 유럽이나 미주 및 대양주 등에 비해서 탐탁스럽지 않게 여겨지는 지역이라서 더 찜찜한 느낌이었다 할까. 그래도 지난해는 외국 나들이를 덜한 터라 정년 교수들의 모임인 백수회白壽會 일행 18명과 어울려 일주일 여정의 길을 떠났다.

오후 6시 30분에 인천공항에서 떠오른 대한항공의 기내 좌석에서 신문을 뒤적이며 생각에 잠겼다. 역시 여행사부터 날짜를 늘리려 밤에 출발해서 고생하는 사정이 오전 무렵부터 여유롭게 공항을 떠나던 여느 때와 달리 따분한 기분이었다. 추위가 한창인 서울에서 여름옷으로 갈아입은 옷차림의 느낌도 그랬다. 이번 경우는 연초 계획으로 잡아두었다가 성원 미달로 접었던 아프리카 지역 여행 대신에 갖는 나들이인 셈이다. 동남아 지역은 문인들과 동행한 2010년 6월의 베트남-싱가포르-말레이시아에 이어 2012년 4월에 대학 동창 너덧과 함께했던 태국의 푸켓지방 관광 다음으로 세 번째이다.

중국에 이어서 프랑스의 오랜 지배와 한미연합군을 상대로 한 전쟁의 상처에서 벗어난 사이공(호찌민) 시가며, 첩첩이 수놓듯 수백 개의 섬들로 장관을 이룬 하롱베이의 베트남, 세계대전 후에 이광요李光耀 수상에 의해 말레이시아 반도에서 떼어져 나와 깔끔하게 다듬어진 강소국으로 거듭난 싱가포르, 본디 싱가포르의 모체임에도 여태껏 나른해진 몸을 제대로 가누지 못한 채 동남아시아 군소 국가들과 후진국 대열에서 헤어나지 못한 말레이시아, 그리고 타일랜드라는 이름처럼 퍽 커다란 본체 중에서 인도양 쪽의 투박하되 파란 바다 속의 섬으로 관광객을 모으던 태국의 푸켓. 그런데 이번의 미얀마는 이들 이웃 나라 가운데 무더위에 투박함과 그 흔한 중국풍의 황색 얼굴들과는 과연 얼마나 다를 것인가?

미얀마(버마)에 대한 정보

사실 미얀마라는 이름은 나에게도 생소하지만 오히려 버마에 대한 인상은 퍽 강렬하게 남아 있다. 그것은 대학의 교양 영어 시간 때 만난 이가형 교수의 학병 체험담으로부터 연유된 듯싶다. 반세기 전쯤 『신동아』의 지면이던가, 이미 교수께서 쓴 '버마 전선 종군기' 등에서 읽은 내용에서만이 아니다. 동서양 문학 작품에 남달리 해박한 교수님은 강의실에서와는 달리, 까페나 '운정' 레스토링 등에서 뵈면 주흥에 겨워 열띠게 이야기하곤 했다.

"내가 비르마에 갔을 땐 말이지…."

제2차 대전의 막바지 무렵, 동경대학 불문과에 재학 중 학병으로 동남아 전선에 배치 당해 있을 적이란다. 군함의 아래층에서 훈련된 말에 부채질을 하고 말단 소대에서도 군수품을 나르는 소를 부리는 병사였단다. 그런데 버마의 산악 지역을 행군하던 중 갑자기 영국 공군기의 공습을 받게 되자 선임하사와 분대장이 윽박지르던 것이다.

"왜 본대와 뒤처지느냐, 굼뜨면 죽는다. 빨리 움직엿!"

그때 비행기의 기총소사에 놀라 부리나케 달린 물소 꼬리를 붙잡고 숲 속으로 피한 이야기. 오히려 빨리 앞서간 대원들은 희생되고 동작이 굼뜬 덕에 살았다고 호쾌하게 웃음 짓던 교수님 모습은 선명한 느림의 덕목으로 각인되어 있다. 거기에 미국 영화 '콰이강의 다리'나 한국 영화 '샤르빈 강에 노을이 진다' 등도 호기심을 자극하는 것이다.

여행을 떠나기 전에 세계지도를 펴놓고 미얀마緬甸=Myanmar에 관한 정보를 검색해 보았다. 예전엔 스페인 지배를 받은 바 있고, 1885년부터 영국령 인도의 한 주로 통치되어 오다가 1937년에 영국의 직할 식민지 때 350여 개의 민족 가운데 과반수의 분포를 이룬 종족인 버마Burma란 이름이 우리에겐 더 친숙하다. 1940년대 초엽의 삼년 동안 혹독한 통치를 자행했던 일본도 '비르마'로 불러왔다. 하지만 1948년 영국에서 독립해서 사용하던 버마연방국을 1988년 항거로 퇴진한 네윈 장군에 이어 집권한 군부 통치자가 이름을 바꿨다. 1989년 이후에 '강하고 빠르다'는 의미를 지닌 미얀마연방공화국으로 부르기 시작한 것이다. 중국에서는 명나라나 청나라 때 '미얀마'로 지칭한 바 있다. 군부는 나라 이름을 바꿈과 동시에 이전의 공용어였던 영어를 버리고 중동계 언어 비슷한 모양의 미얀마어를 국어로 통용하고 있다.

인도차이나 반도와 인도 대륙 사이에 위치한 이 나라는 동경 98도와 북위 22도에 자리한 채 동남아의 군소국가群小國家들과 엉겨 있는 모습이다. 국가의 상위 20프로 정도가 군부나 화교 중심의 사업가들로서 실권을 쥐고 있다는 이 나라는 사회주의와 불교를 접목한 체제를 이루고 있다. 지도상에서 미얀마는 아시아의 중심부 틈 사이에 끼어서 커다란 동물의 위장 아래쯤에 가오리처럼 헤엄치고 있는 모습이랄까. 북동쪽으로는 중국, 북서쪽으로는 인도와 방글라데시, 동남쪽으로는 라오스, 타일랜드와 육지로, 남쪽으로는 말레이시아, 인도네시아 등과 육지나 바다로 접경을 이루고 있다. 인구 5천 8백만여 명에 면적만도 한반도의 3배에 달하는 미얀마는 전 세계 루비의 70%를 비롯해서 보석의 보고일뿐더러 풍부한 석유 매장량 등으로 발전 가능성이 많은 나라이다.

느리되 넉넉한 사원의 나라

여섯 시간 남짓 하늘을 난 여객기 덕에 일행은 한밤중 무렵쯤 미얀마 땅에 내렸다. 양곤 국제비행장은 생각보다 좁지 않고 무던한 규모라고 여겨졌다. 무엇보다 차분하다는 첫 느낌이 든 것은 한겨울 나라에서 날아간 나그네에게 훈훈한 열대성 기후 때문이었을까. 입국 수속을 마치고 로비에 이르자 마중 나온 사람들은 이웃 동네 분들처럼 반기는 모습 같다. 잠자리에서 그대로 나온 듯 벨드도 없이 그냥 둘리시 입은 전통적인 바지 모양의 롱지longyi 차림 남성들이 그랬다. 거기에 우리를 맞이한 현지 여성 도우미가 상냥한 미소를 던진다. 하지만 그녀의 이마며 양 볼에는 허연 부스러기 껍질 같은 게 묻어 있어 찜찜한 인상이었다. 하필이면 얼굴에 피부병이 걸린 도우미를 보낼 게 뭐람. 그것이 이곳의 일사광선에 피부를 보호하는 '타나까Tanaka'라는 나무즙 향료라는 걸 나중에 알았지만.

어쩌면 어느 중국 지방 이름 같은 양곤Yangon이란 이 도시의 내력과 현황부터 알고 싶었다. 원래 몬족의 조그만 어촌이던 이곳은 1755년에 버마족의 왕이 정복하여 전쟁을 종식한다는 뜻을 지닌 '라곤'으로 일컬어졌다. 그러다가 영국이 식민 통치를 한 뒤로는 서양식 근대 도시로 개발하면서 랑군Rangoon이란 수도로 불려 지다가 1989년 네인 정권이 물러난 이래 신군부가 외국인들을 추방하면서 본래의 양곤이라는 이름으로 바뀐 것이다. 그러던 중 2006년 이후 통치자가 갑자기 양곤의 대학캠퍼스를 분산시키고 시위를 피해 가듯 행정 수도를 중부의 산악 지역인 레피도(왕의 도시)로 옮겨 버렸다. 하지만 양곤은 변함없는 미얀마의 산업·경제나 교육·문화 및 교통과 관광의 중심지이다.

다음 날에는 전용 버스로 2시간 가까이 달려 역사유적지인 바고를 찾았다. 13세기에 몬족이 왕조까지 세웠다는 바고는 한때 양곤을 능가하는 무역항이었다고 전한다. 하지만 시골로 한 시간 남짓 내려가면서 농촌 전경을 만끽할 수 있었다. 역시 영국이 미얀마를 인도 지역의 식량 공급지로 삼았을 만큼 이 나라는 농업이

주업인 듯 다모작多毛作인 들 풍경이 베트남과 유사한 모습이었다. 가끔씩 스치는 도로 연변의 엉성한 숲 지대며, 나무 위의 집이나 자동차의 경적에도 아랑곳 않고 느릿느릿 걷는 물소의 풍경이 인상에 남는다. 도로를 달리는 차들에서는 오토바이를 삼륜차로 개조한 택시며, 버스 대신에 곧잘 엉성한 봉고차나 삼톤 트럭 위 아니면 발판과 꽁무니에 위태롭게 타고 다니는 모습이 우리나라의 1960년대 풍경을 연상시켰다.

그보다 이곳의 문화적 자랑거리는 사찰인데, 미얀마 최대 높이라는 113미터의 쉐모도 황금대탑과 길이 56미터, 높이 18미터의 쉐달라웅 와불臥佛이 인상적이었다. 사찰 경내에 들 때마다 맨발로 걷는 게 오히려 신선한 기분에서만이 아니다. 짙게 화장한 젊은 여성이 옆으로 턱을 괴고 의연하게 누운 모습인지라, 한국의 여느 불상과는 아주 다른 느낌이었다.

마지막 날 코스는 특히 황금 스케줄로 기억되고 남는다. 먼저 마하시 수도원을 방문하여 수많은 승려들이 줄지어서 마주앉아 공양供養을 하는 모습에서 경건을 배웠다. 이어서 비좁은 위빠사나 공간에서 명상하다 떠난 스님들의 고행과 청정한 삶을 익힐 수 있었다.

일행은 시내의 중심부에 철조망으로 둘러쳐진 담벼락의 꽃나무 줄기와 함께 널리 알려진 대로 오래 가두고 숨겨온 아웅산 수치 여사의 저택을 차장으로 내다보며 아웅산 국립묘지에 들렀다. 일찍이 양곤대학생 때부터 중국 해남도海南島와 런던을 오가며 미얀마 독립 운동을 펴고 동료들과 회의 도중 반대파에 의해 33세 나이로 암살당한 아웅산 장군의 영웅을 기념한 곳이다. 그러나 일행은 1983년에 이곳에 참배 왔다가 북한 군관이 터뜨린 테러로 우리 긱료 등 17인이 끔찍하게 희생된 사건만을 뇌었나. 언제쯤 이 나라에 저 잔잔한 호수 같은 불심佛心의 자비와 자유 민주화가 활짝 필 것인가.

쉐다곤 파고다Shedagon pagoda는 2천 5백 년 전에 옆의 그 탑 언덕을 만들기 위해서 파가지고 이룬 호수 건너편의 58미터 언덕에 자리 잡고 있었다. 그야말로 미얀마 역사와 불교 문화의 광장이라고 부를 만큼 국내외의 관광객으로 붐볐다. 6천 평 넓이의 중심에 우뚝 선 황금대탑을 비롯한 이 사찰은 흔히 동남아에서 캄보디아의 앙코르와트, 인도네시아의 부트라와 더불어 세계적인 불교 유적지로 꼽히는 성지聖地란다. 거의 100미터에 달하는 높이에 이르는 밤하늘의 금탑은 황금 60톤과 7천 개 이상의 보석으로 영롱하게 빛나고 있었다. 석가모니의 모발 4개와 진신사리들이 여럿 안치된 성지라는 것이다. 동서양의 맨발 벗은 관광객들이 뒤섞여 붐비는 야간에 자칫 줄을 잃어서 헤맬 지경으로 황홀한 정경이었다.

미얀마 탐방 마지막인 쉐다곤 파고다 야경을 뒤로 하고 나오던 사원 뜰에서의 대학생들 생각이 떠오른다. 저 발랄한 학생들은 이곳 양곤대 학생인가, 바곤대 학생인가? 한 여학생에게 서투른 말로 물었다.

"게쥬베(반갑습니다)! 알 유 어 양곤 유니버시티 스튜던트?"

핸드폰 화면에서 고개를 돌린 그녀는 제 빨리 한국말로 대답하는 것이었다.

"예, 안녕하세요? 반가워요. 아마도 선생님들은 서울에서 오셨지요?"

"아, 이런! 어떻게 한국말을 할 줄 아네요? 한국어과 학생인가?"

"아니요. 저는 지금 영문학과에 다녀요. 그냥 한국어를 조금씩 공부하는 중이라서요. 전 드라마 '겨울연가'도 좋아해요. 그런데 이찬은 이제 어떻게 되었는가요?"

군부 독제 체제 속에 갇힌 채 숨겨져 있는 젊은이들은 저렇게 나라 밖 세계로 소통하려고 노력하는 중이었다.

그녀들은 우리 일행과 갈라지는 자리에서 명랑하게 인사하였다.

"선생님, 안녕히 잘 가세요."

"잘 있어요. 가다앙(안녕히)."

그들은 미얀마라는 뜻과 달리, 군부에 눌린 채 느린 듯 가려져 있을 뿐 앞날이 밝다고 여겨졌다. 예의 군소 국가들과 더불어 대륙 밑에 숨어서 매달려 있던 가오리는 머지않아 인도양을 빠져나와서 태평양이나 대서양 등에도 자유롭게 헤엄쳐 다니지 않겠는가. 모처럼 개방된 미얀마를 향한 이번 여행은 이전의 동남아 탐방보다 더 유익하고 인상적이었다.

(2014년 1월)

361

태산과 황하에 다녀오다

　나그네는 2015년 4월 17일부터 3박 4일 일정으로 중국 산동성 지역에 문화 탐방을 다녀왔다. 서리풀瑞草 고장의 신길우 교수, 이혜선 시인 등 문인 일행 20여 분과 동지들 같은 동행을 했다. 특히 내 중·고교 동기인 이동식, 박정규 벗님네와는 모처럼 함께하는 외국 나들이라서 흐뭇했다. 마침 룸메이트인 동갑내기 신규호 교수와도 매일 밤늦도록 그곳 특산인 공부가주 술기운에 인생과 문학 담론을 나누곤 했다. 시설이 쾌적한 '貴友大酒店' 416호실 이름 덕을 입어서일까. 이 여행지에서는 오래 전에 다녀왔던 연변이며, 북경, 중경, 상해, 장사, 소주, 항주는 물론 장가계나 홍콩, 마카오 등과는 풍광이 사뭇 다른 새 문화를 맛볼 수 있었다.

　인천에서 아시아나 항공편으로 두어 시간 만에 도착한 제남국제공항은 첫인상부터 수수하다싶어 친근한 느낌이었다. 산동성의 수도인 제남시濟南市부터 지하철을 놓지 않을 정도로 강 대신에 곳곳이 아기자기한 샘들로 이루어진 도시라니 정겹다. 전세 버스의 창가로 스치는 도로변의 푸르른 논밭이나 싱그러운 나무 이파리들이며 눈에 익은 진달래와 벚꽃들이 환하게 반겨 이질감이 적다. 한반도보다는 엄청 위인 줄 알았는데 거의 같은 위도임을 새롭게 알아차렸다. 그래서 전부터 한반도에 들어와 사는 중국 사람들은 대개 산동성 출신인 모양이던가.

연변에서 이곳에 온 후 두어 해 동안 가이드를 맡고 있다는 젊은이는 관광버스 속에서 투박한 한국말로 설명을 하였다. 산동성山東省은 중국 북동부의 황하 하류에 위치한 북경과 상해의 중간 지대이며 예전부터 제자백가가 많이 태어난 고장이란다. 노魯나라 시절의 최고 지성至聖인 공자를 비롯해서 그에 버금가는 아성亞聖 맹자 및 묵자墨子에 이어 서도의 왕희지王羲之, 병법의 대가 손무孫武, 의술의 명인 편작扁鵲, 삼국지의 지략가인 제갈량의 고향인 것이다. 그런데도 사전 정보 없이 그저 공자, 맹자 고향이 어떤 곳인가 살펴보자는 단순한 마음으로 친구 따라 찾아왔으니, 문득 낯 뜨거운 생각이 든다.

이튿날은 오전부터 태안泰安 시내로 향하여 8인승 케이블카로 10여 분 만에 손쉽게 태산에 다다를 수 있었다. 해발 535미터 높이뿐인 타이산泰山은 중국의 영산으로 꼽힌다. 그러기에 천하를 통일한 진시황을 비롯해서 역대 일흔 두 사람의 황제가 천주봉天主峰에 올라 신탁을 빌었다고 한다. 과연 그럴 만큼 태산 봉우리는 한 동네를 이룰 산채山寨 같은 공간이다. 천외천天外天 광장과 승선방昇仙坊에 보조사 절이며 식당이나 기념품 가게들이 여럿 들어서 있다. 과연

이 정기를 받아 태어난 유학자를 비롯해서 시인, 묵객 등도 숱하
세 오르며 학문과 글을 크게 이루지 않았겠는가 싶다. 문득 양사
언 선생의 시조가 생각났다.

"태산이 높다하되 하늘 아래 뫼이로다…."

나그네는 그동안 일상의 도심 속에서 글쓰기 등에 시달린 심신
의 갖가지 찌꺼기들을 시원하게 날려버리는 느낌이었다.

식당에서 점심을 들고 나서는 케이블카 대신에 일행 몇 분과
걸어서 내려오는 길을 택했다. 바로 이날 소설가협회 산악회원들
과 오르기로 했던 북한산행을 여기서 대신하는 셈이다. 거기에 마
침 벗인 이 원장이 기념으로 사준, 새 모자보다 세 곱절이나 비싼
35위안짜리 짙푸른 색깔의 중고형 '泰山'모자를 쓴 덕분인가, 75도
의 가파른 비탈 등, 계단만도 1천 6백 6십 개라는 골짜기를 어렵지
않게 내려올 수 있었다. 가끔은 길가의 바위에 새겨진 중국 명사들
의 글씨와 한시 구절도 음미했다. 그 중에 빨강색으로 쓰인 '五嶽獨

태산의 정상에 있는 산채의 공간 건물과 사람들(2015년 4월 18일)

중국 산동성에 위치한 태산 오르는 골짜기 길가의 바위에 새겨진 유명인의 명필.

尊'이 눈에 띤다. 태산은 안휘성에 위치한 황산 등 다섯 개의 중국 명산 가운데서 단연 으뜸으로 꼽힌다는 것이다. 출발했던 지점에 도착했더니 케이블카로 먼저 와서 기다리던 여성 회원이랑 남성 동료들이 놀라며 반겼다. 봉우리에서 내려온 지 예정한 두 시간의 절반도 안 걸렸다는 것이다. 그동안 궁금해 하며 경원해 오던 이웃 나라에 마실 다녀온 일쯤으로 느껴졌다.

생각하면, 우리는 선조들부터 오래도록 공맹 중심의 유교 문화에 익숙하게 지내왔던 게 사실이다. 다음날 일행이 공자의 고향인 곡부曲阜를 찾았을 적에 그건 현실로 다가왔다. 일찍이 서당 훈장을 지내신 부친께서도 어릴 적부터 곧잘 유가인 공맹孔孟의 가르침을 자주 말씀해 주셨던 게 아닌가. 세계유네스코 문화유산으로 지정된 공부孔府, 공묘孔廟, 공림孔林을 빗속에 찾았을 적에도 마침 온양향교와 순천향 대학원 공자학원에서 온 일행이 의관을 갖춘 채 참례하는 제례행렬을 만났다. 맹자 고향인 추성鄒城의 맹부盟府나 맹묘 역시 수백 년 묵은 측백나무 숲과 함께 엄청 넓은 면적이었다. 하지만 공부나 맹부 곳곳에 공녁을 새긴 기념비들은 홍위병들에 의한 상처 자국뿐 아니라 그들의 장손들은 거의 대만으로 피난을 갔다는 역사가 질척거리는 날씨처럼 개운치 않은 뒷맛을 남겼다.

떠나오던 날 오전에는 한나절 황하 유역을 거닐어 맑게 갠 날씨처럼 개운한 기분이었다. 천하의 영산인 태산에 오른 데다 조화로운 짝을 이룬 황하의 곁을 거닐어 유종의 미를 거두는 일정이랄까. 황하가 마르고 볼 게 없다며 시내 쪽으로만 유도하려는 가이드를 우겨서 투표로 결정한 일이었다. 여기까지 와서 세계 문명 발상지를 안 보고 가다니. 그 현장을 가 보자고 우긴 내 주장이 통했다. 곤륜산맥에서 발원하여 화남, 협서 등, 다섯 개의 성까지 5,464km를 거친다는 황하黃河는 과연 누런 황토 빛깔로 유유히 어머니의 젖줄처럼 대륙을 적시며 발해로 흘러들어 가고 있었다. 더욱이 새로 다듬어 만든 공원 주변과 달리, 투박한 원시 그대로일 만큼 황토 언덕과 온갖 초목들을 쓰다듬을 듯 어루만지고 가서 더욱 거룩하게 보였다 할까.

대자연의 실체인 태산과 황하, 인간의 문화 실체인 공자, 맹자의 본고장 탐방을 마쳤기에 아시아나 항공편으로 돌아오는 일행의 얼굴이 마냥 밝아보였다.

(2015년 8월)

북유럽의 문화와 풍광

한동안 소식이 적조했네만 그간 잘 지내셨지? 난 최근에 모처럼 북유럽에 문화 탐방을 다녀왔었네. 6월 20일부터 28일 사이의 아흐레 동안 핀란드-스웨덴-덴마크-노르웨이를 돌아보는 여정이었지. 내가 새로 맞이한 나이테의 매듭을 기념해서 다소의 여비를 건네며 다녀오라는 자녀들 권유도 있었거든. 그 덕에 해외 문학을 찾아 나선 40여 명의 문우들과 테마 기행을 다녀온 셈일세. 덴마크에서 들으니까 동화 작가인 안데르센도 "여행은 인생을 젊어지게 하는 샘물"이라고 말했다는데, 이번의 북구 탐방은 한국 문학도인 나그네에게 여러 모로 유익했었네. 그래서 먼 훗날의 추억을 위할 겸 주요 여정에 따른 대강을 기록해 보려 하네. 기행수필은 가장 인상적인 현지의 풍물을 중심으로 초점에 맞춰 써야 한다지만 폭넓게 정리해 둠도 의미가 있을까 싶어.

유럽에서 비교적 우리에게 낯설고 왕래가 적은 스칸디나비아 반도의 여러 나라를 선택해 간 건 의미가 있었네. 사실은 30년 전에 나그네가 처음으로 서유럽 여행 중에 이쪽을 밟을 기회를 변경했던 아쉬움 때문일세. 1986년 여름에 독일 함부르크의 제49차 국제 펜 대회에서 발표를 맡은 일부 대표단과 함께 하느라고 덴마크만 들르고 말았으니까. 당시 일행이었던 박화목·정을병·김영옥·장백일·허근욱 등 선배 문인은 이 반도를 못 밟고 작고하셨지만 말일세. 그동안 우리가 자주 이용했던 을지로6가 쪽의 국립의료원 구내에 있던 스칸디나비안 클럽 뷔페 식당의 추억도 새롭네. 1950년대 초엽의 전란 중에 노르웨이와 스웨덴 등의 적십자 의료 봉사단과 연관된 곳 아닌가. 각종 모임과 청어나 훈제 연어 같은 바이킹식 요리가 향수를 지닌 공간인데, 이제 그 식당도 자취를 감추었지.

숲과 호수가 많은 핀족의 나라

인천공항을 떠난 첫날, 러시아 항공편으로 모스크바를 경유해서 핀란드의 헬싱키공항에 내린 첫 인상은 훼손되지 않은 자연의 산뜻함이었네. 관광버스의 차창 밖으로 내다보이는 정취부터 신선하게 느껴졌네. 60퍼센트가 숲이고 10퍼센트가 호수인지라, 나머지 국토의 대부분은 평원인 때문일까. 숲과 호수가 많은 핀족의 나라라는 핀란드답게 인적이 드물고 도로도 한산하더군. 헬싱키 교외 까므러스호텔 414호에 짐을 푼 나그네는 룸메이트인 구양근 박사와 비 내리는 밤거리를 산책했는데, 초저녁인데도 가게가 모두 문을 닫았더라고. 이 도시는 나그네 나름대로 중학생 적부터 들었던 곳인데 이제야 찾은 감회가 새로웠네. 전란 중이던 1952년 당시, 우리 김연범 선수도 참가했던 헬싱키 올림픽 대회로 많이 익혔던 지구의 북쪽 나라 아닌가.

이튿날에는 관광버스 편으로 본격적인 투어에 들어갔는데, 차량이 적은 도로 연변의 정경이 아늑하게 다가들더군. 거의 평지인 양 옆으로 곧게 쑥쑥 자라는 자작나무와 소나무들의 행렬이 연속되더라고. 이렇게 나무들이 옆으로 굵게 자라기보다 지리상 돌바닥 위의 얕은 흙에 뿌리를 박고 사이좋게 하늘을 향해서 울창하게 뻗은 숲은 지진과 태풍이 없는 덕분이라는 거야. 이곳의 자작나무는 이미 핀란드식 사우나로도 유명한데, 썩지 않는 껍질 등을 건축물에도 많이 쓰는 모양이야. 그러기에 천연자원인 산림의 나무들로 2차 대전의 빚 2억 달러를 8년 만에 다 갚았을 정도라더군.

'핀란디아'라는 곡으로도 유명한 스웨덴계이면서도 핀란드의 국민 음악가인 시벨리우스(1805~1957)를 기린 공원이 인상적이었네. 그는 핀란드 최초의 노벨문학상 수상 작가인 실란페보다 더 손꼽히는 모양이야. 그리고 바위를 깎아서 지은 지하의 암석 공간에 지붕만 덮어서 만든 루터교회가 인상 깊었네. 마침 전날에 IS의 테러가 있으리라는 첩보 탓으로 교회의 일부 공간이 통제된 터라, 건너편 건물 화장실에 줄을 서 있던 관광객 행렬이 떠오르곤 하네.

스칸디나비아반도 사람들의 주식은 감자지만 초·중·고·대학의 학비는 모두 무상인 복지 제도가 부러웠네. 다달이 55유로(약 55만 원)를 학생 수당으로 받지만 올 가을 학기부터 외국 학생의 경우는 매년 2천만 원 정도의 학비를 내야 한다더군. 한국 교민은 모두 250명이고 유학생 중에는 예술 디자인 전공 학생들이 있다는 데 말이야.

한국의 4배나 넓은 면적에 인구는 540만으로, 국민 대부분은 영어를 잘 하는 편이라더군. 그러나 우리나라 못지않게 이 나라도 역사석으로는 이웃 나라들의 침략으로 수난을 많이 겪었다네. 6백년을 스웨덴에, 구소련에 108년을 지배당하면서도 자기 국어를 지니고, 1917년에 소련으로부터 독립한 거야. 제2차 세계대전 무렵까진 가난했지만 현재는 국민 소득이 우리의 2배 정도의 부를 누린다니 부럽더군. "히바(좋다, 좋아)! 핀란드. 히바(필란드어)!"

현지 시간으로 오후 5시에 헬싱키를 출발한 일행은 실자라인호 크루즈로 스웨덴을 향해서 밤새도록 16시간 동안 발틱해를 건넜네. 13층 높이의 초호화 유람선 선상에서 뷔페식 만찬 후에 크루즈의 정취를 만끽했었지. 부관페리나 일본 내해 정도를 밤에 건너는 경험만 해본 나그네에겐 새로운 체험이랄까. 염분이 적다는 바다에 비치는 달빛 아래 잠든 파도를 가르고 항해하는 배처럼 내 마음도 그윽해지더군. 여러 나라의 남녀 여행객들이 선내의 주점에서 정담을 나누고 면세점을 드나들며 나이트클럽 등에서 밤을 지새울 것으로 여겨졌네.

바이킹족의 나라, 작가들의 존재

셋째 날 아침에는 크루즈 선박으로부터 스웨덴의 제일 도시인 스톡홀름에 내렸네. 맨 먼저 바다의 용사로서 진취적 용맹성을 드러낸 바이킹족답게 17세기 적의 해적선을 전시한 바사박물관에 들렀지. 알고 보니 본디 해적질로 유명했던 덴마크, 노르웨이와 더불어 게르만계인 이들은 한때 독일과 덴마크도 지배했던 만큼 상대적으로 부국이란 인상이 짙더군. 국토가 한반도의 2배이지만 인구는 1천만 미만인 대로 크고 고풍스러운 건물이 즐비하더라고. 숲이 우거진 수변 공원 일대에는 부호들 중심의 4층 빌딩 아파트들이 줄을 잇고 있었네.

물론 노벨상의 종주국인 이 나라에는 여성 최초의 노벨문학상 수상 작가인 셀마 라겔뢰프 등이 있어서인지 소설 작가들이 돋보이더군. 한국에도 많이 알려진 여성 작가 아스페닌 인디느니의 '말괄량이 삐삐' 박물관도 답사했네만. 요즘 화재를 일으키고 있는 『창문 넘어 도망친 백세 노인』을 쓴 요나스 요나손 역시 이 나라 출신이라네. 동양계로는 한국인 단체 관광객 말고도 중국이나 대만인 사람들이 마주치곤 했지. 하지 절후인 이날은 스웨덴의 무슨 축제일이었는데, 우리는 국경을 배로 20분 동안 건너 덴마크로 건너갔네. 유럽은 EU회원국이 아닌 노르웨이에서마저 관광버스로 국경을 자유롭게 넘나들 수 있으니까 말일세. 50좌석 남짓의 기다란 볼보 관광버스 기사는 스웨덴의 중년 부인과 함께 탑승했으면서도 잘 웃질 않는 미남이더군.

인생의 샘물인 여행에서 크루즈 세미나

넷째 날인 6월 23일 오전에는 헬링보리 선착장에서 페리 선박으로 그림 같은 바닷가 정경을 즐기며 버스 편으로 덴마크 탐방 여정에 들었네. 정오 무렵에 관광버스 편으로 코펜하겐에 접어들자 이웃 나라들과는 달리 인파와 차량들로 붐비더군. '악을 불태운 날'이라는 축제에다 마침 고교 졸업식 철이라서 트럭에 올라 꽃다발을 들고 환호하며 지나가는 청소년들의 모습이 활기차 보였었네. 옛날부터 청어를 팔던 상인들의 운하라는 뜻을 지닌 코펜하겐은 역시 수도인 만큼 활기차며 아름다운 항구로 다가왔네.

한때는 덴마크가 스웨덴 등을 지배했었으나 나폴레옹의 편을 들었다가 옛 영토를 많이 빼앗겼다네. 그 대신에 달가스나 그룬트비히 같은 지도자가 나서서 좁은 국토를 새로운 영농 방식으로 이 나라를 세계 농축산의 메카로 만들었지. 북극 쪽의 광대한 그린란드도 덴마크 영토인지라, 그 부존 자원을 활용하면 옛날의 지위를 되찾을 수 있으리라 여겨지네. 나그네의 눈에 익은 안데르센 동상과 가랑비 내리는 인어 공주 동상 앞에서 일행들과 기념 촬영하기에 바빴지. 그런데 30년 전에 처음 탐방했을 적에는 분명히 이 동화 작가 동상 위에 서 있던 그 큰 나무는 자취마저 없어진 걸 가이드도 모르고 있더라고.

안데르센(1805~1875)에 대해선 이번에 재미있는 사실들을 알았네. 그의 부친은 구두 수선공인데, 11세 아들을 두고 작고한 데

안데르센 동상을 구경한 일행들과 덴마크 코펜하겐 강가의 인어 공주상 옆에서

이어 세탁부로서 무학인 어머니마저 재혼해 버렸다는군. 그러자 섬 소년이던 안데르센은 14세 때 코펜하겐으로 가서 좋은 목소리를 자랑하며 연극 배우가 되기를 희망했다네. 그러나 뜻을 이루지 못하고 시와 희곡을 써서 출세를 꿈꿨지만 철자법마저 엉망이라 퇴짜를 맞았다는 거야. 후에 그의 재능을 알아본 극장 감독의 추천으로 뒤늦게 대학을 마치고 문단에서 빛을 보게 된 거지. 출세 작인 「미운 오리새끼」를 비롯해서 「백설공주」, 「성냥팔이 소녀」, 실연의 체험을 살려 쓴 「인어공주」 등, 모두 156편에 이르는 그의 동화는 전 세계에서 성경 다음으로 많이 읽힌다고. 그럼에도 혼자 독서와 창작을 일삼으며 소극적인 데다 주먹코에 추남인 안데르센은 70평생에 3번 구혼했으나 모두 실연하여 자녀 하나 두지 못했다네. 1944년에 노벨문학상을 수상한 시인 겸 작가인 요하네스 빌헬름 엔센도 그의 명성에 가려 있다는군.

특히 그날 저녁에 오슬로로 향하는 대형 크루즈DFDS SEEWAYS에 오른 일행이 보낸 18시간 남짓 북해 가까운 카테갓 해협의 파도를 잠재우는 항해는 인상적이었네.

평소 글을 벗 삼아 지내는 일행들에겐 낯선 북국의 풍광 속에 그 맑은 공기며 싱그러운 숲과 한산한 풍경이 가슴 깊숙이 와 닿았네. 그러기에 그곳의 연어나 청어는 물론, 한가하게 풀을 뜯는 소들과 순록들은 청정 무공해로도 세계 제일이라는 거야. 북극 가까운 산봉우리엔 하얗게 만년설로 덮였는데, 멕시코 만류와 편서풍의 영향으로 우리가 탐방 중엔 가을 날씨처럼 서늘하더군. 그런 환경이기에 안데르센과 노르웨이의 입센 같은 문학가를 위시해서 같은 나라 태생인 화가 뭉크며, 작곡가 그리그나 조각가 비겔란드 밖에 핀란드의 음악가인 시벨리우스 같은 예술가들을 배출했는가 싶었네.

이번 여행은 러시아항공편의 하늘길로 시작해서 이웃 나라의 바닷길과 각지의 뭍길을 골고루 활용하여 좋았네. 비행기는 시간을 벌기에, 유람선은 정취를 만끽하기에, 관광버스는 현장 답사에 안성맞춤이지 않은가. 일행들은 21일 밤에 초대형 여객선으로 헬싱키를 떠나 12시간 동안 발틱해 담수를 헤치며 스톡홀름으로 향했었지. 예의 부관페리나 일본 내해를 가르는 이웃 나라 나들이는 물론, 멀리 남극 가까운 뉴질랜드의 남섬과 북섬을 연결하는 소형의 유람선들 경우와는 다르더군. 아침저녁으로 핀란드와 스웨덴 두 나라를 바다 양편으로 스치는 산비탈의 별장 같은 청홍색의 주택들과 낙조의 정취는 물론, 승객들의 규모부터 말일세.

더욱이 문학 기행 나흘째 밤에 『계간문예』창작원 주관으로 열렸던 그 선상의 해외문학세미나는 잊혀지질 않네. 6월 23일이던 그날은 절후상으로 하지 무렵이라서만은 아닐세. 덴마크의 명물인 안데르센 동상과 마침 가랑비에 젖던 인어 공주 동상을 뒤로하며 오후 4시 30분에 코펜하겐항을 떠나서 노르웨이의 오슬로로 향했네. 높이만도 12층인 'DFDS Seaways' 크루즈선은 우람한 몸체로 북해에 이어진 카테갓 해협의 파도를 잠재우면서 18시간 동안 밤새도록 운항 중이었지. 그 사이에 일행들은 만찬을 든 다음 7층의 널찍하고 산뜻한 세미나실에 모여 강연과 회원들의 시 작품 낭송들로 문학 향연을 열었다네. 국기에 대한 경례에 이어 애국가를 4절까지 합창하게 한 차윤옥 시인의 사회와 정종명 작가의 정중한 인사말은 여독에 겨운 문우들에겐 죽비로 느껴졌네.

신규호 시인이 발표한 극작가 입센이나 스웨덴 작가 스트린드베리 이야기는 생소했던 북유럽 문학에 대한 관심을 불러일으키더군. 이어서 박성배 아동문학가는 추남인 안데르센의 용모나 기구한 삶과 달리 그가 남긴 총 156편의 동화 모두가 어린이보다 어른들을 위한 작품임을 환기시켜 주었지. 작년에 나그네가 오스트리아의 비엔나호텔에서 발표했던 '괴테와 실러'를 통해서 동유럽 문학에 다가갈 수 있었듯 한국 문학에 치우쳐 온 우리에겐 요긴한 정보라서 흐뭇했네. 그 자리 밖에서 김창완 시인이 말한 그리그의 모음곡인 '페르귄트' 속의 솔베이지 처지를 서정주의 시 '신부'와 대비한 견해 역시 기억에 선하게 입력되고.

세미나 후에 나그네는 룸메이트인 구양근 박사와 밤늦게 선상 호텔방을 나와서 11층 나이트클럽에 갔었네. 지구의 북극 가까이서 남녀 가수의 노래와 율동에 어우러진 축제 같은 이 밤을 어찌 그냥 넘길 수 있단 말인가. 꽁생원처럼 한참을 망설이다 말고 동료들과 무대에 올라 한 시간 남짓 어울리기도 했었네. 서양인들과 함께 흥을 돋우던 여성 일행들이랑 디스코식의 막춤으로 노독을 풀었더니 한결 개운하더군. 20여 년 전에 호주 시드니 나이트에서 문우들과 밤을 지새우던 기분이었다고나 할까.

이런 모처럼의 해외나들이가 늘 글 숙제들과 씨름하느라 찌든 나그네의 심신에 다소라도 재충전의 활력을 주었으면 좋겠네.

노르웨이는 북구의 명품 코스

다섯째 날부턴 사흘 동안 북극에 가까운 노르웨이에 집중시킨 일정이었다네. 신의 목장이란 뜻을 지녔다는 수도 오슬로는 한국의 가을 하늘이 연상될 만큼 푸른 하늘에 뭉게구름이 떠있었네. 가이드 말로는 평소 고르지 않은 이곳 날씨가 그 며칠 동안만 일년 중 드물게 좋다더군. 중세 건물인 아케르스후스 성곽과 해마다 12월 상순에 노벨평화상을 시상하는 오슬로 시청 건물 강당을 둘러보았지.

가난했던 뭉크의 명작인 '절규'와 '만남'을 소장한 국립박물관 등을 관람하기에 바빴네. 얼핏 보기에 흡사 달걀귀신 같은 얼굴을 지닌 '절규'는 초등학생이 크레용으로 덧칠한 것쯤으로 보이더구만. 표현주의 미술의 거장으로 꼽히는 에드바르드 뭉크(1863~1944)의 모든 작품은 불안과 공포, 죽음과 상관된 이미지를 띤다네. 몸도 약하고 마음마저 여렸을뿐더러 외롭기 그지없었던 모양이야. 그가 5세 때 숨진 어머니에 이어 14세 땐 한 살 위의 누나도 폐결핵으로 떠나고 5남매 중 유일하게 결혼했던 남매마저 일찍 죽어서 자신도 곧 죽을 불안감 속에서 살았다니까.

그러나 「인형의 집」 등으로 근대 사실주의 극의 대가로 일컬어지는 희곡작가 입센(1828~1906)은 환경이 달랐네. 오슬로 최대의 번화가인 카를요한 거리 근처의 고급 아파트 방을 두세 개 지니고 있는 입센기념관 경우는 건강하고 여유롭게 보였네. 또한 조각가 겸 조경사인 비겔란드는 스스로 소유한 시내 중심부의 넓은 공간에 계단을 이룬 자신 소유의 조각공원에 전시한 작품들만 해도 대조적이었지.

예전엔 덴마크가 북유럽 문학의 중심이었고 그 대표적인 문학인은 노르웨이 출신들이었다네. 입센, 헬란, 요나스 리와 더불어 노벨문학상을 받은 시인 겸 작가인 뵈외른손의 시가 바로 이 나라 애국가이기도 하더군. 특히 노르웨이의 전승 설화를 희곡화한 입센의 「페르귄트」를 음악으로 작곡한 선후배의 협력 관계는 인상적이었네. 입센보다 15년 아래인 작곡가 그리그(1843~1907)는 사촌 누이동생으로, 음악에 조예가 깊은 아내의 도움을 받아 민속 스토리를 작곡한 '페르귄트 모음곡'이나 그 속의 '솔베이지의 노래'로도 유명하거든. 난 생소했던 이 작품들과의 영향 관계를 이번 북유럽탐방에서 뒤늦게 공부하게 되어 기뻤네.

그날 밤에 우리 일행은 동계올림픽으로 유명한 릴레하메르 경기장을 둘러보고, 인근의 아스토리아호텔 217호에 묵었네만. 여름 한철은 이렇게 서늘하고 쾌적한 대신에 가을부터 겨울 대부분은 그렇게 눈에 덮인 삶을 지내는 모양일세. 아마 추위 속에서만 진짜 북국의 눈 속 스키족이나 오로라 현상을 맛볼 수 있는가 싶더군. 산 중턱쯤에 두어 가구씩 사는 사람들은 그 길고 추운 겨울에 눈 속에서 어떻게 지내는지 몰라. 자작나무 껍질을 활용한 집 가꾸기나 환경 꾸미기를 좋아한다는 국민들은 활동하기 좋은 계절에도 집안에 있는지, 기념 촬영할 기회마저 드물더군.

엿새째 날(6월 25일)에는 김밥을 준비해서 새벽에 출발하였네. 제일가는 피오르드인 게이랑에르~헬레쉴트 구간을 1시간 건너는 유람선에서 바라본 뵈이야 빙하 등이 장관이더군. 바닷물이 산골짜기를 따라 바다로 연결된 협곡이 피오르드라는 걸 처음 알았네만. 나는 이런 산악과 피오르드를 내려다보는 사이에 마침 생일을 맞은 아들에게 축하 메시지를 띄웠네. "기준아, 네 생일을 거듭 축하한다. 노르웨이에서 아빠가." 탐방하는 현지의 스냅이나 동영

2017년 여름 노르웨이 피오르드를 따라 유럽선을 타고 북극의 산악과 폭포들을 보다

상까지 보낼까 하다가 간단한 답장만 받고는 스마트폰 사용솜씨
가 서툰 탓에 사진 전송은 그만두었네.

거의 평지 위주인 주위 나라들에 비해 유달리 바위로 된 산악
지대가 많은 노르웨이에는 여러 산봉우리의 만년설에서 하얗게
내리는 빙하가 장관이더군. 바위를 뚫어 만든 피얼란드 터널 6750
미터처럼 무척 긴 터널도 많더라고. 그 깊은 골짜기 바위 틈에 자
작나무나 소나무들이 무성하여 무라카미 하루키도 '노르웨이의
숲'이란 음악으로 시작한 「상실의 시대」를 쓴 모양이야. 그날 밤
은 일행과 더불어 지리산의 산 속 숙박촌처럼 아늑한 라르달 마을

에 자리한 퀄리티 에드워드 그리그 호텔 376호에서 나그네의 여독을 풀었네.

이레째 날에는 노르웨이의 옛 수도였던 베르겐 항만에 들러 나그네 일행과 삼삼오오로 부둣가를 거닐었네. 항만을 둘러 싼 주변의 언덕에는 오슬로 못지않게 형형색색의 문화주택들이 2~3층으로 자리한 낭만의 도시이며 예술의 공간이라네. 특히 이 나라의 국민음악가인 그리그의 고향인데다 유명한 그랜드 피아노의 원고장이기도 하다더군. 어시장 주변으로 수백 년 된 유네스코 문화유산 목조 건물 앞에서 낭만에 겨운 기념 사진을 찍으며 두어 벌 우리 식구들에 건네줄 스카프와 모자, 약간의 열쇠고리 등을 기념품으로 샀네. 가족들은 선물 사는 돈이 아깝다며 현찰로 달라지만 무엇보다 귀한 마음을 좋아할 테니.

오후에는 45년에 걸쳐서 완공했다는 세계에서 가장 긴 나르달 터널의 24.5킬로를 거쳐서 로맨틱 산악 열차에 올라 1시간 남짓

2017년 6월 하순, 노르웨이의 베르겐 항구에서

2017년 6월 하순, 노르웨이의 산악지대 열차 역에서 베스트 여행 파트너인 구양근 교수와 나란히

탐승했지. 가파른 열차 양옆으로 내다보이는 눈 덮인 산봉우리나 계곡에 하얗게 떨어지는 빙하 폭포들의 정경은 노르웨이만의 천연 자산이라 싶네. 이 자연 풍광 덕에 내 폐활량도 좋아져 지난겨울에 병원이나 약국을 안 가고 앓았던 감기나 잔기침은 근치되었다 싶네. 가이드는 뷔페 식당 등에서 세계적인 무공해 어족자원인 연어와 고등어를 맘껏 먹고서 오메가3를 채우라고 권하더군. 북극 탐험가인 아문젠도 그 힘으로 극한적인 추위를 이겨냈을까. 더욱이 노르웨이는, 성이 개방적이라서 흔히 결혼과 이혼을 평균적으로 세 번 하는 거라던데 과연 맞는 말일까?

드디어 여드레째 날, 오슬로 공항으로 이동하는 마음은 더 없이 홀가분했네. 작년 이맘때, 동유럽의 오스트리아-헝가리-체코 탐방 중에 음식과 배탈로 고생했던 경우와는 달랐거든. 여러 군데서 겪었던 화장실 앞에서의 줄서기와 환전 시비마저 애교서린 추억으로 여겨지더군. 검색대 통과시의 여권 챙기기와 짐 붙이기 따위의 출국 수속쯤이야 대수인가. 모스크바를 경유한 일행과 더불어 러시아 항공의 지정석에 자리 잡은 나그네는 오랜만에 곤한 잠에 들었네. 여덟 시간만 지나면 아흐레를 시달리며 견뎌냈던 7~8시간의 시차를 벗어나서 내일 오전에 인천공항 도착인 것을.

우리 강산 제일, 문화 만세

결국 이번까지 몇 차례에 걸쳐서 문화 탐방이나 연구 자료 수집차 외국에 나들이하면서 느낀 나그네로서의 소감 두어 가지가 있네. 그것은 무엇보다 세계 어디보다 아기자기한 산천경개山川景槪나 인심은 물론, 문화면에서도 우리나라가 제일 좋다는 사실일세. 으레 외국 나들이를 생활화하는 분들은 우습게 생각하는지 모르겠네마는 말일세. 나도 이러구러 세계 6대주에서 아프리카 외의 지역은 대강 밟아보았거든.

그 다음 하나는 견문을 넓히기 위해서라도 국내외 여행을 더 늦기 전에 해야 할 일이란 거야. 나이가 들면 힘이 부친 데다 80세 이후엔 여행자보험에서도 제외된다는 걸 알고 있는가? 예전에는 가난과 철부지로 정작 내 고장을 대수롭지 않게 여기고 등하불명이었던 자신이 부끄럽네. 그래서 나도 이제는 고향을 비롯한 국내 여행을 통해서 정체성을 찾아볼 참이네. 언제 벗님들과 더불어 함께하고 싶은데 좋은 여행지로 알뜰한 일정을 짜보길 바라네.

(2017년 7월)

이명재^{李明宰} 삶의 발자취

1938년 정월 대보름(양력 2월 14일) 전남 함평에서 전주 이씨 집안(부친 李文奎와 모친 丁今德)의 2남 2녀 중 막내 아들로 태어남.

1945~1951년 고향 농촌에서 엄다국민(초등)학교 졸업

1946년 이후 어머니를 여의고 한약방을 경영하는 부친과 사형(李南柱)의 보살핌 속에서 자람.

1952~1957년 학다리 중학교와 고등학교를 졸업.

1957년 중앙대 법정대학 정치외교학과에 진학해서 정내수·황만금 선배 등 흑석동에서 약학대학 선배들과 자취 생활을 하며 2학년 수료.

1958년 이전의 호적 이름 이형섭(李衡燮)과 족보 이름 이연섭(李年燮)을 새 호적 이름인 이명재(李明宰)로 개명해서 씀.

1959~1961년 함평 엄다면의 친가에서 농사를 돕고 문학(습작 겸)과 철학 서적 등을 탐독.

1961~1964년 육군 6915부대(칠성사단)에서 사병으로 복무하여 병장으로 만기 제대.

1965~1966년 대학 3학년에 복학한 다음 청파동, 염리동에서 숙식하거나 휘경동, 장충동에서 가정교사 등으로 고학 하면서 지냄.

1967년 대학 입학 후 10년 만에 학부 졸업(정치학사) 후 8개월 동안 공무원 생활. 난생 처음 노량진 흑석동 등에서 하숙도 함.

1968~1970년 중앙대 도서관 조교(보)를 지내며 자료 수집. 전공을 국어국
문학으로 바꾸어 모교의 대학원에 진학.

1969년 백철 교수 주례로 서울에서 광산 김씨 김연자와 혼인.
이후 2남 2녀의 자녀를 둠.

1970년 중앙대 대학원에서 백철 교수의 지도를 받아 「한국 현대(전후)소설
에 대한 연구」로 문학석사 학위를 받음.

1971년 함평군 엄다면 자산서원 쪽에 부친의 송덕비가 세워짐.

1970~1973년 중앙대 국어국문학과 연구조교를 지냄.

1971~1979년 이가형 교수를 모시고 동서문학연구회 총무간사를 맡아
교·강사의 현대문학 연찬에 이바지.

1972~1974년 중앙문화학원 산하의 영신아카데미 한국학연구소 간사를
지냄.

1972~1982년 재경 학다리 중·고등학교 동창회 회장을 연임해서 지냄.

1973년 1학기부터 2004년 중앙대 문과대학(현 인문대학)의 전임강사로
임명받아 '신문학사', '비평문학론' 등 한국현대문학을 강의.
(이후 2004년까지 조교수-부교수-교수를 지냄.)

1975~1979년 중앙대 부설 인문학연구소의 사무 간사를 맡음.

1977년 강남구 도곡동의 영동아파트에 당첨되어 셋방살이를 면한 후 현재
까지 같은 지역에서 오래도록 생활하고 있음.

1977년 동아일보 신춘문예, **1978년** 한국문학에 당선(문학평론가)되어 40
여 년 문단에서 활동.

1977년 이후 여러 해 동안 성신여대 경희대 숭실대 인하대(교류교수) 경원
대 순천향대 등에 출강.

1978~1980년 우리문학(연구)회 대표를 맡고, 학술논문 외로 여러 일간신

문과 문예지 등에 많은 문학평론을 발표.

1980~2009년 중앙대 대학원으로부터 지도교수로 위임 받아서 현대문학 분야 문학박사 15명을 배출했음.

1983년 민주화의 진통을 겪던 당시 전두환 호헌철폐선언에 서명자로 참여.

1984년 경희대 대학원에서 황순원 교수의 지도를 받아 「식민지시대 문학의 특성연구」로 문학박사 학위를 받음.

1984~1986년 중앙대 국어국문학과 학과장 겸 대학원과 교육대학원 학과장을 지냄.

1985년 명륜동 매화의 집에서 한학자인 이가원 연세대 교수로부터 '咸山'이란 아호와 휘호를 받음.

1986년 국제 펜 한국본부 대표단의 일원으로 독일 함부르크대회에 참가하고 문인 일행과 더불어 처음으로 유럽문화 탐방.

1987년 이후 서울여대·숭실대·한성대 대학원에 출강.

경희대·한국외국어대 교육대학원에 출강.

1987~1989년 중앙대 학생부처장으로 민주화 열기 속에서 발전에 봉사함.

1988년부터 20여 년 동안 문단 진출을 꿈꾸는 중앙대 국어국문학과 문청들을 위한 '登龍班' 창작캠프를 열고 지도해서 신춘문예 등을 통해서 여러 문인을 배출했음.

1988년 이후 노산문학상, 한국문학평론가협회상, 월간문학동리상, 한림문학상, 조연현문학상을 수상했음.

1989년 여름방학 동안에 한일 친선 교류 학생단의 지도교수로 규슈 일원의 일본문화를 탐방.

1990년 이영구 교수 등과 한국문학 보존 및 선양을 위한 '우리문학기림회'를 결성.

1991년 미국 하와이대학교 한국학연구소 초빙학자로서 헤밀톤 도서관 등에서 자료를 섭렵하여 1995년에 『북한문학사전』을 펴냄.

1992~1996년 중·고교 동문들의 침목단체인 '상지회' 회장을 역임.

1993년 중앙대학교로부터 영년근속상을 수상.

1993~1997년 중앙대 국어국문학과 모임인 '國友會' 회장을 지냄.

1994년 이후 우리문학기림회의 총무와 회장을 여러 번 맡으며 회원들과 유명 문학가의 선양사업에 봉사.

1997~1999년 중앙대학교 문과대학장 겸 사회개발(복지)대학원장 보직을 맡음. 함평군사 편찬위원에 위촉받아 향토문화 발전에도 이바지.

1998년 세종문화회관에서 출판기념회를 겸한 회갑연을 가짐, 한국문인협회 평론분과 회장에 연임됨.

1999년 대한민국문예진흥원, 한국학술진흥재단 지원으로 고려인문학연구를 위한 중앙아시아 탐방 및 저서를 출간. 중앙대 사회교육원에 생활에세이반을 엶.

2000년 러시아 극동대학교의 초청교수를 지내면서 러시아 연해주 일대의 고려인문학 자료들을 수집했음.

2001년 이후 주요 신문의 신춘문예, 윤동주문학상, 월탄문학상, 농민문학상, 서울문예상, 직지문학상, 중앙대문학상 및 각종 문예지의 신인 문학상 심사위원을 지냄. 현재 이음새문학회 지도교수 겸 고문을 맡아 20여 명의 문인들을 육성.

2002년 문예진흥원의 문예진흥기금 문학 부문 심사위원장으로 피선되어 주재.

2003년 장남인 기준의 혼인예식을 가짐. 학술진흥재단 후원으로 국제한인문학 프로젝트팀 7명과 중앙아시아 고려인문학 탐방을 다녀옴.

2003~2005년 국제한인문학회를 창립해서 초대회장을 지냄. 중앙대문학회 회장도 역임.

2004년 문과대학 교수직에서 정년퇴임, 녹조근정훈장 서훈. 이후는 중앙대 명예교수로 지냄.

2005~2011년 중앙대학교 대학원 동문회 회장을 연임. 서울 소재 여러 문예지의 편집위원 등을 겸하면서 소설 창작에도 임함.

2006~2007년 여러 한국어문학회의 전국학술대회 중에 경희대·숭실대·이화여대·중앙대 등에서 기조 강연을 가짐.

2008년 중앙대 국어국문학과와 우리문학기림회 주최로 중앙대 캠퍼스에 백철문학비를 세움. 중남미 7개국에 문화탐방을 다녀옴.

2011년 협회 문예지인 '한국소설'에 신인상으로 당선(필명 李文明)되어 작가 활동의 자격을 갖춤.

2013~2014년 전 회장인 김영탁 수필가에 이어 서울 강남문인협회 회장을 지냄. 2014년 이전에 10년 동안 회장으로 수고하신 이정섭 형님에 이어, 양도공후 지헌공파 종친회장으로 선출됨.

2015년 국제PEN한국본부(이상문 이사장, 김경식 사무총장) 주최로 경주에서 열린 제1회 세계한글작가대회 집행위원장을 맡음.

2015년 이후 이전에 10여 년 동안 수고하신 손광은 시인에 이어 광주·전남지역의 최장수 문예지인 계간 『문학춘추』 주간을 맡음.

2017년까지 단독저서 15권, 공동저서 16권 외 학술논문과 문학평론 등 다수가 있음.

2018년 현재 수상집을 펴내고, 이어서 평론집, 재외학국문학연구에 관한 학술서를 한 권씩 출간할 준비 중임.